宋元文學研究會編

朱子絶句全譯注

第四冊

汲古書院

目　次

朱子絶句全譯注

第四册

例言

一、本書は、朱子の五七言絶句について、おおむね制作年代順に注解を施したものの第四冊である。底本としては、嘉靖刊『晦庵先生朱文公文集』（四部叢刊本）を用いた。本冊には『文集』巻四に収める全三十二首および『文集』巻五に収める三十二首を収録した。

一、作品ごとの細目は、〔原詩〕〔書き下し文〕〔テキスト〕〔校異〕〔通釋〕〔解題〕〔語釋〕〔補說〕の諸項から成る。

一、〔原詩〕には、一字ごとに平仄の符號を示した。○＝平聲、●＝仄聲、◎＝平韻、◉＝仄韻。その他〔解題〕や〔補說〕において、朱子もしくは他の詩人の詩を獨立的に引く場合は、平韻、仄韻の符號のみを示した。

一、〔テキスト〕欄の作成に當っては、『宋詩別裁集』『宋詩鈔』『宋十五家詩選』における收載の有無を必ず調査・確認した。また『佩文韻府』（『韻府』と略記する）には朱子の詩句がしばしば採られており、底本との間に文字の異同が見られることも少なくないので、これについても必ず言及するようにした。

一、〔校異〕の欄の作成に當っては、『文集』自體の異本との文字の異同についても留意した。すなわち、底本（四部叢刊本）およびこれと同系統の和刻本（正徳元年（一七一一）刊＝『和刻本漢籍文集』第七～一〇輯、汲古書院、一九七七）の他に、次の二種の異本を參看し、異同を注記した。

①『朱子大全』文集一百卷・續集十一卷・別卷十卷・目錄二卷
　朝鮮古活字印版十行本、明嘉靖二十二年（一五四三）宣賜
　名古屋市蓬左文庫藏――〝蓬左文庫本〟と略記

②『朱子文集大全』原集一百卷・卷首二卷・續集十一卷・別卷十卷・遺集二卷・附錄十二卷
　辛卯入梓、朝鮮完營藏版、萬曆三年（一五七五）柳希春校正凡例目錄

無窮會圖書館　眞軒先生舊藏書――〝眞軒文庫本〟と略記

以上の他、内閣文庫所藏の『朱子大全』朝鮮刊本（①②とは別系統のもの）をも披見し得たが、缺損が甚しく、巻七までは判讀不可能であった。

なお、閲覽し得た四種の『文集』では、いずれも巻末ごとに校記を附しているが、そのうち三種――底本（四部叢刊本）・和刻本・蓬左文庫本――の〈校異〉は、絶句部分に關して全く同一であり、殘る眞軒文庫本の〈考異〉のみ、他の三種とやや内容を異にしている。そこで、本書の〔校異〕の欄において、これらの校記に言及する場合、便宜上、内容が共通する三種の〈校異〉を包括して、「『文集』巻四に附載する〈校異〉」と稱し、眞軒文庫本の〈校異〉については「眞軒文庫本・巻四に附載する〈考異〉」と稱している。

一、〔解題〕欄では、作詩當時の作者の境遇や、題材となっている事物について考察を加えた。

一、〔語釋〕欄では、單に各語彙の辭書的意味をしるすのではなく、朱子の詩藻の來源や方向性を闡明するようにつとめた。すなわち、『佩文韻府』『古典複音詞彙輯林』などの所要語彙辭典をはじめ、各種の索引類を檢索し、それに見える用例と朱子の用法との關連を檢討吟味することに主眼を置いた。

一、〔補說〕欄では、内容上の問題點のうち〔語釋〕に收め切れないものを取り上げた。〔補說〕欄のうち、特に見出しをつけて執筆されているもののみ目次に標示した。

一、巻末に、本册の〔語釋〕欄で取り上げた全語句の索引を附した。

一、しばしば現れる書名には、略稱を用いている。例：『晦庵先生朱文公文集』→『文集』、『佩文韻府』→『韻府』、『古典複音詞彙輯林』→『輯林』など。

また、左の五種の文獻もしばしば引用されるため、それぞれ次のような配慮を加えた。

○　李恆老編著『朱子大全箚疑輯補』（延世大學中央圖書館版、韓國學資料院影印、一九八五）は、『箚疑輯補』と略記する。
○　中美子著『朱子詩中的思想研究』（臺北・文史哲出版社、一九八八）は、書名のみしるし、著者名・刊記は省略に従う。
○　郭齊著『朱熹新考』（電子科技大學出版社、一九九四）は、書名のみしるし、著者名・刊記は省略する。
○　郭齊著『朱熹詩詞編年箋注』（巴蜀書社、二〇〇〇）は、『編年箋注』と略記する。
○　東景南著『朱熹年譜長編』（華東大學出版社、二〇〇一）は、『年譜長編』と略記する。
一、本書の文字表記については、まず漢字は、原則としてすべて正字體を用いた（ただし、朱子の詩の本文について、底本が俗字體・別體を用いている場合はこの限りではない）。また假名遣は、訓讀文など日本語の文語體の場合に正假名遣を用い、他は基本的に現代假名遣を用いた。

146 寄題瀏陽李氏遺經閣二首　其一

瀏陽《りうやう》の李氏《りし》遺經閣《ゐけいかく》に寄題《きだい》す二首《にしゅ》　其《そ》の一《いち》

●○○●●○◎
老翁無物與孫兒　　老翁《らうをう》 物《もの》として孫兒《そんじ》に與《あた》ふる無《な》し
○●○○●●◎
樓上牙籤滿架垂　　樓上《ろうじやう》 牙籤《がせん》 滿架《まんか》に垂《た》る
●●○○○●●
更得南湖親囑付　　更《さら》に得《え》たり 南湖《なんこ》の親《した》しく囑付《しよくふ》するを
○○○●●○◎
歸來端的有餘師　　歸《かへ》り來《きた》れば端的《たんてき》に餘師《よし》有《あ》り

（七言絶句　上平聲・支韻）

（自注：南湖張敬夫書院　　南湖《なんこ》は張《ちやう》敬夫《けいふ》の書院《しよゐん》なり）

〔テキスト〕

『文集』巻四

〔校異〕異同なし。

〔通釋〕

　瀏陽の李氏の遺經閣を詠じて寄せた詩　二首　其の一

李《り》作乂《さくがい》殿は　その子孫に何も贈られる物はなかった

しかしその樓上に　札《ふだ》を插《はさ》んだ書物がぎっしり竝ぶ遺經閣を遺《のこ》された

更に納湖の邊《ほとり》に立つ城南書院にて　張栻兄自らの薫陶を得たからには瀏陽に歸って來れば　『孟子』に云う所の師とすべきものが實際に無數にあることを了得するであろう

〔解題〕

本連作は、瀏陽の李氏が建てた遺經閣という藏書樓を詠じたもの。『嘉慶重修一統志』の〈長沙府〉の條に「遺經閣」の記述がある。

在瀏陽縣南、宋李氏所建。其子弟多從張栻遊、朱子嘗爲其閣題詩。

瀏陽縣（今の湖南省長沙市の東）の南に在り、宋の李氏の建つる所なり。其の子弟　多く張栻に從って遊ぶ。朱子　嘗て其の閣の爲《ため》に詩を題す。

「李氏」については、『朱熹新考』の指摘に據れば李作乂《りさくがい》、及びその子孫を指す。〔補説〕㈠の（1）を參照されたい。

また、詩題中の「寄題」とは、或る場所に行かずにその地（或いは建築物）を詠ずること。或いはその詩を當地にいる人に寄せることまでをも言う。それ故、本詩は朱子が崇安にいながら瀏陽縣の遺經閣を詠じたものだということが了解されよう。

〔語釋〕

○老翁　李作乂（字は彥從《げんしょう》）を指す。

○孫兒　「孫」は李作乂の孫、李之傳《しでん》（字は夢符《ぼうふ》）、「兒」はその父李德廣（字は日南《じつなん》）を指す。尙、『佩文韻府』卷四上〈四支―兒―孫兒〉の條に本詩起句を引く。異同無し。

○牙籤　象牙製の札。検出しやすいように書名などを書き、卷子本などに插しはさみ垂らしておく。

中唐・韓愈「送諸葛覺往隨州讀書」詩：鄴侯家多書　插架三萬軸　一一懸牙簽　新若手未觸

南宋・楊萬里「題安成劉伯深爵瑞里報德堂上白爵圖」詩：居士元無一物遺　子孫只有牙籤三萬存

○滿架　書架に滿ちる。書物の量の多いことを言う。

南宋・陸游「讀史」詩：細帙牙籤滿架書　流泉決決竹疏疏

○囑付　言いつけ。ここでは張栻からの教誨を指す。

○端的　本當に。確實に。

○有餘師　『孟子』告子・下の次の一節を踏まえる。

曹交問曰、……曰、「交得見於鄒君、可以假館。願留而受業於門」。曰、「夫道若大路然、豈難知哉。人病不求耳。子歸而求之、有餘師」。

曹交 問うて曰く、……曰く、「交 鄒君（鄒の國の君主）に見《まみ》ゆるを得て、以て館を假《か》る可し。願はくは留《とどま》りて業を門に受けん」と。曰く、「夫《そ》れ道は大路の若《ごと》く然り（大きな道のようである）、豈に知り難からんや。人 求めざるを病むのみ。子 歸りて之を求むれば、餘師有らん」

と。

即ち、學問とは何も師について學ぶだけのものではなく、自らの向學心が大事であり、旺盛な向學心さえあれば、この世の中には自らの師とすべきものが無數に存在することを言う。そして本詩においては、遺經閣に所藏される萬卷の書物を指すのであろう。

〔補說〕

㈠本連作の制作時期について

本連作の制作時期については、これまで二つの說が提出されている。次にその二說を紹介しつつ考察を加え、最後に私見を提出したい。

（1）郭齊〔乾道年閒〕說

郭氏はその著『朱熹新考』において、本連作の制作時期を檢討するに際して、遺經閣について詳述した、南宋・楊萬里の「李氏重修遺經閣記」の存在を指摘し、これを引く。

遺經閣者、潭之瀏陽李氏庋書之地也。重修者、李君之傳也。閣之址故、在縣之南之傳所居之西偏。成於隆興甲申者、之傳乃祖致仕君彥從、暨乃父德廣也。初取鄒魯之諺以名之、復爲文以記之者、蜀人施君淵然少才也。旣扁之以三大字、復與侍講南軒先生張公數十人賦詩以華其紀者、今待制侍講晦庵先生朱公也。歷年一終、再厄欝攸、致政君嘆曰、「災之攸興、不以其近市故耶」。淳熙丁未、一日迨暇攜賓親若子孫、步自縣南而北、至半里所、得其地於太湖山旁。幽邃演迤、改築有日矣。

而父子相繼以逝。之傳既長、刻意嗜學、慨祖父之齎志未攄、則又喟曰、「是閣不建、之傳不名爲人子、爲人孫矣」。則惡衣絕甘、圭積黍累、匪閣弗思、匪閣弗爲。紹熙癸丑、始克落之。厥址正方、厥廬高涼、自地視閣、鼂在天半、自閣視地、濬在谷底。湖鼎三峯、吾山相臺、挑霄爭高、摩肩竝馳、後先低昂、互爲崛奇、一邑之勝、無能出其右者。牙籤萬軸、漆書萬卷、是牣儲。則又喟曰、「舊記及諸詩、皆命代無價手作也。新記微江西誠齋先生、莫可」。於是不遠千里、走書介予。……致政君、名作乂、淳熙甲辰遇東朝慶壽恩授迪功郎致其仕。德廣、名日南。之傳、字夢符。蓋三世以學行有稱於州里云。紹熙甲寅閏月五日、誠齋野客廬陵楊萬里記。（『誠齋集』巻七十四）

遺經閣なる者は、潭《たん》（ほぼ今の湖南省に相當）の瀏陽の李氏 書を庋《お》くの地なり。重修せる者は、李君之傳《しでん》なり。閣の址故は、縣の南 之傳の居《を》る所の西偏に在り。隆興甲申（一一六四）に成せる者は、之傳の乃祖《だいそ》 致仕君彥從《げんしょう》、暨《およ》び乃父《だいふ》德廣《とくくわう》なり。初め鄒魯の諺に取りて以て之に名づく。復た文を爲《つく》りて以て之を記《しる》す者は、蜀人 施君淵然少才（施淵然《しえんぜん》。少才はその字）なり。既に之に扁する（扁額を掛ける）に三大字を以てし、復た 侍講 南軒先生張公數十人と詩を賦して其の紀を華《よみ》する（その完成十二周年を祝う）者は、今の待制侍講 晦庵《くわいあん》先生朱公なり。年を歷《ふ》ること一終（十二年）、再び鬱攸《うついう》（火災）に厄《やく》せらる。致政君（彥從）嘆じて曰く、「災の興《おこ》る攸《ところ》、其の市（市街地）に近きを以ての故ならずや」と。淳熙丁未（一一八七）、一日《いちじつ》暇《いとま》に迨《およ》んで賓親子孫の若《ごと》くなるを擕《たづさ》へて、歩みて縣南よりして北し、半里所《ばかり》に至りて、其の地を太湖山（未詳）の 旁《かたはら》に得たり。 幽邃演迤《いうすゐえんい》（木々がどこまでも奥深く連なり）、 改築 日有り（多くの日數を要した）。 而《しか》るに父子（彥從・德廣）相ひ繼いで以て逝《ゆ》く。 之傳 既に長じ、 意を刻して學を嗜《この》み、 祖父の齎志《さいし》未だ攄《の》べざる（志を抱いたまま實現できずに死ぬ）を慨《なげ》き、 則ち又た喟《き》して（嘆息して）曰く、「是《こ》の閣 建たずんば、 之傳 名づけて人の子と爲し、 人の孫と爲さざるなり（息子・孫とは言えなくなってしまう）」。 則ち惡衣して（粗末な着物を着て）甘《かん》（美食）を絕ち、 圭積黍累《けいせきしよるゐ》（資金が貯まり）、 閣に匪《あら》ざれば思はず、 閣に匪ざれば爲さず。 紹熙癸丑（一一九三）、 始めて克《よ》く之を落《らく》す（落成させた）。 厥《そ》の址《し》 正方、 厥の廬 高涼、 地より閣を視《み》れば、 巋《き》として（一つだけ高々と）天半に在り、 閣より地を視れば、 濬《しゅん》として（深々と）谷底に在り。 湖は三峯を鼎《かなえ》とし、 吾山 相ひ臺し、 霄《そら》に挑みて高きを爭ひ、 肩を摩《ま》して（肩を寄せ合うように）竝馳し、 後先低昂、 互ひに崛奇《くつき》を爲し、 一邑《いちいふ》の勝、 能《よ》く其の右に出《い》づる者無し。 牙籤萬軸、 漆書萬卷、 是《こ》れ牣儲《じんちょ》す（滿ち溢れる）。 則ち又た喟《き》して曰く、「舊記及び諸詩、 皆な命代（一世に秀でて名がある者）無《な》價の手作なり。新記 江西の誠齋楊先生微かりせば、 可なる莫《な》し」と。 是《ここ》に於《おい》て千里を遠しとせずして、 書を走らせて予に介《よ》る（賴む）。 ……致政君、 名は作乂《さくがい》、 淳熙甲辰（一一八四）東朝（皇太子）の慶壽に遇ひ 迪功郎《てきこうらう》を恩授せられて其の仕を致す。 德廣、 名は日南《じつなん》。 之傳、 字《あざな》は夢《ぼう》符《ふ》。 蓋《けだ》し三世 學行を以て州里に稱有りと云《い》ふ。 紹熙甲寅（一一九四）閏月五日、 誠齋野客 廬陵の楊萬里記《しる》す。

そして、この記の中の「歴年一終、再厄鬱攸」という記述に注目し、「一終」とは十二年であるから、隆興二年（一一六四）から淳熙二年（一一七五）の十二年間に二度火災に遭ったということであり、「鄒魯之諺」から付けられた元の名を朱熹が改めて題字を書き、本連作を作ったのは、明らかに、この閣が乾道年間に一度火災に遭って重修された後である、と類推するに至ったのである。

（2）『箚疑輯補』〔翼增〕〔乾道九年或いは淳熙元年〕説

『箚疑輯補』に據れば、その〔翼增〕の條で次のように言う。

先生答方伯謨書、有章辰州爲人求詩用韋賢語名閣之説、疑卽此詩。然答方書乃癸巳・甲午間、此詩編在丁亥南嶽諸詩前年條、不同。恐是誤編。

先生「方伯謨《はうはくぼ》に答ふるの書」に、章辰州 人の爲《ため》に詩を求め、韋賢の語を用ひて閣に名づくるの説有り、疑ふらくは卽ち此の詩ならん。然れども方〔伯謨〕に答ふるの書は乃ち癸巳〔乾道九年、一一七三〕・甲午〔淳熙元年、一一七四〕の閒《かん》にして、此の詩 編《あ》まれて丁亥〔乾道三年、一一六七〕、南嶽諸詩の前年の條に在り、同じからず。恐らくは是れ誤編ならん。

この〔翼增〕に引く「方伯謨に答ふるの書」とは次の書簡を指す。

別後一得書、亦無便可報。……熹衰悴如昨、欲往弔茂實、至今未能、不免且遣人致書、亦復因循、不能得遺。蓋目前百事敗人意、當此午暑時、兩眼幾不復可視物也。……章辰州爲人求詩、懶甚、無佳思、輒以奉煩。渠本取韋賢語名閣、須略點破也。……季通病甚、彊起如建陽料理墳墓。……季克・佐卿皆已得郡。季克待闕否。佐卿想便赴官也。……方暑自愛。

（『文集』巻四十四「與方伯謨」其三）

別後一たび書を得《う》るも、亦た報ず可きに便無し。……熹 衰悴すること昨《さく》の如く、往きて茂實（呉英）を弔はんと欲するも、今に至るまで未だ能《よ》くせず、且《しばら》く人を遣《つか》はして書を致さしむるを免《まぬか》れず、亦た復た因循《いんじゅん》（ぐずぐず）し、遣はすを得る能はず。蓋し目前 百事 人の意を敗《やぶ》り、此の午暑の時に當って、兩眼幾《ほと》んど復た物を視《み》る可からざるなり。……章辰州 人の爲に詩を求む。懶《ものう》きこと甚だしく、佳思（良い發想）無ければ、輒ち以て煩《わずら》はし奉る（あなたの手を煩わせて、私に代わって書いて頂きたい）。渠《かれ》本《も》と韋賢の語に取りて閣に名づくるも、須《すべか》らく略《すこ》しく點破（變更）すべきなり。……季通《きとう》（蔡元定）病むこと甚だしく、彊《し》ひて起《た》ちて建陽に如《ゆ》き墳墓を料理す（整備する）。……季克（呂勝己）・佐卿（趙善佐）皆な已《すで》に郡を得たり。季克 闕を待つ（役職のポストが空くのを待つ）や否や。佐卿 便ち官に赴かんことを想ふなり。……暑に方《あた》りて自愛せよ。

この書簡の中では「章辰州」が、前漢の韋賢の言葉に因んで命名された閣を詩に詠じてほしいと朱子に依頼してきたことが書かれており、〔翼増〕はその依頼された詩が本連作ではないかと疑い、本書簡は乾道九年から淳熙元年に書かれたものだと推定して（後述）、連作の制作時期を當該期間に當て、乾道三年に朱子が南嶽（衡山）を訪れた際の一連の詩作が収められる巻五の前の巻四に本連作が収められているのを誤編と見做すのである。

㈡先行二説の検討

さて、前掲の二説はその結論においてはかなり近いが、據り所としたものは全く違う。しかし、その二つの資料には實は接點が存在するのである。卽ち、前者の中の「初取鄒魯之諺以名之」と、後者の中の「渠本取韋賢語名閣」である。

前漢の韋賢は『漢書』巻七十三に傳があり、

韋賢字長孺、魯國鄒人也。……賢爲人質朴少欲、篤志於學、兼通禮・尚書、以詩教授、號稱鄒魯大儒。徵爲博士・給事中、進授昭帝詩、稍遷光祿大夫詹事、至大鴻臚。……本始三年、代蔡義爲丞相、……年八十二薨、謚曰節侯。……賢四子、……少子玄成、復以明經歷位至丞相。故鄒魯諺曰、「遺子黃金滿籯、不如一經」。

韋賢 字は長孺、魯國 鄒の人なり。……賢 人と爲《な》り質朴少欲にして、志《こころざし》を學に篤《あつ》くし、兼ねて禮（禮記）・尚書（書經）に通じ、詩（詩經）を以て教授し、號して「鄒魯大儒」と稱す。徵《め》されて博士・給事中と爲り、進みて昭帝に詩を授け（詩經を教授し）、稍《やうや》く（だんだんと昇進して）光祿大夫詹事《せんじ》に遷り、大鴻臚《だいこうろ》に至る。……本始三年、蔡義に代りて丞相と爲り、……年八十二にして薨《こう》じ、諡《おくりな》して節侯と曰ふ。……賢の四子、……少子（末子）玄成《げんせい》、復た明經を以て位を歴して丞相に至る。故に鄒魯の諺《ことわざ》に曰く、「子に黄金滿籯《まんえい》（竹の籠一杯）を遺《のこ》すは、一經に如《し》かず」と。

と言う。

經典に通じて宰相にまで昇りつめた韋賢。その父の薫陶を得た息子の韋玄成も宰相となるに至って、故郷の鄒魯の人々は、「子に遺す財産は黄金よりも一經典」と持て囃《はや》したとのこと。そして、本連作第一首の起・承句「李作乂《りさくがい》殿はその子孫に何も贈られる物はなかった／しかしその樓上に 象牙の札を挿んだ書物が棚いっぱいに竝ぶ遺經閣を遺《のこ》された」という詠い振り、及び連作其二の結句「不應猶羨滿籯金」から、〔翼增〕の引いた書簡に言う所の、「章辰州」が題詠を依頼した閣が、後の「遺經閣」であることは殆ど疑いがない。先の書簡においては、朱子はあまり氣乗りがせず、方士繇《しよう》（字は伯謨）に代わりに作ってほしいと依頼するのだが、實際に『文集』に本連作が存在するのであるから、やはり後に朱子自身が「章辰州」の依頼を履行したことになろう。そして更に想像を逞しうすれば、遺經閣の元の名は、『漢書』に引かれる「鄒魯之諺」から「一經閣」と名付けられたのではないかと思われる。「遺經」と「一經」とは音聲的にも近く、先に書簡で朱子の言う「須らく略しく點破すべし」にも合致すると思われるからである。

尙、先の書簡中に言う所の「章辰州」とは、次の章才邵《しやうさいせう》を指すと思われる。

章才卲、字希古、崇安人。以父蔭補官。……歴典賀・辰二州、改荊湖北路參議官。

章才卲、字は希古、崇安の人。父の蔭《いん》を以て官に補《ほ》せらる。……賀・辰の二州を歴典し（歴任し）、荊湖北路參議官に改めらる。（『閩中理學淵源考』巻二）

これによれば、章才卲は朱子の居所、崇安出身の人であり、若い頃から朱子と好《よしみ》があったと想像される。そして右の記述から、彼が知辰州の任に在ったことが判るのだが、それがいつのことかは判然としない。因みに『宋史』巻四九四―蠻夷傳二に、「乾道元年、……三年、……四年、……六年、……七年、前知辰州章才卲上言、……」とあり、乾道七年（一一七一）の時點で已《すで》に「前知辰州」と稱されていたからには、知辰州の任に在ったのはそれ以前と見ることもできる。しかし、次の「八年」の條には、「帝嘉其言。復問左右曰、……趙雄對曰、……」とあり、趙雄が皇帝の左右に控える禮部侍郎となったのは淳熙年間であるから、その「八年」とは淳熙八年（一一八一）の事と見なければならない。また、その先には「十一年」の條が見え、「乾道」という年號は九年までしかないのだから、いよいよ「淳熙」でなければ通じなくなる（「淳熙」の年號は十六年まで續く）。そうなると、その前の「七年」の條も、「乾道七年」ではなく「淳熙七年」の可能性が浮上してくるのだが、それを裏付ける傍證がないため、今の所、疑問として殘しておくしかない。

㈢本連作の制作時期についての私見

前項で見た如く、〔翼增〕の引いた書簡中に述べられている、「章辰州」が題詠を依頼した閣が、本連作で詠ぜられている「遺經閣」であることは、大方了得されたことと思う。それ故、本連作の制作時期を考えるには、上掲の書簡がいつ書かれたのかを明らかにするのが先決であろう。〔翼增〕は本書簡が書かれた年代を乾道九年から淳熙元年と推定しているが、陳來『朱子書信編年考證』（上海人民出版社、一九八九）は、この書簡は淳熙三年丙申以降に書かれたものと擬定する。以下、その根據を紹介しよう。

該書一四二頁では、まず本書簡（「答方伯謨書」十二）について、

書云、「熹衰悴如昨、欲往弔茂實、至今未能、不免且遣人致書」。按答伯謨第十二云、「茂實前日到此」、其書作於丙申、故此書在丙申後。

書に云ふ、「熹 衰悴すること昨の如く、往きて茂實を弔はんと欲するも、今に至るまで未だ能くせず、且《しばら》く人を遣はして書を致さしむるを免れず」と。按ずるに「伯謨に答ふ」第十二に云ふ、「茂實 前日此《ここ》に到る」と。其の書 丙申に作らる。故に此の書 丙申の後《のち》に在り。

と言い、『文集』ではその次に置かれる方士繇（字は伯謨）に宛てた書簡「答方伯謨書」十二については、

書云、「茂實・仲本前日到此。不及登山、然却得靜坐兩日、說話頗款。仲本託爲齋記、已爲草寄、當必見之也」。按「復齋記」（『文集』七十八）乃淳熙三年丙申十月爲黃仲本所作。故知此書作於丙申十月。

書に云ふ、「茂實・仲本 前日 此に到る。山に登るに及ばざるも、然れども却つて靜坐することと兩日、說話すること頗《すこぶ》る款《くわん》なるを得たり。仲本 齋記を爲《つく》らんことを託し、已《すで》に草を爲《つく》りて寄す。當《まさ》に必ず之《これ》を見るべきなり」と。按ずるに「復齋の記」（『文集』七十八）は乃ち淳熙三年丙申十月 黃仲本の爲《ため》に作る所なり。故に此の書 丙申十月に作らるるを知るなり。

と言う。因みにこの「答方伯謨書」十二は次のもの。

熹此粗安、免章雖未報、然諸公已見許。章下必遂請無疑也。……茂實・仲本前日到此。不及登山、然却得靜坐兩日、說話頗款。仲本託爲齋記、已爲草寄、當必見之也。虞祠刻已寄來、規模甚大。文固不稱、篆額似亦差小耳。未有別本、俟續得之當分去也。前書所煩作字、便中示及爲幸。置物亦然。季通竟罹家難、窘迫可念、彼中葬事如何。勢須俟堯舉復來耳。……

熹 此《この》ごろ粗《ほ》ぼ安んず。免章 未だ報ぜずと雖《いへど》も、然れども諸公 已《すで》に許さる。章 下れば必ず請を遂《と》ぐること 疑《うたがひ》無きなり。……茂實・仲本 前日 此《ここ》に到る。山に登るに及ばざるも、然れども却つて靜坐すること兩日、說話すること頗る款なるを得たり。仲本 齋記を爲《つく》らんことを託し、已に草を爲《つく》りて寄す。當に必ず之を見るべきなり。虞祠の刻 已に寄せ來《きた》る。規模 甚だ大なり。文 固《もと》より稱《かな》はざれば、篆額 亦た差《や》や小なるに似たるのみ。未だ別本有らず、續《つ》いで之を得るを俟《ま》ちて當《まさ》に分ち去るべきなり。前書 字を作るを煩《わづらは》す所、便中 示し及べば幸《さいはひ》と爲す。物を置くも亦た然り。季通 竟《つひ》に家難に罹《かか》り、窘迫《きんぱく》すること念《おも》ふ可し。彼中《ひちゅう》（あ

ちら）葬事如何《いかん》。勢は須らく堯擧（未詳）の復た來るを俟つべきのみ。……（『文集』巻四十四）

書簡十二に「茂實（吳英）・仲本が先日やって來た」とあり、その書簡十二には更に黃仲本（「仲本」は字と思われるが、その名は不明）が、朱子に齋記の製作を依頼した件が述べられており、それは朱子が淳熙三年丙申（一一七六）冬十月にものした「復齋記」を指すことから、書簡十二はそれ以後、恐らくはその直後に製作されたことが判る。そしてその時點で吳英は生きていたのだから、朱子が吳英の弔いに赴こうとしたのはそれ以降のことである。陳來の考えは概ねこのようなところであろう。

とすれば吳英がいつ死んだのかということが問題になるはずであるが、しかし陳來はそこまでは追求していない。今の所、吳英の生卒年代を示す資料は見當たらず、それ故、陳來はその點についての考察を避けたようなのであるが、『武夷山志』巻十五に、淳熙八年（一一八一）七月二十三日、朱子とその友人一行が武夷山の水簾洞を訪れ、それぞれの名を洞窟の中に書き記したことが記されており、その中に吳英の名があるのである。それ故、少なくとも彼が淳熙八年七月の時點で生存していたことが確認され、彼の死はその後であるということが判明するのである。

では、先の「吳英を弔はんと欲す」の書簡は吳英の死後、即ち淳熙八年七月以降に書かれたのであろうか。『朱子書信編年考證』では、全部で二十四通ある方士繇《ほうしよう》宛ての書簡の內、其十〜十三を淳熙三年に編年し、其十四を淳熙七年（一一八〇）、其十五〜二十を慶元二年（一一九六）に、其二十一〜二十四を慶元三年（一一九七）に編年している。即ちその順序は『文集』中の當該書簡の編次と軌を同じくするのであり、其十一だけが結果として其十四と其十五の間に來るのはいかにも不自然である。

また、先に引いた書簡十二の中の「前書 字を作るを煩《わづら》はす所、便中 示し及べば 幸《さいはひ》と爲す。物を置くも亦た然り（以前に差し上げた手紙で貴方に文の作成を依頼した件ですが、次回のお手紙の中でそれをお示し下されば幸甚と存じます。作品を同封して下さっても結構です）」という記述に着目すれば、これは、同じく前掲書簡十一中の「懶《ものう》きこと甚だしく、佳思無ければ、輒ち以て煩はし奉る（甚だ物憂く、良い發想が浮かばないので、あなたの手を煩わせて、私に代わって書いて頂きたい）」という依頼を前提にしていることは明らかであり、從って『文集』の編次通り、書簡十一の次に書簡十二が書かれたということになる。とすれば、書簡十二で「茂實（吳英）・仲本 前日 此《ここ》に到る」と言っているからには、書簡十一を書いた時點に於いても吳英は生きていなければならない。それ故、先の書簡の「吳英を弔はんと欲す」は、吳英自身が死んだのではなく、吳英の家に不幸があってその弔問に赴こうとした、と解釋せざるを得ないのである。

では、書簡十一・十二は一體いつ書かれたのであろうか。まず、陳來の指摘するが如く、書簡十二には、黃仲本から依頼された「復齋記」の草稿を黃仲本に送付したことが書かれており、その「復齋記」には「淳熙丙申（三年）冬十月戊寅、新安朱熹記」と朱子が署名していることから、書簡十二は淳熙三年十月直後に書かれたことは明白であろう。また、兩書簡では他に數人の人物の事に言及しているが、その中で「季通」即ち蔡元定（一一三五〜一一九八。『宋人傳記資料索引』に據る）の名が兩書簡に見える故、蔡元定の事績について考察せねばならないだろう。蔡元定は『宋史』巻四三四〈儒林傳四〉に傳がある。

蔡元定、字季通、建州建陽人。……聞朱熹名、往師之。熹扣其學、大驚曰、「此吾老友也。不當在弟子列」。遂與對榻講論諸經奧義、毎至夜分。四方來學者、熹必俾先從元定質正焉。太常少卿尤袤・祕書少監楊萬里聯疏薦于朝、召之、堅以疾辭。築室西山、將爲終焉之計。

蔡元定、字は季通、建州建陽の人。……朱熹の名を聞きて、往《ゆ》きて之《これ》を師とす。熹 其の學を扣《たた》くや、大いに驚きて曰く、「此れ吾が老友なり。當《まさ》に弟子の列に在るべからず」と。遂に與《とも》に榻《たふ》を對して諸經の奥義を講論し、毎《つね》に夜分に至る。四方の來りて學ぶ者、熹 必ず先づ元定從《よ》り質正せ俾《し》む。太常少卿尤袤《いうばう》・祕書少監楊萬里 疏を聯《つら》ねて朝《てう》に薦《すす》め、之を召すも、堅く疾《やまひ》を以て辭す。室を西山に築き、將《まさ》に終焉の計を爲さんとす。

また、南宋・杜範の『杜清獻集』巻十九に収められる「蔡元定傳」にも同様の記述があり、

……年四十不就科擧。太常少卿尤袤・祕書少監楊萬里以律歴論薦于朝、召之、以疾辭。

……年四十なるも科擧に就かず。太常少卿尤袤・祕書少監楊萬里「律歴論」を以て朝に薦め、之を召すも、疾《やまひ》を以て辭す。

と言っていることから、尤袤・楊萬里による蔡元定の朝廷への推薦が、蔡元定が四十歳の時（淳熙元年、一一七四）以降のことだと判明する。だが、二人の推薦により朝廷から召されても、蔡元定は病氣

を理由に辭退した。恐らく〔翼增〕は、この病氣による辭退を、上掲の書簡十一に言う所の「季通《きとう》病むこと甚だしく、彊《し》ひて起《た》ちて建陽に如《ゆ》き 墳墓を料理す」に結びつけて、書簡が書かれた時期を淳熙元年頃と推定したのであろう。しかしながら、朝廷のお召しを辭退するのに病氣を理由とするのは、當時の常套手法であり、これだけでもって書簡の年代を判斷することは危険である。また、書簡十二には「季通竟《つひ》に家難に罹《かか》り、窘迫《きんぱく》すること念《おも》ふ可し。彼中《ひちゅう》（あちら）葬事如何《いかん》」とあり、蔡元定の家に不幸（恐らく父か母の死）があったことを臭わせるが、この件については上掲の『宋史』蔡元定傳・『杜清獻集』所收「蔡元定傳」、及び朱子の手に成る所の「祭蔡季通文」・「又祭蔡季通文」のいずれにも殘念ながら言及されておらず、今の所、蔡元定の線からは判斷が付かない。

次に、書簡十二中の「虞祠の刻 已《すで》に寄せ來る。規模 甚だ大なり。文 固《もと》より稱《かな》はざれば、篆額 亦た差《や》や小なるに似たるのみ」という記述に着目してみると、この「虞祠の刻」というのはどうやら『文集』巻八十八に収められる「靜江府虞帝廟碑」を指すと思われる。

靜江府故有虞帝祠、在城東北五里而近虞山之下、皇澤之灣。……有宋淳熙二年春二月、今祕閣張侯栻始行府事、奉奠進謁。……則命撤而新之。……秋七月癸未、侯率其僚奉承牢醴、俯伏灌薦、以妥皇靈。

靜江府に故《も》と虞帝祠《ぐていし》有り、城の東北五里に在りて虞山の下《もと》、皇澤の灣に近し。……有宋《いうそう》淳熙二年春二月、今の祕閣 張侯栻 始めて府事を行ひ、奠《てん》を奉じて進謁す。……則ち命じて撤して之を新たにせしむ。……秋七月癸未《きび》、侯 其の僚（部下）を率ゐて牢醴《らうれい》（供物と酒）を承《う》け奉り、俯伏して灌薦《くわんせん》して（酒を地に注ぎ供物を供えて）、以て皇靈（舜帝の御靈《みたま》）を妥《やす》んず。

これは、淳熙元年に知靜江府となった張栻が、翌淳熙二年秋七月に當地の古びた虞帝祠（舜を祀る廟）を再建し、朱子に碑文の製作を依賴したものであり、その刻本が送られて來たと書簡十二に書かれているのであるから、書簡十二はその後、つまり淳熙二年の末から淳熙三年にかけて書かれたことが判明するのである。

こうして見て來ると、書簡十二で言及された「復齋記」と「靜江府虞帝廟碑」はいずれも淳熙二年の末から淳熙三年にかけて書かれたことが判明し、そこから推して書簡十二自體は淳熙三年中に書かれたと見るのが妥當であろう。書簡十一の製作はその直前で、やはり淳熙三年に書かれたはずである。とすれば本詩の製作年代も淳熙三年、或いは遲くとも翌四年と考えなければならないのであり、これが筆者の結論である。

(四)楊萬里「李氏重修遺經閣記」に記された遺經閣建設史の再檢討

右の結論を得た上で再檢討せねばならないのは、楊萬里の「李氏重修遺經閣記」の記載との整合性であろう。ここで、當該文章に記された遺經閣建設の歷史を今一度整理してみよう。

隆興　二年（甲申、一一六四）：祖父の李作乂・父の李德廣により創建。

A：朱子・張栻等「詩を賦して其の紀を華《よみ》す」。
B：「年を歴《ふ》ること一終、再び鬱攸《うついう》に阨《やく》せらる」。
淳熙十四年（丁未、一一八七）：太湖山のそばに新たに土地を取得。
紹熙　四年（癸丑、一一九三）：子の李之傳により再建。
紹熙　五年（甲寅、一一九四）：楊萬里「李氏重修遺經閣記」著述。

こうして整理してみると、やはり問題となるのは、遺經閣が創建されて以降の、朱子・張栻等による題詠と、二度の火災による燒失との關係であろう。郭齊氏は上述の如く、「一終」とは十二年である故、創建から十二年後の淳熙二年（一一七五）の間に二度の火災に遭ったのであり、乾道年間（一一六五～一一七三）に最初の火災に遭い、その後重修された遺經閣を朱子等が題詠したと考えるのである。

しかし、この見方では、淳熙二年に二度目の燒失にあった後、市街地を嫌って郊外に遺經閣再建用の土地を取得するに到る（淳熙十四年、一一八七）まで、あまりに間が開きすぎる。これは二度目の燒失に遭った時點で、その原因を、當時の遺經閣が市街地に在り、余所《よそ》からの延燒を受け易いことに求め、その反省から郊外に再建のための土地を求めるに到ったと考えるのが自然であり、二度目の火災は郊外の土地取得の直前、即ち淳熙十四年（一一八七）かその前年と考えるのが妥當である。

また郭齊は一つ重要な點を見落としている。それは朱子等の題詠が「賦詩以華其紀」と記されている點である。この中「華其紀」の部分は少々讀みにくいが、「紀」には「十二年」の意がある故、筆者は「其の紀（十二周年）を華《よみ》す（祝う）」と解釋すべきであると考える。とすれば、遺經閣創建から十二年經った年、即ち淳熙二年（一一七五）或いは三年（一一七六）に（右箭史の A の部分）、まず十二周年記念の題詠が朱子・張栻等によって大々的になされ、その後の「一終」（十二年）の閒、即ち淳熙三年から淳熙十四年（一一八七）頃までに（右箭史の B の部分）、二度の火災に遭い（恐らく二度目の火災はその淳熙十四年頃）、郊外への移築を決意するに到ったということになり、そこで初めて楊萬里の記述にも確たる時系列的一貫性が見出されるのである。そして前節㈢で提出した本詩の製作年代に關する筆者の私見（淳熙三・四年說）とも合致すると言えるのである。

尚、遺經閣創建十二周年を祝う題詠は、楊萬里の記述にもあるように朱子・張栻を含めて數十人に上り、そのため各人の製作時期には多少のズレがあったことも予想されよう。たといその題詠の要請が各人に對して一時に爲されたとしても、朱子などは上述の如く、最初は余り氣乘りがせず、方士繇に代作を依賴していたほどであるのだから、實際の製作時期が創建十二周年の年より少々遲れても大した問題ではなかったのである。

（後藤　淳一）

147寄題瀏陽李氏遺經閣二首　其二

瀏陽《りうやう》の李《り》氏《し》遺《ゐ》經閣《けいかく》に寄題《きだい》す二首《にしゆ》　其《そ》の二《に》

讀●書○不●見●行○閒○墨●　書《しよ》を讀《よ》みて 行閒《ぎやうかん》の墨《すみ》を見《み》ず
始●識●當○年○敎●外●心◎　始《はじ》めて識《し》る 當年《たうねん》 敎外《けうがい》の心《こころ》
箇●是●儂○家○眞○寶●藏●　箇《これ》 是《こ》れ儂《わ》が家《いへ》の眞寶藏《しんはうざう》
不●應○猶○羨●滿●籯○金◎　應《まさ》に猶《な》ほ滿籯《まんえい》の金《きん》を羨《うらや》まざるべし

（七言絕句　下平聲・侵韻）

〔テキスト〕
『文集』巻四
〔校異〕異同無し。
〔通釋〕
　瀏陽の李氏の遺經閣を詠じて寄せた詩　二首　其の二
書物を讀んでも　言外の意を無理に求めることはしない
その昔李作乂《りさくがい》殿が子供らに施した教誨の外《そと》の心遣いが　今始めてわかった
これぞ我が家《や》祕傳の　眞の寶《たから》の藏《くら》
それに比べたら　籠《かご》いっぱいの黃金などを羨ましく思うはずもない
〔解題〕
連作の第二首。本詩では、遺經閣に所藏された儒家の經典を、邪心を交えずそのまま熟讀し、古《いにしえ》の聖賢の教えを正しく繼ぐことこそが眞の財産となることを主眼として詠じている。讀書及び學問に對する朱子の基本姿勢の一端が了得されよう。

〔語釋〕

○不見行間墨　行間に在る見えない文字までは讀まない。讀書の際に、無理やり妙解を拈《ひね》り出すために言外の意まで酌み取ろうとはしないこと。次に引く『朱子語類』巻一百二十〈朱子・十七―訓門人・八〉に、讀書に對する朱子の心構えの一端が窺える。

吳伯英初見、問、「書如何讀」。曰、「讀書無甚巧妙、只是熟讀。字字句句、對注解子細辯認語意。……工夫熟時、義理自然通貫、不用問人」。先生問、「尋常看甚文字」。曰、「曾讀『大學』」。曰、「看得如何」。曰、「不過尋行數墨、解得文義通、自不曾生眼目於言外求意」。……曰、「格物只是就事物上求箇當然之理。……凡事只是尋箇當然、不必過求、便生鬼怪」。

吳伯英　初めて見《まみ》ゆるに、問ふ、「書は如何《いか》にか讀む」と。(先生)曰く、「書を讀むに甚《なん》の巧妙も無し。只だ是れ熟讀するのみ。字字句句、注解に對して子細に語意を辯認《べんにん》す。……工夫　熟する時、義理　自然と通貫す。人に問ふを用ひず」。先生　問ふ、「尋常　甚《なん》の文字を看《み》る」と。曰く、「曾《かつ》て『大學』を讀む」と。(先生)曰く、「看得《みう》ること如何《いかん》」と。(吳伯英)曰く、「行《ぎやう》を尋《たづ》ね　墨を數ふるに過ぎず、解し得て文義通ず。自ら曾《かつ》て眼目を言外に意を求むるに生ぜず」と。……(先生)曰く、「格物は只だ是れ事物の上に就きて箇《こ》の當《まさ》に然るべきの理を求むるのみ。……凡《およ》そ事　只だ是れ箇《こ》の當《まさ》に然るべきを尋ぬるのみにして、必ずしも過ぎて求めず。（求めたら）便《すなは》ち鬼怪を生ず」。

讀書は素直に文意を追って行くのが良く、當たり前の事を當たり前の事として、それ以外は無理に穿鑿すべきではない。これが朱子の持論のようであり、瀏陽の李氏一族に對して再認識を促す措辭となっていると言えよう。

尚、『佩文韻府』巻一〇二上〈十三職―墨―行間墨〉の條に「朱子詩」として本詩の起・承句を引く。異同無し。

○識　知る。はっきり悟り知る。ここでは平仄の關係で「知」が使えない故、こちらの字を用いたのであろう。

○教外心　言葉による教えの他に籠めた心情。それは李作乂が子孫に藏書樓である遺經閣を遺《のこ》してやらねばならぬと考えた心情であり、古の聖賢の言葉を、何の穿鑿も加えずにそのまま受け繼いで欲しいと願う心である。これは遺經閣に所藏される書物の大多數が儒家の經典で占められており、その藏書の有り樣から先君の遺訓が讀みとれるという趣向なのであろう。

○箇是　これこそ。これぞまさしく。本詩の轉句は口語的口吻で仕立てられており、この轉句を特に強調して人々に訴えかけようとする意圖が見て取れる。

○儂家　我が家。多くは自稱として用いられ、その場合は後ろの「家」字には「いえ」の意は無いが、ここでは「家」字に確乎たる重みがある。次の例も「我が家」の意。

晩唐・司空圖「力疾山下吳村看杏花十九首」其六：儂家自有麒麟閣　第一功名只賞詩

○寶藏　寶物をしまっておく藏。「藏」は平聲では「しまい込む」という動詞となり、去聲（仄聲）では「くら」という名詞となる。ここ（平聲韻絕句の轉句の末尾）は絕對に仄聲でなくてはならない所である故、「藏」は自ずと「くら」の意となる。尙、「眞」の字が冠せられているのは、世間一般の骨董・貴金屬類を所藏するためのありふれた「くら」とは違うということを強調してのものであろう。

尙、『佩文韻府』巻八十二〈二十三漾―藏―寶藏〉の條に「朱子『李氏遺經閣』詩」として本詩の轉・結句を引く。異同無し。

○滿籯金　籠に滿ち溢れる黃金。146〔補說〕㈡で言及したように、『漢書』韋賢傳に由來する語。

韋賢字長孺、魯國鄒人也。……賢爲人質朴少欲、篤志於學、兼通禮・尙書、以詩敎授、號稱鄒魯大儒。徵爲博士・給事中、進授昭帝詩、稍遷光祿大夫詹事、至大鴻臚。……本始三年、代蔡義爲丞相、……年八十二薨、謚曰節侯。……賢四子、……少子玄成、復以明經歷位至丞相。故鄒魯諺曰、「遺子黃金滿籯、不如一經」。

韋賢　字は長孺、魯國　鄒《すう》の人なり。……賢　人と爲《な》り質朴少欲にして、志《こころざし》を學に篤《あつ》くし、兼ねて禮（禮記）・尙書（書經）に通じ、詩（詩經）を以て敎授し、號して「鄒魯大儒」と稱す。徵《め》されて博士・給事中と爲り、進みて昭帝に詩を授け（詩經を敎授し）、稍《やうや》く（だんだんと昇進して）光祿大夫詹事《せんじ》に遷り、大鴻臚《だいこうろ》に至る。……本始三年、蔡義に代りて丞相と爲り、……年八十二にして薨《こう》じ、謚《おくりな》して節侯と曰ふ。……賢の四子、……少子（末子）玄成《げんせい》、復た明經を以て位を歴して丞相に至る。故に鄒魯の諺《ことわざ》に曰く、「子に黄金滿籯《まんえい》を遺《のこ》すは、一經に如《し》かず」と。

尙、「籯」について、『漢書』の注釋者の一人である如淳《じょじゅん》は「籯は竹器にして、三四斗を受く。今 陳留の俗 此の器有り」と言い、竹で作った容器を指すとするが、蔡謨《さいぼ》は「滿籯なる者は、其の多きを言ふのみ。器の名に非ざるなり。若《も》し陳留の俗を論ずれば、則ち我 陳人なり。此の器有るを聞かず」と反論する。顏師古はそれらを折衷して、

許愼『說文解字』云、「籯、笭也」、楊雄『方言』云「陳・楚・宋・魏之閒謂筲爲籯」。然則筐籠之屬是也。今書本或作「盈」。又是盈滿之義、蓋兩通也。

許愼の『說文解字』に云ふ、「『籯』は、笭なり」と。楊雄《（ママ）》の『方言』に云ふ、「陳・楚・宋・魏の閒 筲《さう》を謂《い》ひて『籯』と爲す」と。然らば則ち筐籠《きやうろう》の屬、是《これ》なり。今書本 或いは「盈」に作る。又た是れ盈滿の義、蓋《けだ》し兩《ふた》つながら通ずるなり。

とする。

〔補說〕

張栻の遺經閣詩

張栻にも遺經閣を詠じた五言古詩があり、本詩と脈絡する部分もあるので、以下に紹介する。

賦遺經閣　　遺經閣を賦す

生世豈云晩　　世に生まるること豈《あ》に晩《おそ》しと云《い》はんや
六籍初未亡◎　　六籍《りくせき》（詩經・書經・禮記・樂記・易經・春秋）初《はじめ》より未だ亡びず
向來言外旨　　向來《きやうらい》 言外の旨《し》
瞠視多茫茫◎　　瞠視《だうし》すれども（目を見開いても）多く茫茫《ばうばう》たり
隱微會見獨　　隱微（おぼろげな中に）會《たま》たま獨《どく》を見れば（至高の道理を見極められたなら）
如日照八荒◎　　日の八荒（四方八方）を照すが如し
始知傳心妙　　始めて知る 傳心（古の聖賢が心から心に傳える）の妙
初豈隔毫芒◎　　初《はじめ》より豈に毫芒《がうばう》を隔てんや（少しも違うことがない）
絶學繼顏孟　　絶學（秦代に一度中斷された學問）顏孟（顏回・孟子）を繼ぎ
淳風返虞唐◎　　淳風（淳朴な風俗）虞唐（堯や舜が治めていた時代）に返る
讀書無妙解　　書を讀みて 妙解無ければ
數墨仍尋行◎　　墨を數へ 仍《よ》りて行《ぎやう》を尋《たづ》ぬ（じっくり文字を追って行く）
況復志寵利　　況《いは》んや復《ま》た寵利（出世や利得）を志《こころざ》し
荊榛塞康莊◎　　荊榛《けいしん》（いばら）康莊（廣い道）を塞《ふさ》ぐをや

自云稽古功　自《みづか》ら云ふ 稽古（書物を通して古を調べる）の功
此病眞膏肓◎　此の病《へい》 眞に膏肓《かうくわう》（癒しがたい）
君家屹飛閣　君が家 飛閣（高い樓閣）屹《そび》え
面對羣山蒼◎　羣山《ぐんざん》の蒼《さう》なるに面對す
匪爲登臨娯　（この遺經閣に登るのは）登臨の娯《たのしみ》の爲《ため》に匪《あら》ず
牙籤富貴藏◎　牙籤（象牙製の札）富貴（學問の富）藏す
邀予爲着語　予を邀《むか》へて爲《ため》に語を着《つ》けしむ（遺經閣のための詩を作れとの仰せ）
會意詎可忘◎　意に會《くわい》すれば（我が意に合致したので）詎《なん》ぞ忘る可《べ》けんや
一洗漢儒陋　一たび洗ふ 漢儒の陋《ろう》（漢代の儒者の舊弊）
活法付諸郎◎　活法（臨機應變の對處法）諸郎に付せん（御子息等にお任せしよう）

右の作では、古の聖賢が遺した六經の崇高さ、聖賢の言外の教えを體得する上での讀書の重要性、146詩と同じく、「牙籤」の付いた儒家の經典が多く藏せられる遺經閣の素晴らしさ、遺經閣を受け繼ぐ李氏一族への期待等が詠ぜられており、朱子の連作と概ね軌を一にする詠みぶりとなっていることが了得されよう。

（後藤　淳一）

148長溪林一鶚秀才有落髮之願

示及諸賢詩卷因題其後二首　其一

聞○說●當○機○百●念●休◎

區○區○何○更●苦●營○求◎

早●知○名○敎●無○窮○樂●

陋●巷●簞○瓢○也●自●由◎

長溪《ちやうけい》の林一鶚秀才《りんいつがくしうさい》　落髪《らくはつ》の願《ねがひ》有《あ》り

諸賢《しよけん》に詩巻《しくわん》を示《しめ》し及《およ》ぶ　因《よっ》て其《そ》の後《のち》に題《だい》す二首　其の一

聞說《きくなら》く　機《き》に當《あた》りて百念《ひやくねん》休《や》むと

區區《くく》　何《なん》ぞ更《さら》に營求《えいきう》に苦《くる》しまん

早《つと》に名敎《めいけう》無窮《むきゆう》の樂《らく》を知《し》らば

陋巷《ろうかう》　簞瓢《たんぺう》　也《ま》た自由《じいう》　　（七言絶句　下平聲　尤韻）

〔テキスト〕

『文集』巻四

〔校異〕　異同なし。

〔通釋〕

長溪の林一鶚どのは出家の願いを起こし　友人たちに詩の巻物を披露された　そこでその詩の後に續けた二首　其の一

貴方は出家の一念を起こし　世俗への雑念がなくなったそうですね

どうして更に心を砕いて　悟りの境地を求めようと苦しむのですか

もっと早く　儒家の道の中に無限の樂しみがあることをご存じであれば

狭い路地　粗末な食事の暮らしの中でも　かの顔回の如く自由な境地に至ることができたでしょう

に

〔解題〕

長溪の林一鶚が出家の志を詠じた巻子本《かんすぼん》の詩集を朱子ら同朋に贈り、それに對して朱子が應答したもの。朱子が佛敎から離れた後の作であろう。『編年箋注』に制作年は未詳とし、「僅知作在紹興末作者棄佛以後」と推測する。

長溪は現在の福建省霞浦《かほ》で、福州市の北部にある。長溪という川沿いに廣がる地域だった。

林一鶚については、『仙溪志』巻四に次のように傳える。

一鶚字雲卿。紹興二十一年登進士第。父沒衰経廬墓。讀大藏經三年。人稱其孝。知建昌南豐縣。頌聲載道。有民謠集。朝廷聞其治行、擢審計院。出爲江州添倅官。至朝奉郎。子渙知南康軍都昌縣（一鶚、字は雲卿。紹興二十一年（一一五一）、進士の第に登る。父沒して衰経《さいてつ》して墓に廬す。大藏經を讀むこと三年。人 其の孝を稱す。建昌南豐縣に知たり。頌聲《しょうせい》 道に載《み》つ。民謠の集有り。朝廷 其の治行《ちかう》を聞き、審計院に擢《ぬき》んでらる。出でて江州添倅《てんさい》官と爲る。朝奉郎に至る。子の渙 南康軍都昌縣に知たり）。――一鶚は字を雲卿と言う。紹興二十一年進士に合格した。父親が亡くなると喪の裝いに身を包み墓の傍に廬を建て、三年間大藏經を讀んで追善した。人々はその孝心を讚えた。建昌南豐縣の知事になった時、彼の德を譽める歌が道に溢れた。民謠の集が作られるほどだった。行政の成果が天子の耳に入り審計院に拔擢された。累進して江州の添倅官、朝奉郎に至る。子の渙は南康軍都昌縣の知事である。

〔語釋〕

○聞説　聞くところによれば。

○當機　その機會に當たって。『箚疑輯補』の〔翼增〕では「當、値也。機、禪機。謂當其機會」とする。

『箚疑』に「楞嚴經註、富那之後、又以阿難問、難者諸法既明、則進修無滯、將示修澄之門、故復以當機之人發起〔楞嚴經の註に、富那の後、又阿難を以て問ふ。難は諸法既に明らかなれば、則ち進修滯ること無し。將に修澄の門を示さんとす。故に復た當機の人を以て發起す〕」とあり、佛の説法を聽聞する機會が意識されていたか。

○百念休　「百念」は多くの思念。陸游に八例見られる。

南宋・陸游「杜敬叔寓僧舍開軒松下以虛瀨名之求詩」：放翁百念俱已矣　獨存好奇心未死

○區區　①小さいさま。②つまらない心。③細々と心を砕く。つとめるさま。

承句は「營求」の項に引いた『北史』の文を踏まえており、同文の「孜孜營求」の「孜孜」が内容的に「區區」と重なると考えられるので、③の意味が妥當である。承句は「何更苦區區營求」となるべきところ、平仄の關係から「區區」を上に置いたものであろう。

○營求　生活の糧を得る。『佩文韻府』巻二十六下―十一尤〈營求〉の用例に本詩を引く。

『北史』柳虯傳：弊衣蔬食未嘗改。操人或議之。虯曰、衣不過適體、食不過充饑、孜孜營求、徒勞思慮耳。

中唐・劉商「題道濟上人房」：何處營求出世間　心中無事卽身閑。

○名教　名目を正す教え。物事の筋を正そうとする儒家道德。老子の無名の教に對して儒家の教えを名教という。

『世說新語』德行篇：王平子・胡毋彥國諸人、皆以任放爲達、或有裸體者。樂廣笑曰、名教中有樂地。何爲乃爾也。

王平子・胡毋彥國の諸人は、皆任放《じんはう》（氣儘で放埒なこと）を以て達と爲し、或は裸體なる者有り。樂廣笑ひて曰く、名教の中　自ら樂地有り（道德を尊ぶ儒教の教えのなかに樂地は有る）。何爲《なんす》れぞ乃ち爾るや、と。

劉峻注：王隱晉書曰、魏末阮籍嗜酒荒放、露頭散髮、裸袒箕踞。其後貴游子弟阮瞻・王澄・謝鯤・胡毋輔之之徒、皆祖述於籍、謂得大道之本、故去巾幘、脫衣服、露醜惡同禽獸。甚者名之爲通、次者名之爲達也。（劉峻注　王隱の晉書に曰く、魏末の阮籍　酒を嗜むこと荒放（氣儘・放縦）。露頭散髮（頭巾を被らず髮をまとめず）、裸袒箕踞《らたんききよ》（肌脫ぎし足を投げ出）す。其の後　貴游の子弟、阮瞻・王澄・謝鯤・胡毋輔之の徒、皆　籍を祖述し、大道（老子の說く無爲自然の道）の本（根本）を得たりと謂ふ。故に巾幘《きんさく》を去り、衣服を脱し、醜悪を露《あら》はにすること禽獸に同じ。甚しき者は之を名づけて通と爲す。次ぐ者は之を名づけて達と爲すなり」。

西晉末から任放の風が流行し、王澄・胡毋輔之らによって、冠を去り衣服を脱ぐなどの奇行がなされた。これは阮籍をはじめとする竹林の七賢を模範として、老莊思想の立場から形式的な禮法を否定するものであった。それに對して『世説新語』の逸話では、儒者の側から名教の中に束縛を離れて樂しめる境地があるという思想が提示されている。朱子は本詩で更にそれを佛教の自由の境地に對置させた。

○無窮樂：極まりない樂しみ。次の陸游の詩句と類似している。

南宋・陸游「閑居初冬作」：早知閭巷無窮樂　悔不終身一幅巾

○陋巷　貧賤な者の住む狭小な巷。せまくてむさくるしい町すじ。『論語』雍也篇の文を典故として、陋巷と顏回、また簞瓢と取り合わせる表現が多い。極貧の生活の中にあっても道を學ぶ樂しみをやめない顏回を讚えている。

『論語』雍也第六：子曰、賢哉回也。一簞食、一瓢飲、在陋巷。人不堪其憂。回也不改其樂。賢哉回也。

子曰く、賢なるかな回や。一簞の食《し》、一瓢の飲、陋巷に在り。人は其の憂ひに堪へず。回や其の樂しみを改めず。賢なるかな回や。

○箪瓢　「箪食瓢飲」の略。前項の『論語』雍也篇の文に基づく。辨當箱一杯のご飯と、ただ一瓢の飲み物という粗末な食事のさまで、清貧に安んずること。「箪食」の「箪」は竹で作った四角い辨當箱で「食《し》」は廣義の食物ではなく「めし」の意味。「瓢」はひょうたんではなく、丸いひさごを半分に割ったお碗。

魏・曹植「諫取諸國士息表」：陋巷箪瓢、顔子之居也。

○自由　束縛を受けないこと。〔翼增〕では「猶言自得。林蓋爲貧而求出家。故戒其勿營求而譏其不識名教安貧之道也（猶自得と言ふがごとし。林、蓋し貧が爲に出家を求む。故に其の營求する勿らんことを戒しめて、其の名教貧に安んずるの道を識らざることを譏《そし》るなり）」とする。

中唐・白居易「蘭若寓居」：家園病懶歸　寄居在蘭若（中略）行止輒自由　甚覺身瀟灑

南宋・陸游「道院雜興四首」其二：征途暗盡舊貂裘　歸臥林間喜自由

白居易や陸游の閑居を描いた作品に目立つ語であり、右の用例のような佛教・道教的な自由の境地がよく描かれる。それに對して名教の中の「樂地」と顔回の生き方を提示して、そこにより自由な境地があるとした。

〔補説〕

「陋巷箪瓢」の境地

『論語』雍也第六の文について、朱子は『集注』で次のように解説している。

顏子貧如此、而處之泰然、不以害其樂。故夫子再言、賢哉回也、以深歎美之。程子曰、顏子之樂、非樂簞瓢陋巷也。不以貧窶累其心、而改其所樂也。故夫子稱其賢。又曰、簞瓢陋巷非可樂。蓋自有其樂爾。其字當玩味。自有深意。又曰、昔受學於周茂叔。每令尋仲尼顏子樂處。所樂何事。愚按程子之言、引而不發。蓋欲學者深思而自得之。今亦不敢妄爲之説。學者但當從事於博文約禮之誨、以至於欲罷不能而竭其才、則庶乎有以得之矣。

顏子　貧なること此《か》くの如し。而るに之に處《を》ること泰然たり。以て其の樂を害せず。故に夫子再び「賢なるかな回や」と言ひて以て深く之を歎美す。程子曰く、顏子の樂、簞瓢陋巷を樂しむに非ざるなり。貧窶《ひんく》を以て其の心を累《わづら》はして、其の樂しむ所を改めざるなり。故に夫子其の賢を稱す、と。又曰く、簞瓢陋巷は樂しむべきに非ざるなり。蓋し自ら其の樂有るのみ。其の字　當に玩味すべし。自ら深意有り、と。又曰く、昔、學を周茂叔に受く。毎に仲尼顏子の樂しむ處を尋ねしむ。樂しむ所は何事ぞ、と。愚按ずるに、程子の言は引きて發せず。蓋し學ぶ者　深く思うて自ら之を得んことを欲す。今　亦　敢て妄りに之が説を爲さず。學ぶ者但だ當に博文約禮の誨《をし》へに從事すべし。以て罷めんと欲して能はずして其の才を竭《つく》すに至れば、則ち以て之を得ること有るに庶《ちか》からんか。「顏回はこれほど貧窮していたが泰然とし、その樂しみを損なわなかった。だからこそ夫子は再度「回は偉い」と譽めたのだ。程子は「貧窮生活を樂しんだのではなく、貧窮していても辛さに耐えて自らの樂しみを改めようとしなかった。だから夫子は回の賢明なことを譽めたのだ」と。又「貧窮生活を樂しむのではない。樂しみは心の中にある。この言葉の深い意味をよく味わうべきだ」と。又「かつて周茂叔に學んだ時、仲尼顏子の樂しみの內容を見つけるように聞かれた」と。私は程子の言葉を思ったが引いて發しなかった。學問するものは深く考え、自分で答えを發見しなければならないと思ったのだ。今も強いてこの說を唱えることはしないが、學問するものは「博文約禮」（知識を廣く求め禮のもと正しい行動をすること。『論語』雍也篇の言葉）の教えを守ることだ。これ以上考えられないというほど考えぬけば、本意に近いところまで到達できるだろう」。

『論語』のこの條は、程伊川が周敦頤に教えを受けた時、常に「孔子と顏回が樂しむところは何事か」と尋ねられたという『集注』の逸話が示すように、宋學において特に重視されてきた。その境地について、朱子は輕々しく教えられるものではなく、學ぶ者がやむにやまれず才を盡くして至るのが望ましいとする。

（岩山　泰三）

149 長溪林一鶚秀才有落髪之願

長溪《ちやうけい》の林一鶚《りんいつがく》秀才《しうさい》 落髪《らくはつ》の願《ねがひ》有《あ》り

示及諸賢詩卷因題其後二首　其二

諸賢《しよけん》に詩卷《しくわん》を示《しめ》し及《およ》ぶ　因《よ》つて其《そ》の後《のち》に題《だい》す二首　其の二

○●○○●●◎

貧里煩君特地過　貧里《ひんり》　君《きみ》を煩《わづら》はして特地《とくち》に過《よぎ》らしむ

金襴誰與換魚簑
它年雲水經行遍
佛法元來本不多

金襴《きんらん》 誰《た》が與《ため》にか魚簑《ぎよさい》に換《か》へん
它年《たねん》 雲水《うんすゐ》 經行《けいかう》遍《あまね》きも
佛法《ぶつぱふ》 元來《ぐわんらい》 本多《ほんおほ》からず

（七言絶句　下平聲　歌韻）

〔テキスト〕
『文集』巻四

〔校異〕
○幱　眞軒文庫本では「襴」に作る。
○遍　『編年箋注』に據れば、淳熙本では「處」に作る。

〔通釋〕
其の二
この貧しい巷　わざわざあなたを煩わして　お立ち寄りいただいた
金色の袈裟を誰のために　漁師の簑笠《みのかさ》に換えるのでしょうか
将來　雲水としてくまなく行脚しても
佛法は元來　根本が大したものではないのです

〔解題〕
連作二首目。

朱子の父朱松の「贈僧」（『韋齋集』巻四）は、僧に贈った詩であるということに加えて、本詩と共通する語句（「特地過」「漁簑」「他年」）が見られる點が注目される。

知有叢林特地過　　叢林 有るを知りて 特地に過《よぎ》る
幅巾迎笑出岩阿◎　　幅巾 迎へ笑ひて 岩阿を出づ
杖藜同覓牛羊路　　藜《れい》を杖《つゑ》つきて同《とも》に覓《もと》む 牛羊の路
濯足來分鷗鷺波◎　　足を濯《あら》ひて 來り分つ 鷗鷺《おうろ》の波
豈不倦遊貪斗粟◎　　豈に倦遊して斗粟《とぞく》を貪《むさぼ》らざらん
坐令歸思動漁簑　　坐《そぞろ》に歸思をして漁簑に動かしむ
他年會有相逢日　　他年 會《たまたま》 相逢ふの日有らば
稍食吾言聽子呵◎　　稍《や》や吾が言を食《は》みて 子の呵《か》するを聽《ゆる》さん

〝木々に圍まれた寺院があることを知ってわざわざ立ち寄ると、頭巾を被った者が笑って迎え、山谷の間を出てきた。あかざの杖で共に牛羊が通る路をたどり、足を洗って鷗鷺が浮かぶ波を分かつ。私は仕官に倦みながら僅かの粟に執着している。しみじみと歸鄉の思いが漁師のみのかさに催される。將來たまたま逢う日があれば、そのときは前言を翻して（やはり役人勤めはだめだったと認めて）あなたの御批判を聞き入れることになろう〟という内容で、世俗を捨て切れない立場から出家者への親近感や憧れが詠ぜられている。朱子はこれを意識している。

朱松は朱子が十四歳の時に亡くなったが、その遺命によって、朱子は胡籍溪・劉屏山・劉白水の三師に學んだ。朱子の若年時の佛教愛好がこの三師や朱松の影響によることは、單行本第一册007「宿山寺聞蟬」詩の〔補說〕（「青年朱子と禪」七八ページ）に指摘されている。本詩はその影響を脱却した時點での態度をよく示すものであろう。

〔語釋〕

○貧里　貧民が集まって居住する區域。
　盛唐・王維「遊化感寺」：抖擻辭貧里　歸依宿化城

○煩　頼んでわざわざしてもらう。

○特地　ことさら。特に。「地」は助辭。「特地過」は〔解題〕に擧げた朱松「贈僧」に見られる。『佩文韻府』巻二十下—五歌—過〈特地過〉及び巻六十三—四寘—地〈特地〉（「魚簑」を「漁簑」に作る）の用例に本詩の前半二句を引く。

○金幱　幱は襴に同じ。衣と裳を連ねた着物。金襴は錦地《にしきぢ》に金絲《きんし》模様を織りこんだ袈裟。禪宗では、釋迦の涅槃に臨んで教法とともに迦葉《かしょう》に傳えたと信ぜられ、正法の象徴とされる。
　『黃檗山斷際禪師傳心法要』：見性成佛、不在言說。豈不見阿難問迦葉云、世尊傳金襴外、別傳何法。

○漁簑　漁師がつける簑。またそれをつけている人。朱松の「贈僧」に見られる。隱逸者のイメージを伴う。

南宋・陸游「對酒」：江月偏能照蓬戸　京塵終不汚魚蓑

本詩で漁簑を金欄に換えるというのは出家を意味するか。それを「誰のために」と問い掛けるのは、『朱子語類』巻一二六に「問。佛法如何是以利心求。曰。要求清淨寂滅、超脱世界、是求一身利便」とあるような、出家を利己的なものとする思想が背景にあろう。

○它年　某年、ある一時期。過去にも將來にも用いる。朱松「贈僧」に見える「他年」も同じ意。ここでは將來の意味に取って、林一鶚が今後、佛道修行に打ち込んだ場合について述べていると解釋した。過去の意味に取れば、朱子が佛教（特に禪）に傾倒していた時期について述べていることになろう。

○雲水　行雲流水の略。そこから行雲流水の如く一處に住せず行脚する修行僧。參禪學道の僧をいうことが多い。

○經行　佛教用語としては一定の地を巡って往來すること。また座禪のとき、睡眠防止や運動のために、座より起って靜かに部屋の中を歩くこと。

『法華經』序品：又見佛子、未嘗睡眠、經行林中、勤求佛道。

盛唐・顧況「酬揚州白塔寺永上人」：浮草經行遍　空花義趣圓　我來雖爲法　暫借一牀眠

○佛法　佛教。『佩文韻府』巻一百六―十七洽―法〈佛法〉の用例に本詩の後半二句を引く。

○元來本不多　『劄疑』は次の臨濟義玄の言葉を出典とする。

『景德傳燈錄』卷十二・鎭州臨濟義玄禪師：師遂參大愚（中略）師於言下大悟云、元來黃檗佛法無多子。

北宋・王安石「擬寒山拾得二十首」其十：歸來自悔責　分別亦非理（中略）若除此惡習　佛法無多子。

臨濟の言葉は彼が大悟したとき、師匠である黃檗希運の佛法はどうということはないと述べたもの。『臨濟錄』の「行錄《あんろく》」にもこの語を引く。同書の續く部分に「見與師齊、減師半德。見過於師、方堪傳授（見《けん》の師と齊《ひと》しきは、師の半德を減ず。見の師に過ぎて、方《まさ》に傳授するに堪へたり）」とあるように、弟子の見識が師と同等では、師の德を半減するという考えに基づく。王安石の詩は「分別心を除けば、佛法はどうということはない」とするもので、原據から逸脱した用法ではない。これを朱子は佛法否定の言辭に轉用したのであろうか。

なお、右の例文に見える「多子無し」については入矢義高著「禪語つれづれ」（『求道と悅樂』〔岩波書店〕所收）に詳論されていること、三浦國雄氏より御敎示をいただいた。

〔補說〕

朱子の佛教離脫について

『宋代儒學の禪思想研究』（久《く》須《す》本《もと》文雄《ぶんゆう》著、日進堂書店、一九八〇年）では、朱子の佛教經驗について詳しい考察がなされている。以下、參考のために内容を略述しておこう。

朱子は一五、六歳から佛教を學んでいるが、當初の師が誰であるか特定は出來ないという。

　某年十五六時、亦嘗留心於此（中略）理會得箇昭昭靈靈底禪。　〈『朱子語類』巻五〉

　　某、年十五六の時、亦た嘗て心を此《ここ》（佛教）に留む（中略）箇《こ》の昭昭靈靈の禪を理會し得たり。

この時、朱子が參じたのは次の資料から大慧派の祖大慧宗杲《だいえそうこう》ではないかと推測することが可能ではある。しかし決定的な證據はなく、他の禪僧である可能性もある。

　向蒙妙喜開示、（中略）但以狗子話時時提撕。　（『佛法金湯編』明、岱宗心泰編巻十五朱子條）

　　向《さき》に妙喜（大慧の號）の開示を蒙る。（中略）但だ狗子《くし》の話（狗子＝犬の子に佛性はあるや否やという『趙州錄』にある公案）を以て時時提撕《じじていぜい》（いつも導く）す。

大慧本人への參禪は推測の域を出ないが、大慧の法嗣《はつす》（弟子）開善道謙《かいぜんどうけん》について勉學したことは次の資料で確かめられるようである。

李侗が羅博文に與えた書（『李延平集』巻一）に、

　渠初從謙開善處下工夫來、故皆就裏面體認。

　　渠《かれ》（元晦）初め謙開善に從ふの處、工夫を下し來り、故に皆裏面（事象の表面だけでなく内面も）に就きて體認《たいにん》す（充分良く理解する）。

とあり、その時期は紹興十六年頃となる。

その後の朱子の佛教研鑽の様子は次のようである。

丙寅之秋、師來拱辰、乃獲從容笑語日親。（中略）往還之間見師者三。見必款留、朝夕咨參。師亦嘉我、爲説禪病。我亦感師、恨不速證。（『佛法金湯編』巻十五）

丙寅《へいいん》の秋、師（道謙）拱辰《きょうしん》に來る。乃ち從容《しょうよう》として笑語、日〻親しきを獲《う》。（中略）往還の間、師に見《まみ》ゆる者三たび。見ゆれば必ず款留《くわんりう》（うち解けてもてなす）し、朝夕咨參《てうせきしさん》す。師も亦た我を嘉《よみ》し、爲に禪病を説く。我亦た師に感ずるも、速證せざるを恨む。

ところが二十四歳、李侗に從學してから後、朱子は佛教から離れることになる。隆興元年（一一六三）に朱子は「答汪尚書應辰書」（『文集』巻三十）でその經緯を次のように述べている。

熹於釋氏之説、蓋嘗師其人、尊其道、求之亦切至矣。然未能有得。其後、以先生君子之教、校夫先後緩急之序、於是暫置其説、而從事於吾學。

熹の釋氏の説に於けるは、蓋し嘗て其の人を師とし、其の道を尊び、之を求むること亦た切に至れり。然れども未だ得ること有る能はず（大悟徹底することはできなかった）。其の後 先生（李侗）の君子の教へを以て夫《か》の先後緩急の序を校《かんが》へ（もの事の順序や危急のことなどを引き調べて）、是《ここ》に於て暫《しばら》く其の説を置いて、吾が學に從事せり（以來佛教を捨てて儒學に專念することになった）。

三十三歳の時、孝宗即位の際に奉上した「壬午應詔封事《ほうじ》」（『文集』巻十一）では孝宗に對して、排佛歸儒を勸める。

記誦詞藻、非所以探淵源而出治道。虛無寂滅、非所以貫本末而立大中。

記誦《きしょう》詞藻（詩文を暗誦すること）は、淵源（物事の源）を探りて治道《ちだう》（政治を行う方法）を出す所以に非ず。虛無寂滅（虛無の學は老莊の說、寂滅は佛敎の言葉）、本末（大事なことと些末なこと）を貫きて大中（中正の道）を立つる所以に非ず。

この排佛傾向は四十歲以後一層強まり、特に禪を排斥するようになる。

有言莊老禪佛之害者。曰、禪學最害道。莊老於義理絕滅猶未盡。佛則人倫已壞。至禪則又從頭將許多義理掃滅無余。（『朱子語類』卷一二六「釋氏」）

莊老禪佛の害を言ふ者あり。曰く、禪學最も道を害す。莊・老は義理において絕滅すること猶未だ盡《つく》さず。佛は則ち人倫（人と人の秩序）已に壞《くず》る。禪に至っては則ち又頭より許多の義理を將って掃滅して余す無し。

右に見たような經過をたどって、本詩の第一首目の轉結句に示された境地を究めるために、形而上學的な理論武裝が行なわれたと考えられる。第二首目に示される佛敎否定の言說もこうした經緯の延長上にあるのであろう。

（岩山　泰三）

150 送徳和弟歸婺源二首　其一　徳和弟《とくくわてい》の婺源《ぶげん》に歸《かへ》るを送《おく》る二首《にしゅ》　其《そ》の一《いち》

十舍辛勤觸熱來　十舍辛勤《じふしやしんきん》 熱《ねつ》に觸《ふ》れて來《きた》る
琴書曾未拂塵埃　琴書《きんしよ》 曾《かつ》て未《いま》だ塵埃《ぢんあい》を拂《はら》はず
秋風何事催歸興　秋風《しうふう》 何事《なにごと》ぞ歸興《ききよう》を催《もよほ》す
歩出閩山黄葉堆　歩《ほ》して閩山《びんざん》を出《い》でなば 黄葉《くわうえふ》 堆《うづたか》からん　（七言絶句　上平聲・灰韻）

〔テキスト〕
『文集』巻四

〔校異〕
異同なし。

〔通釋〕
朱徳和君が婺源に歸郷するのを見送る二首　その一
きみは三百里のかなたから　ご苦労にも　暑い中　ここ崇安に來てくれた
滯在中は　琴や書籍を取り出してくつろぐ暇も無く　多忙であった
秋風の季節となった今　なにゆえに歸郷の思いをかり立てられたのか
旅の歩みを進めて武夷の山なみを抜ければ　黄ばんだ木の葉が一面に散りつもっていることだろう

〔解題〕

本連作の制作年代や背景については、『年譜長編』巻上一一三四ページに言及がある。それによれば、紹興二十年（一一五〇）秋、朱子二十一歳の作。詩題の「徳和弟」は、朱徳和のこと。婺源（安徽省）の人で、朱子の表弟（母方の、年下のいとこ）である（『新安學系錄』巻七）。

朱子は紹興十八年（一一四八）、十九歳の春に科擧に及第し、同進士出身の資格を得た。そして翌・紹興十九年の十二月、鄉里の徽州《きしゅう》婺源に歸り、墓參をするとともに、鄉里の親族や學問上の先輩、詩人たちと親交を深め、學問上の談論を交わす。明けて紹興二十年の正月に婺源を發ち、三月に南のかた崇安に歸った。

『年譜長編』では、それから間もなく、初夏のころに朱徳和が崇安の朱子のもとを訪れてしばらく滯在し、秋になって婺源へ歸った、と想定されている。

なお、崇安滯在中に、徳和は朱子の依賴に應じ、知友あての書狀を届けるようなこともしていた。朱子に信賴されていた人物であったと言えよう。これについては、本連作の制作年代についての異説とともに、〔補説〕の㈠を參照されたい。

連作の第一首である本詩は、暑い季節にわざわざ訪ねてくれた徳和の勞をねぎらいつつ、別れを惜しむ心情を述べたもの。後半二句では西晉の張翰《ちょうかん》の故事（〔補説〕の㈡を參照）を引いて徳和の心情を思いやり、風流な餘韻を殘している。

〔語釋〕

○十舍　三百里（宋代では約一六六キロメートル）。行軍の一日の行程、三十里を「一舍」と稱した。
婺源と崇安との間は直線距離で二〇〇キロ弱である。

○辛勤　骨折ってつとめる。ここは、德和が暑い中、わざわざ訪ねてくれたことに對するねぎらいの語。

○觸熱　暑熱をおして。觸は、突きあたる、かまわずにつき進む意。『韻府』巻十〈十灰―來〉の「暑熱來」の項に、本詩のこの句のみを引く。異同なし。〔補說〕の㊂を參照されたい。

○琴書　琴と書籍。文人や風雅の士が常にたずさえる物とされる。
後漢・劉歆《りゅういん》の「遂初《すいしょ》の賦」に「琴書を玩《もてあそ》んで以て條暢《でうちやう》し（のびやかにくつろぎ）／性命の變態（移りかわるさま）を考ふ」、東晉・陶淵明の「歸去來の辭」に「親戚の情話（心のこもった語らい）を悦《よろこ》び／琴書 以て憂ひを消すを樂しむ」とあり、「琴書」は俗事に疲れた人の心をなごませ、本來の自分に返らせる働きをするものとして扱われる。

○拂塵埃　ちりを拂う。しまってあった物を、ほこりを拂って取り出し用いること。ここでは、琴書によって俗塵を拂い去る意も暗示しているのだろうか。

○歸興　郷里へ歸ろうと思う心。わき起る里心。

○閩山　福建地區の山。ここでは崇安の北方、江南東路と福建路の境界に横たわる武夷山脈のことか。

○黃葉　晩秋になって黃色になった木の葉。この語に伴われる詩的心象につき、〔補說〕の㈣を參照されたい。

〔補說〕

㈠　朱子と朱徳和の交流、ならびに本連作の制作時期について

『朱熹集』第十册に附せられた人名索引を検すると、朱徳和の名は『文集』中、三箇所に見えている。すなわち、

一、本詩の詩題（『文集』巻四、『朱熹集』第一册一六六ページ）

二、程洵《ていじゅん》あての書状（『朱熹別集』巻三〈書〉、『朱熹集』第九册五三八八ページ）の三通目

三、「汪次山に答ふるの書」（『朱熹遺集』巻二〈書〉、『朱熹集』第九册五六六〇ページ）

である。程洵（字《あざな》・允夫《いんぷ》）あての書状では、朱子は學說上の意見を述べ〝次囘の私あての書状を徳和に委託するように〟と請願している。

書を觀て或ひは疑ふ所有らん。便に因って疏示せよ。閑時に寫し得なば、便ち徳和の處に旋寄す可し。

また汪次山あての書状では『周禮』の解釋をめぐって意見を述べ、〝經書を理解するにはまず本文を熟讀し、その次に注疏を參照するものだ〟と述べているが、この書状の冒頭に、

別楮《べっちょ》の誨喩《くわいゆ》、良《まこと》に荷《にな》ふこと鄙《ひ》ならず〔たいへん貴重なお教えをいただきました〕。已《すで》に徳和弟に託して曲折を布《し》く、千萬千萬。

と謝意を示している。これによれば、德和は汪次山の意見を口述筆記して朱子に届けたものと思われる。

これらの記事からは、德和が朱子の助手のような役を果していたことが窺われよう。

本詩の制作時期については〔解題〕で述べたとおり、紹興二十年（一一五〇）、二十一歳の作とする『年譜長編』の說に從った。同書の〈一一四九・紹興十九年・二十歳〉の條に右の「汪次山に答ふるの書」を揭げ、この書狀は朱子が紹興二十年、婺源より歸って間もなく書かれたとしている（一三四ページ）。また、これに先立つ紹興十九年、科擧及第後に歸鄉して交流した學者・詩人の中に、朱德和とともに、程洵と汪次山の兩名が含まれていた（一三一ページ）。『年譜長編』はこれらのことから、本連作をこの時期のものと推定しているのである。

これに對して『編年箋注』は本連作を淳熙三年（一一七六）、朱子四十七歳の作としている。同書上冊三四七〜八ページに言う――

『新安文獻志』卷九に朱熹の「汪次山に答ふるの書」一篇があり、德和に口述を依賴したことに言及している。また作者（朱熹）が程允夫に寄せた書狀の中でも德和に書狀を轉送させることに言及しているが、この書狀は淳熙四年（一一七七）に執筆された。これら二通の書狀の學問や思想の述べ方は本連作と一致しており、いずれも作者の思想の成熟期の作である。これらを照らし合せて裏づけると、德和は淳熙三年、朱熹が婺源に歸った時に面會し、その年の夏、朱熹に從って崇安に赴いて研鑽し、秋に北（婺源）へ歸った。これがつまり第一首に言う〝夏來秋歸〟である。

今は、右の文中で「汪次山に答ふるの書」を淳熙四年の作とする根據が未詳であることと、本連作の内容が、朱子四十七歳の作とするよりも、二十一歳の作とする方がふさわしいと思われることによって、ひとまず『年譜長編』の説に從った。

後者の理由については一言を要するであろう。淳熙三年、四十七歳と言えば、朱子の學問の大成期にあたる。彼は四十代前半より、その主要著作を續々と完成させていた。すなわち四十三歳のときには『八朝名臣言行錄』『論孟精義』『通鑑綱目』が、四十四・五歳で『伊洛淵源錄』『程氏外書』『大學章句』『中庸章句』『大學或問《わくもん》』『中庸或問』、四十六歳で『近思錄』（呂東萊《りよとうらい》との共編）、四十八歳で『論語集註《しっちゅう》』『孟子集註』『論語或問』『孟子或問』『詩集傳』がそれぞれ完成している（一部に初稿を含む）。

ひるがえって本連作の内容を檢するに、〈其の一〉の纖細な情感といい、〈其の二〉の不安感・孤獨感といい、著述を次々に發表する、精神的な力にみなぎっていた時期の作としてはやや違和感がある。それらはむしろ二十代初めの、まだ仕官の途も定まらない時期の作と見る方がしっくりする。朱子二十代の作は單行本第一册に多く收められているが、本連作の詩風は、それらとの類縁性を強く感じさせもするのである。

㈡「張翰適意」の故事

〔解題〕の末尾に觸れたおとり、本詩の後半二句には西晉の張翰《ちょうかん》の故事が影を落していると思われる。『世說新語《せせつしんご》』識鑒《しきかん》・『晉書《しんじょ》』文苑傳—張翰傳などに基づき、『蒙求《もうぎゅう》』にも「張翰適意」という標題で收められている。

張翰（二五八?〜三一九?）、字《あざな》は季鷹《きよう》。吳（江蘇省）の人。齊王冏《けい》が高位の官をもって招こうとしたが、彼は世の亂れを察知し〝秋風が吹くのを見たら、鄉里の菰菜《こさい》（まこも）・蓴羹《じゅんこう》（じゅんさいの吸いもの）・鱸魚《ろぎょ》の膾《かい》（鱸のなます。鱸は、鰍《かじか》に似た淡水魚）が食べたくなった〟と言って歸鄉し、隱居してしまった。

張季鷹 齊王に東曹の掾《てん》に辟《め》さる。洛に在り。秋風の起るを見、因りて吳中の菰菜の羹、鱸魚の膾を思ひ、曰く「人生 適意を得《う》るを貴《たふと》ぶのみ。何ぞ能く宦に羈《つな》がること數千里にして以て名爵を要《もと》めん」と。遂に駕を命じ 便ち歸る。俄《には》かにして齊王敗れ、時人 皆な機を見るを爲すと謂ふ。

（『世說新語』識鑒）

＊「菰菜羹・鱸魚膾」は『晉書』や『蒙求』では「菰菜・蓴羹・鱸魚膾」となっている。

この故事は本來〝官職を棄てる〟〝動亂のきざしを察知する〟という要素を含んでおり、單なるのどかな歸鄉・隱居の話ではない。『世說新語』の識鑒篇に收められている（識鑒は、事物の眞僞・善惡を見分ける。また、その能力）ことからも判るように、張翰の時勢を見る眼の確かさ、機會をとらえるに當っての敏捷さに重點が置かれていたのである。しかし後世の用法では、張翰のそのような一種の老獪さ、したたかさはあまり注目されず、單に〝秋風に吹かれて鄉里を思い出す〟という、風流な望鄉歸思の故事として定着した。本詩においても同樣であり、朱子はここで單に昔の風流な故事を點綴し、詩の表現に奥行きを與える效果を意圖したにとどまると見てよいだろう。

㈢　眞夏の日の旅立ちを送る

本詩第一句の「觸熱」は、用例に乏しい語である。兩漢から隋までは、松浦崇氏による一連の索引によれば、次の五言古詩に一例見られるにすぎない。

嘲熱客　　熱客《ねつかく》を嘲《あざけ》る　　魏　程曉《ていげう》（二二〇?〜二六四）

平生三伏時　道路無行車◎
閉門避暑臥　出入不相過◎
今世褦襶子　觸熱到人家◎
主人聞客來　顰蹙奈此何◎
……

平生《へいぜい》　三伏《さんぷく》の時（眞夏の時期）／道路　行車無し
門を閉ざして暑を避けて臥《ふ》し／出入《しゆつにふ》するも相過《あひよぎ》らず
今世の褦襶《だいたい》（夏の日がさ）の子／熱に觸れて人の家に到る
主人　客の來《きた》るを聞き／顰蹙《ひんしゆく》するも此れを奈何《いかん》せん
……

ここでは、眞夏の暑い日に客人が來訪することの迷惑を詠じ、わからず屋を嘲っている。暗に、權勢ある人の橫暴をそしる意がこめられているとも言われる。

唐以降も用例は少ないが、杜甫と蘇軾から一例ずつ擧げてみよう。

借問今何官　觸熱向武威　借問《しやもん》す 今 何の官ぞ／熱に觸れて武威（甘肅省）に向ふ
答云一書記　所媿國士知　答へて云ふ 一書記／媿《は》づる所は國士として知らると

（杜甫「送高三十五書記十五韻」）

これは知友の高適《こうせき》が、哥舒翰《かじよかん》の書記として夏の時節に武夷へ赴くのをねぎらい、惜別の情を詠じた五言古詩の一節である。

我衰且病君亦窮　我衰へ 且つ病み 君も亦た窮す
衰窮相守正其理　衰窮《すゐきゆう》相守《あひまも》つて其の理を正す
胡爲一朝捨我去　胡爲《なんす》れぞ一朝《いつてう》 我を捨てて去り
輕衫觸熱行千里　輕衫《けいさん》 熱に觸れて千里を行く

（蘇軾「送顔復、兼寄王鞏」）

これは熙寧十年（一〇七七）の作。徐州（江蘇省）で親交あつかった顔復が召されて首都に赴くに際し、惜別と激勵の情を述べた七言古詩の一節である。

こうして見ると、「觸熱」の語は、特に送別詩において、暑い日に旅行する知友をねぎらい、勵ますような文脈の中で使われる傾向があるように見受けられる。本詩での朱子の用法も、その傾向をふまえてのものと考えることができよう。

(四)　黄葉の詩的心象

「黄葉」——黄色く色づいた木の葉は、言うまでもなく晩秋の象徴である。次の用例は、その感覺を端的に示すものとしてよく知られている。

○（季秋之月）草木黄落、乃伐薪爲炭。（『禮記』月令）

○秋風起兮白雲飛　草木黄落兮雁南歸　（前漢・武帝「秋風の辭」）

詩での用法においては、當然ながら、一定の感情表現が伴われる場合が多い。その早い例として、梁・丘遲《きゅうち》の五言古詩「何郎に贈るの詩」を擧げることができる。

憂至猶如繞　詎是故人來　憂ひ至りて猶ほ繞《めぐ》るが如し／詎《なん》ぞ是れ故人の來《きた》る

檐際落黄葉　階前網綠苔　檐際《えんさい》（のきば）に黄葉落ち／階前に綠苔網《めぐ》る（三〜六句）

會いたい人と會えない寂寥感・孤獨感を詠ずる中に、舞い散る黄葉が點出されている。

これが唐代に入ると、特に閨怨的題材と結びつく傾向が強くなる。

○所思如夢裏　相望在庭中　皎潔靑苔露　蕭條黄葉風　含情不得語　頻使桂華空　（初唐・張九齡「秋夕望月」（五律））

○燕支黄葉落　妾望白雲臺　（李白「秋思」）

○黄葉分飛砧上下　白雲零落馬東西　人生萬意此端坐　日暮水深流出溪　（中唐・薛能「秋溪獨坐」（七絶））

○深閨乍冷鑑開篋　玉筯微微濕紅頰　一陣霜風殺柳條　濃烟半夜成黄葉　（晩唐・裴說「聞砧」（七

言古詩）

風に吹かれる黄葉は月の光や砧《きぬた》などの景物と結びついて、思う人を待ちわびる女性の心境を効果的に表出する情景となるのである。

このようなことを考え合せると、朱子の本詩第四句「歩出閩山黄葉堆」は、單に秋の風景を想像したというにとどまらず、郷里の人々と離れていた朱徳和の望郷の思いを象徴する働きをしているものと見られよう。さらに言えば、ここで山すそに散り積もっている黄葉は、彼の帰りを待ちわびている家人、親族の思いをも暗示しているように感じられるのである。

（宇野　直人）

151 送徳和弟歸婺源二首　其二

徳和弟《とくくわてい》の婺源《ぶげん》に歸《かへ》るを送《おく》る二首《にしゅ》　其《そ》の二《に》

十年寂寞抱遺經　●○●●●○◎
聖路悠悠不計程　○●○○●●◎
愧子南來却空去　●●○○●○●
但將迂闊話平生　●○○●●○◎

十年《じふねん》寂寞《せきばく》　遺經《ゐけい》を抱《いだ》く
聖路《せいろ》悠悠《いういう》　程《てい》を計《はか》らず
子《し》の南來《なんらい》するを愧《あやま》つて　却《かへ》つて空《むな》しく去《さ》らしめ
但《た》だ迂闊《うくわつ》を將《もつ》て平生《へいぜい》を話《わ》するのみ

（七言絶句　經＝下平聲・青韻／程・生＝下平聲・庚韻）

＊　第三句の「空」は平聲であり、二六對の原則から外れているが、ここの下三字は、〈仄平仄〉の「はさみ平」であり、〈平仄仄〉と同じである。

〔テキスト〕

『文集』巻四／『宋詩鈔』朱文公詩鈔

〔校異〕

○詩題　『韻府』第九十六〈七曷―迂闊〉に本詩第三・四句を引き、詩題を「送弟歸婺源」に作る。

○迂闊　『宋詩鈔』は「迂濶」に作る。「濶」は「闊」の俗字。

〔通釋〕

朱徳和君が婺源に歸郷するのを見送る二首　その二

わたしは十年の久しい間　獨りさびしく　聖人の殘した經書を抱いて研究を重ねて來た

聖人の道は遙か遠くまで續き　その道程をはかるすべもない

きみが南方のわたしを訪ねてくれたのに　わたしはきみを滿足させぬまま歸らせてしまう

わたしはただ世事を理解しない儒者として　日ごろの生活の心構えをきみに話すばかりだったのだ

〔解題〕

本連作の制作年代や背景については前詩150其一の〔解題〕（↓本書五〇ページ）を参照されたい。連作の第二首である本詩は、自らの研鑽の日々を思い起こし、朱徳和の十分な話し相手にもなれなかった自らを詫びる。

〔語釋〕

○十年　年月が久しいこと。『朱熹新考』では、朱子が李侗の教えを受け、儒學の研究に專心するようになってからの年月を數えているとする（其の一の〔補說〕を參照）。

○寂寞　ひっそりとして人氣《ひとけ》のない淋しいさま。ここでは、世間と斷絕し孤獨なさまを形容している。

盛唐・王維「山居卽事詩」：寂寞掩柴扉　蒼茫對落暉

○抱遺經　古くから傳えられてきた經書を抱くの意。『劄疑輯補』の〔劄疑〕には次の韓愈の詩を引いている。

韓愈「寄盧仝」：春秋三傳束高閣　獨抱遺經究終始

ここには、名利や榮達を求めず、世人との交わりを避け、孤獨のうちに『春秋』三傳の研究を續けている盧仝の姿が描かれている。本詩に描かれた朱子の自畫像には、この盧仝の孤獨な姿が重ねあわせられている。

また、「遺經」には以下のような用例がある。

『宋史』卷四二七〈道學一―程顥傳〉：先生生於千四百之後、得不傳之學于遺經、以興起斯文爲己任（先生　千四百の後に生まれ、不傳《ふでん》の學を遺經に得、斯文《しぶん》（儒學）を興起するを以て己《おの》が任と爲す）。

朱子「兼山閣雨中」：面似凍梨頭似雪　後生誰與屬遺經

『韻府』第二十四〈九靑―遺經〉では、本詩第一・二句を引く。異同なし。

○聖路　古の聖人の教え。『韻府』第六十六〈七遇―聖路〉に本詩第二句を引く。異同なし。

○悠悠　はるか遠いさま。

○悞　「誤」の異體字。『正字通』には「悞・誤は音義同じ」とある。

○迂闊　世事にうといこと。實地の用にたたぬこと。「迂」は後世、儒者の理想主義に走って世情から隔離するのを揶揄することばとしても用いられる。本詩では儒者である自分を卑下して述べたものである。

『史記』孟子荀卿列傳：(孟軻) 適梁、梁惠王不果所言、則見以爲迂遠而闊於事情。

『三國志』魏志―杜恕傳：今之學者、師商韓、而上法術、競以儒家爲迂闊。

詩としては次の例などがある。

晚唐・徐鉉「奉酬度支陳員外」：儒家若迂闊　遂將世情疏

北宋・蘇軾「送蔡冠卿知饒州」：平生儻蕩不驚俗　臨事迂闊乃過我

○話平生　「平生」は平素、日ごろ。「話平生」は、〝日ごろ考えるところを話す〟の意。

中唐・白居易「喜陳兄至」：勿輕一醆酒　可以話平生

北宋・王安石「示長安君」：草草杯盤供笑語　昏昏燈火話平生

侚、朱子には「說平生」の表記ではあるが、「和劉抱一」（『文集』巻二）に「開樽說平生事、信手同繙集古書」の例もある。

（川上　哲正）

152 分水舖壁間讀趙仲縝留題二十字戲續其後

分水舖《ぶんすゐほ》の壁間《へきかん》に趙仲縝《てうちゆうしん》の二十字《にじふじ》を留題《りうだい》せるを讀《よ》み　戲《たはむ》れに其《そ》の後《しりへ》に續《つ》ぐ

●○○●●
水流無彼此　水流《すいりう》に彼此《ひし》無《な》く
●●●○◎
地勢有西東　地勢《ちせい》に西東《せいとう》有《あ》り
●●○○●
若識分時異　若《も》し分《わか》るる時《とき》の異《こと》なれるを識《し》らば
○○●●◎
方知合處同　方《まさ》に合《がつ》する處《ところ》の同《おな》じきを知《し》らん

（五言絶句　上平聲・東韻）

自注：觀者請下一轉語（觀《み》る者　請《こ》ふ一轉語《いちてんご》を下《くだ》せ）

〔テキスト〕

『文集』巻四

〔校異〕

○分水舖　蓬左文庫本では「分水鋪」に作る。

〔通釋〕

分水舖の壁に趙仲縝が二十字の五言絶句を書き殘したのを讀み　戯れにその後につづけた

水の流れに　あちらとこちらの違いはないが
地勢には西と東の違いがあり　それに従い　水は流れていく
もしも分かれるときの違いを理解すれば
ひとつになるときのその同一性が　はじめてわかるのだ
自注・讀者よ　どうか氣の利いた解釋を下したまえ

〔解題〕
「分水舖」の「舖」は鋪に同じ。鋪の俗字であり、驛のことである。「分水」と名付けられた地名は各地に點在するが、福建省には分水關と呼ばれた關所が三ヶ所あった。一は福州福鼎縣（現在の福建省福鼎縣）の東北、溫州平陽縣（現在の浙江省平陽）との境界をなしていた。二は大關とも呼ばれ、建寧府崇安縣（現在の福建省武夷山市）の西北、信州鉛山縣（現在の江西省鉛山縣）との境界をなしていた。三は福州の西南端（現在の福建省詔安縣）に位置して潮州（現在の廣東省潮州市）との境界にあった。いずれも福建から周邊地域へ出るときの交通の要衝にあたる。本詩の分水舖がいずれであるかについて、『箚疑輯補』の〔箚疑〕には、「建寧崇安縣の西北に分水嶺有り。二水　源を其の下に發し、一は江西の界に入り、一は福建の界に入る」と注があり、二を指すものとしている。

「趙仲縝」は本詩に加えて、『文集』巻四で本詩の直前に置かれている七言古詩「仲縝尊兄對策南宮相顧田舍、輒賦小詩攀餞行李」（仲縝尊兄の南宮に對策するに田舍を相ひ顧る　輒ち小詩を賦して行李を攀餞す）に、「仲縝尊兄」と見えるのと同一人物であろう。『箚疑輯補』の〔翼増〕には、「姓は趙、名は任卿、梅川と號す」と注している。『編年箋注』には、「建安の人、是の時、臨安に入りて禮部試進士に赴く。南宮は禮部」とある。

趙仲縝は韓元吉（字は无咎《むきゅう》、上饒の人。東萊呂祖謙の岳父）と親しく往來していたらしく、韓元吉の文集『南澗甲乙稿』には、たびたびその名が見える。五古「上巳日王仲宗、趙德溫見過、因招趙仲縝、任卿小集、以流水放杯行、分韻得行李」（巻一）、五古「趙仲縝梅川」（巻一）、七律「過趙仲縝」（巻四）、七律「次韻趙仲縝久雨夜坐有感二首」（巻五）などがある。朱子にあてた書簡「答朱元晦書」（巻十三）の中にも名が見えることから、韓元吉と朱子との共通の友人であったことがわかる。韓元吉は紹興二十七年（一一五七）に知建安（任地は現在の福建省建甌市）、淳熙元年（一一七四）に知建寧（任地は現在の福建省建甌市）に任じられており、この土地で趙仲縝と相識ることとなったのであろう。

本詩の制作年代について、『年譜長編』では、淳熙二年（一一七五）五月、信州鉛山の鵝湖寺に呂祖謙、陸九齡、陸九淵らと交流した朱子が、六月、別れて崇安への歸路、ここを通過したときの作としている。同書では、これに先立つ同年春、臨安での省試に赴くのを送って作られたのが、前出の「仲縝尊兄對策南宮相顧田舍、輒賦小詩攀餞行李」詩であり、本詩の詩題にいう「二十字」はその途次、趙仲縝が分水舖に書き付けたものであるとする。『朱熹新考』・『編年箋注』では、本詩を淳熙三年（一一七六）、朱子が婺源に墓參に赴く途次の作とし、「仲縝尊兄對策南宮相顧田舍、輒賦小詩攀餞行李」詩も同年の作とする。

本詩全體の解釋について、『箚疑輯補』の〔翼增〕は、水の流れを理の象徵として解釋することを說いている。

此詩、首聯蓋言、天下之理、本則一而分則異也。次聯言、觀理者須先理會其所以異、然後乃可以會其一而同也。

此の詩、首聯は蓋し天下の理、本は則ち一《いつ》にして、分《わか》るれば則ち異《こと》なるを言ふならん。次聯は理を觀ずる者、須らく先づ其の異なる所以《ゆゑん》を理會《りくわい》す可《べ》く、然る後に乃ち以て其の一にして同じきことを會《くわい》す可《べ》きを言ふなり。

すなわち、根本的な理は本來ひとつであるが、一理がそれぞれに賦與されて萬物として現れる。萬物の形は樣々に異なっていても、やはりその理はひとつである。萬物それぞれの理を研究して初めて究極の一理を窮めることができる。こうした理一分殊の考えを託したものとして解釋している。

また、『朱子語類』巻七十九・尙書二・泰誓にも本詩に觸れるくだりがある。

莊仲問「『天視自我民視、天聽自我民聽』、謂天卽理也」。曰「天固是理、然蒼蒼者亦是天、在上而主宰者亦是天、各隨他所說。今旣曰『視聽』、理又如何會視聽。雖說不同、又却只是一箇。知其同、不妨其爲異、知其異、不害其爲同。嘗有一人題分水嶺、謂水不曾分。某和其詩曰」

莊仲問ふ「『天の視ること我が民の視るに自《したが》ひ、天の聽くこと我が民の聽くに自ふ』、天は卽ち理なるを謂ふや」と。曰く「天 固より是れ理なり、然るに蒼蒼たる者も亦た是れ天なり、上に在りて主宰する者も亦た是れ天なり、各おの他の說く所に隨ふ。今 旣に『視・聽』と曰ふ、理 又 如何ぞ視聽を會せんや、說 同じからざると雖も、又 却って只是れ一箇のみ。其の同じきを知るも、其の異なれると爲すを妨げず、其の異なれるを知るも、其の同じと爲すを害《そこな》はず。嘗て一人の分水嶺に題する有り、水は曾て分れざると謂ふ。某 其の詩に和して曰く……」と。として、以下に本詩を掲げている。

〔語釈〕

○有西東　分水嶺を境にして、西の江西省、東の福建省へと山の斜面がそれぞれ傾斜していること。

晩唐・羅隱「金陵寄竇尙書」：二年岐路有西東、長憶優游楚驛中

南宋・王質「和郭子應二首」其一：我輩不須悲聚散、此江元自有西東

○觀者　この詩を讀む者の意。

○一轉語　或る言說をひっくり返す語だが、參禪のとき、相手に翻然と悟らせるほどの強い言葉。「轉語」とは本來、禪宗で人の心機を轉回させて大悟に導く、機鋒の銳い言葉をいう。『箚疑輯補』の〔翼增〕に「本《もと》禪家の語」と注する。また、『箚疑輯補』の〔箚補〕には「『傳燈錄』這裏合下得一轉語」〔『傳燈錄』這裏《ここ》に合《まさ》に一轉語を下し得《う》るべし〕とある。

詩の例としては次の例などがある。

南宋・楊萬里「題李子立知縣問月臺」：老夫代月一轉語、月却問君君頷否

〔補說〕

『文集』巻四の本詩の前にある趙仲縝にちなむ七言古詩は次の通りである。

仲縝尊兄對策南宮相顧田舍、輒賦小詩攀餞行李

仲縝尊兄　南宮に對策し　田舍を相ひ顧《かへりみ》る　輒《すなは》ち小詩を賦して行李を攀餞《はんせん》す

三徑荒涼獨掩門◎　三徑　荒涼として獨り門を掩《おほ》ふ
故人車馬過相存◎　故人の車馬　過《よぎ》りて相存す
長安此去無千里　長安　此《ここ》より去ること千里無し
濁酒何妨盡一尊◎　濁酒　何ぞ妨げん　一尊を盡《つく》すを
共說淵源非曩日　共に淵源を說くは　曩日《どうじつ》に非ず

好披肝膽奉明恩◎　好し肝膽を披《ひら》きて　明恩に奉ぜん
不辭妄竊仁人號　妄《みだ》りに仁人の號を竊《ぬす》むを辭せず
執手臨岐敢贈言◎　手を執《と》り　岐に臨みて　敢て言《げん》を贈る

〝隱者たらんと門を閉ざしているところへ友がやって來て、私を慰めてくれる。長安から千里と離れていないとはいえ、はるばる來てくれたのだ。ひとつの樽を飲み干して共に學問のことを語りあったのは、昔のことではない。心を開いてありがたい惠みにこたえればよいのだ。仁人の號をぬすむことを氣にかけることはない。別れに際して君に心からの言葉を贈る〟と詠じている。

『編年箋注』では、『南澗甲乙稿』巻十二に韓元吉が淳熙三年秋七月、臨安より朱熹に與えた書を引用して、朱熹が福建に歸った時の作品としているが、いずれにせよ、趙仲縝が禮部の試驗に赴く際の餞別の詩である。我が友が科擧の試驗を受けに都に向かうのに際して友のいない寂しさをも率直にうたう。

『文集』巻二にも趙仲縝の別墅に寄せたと思われる五言古詩がある。

寄題梅川溪堂　梅川溪堂に寄題す

滄波流不極　上有一畝園◎　滄波　流れて極まらず／上に一畝《いっぽ》の園有り
幽人掩關臥　脩竹何娟娟◎　幽人　關を掩《おほ》ひて臥《ぐわ》す／脩竹　何ぞ娟娟《えんえん》たる
虛堂面群峯　秀色摩靑天◎　虛堂　群峯に面し／秀色　靑天を摩《ま》す

靜有山水樂　而無車馬喧◎
人言市門子　往往蒼崖顚◎
揮手謝世人　日中翔紫煙◎
遺迹尚可覿　神交邈無緣◎
慨然一永歎　耀靈忽西遷◎
褰裳下中沚　濯足娛清川◎

靜にして山水の樂有り／而《しか》も車馬の喧《かまびす》しき無し
人は言ふ　市門子／往往にして　蒼崖の顚《てん》
手を揮《ふる》ひて世人に謝し／日中　紫煙に翔《かけ》る
遺迹　尚ほ覿《うかが》ふ可し／神交　邈《ばく》として縁無し
慨然として一たび永歎し／耀靈　忽ち西遷す
裳を褰《かか》げて中沚に下《くだ》り／足を濯ひて清川を娛《たの》しむ

〝澄んだ水がどこまでも流れ、そのほとりには僅かな園が開かれている。隠者（ここでは趙仲縝を指す）は門を閉ざし、細長い竹が美しく搖れ動いているところ。獨居の家は群れなす山々に對面し、その景色の美しさといえば青天にとどくばかり。どこまでも靜かで山水の樂しみがここにはあり、車馬（世俗）の喧騒は絶えてない。隠者と人は言うが、時折崖の頂に登り、手を振って世俗の人々に別れを告げる。日のあるうちに紫の瑞雲が立つと、人はその存在を知ることができるが、神靈との心の交わりは遠くはるかでとらえどころがない。ただただ歎ずるばかりのうちに、太陽はたちまちにして西に向かって沒してしまうと、もすそをかかげて小さな中州に下り立って足を洗い、清らかな川の水をたのしむばかり〟とうたう。

『編年箋注』によれば、「梅川溪堂」は建安縣にある趙仲縝の堂の名であり、ここは梅仙山で、漢代の方士梅福が煉丹で昇天したところと傳えられている。「市門子」は梅福。王莽の專制を避けて官職を棄て名前を變え、呉の市門子になったという。隠者・仙人を慕う趙仲縝の別荘の風情が彷彿としてくる詩である。先の詩とともにあわせ讀むと、陶淵明の思いを我が思いとする朱子の心情が感得される。ちなみに韓元吉にも同じように趙仲縝の別墅に寄せた五言古詩「趙仲縝梅川」があり、梅福、陸羽、陶淵明の名を連ねる。

（川上　哲正）

153 次劉明遠宋子飛反招隱韻二首　其一

劉明遠《りうめいゑん》・宋子飛《そうしひ》の「反招隱《はんせういん》」の韻《ゐん》に次《じ》す二首《にしゆ》　其《そ》の一《いち》

○○○●●○◎
先生留落歳時多　　先生《せんせい》　留落《りうらく》して歳時《さいじ》多《おほ》し

●●○○●●◎
氣湧如山不易磨　　氣湧《きわ》いて山《やま》の如《ごと》く　磨《ま》し易《やす》からず

●●○○○●●
却學幽人陶靖節　　却《かへ》つて幽人陶靖節《いうじんたうせいせつ》を學《まな》び

●○○●●○◎
正縁三徑起絃歌　　正《まさ》に三徑《さんけい》に　絃歌《げんか》を起《おこ》すに縁《よ》る

（七言絶句　下平聲・歌韻）

〔テキスト〕

『文集』巻四

〔校異〕

異同なし。

〔通釋〕

劉明遠・宋子飛兩君の「反招隱」詩の韻に合わせる二首　その一

あなたは落ちぶれたまま　ずいぶん長い年月が經ちました
才能が認められない怒りははげしく噴き上げて　とどめかねる勢いです
しかしあなたは（世を見捨てることもなく）正しい德を守った隱君子陶淵明先生を見習って
まさしくかくれがの庭の小徑《こみち》から出て　官に就《つ》かれるのです

〔解題〕

二人の知友、劉明遠・宋子飛が作った「反招隱」の詩に次韻した、つまり彼らの詩と同じ韻字を同じ順序で用いて作った連作である。

『年譜長編』によれば、隆興《りゅうこう》二年（一一六四）十月、三十五歳の作。この月に劉明遠が行在審計院の職を辭して歸隱した（同書三三三ページ）。彼はそのとき隱遁の心境を詩に詠じ、「反招隱」と題したものと推察される。それに對してまず宋子飛が次韻の詩を作り、さらに朱子がそれらに次韻して二首の詩を作ったものであろう。

劉明遠は劉如愚《りゅうじょぐ》のこと。明遠はその字《あざな》。崇安（福建省）の人。紹興十二年（一一四二）の進士で、いくつかの州・縣に勤務し、行在審計院に任ぜられた。また乾道末年（一一七三ごろ）に江西帥司參議官に任ぜられている。詩文に秀で、朱子ともしばしば詩の應酬をしたという（『朱熹新考』一二二ページ）。

もう一人の宋子飛は、宋翔《そうしょう》のこと。子飛はその字《あざな》。梅谷《ばいこく》と號した。やはり崇安の人。幼時、劉子翬《りゅうしき》に認められ、その後張浚《ちょうしゅん》の知遇を得て、張浚十客の一人に數えられた。劉如愚と同年の進士。乾道初年（一一六五ごろ）湖南帥司參議官となり、朝散大夫をもって致仕している。乾道五・六年（一一六九・七〇）に世を去っている（『朱熹新考』一二二～三ページ）。『宋詩紀事』巻五十に「紹興樂府」一首を収めているので、詩人としても名があったのであろう。

＊ 右の兩名については後の〔補說〕を參照されたい。また、張浚については、本シリーズ第二冊の067「聞二十八日之報……七首」其六の〔解題〕（二六一～三ページ、後藤淳一執筆）に詳しい。なお『編年箋注』ではこの詩の制作時期を「乾道初年」（一一六五前後）とし、〔解題〕に「劉如愚・宋子飛はともに閑居して家にあった」としるしている（同書三四九ページ）。

さて、詩題に見える「反招隱」は、「招隱」とともに、西晉期に確立した詩材である。いずれも『文選』巻二十二に作例が収められている。

招隱詩の先蹤は、前漢・淮南王劉安《わいなんおうりゅうあん》の作とされる「招隱士」（『楚辭』所收）であるが、これは文字通り〝隱者を招く〟ことを主題としており、山中に棲む隱者に對して〝山の中は氣候も惡いし、猛獸も居て危險だから、下りていらっしゃい〟と誘い招くものであった。ところが西晉以降の招隱詩は、おそらくは戰國から西晉にかけての思想界の動向、ならびに自然觀の變化によるのであろう、內容がまったく逆轉しており、隱逸の地としての山水をほめたたえつつ、世俗を厭い、隱者の平穩な生活にあこがれる心情を詠ずるものとなっている。

一方、「反招隱」はと言えば、作例としては『文選』巻二十二に収める東晉・王康琚《おうこうきょ》の作がほぼ唯一であり、〝人としてのありのままの姿に背を向けず、世俗の中でふつうに暮らす生き方こそ尊いのだ〟と詠じている。つまり「反招隱」は、招隱詩の内容をさらに批判的に繼承したもので、〝山林での暮らしには無理や苦勞が多い。世俗の中に居つづけながら、しかも閑適の精神を實現することこそ望ましい〟と主張するものなのである。

小隱《せういん》は陵藪《りようそう》に隱《かく》れ／大隱《たいいん》は朝市《てうし》に隱《かく》る／……／分《ぶん》を推《お》せば天和《てんわ》を得《う》るも／性《せい》を矯《た》むれば至理《しり》を失《うしな》ふ／歸來《きらい》せよ　安《いづ》くにか期《き》する所《ところ》ぞ／物《もの》と終始《しゆうし》を齊《ひと》しうせん

（王康琚「反招隱詩」）

このような思考は、たとえば陶淵明や白居易*に見るとおり、後世に受けつがれてゆくが、ただ「反招隱」という詩題自體はすたれてしまったようで、明・張之象《ちようししよう》『古詩類苑』（巻六十〈人部―隱逸〉）や、同『唐詩類苑』（巻八十九・九十〈人部―隱逸〉）にも全く見られない。その點、劉如愚・宋翔の作が傳わっていないのは殘念である。

＊　陶淵明の「廬《いほり》を結《むす》んで人境《じんきやう》に在《あ》り／而《しか》も車馬《しやば》の喧《かまびす》しき無《な》し」（五古「飲酒二十首」其五）や、白居易の「大隱《たいいん》は朝市《てうし》に住《す》み／小隱《せういん》は丘樊《きうはん》に入《い》る／……／如《し》かず　中隱《ちゆういん》を作《な》し／隱《かく》れて留司《りうし》の間《かん》に在《あ》るに」（五古「中隱」）などは好例である。

とは言え、劉・宋兩名の作も、「反招隱」と題していた以上、王康琚の流れを汲む内容だったであろう。すなわち山林に隱れるのではなく、一般的な社會生活を續けながら、しかも閑適の精神を保つ決意を詠ずるものだったと推擧される。それらに更に次韻したのが朱子のこの連作、ということになるだろう。

なお、朱子がこの種の詩材に強い關心をもっていたことは、彼自身「招隱操」を作っており、しかもその内容を「招隱」と「反招隱」の二部構成にしていることにも窺われる（『文集』巻一）。これについては本シリーズ第三册099「東渚」の〔解題〕の〈二〉朱子の「招隱操」〉に詳しい（六一〜七ページ、岩山泰三執筆）。

〔語釋〕

○留落　おくれをとること。また、不遇で落ちぶれていること。

○歲時　歲月。時間。

○氣湧如山　怒りの情が激しく昂ぶる形容。『三國志』呉志―呉主傳に「（孫）權大怒、欲自征（劉）淵」とあり、裴松之《はいしょうし》の注に、晉・虞溥《ぐふ》の『江表傳』を引いて「朕年六十、世事難易、靡所不嘗、近爲鼠子所前卻、令人氣湧如山」と見える。不如意から來る怒りを表す成語のようである。

○不易磨　〝といだり、みがいたりして減らすのはむつかしい〟の意。やや判りにくいが、對象となる事物が非常に堅く、深刻であることを形容する言い方であろう。

『論語』陽貨第十七に見える孔子の語に、
不曰堅乎、磨而不磷（堅《かた》きを曰《い》はずや、磨《ま》して磷《りん》せず）。
〝堅いものをいうときに「といでもすり減らない」と言うではないか（本當に堅いものはどんなにといでも減らないのだ）〟とあり、これに基づく言い方と思われる。

○幽人　世をのがれて隠れた人。隠者。隠君子。ここでは下の「陶靖節」にかかる。

この語は『易』履の「九二、道《みち》を履《ふ》むこと坦坦《たんたん》たり。幽人《いうじん》なれば貞《てい》にして吉《きつ》」から出たもので、ただ世を避けて住むというほかに、正しい徳を守って生きるというイメージがある。この「幽人」につき、北宋・程頤《ていい》の『易傳』は「幽靜安恬之人」、朱子の『周易本義』は「幽獨」と注している。

○陶靖節　東晉の陶淵明のこと。節を守って次の宋王朝に仕えず、沒後、世の人々から「靖節先生」と謚《おくりな》された。

○三徑　庭にあるいくつかの小徑《こみち》。隠者の庭をいう。前漢末の蔣詡《しょうく》が、郷里の居宅の庭に三本の小徑を作り、氣の合った者とのみ交遊した故事（後漢・趙岐《ちょうき》『三輔決錄』逃名）に基づく。

また、陶淵明「歸去來兮辭」に「三徑荒《さんけいくわう》に就《つ》き、松菊《しょうぎく》は猶《な》ほ存《そん》す」と見える。これは、淵明が念願の隠居を實現させ、郷里のわが家に歸ったときの描寫で〝庭の小道は荒れ始めているが、松や菊は以前のまま殘っている〟という意。

○絃歌　琴や瑟《しつ》（大琴）などの弦樂器をひき、それに合せて歌うこと。『論語』陽貨第十七に見える、門人の子游《しゆう》が任地で禮樂を振興していることを孔子がほめた故事。長官となって町を治める、また、地方官として出仕するたとえとなった。

『論語』陽貨第十七：子之武城、聞絃歌之聲。夫子莞爾笑曰、「割雞焉用牛刀」。子游對曰、「昔者偃也聞諸夫子。曰、君子學道則愛人、小人學道則易使也」。……〔子《し》 武城《ぶじやう》に之《ゆ》き、絃歌の聲を聞く。夫子《ふうし》莞爾《くわんじ》として笑って曰《いは》く、「雞《にはとり》を割《さ》くに焉《なん》ぞ牛刀を用ひん」。子游對《こた》へて曰く「昔者《むかし》 偃《えん》や 諸《これ》を夫子に聞けり。曰く〝君子 道を學べば則ち人を愛し、小人 道を學べば則ち使ひ易し〟と」。……〕

この「絃歌」も陶淵明に結びつく語である。彼は二十代の終りごろから生計のため出仕し、軍の幕僚などをつとめるが、不安定な世情に望みを失い、隱棲の準備を進めようとした。そこで隱棲生活の資金づくりのための官職を新たに求めるのだが、そのことについて、史書に次のように記録されているのである。

『晉書』隱逸傳─陶潛：謂親朋曰、「聊欲絃歌、以爲三徑之資、可乎」。執事者聞之、以爲彭澤令〔親朋に謂《い》ひて曰く、「聊《いささ》か絃歌して、以て三徑の資と爲さんと欲す。可ならんか」と。事を執《と》る者（貴人のそばで雑務をとり行う者）之《これ》を聞き、以て彭澤《ほうたく》（江西省）の令（地方長官）と爲す〕。

以上、後半二句は明らかに「先生」すなわち劉如愚を陶淵明に見立てており、「幽人」の語によって、特にその志の高い、節操の固い人物像を強調している。第四句は淵明が〝弦歌を欲した〟つまり〝隱棲の準備のために職を求める〟という本義をやや變質させ、劉如愚を陶淵明になぞらえてほめたたえる意圖をもって引用し、〝陶淵明のような高尚の士と同じように、あなたもかくれがに引きこもったりせず、官職に就かれるのですね〟と、その生き方に共感し、激勵する意を表しているのであろう。

〔補說〕

㈠　劉如愚と宋翔

詩題に見えるこの二人は、朱子とどのような間柄だったのであろうか。

『朱熹集』第十册（四川教育出版社、一九九六）の〈人名索引〉を檢すると、兩人の名は『朱文公文集』中、本詩のほかにも數箇所に現れている。

まず劉如愚は、本詩を除く三作品に登場し、朱子の人生に大きな關わりをもった人であることがわかる。すなわち、乾道《けんどう》四年（一一六八）の春から夏にかけ、崇安縣や建寧府一帶に大飢饉が起った折、朱子はその救濟に大いに盡力して高い成果をあげたが、そのときに朱子を補佐したのが、ほかならぬ劉如愚だったのである。

この事件は朱子の生涯の中でも大きな事件の一つであり、また朱子が決して机上の理論のみを弄ぶ人ではなく、實務面でも有能だったことを示す事例でもあるので、次に少し詳しく述べてみよう。

朱子は二十二歳から二十八歳まで泉州同安縣の主簿を務め、その翌年、紹興二十八年（一一五八）からは家居の身のまま、祠禄官《しろくかん》（道教の寺院を管理し、俸給を受ける名目上の官職）の監潭州南岳廟《かんたんしゅうなんがくびょう》の任にあった。孝宗皇帝への意見を上申（「壬午《じんご》應詔封事《おうしょうほうじ》」「癸未《きび》垂拱奏劄《すいきょうほうさつ》」）して對金強硬論を述べたり、張《ちょう》栻《しょく》との交遊を深めたりしたのはこの時期のことである。

三十六歳のとき、元號が乾道と改められ（一一六五）、その四月、朱子は召されて臨安の朝廷に赴いた。朝廷は朱子に、武學博士の職につくよう要請したのだが、時の宰相洪适《こうかつ》と副宰相錢端禮《せんたんれい》がともに和平派であったため、朱子は祠官を請うて歸郷、翌五月に監潭州南岳廟に三任された。ついで二年後の乾道三年には、樞密院編修官（軍事の記録を擔當する書記官）待次に任命されている。

建州一帯を大飢饉が襲ったのは、その翌年のことであった。つづいて崇安の東北東六〇キロの浦城で盗賊が跋扈し、人心は大いに亂れた。このとき、朱子は崇安縣知事の要請を受け、豪農の所藏する米穀や縣の常平倉（米穀の價格維持のため設けられた貯藏庫）の穀物を放出・配給し、事態の收拾に貢獻した。

その間に朱子を助けたのが劉如愚だったのだが、これについて、朱子自身、著作の中で彼の名を擧げて述べているのである。

本府……臣と本郷の土居朝奉郎劉如愚とに委《ゆだ》ね、同共《とも》に賑貸《しんたい》（援助して貸し出す）し……

（「延和奏劄」四――『文集』巻十三〈奏劄〉）

知縣事諸葛侯廷瑞《ていずゐ》 書を以て來《きた》り、予 及び其の鄕の耆艾《きがい》（長老）左朝奉郎劉如愚に屬《しよく》して……（「建寧府崇安縣五夫社倉の記」──『文集』巻七十七〈記〉）

特に後者の文中には、彼の名が右のほかに五回も見えている。

劉侯 予の與《ため》に之《これ》を憂ふるも出だす所を知らず、則ち書を以て縣に府に請《こ》ふ。

劉侯 予の與《ため》に鄕人を率《ひき》ゐ、行《ゆ》くこと四十里、之《これ》を黃亭の步下に受く。

劉侯 予の與《ため》に又た請《こ》うて曰く……

劉侯 官に江西の幕府に之《ゆ》かんとす。予 又た請うて曰く「……劉侯の子 將仕郎琦《き》、嘗《かつ》て其の父を此《ここ》に佐《たす》け、其の族子 右修郎玶《へい》も亦た廉平《れんぺい》（清廉公平）にして 謀《はかりごと》 有り。請ふ與《とも》に力を幷《あは》すを得ん」と。

すなわち劉如愚は、この事件の折、地元の名士として、正に朱子の片腕として奔走し、彼の息子や族子（親類の子）たちもこれに協力したのだった。

〔解題〕で觸れたように、このとき彼はすでに行在審計院の職を辭していたが、このように社會貢獻に奔走する手間を惜しんでいない。そして右の引用文に見えるとおり、この後、彼は帥司參議官として江西に赴くこととなる。こうしたことから窺われる彼の人物像は、朱子が本詩の後半二句でほめたたえたものと正に一致していると言えよう。

彼の名が見える朱子のもう一つの著作は、彼への追悼文である。その中で朱子は、彼の文才をたたえ、清貧の生活をよしとし、人望の厚さをほめているが、最後に右の事件に触れ、次のように結んでいる。

以て廩（米ぐら）を發《ひら》いて分つを勸め、倉《くら》を築いて粟《ぞく》を移すに至る。既に憂ひを同じくして喜びを共にすること、病を合《とも》にして以て痊《い》ゆるを齊《ひと》しうするが如し。惟《た》だ此の好《よしみ》の忘れ難きこと、餘生に感じて自《おのづか》ら悼《いた》み、空觴《くうしやう》を擧げて一慟《いちどう》し、聊《いささ》か終天（この世のあるかぎり）に永訣《えいけつ》す（永久にわかれる）。

（「劉參議を祭るの文」——『文集』巻八十七〈祭文〉）

まことに劉如愚は、朱子にとって大切な知己と言うべき人であった。

次に宋翔は、本詩を除く二作品に登場する。ともに朱子がしたためた書信の中にその名が見える。一つは「胡廣仲に答ふ」其六（『文集』巻四十二〈書〉）。胡實（廣仲はその字《あざな》）にあてた返信の六通目である。胡實は崇安（福建省）の人で、従兄の胡宏に學び、官につかず講學に專念した篤學の士。『宋元學案』巻四十二に傳があり、乾道九年（一一七三）、三十八歳で沒している。朱子よりも六歳年少である。なお胡宏は、字は仁仲。五峯と號し、張栻の師でもあった。

朱子はこの胡實との、六通にわたる書信のやりとりの中でしきりに哲學上の問題を議論しており、時にかなりの長文にわたっている（特に「其五」）。しかし最後の「其六」は、

久しく問はるるを聞かず、向仰《きやうぎやう》良《まこと》に深し。

に始まり、自身の近況を述べ、ついで胡實の最近の勉學について尋ねている。そして、この手紙を楊方（字・子直）に託して送ることを述べたあと、追伸のような形で、

……又た子直の行《かう》繚繞《れうぜう》（曲がりくねる）として、反《かへ》つて稽緩《けいくわん》（とどまり、おくれる）せんことを恐る。旦夕《たんせき》家に還《かへ》り、書を作つて子飛（宋翔）の處に附す。未だ必ずしも先に達せずんばあらざるなり。

熹 又た覆《まう》す。

と結んでいる。ここでは、宋翔は朱子の學問上の知友に書信を届ける立場で登場している。

もう一つは「陳明仲に答ふ」其五（『文集』巻四十三〈書〉）。陳焞《ちんとん》（字・明仲）にあてた返信の五通目である。陳焞は建陽（福建省）の人で、『宋元學案』補遺・巻四十九に傳がある。

陳焞への返信は十五通が収められているが、先の胡實への書信ほど細かい議論はなされておらず、概括的なアドバイスや激勵に傾いており、篇幅も短いものが多い。この「其五」も短く、全文は次のとおりである。

程集 荷《さいはひ》に借及《しやくきふ》す。一二處を略看するに、止《た》だ是れ長沙の初開本なるのみ。『易傳序《えきでんじよ》』の「沿流《えんりう》」を「泝流《そりう》」に作り、祭文の「姪《てつ》」を「猶子《いうし》」に作るが如《ごと》きの類《るゐ》は、皆な胡家 意を以て改むる者なり。後來 改正する所多し。子飛從《よ》り之《これ》を求む可《べ》し。殊《こと》に此の本に勝《まさ》るなり。

ここでは朱子は、陳焞から借りた程子の著作について、その缺點を指摘し、〝もっと善い版本を、宋翔の案内によって入手するように〟と勸めている。この場合、宋翔は、やはり朱子の學問上の知友が

書籍をととのえる便宜をはかる立場で登場している。
宋翔は劉子翬や張浚に認められ、『宋詩紀事』には樂府一首が収められ、官は湖南帥司參議官から朝散大夫に至っている。言わば學德すぐれた人物であり、朱子も彼に信頼を置いていたことが、右の二つの言及からも窺われよう。

（宇野　直人）

154 其二　　其《そ》の二《に》

榮○醜●窮○通○秖○偶●然◎　　榮醜《えいしう》 窮通《きゆうつう》 秖《た》だ偶然《ぐうぜん》
未●妨○閑○共●聳●吟○肩◎　　未《いま》だ妨《さまた》げず 閑《かん》に共《とも》に吟肩《ぎんけん》を聳《そび》やかすを
君○能○觸●處●眞○齊○物●　　君《きみ》 能《よ》く觸處《しよくしよ》 眞《しん》に物《もの》を齊《ひと》しうし
我●亦●平○生○不●怨●天◎　　我《われ》も亦《ま》た平生《へいぜい》 天《てん》を怨《うら》みず

（七言絶句　下平聲・先韻）

〔テキスト〕
『文集』巻四

〔校異〕
○閑　眞軒文庫本では「閒」に作る。

〔通釋〕

その二

榮譽と恥辱　困窮と榮達は　たまさかのことにすぎない
されば心しずかに　ともに肩をそびやかして詩を吟じあうのもけっこうなことだ
あなたは　いつ　どこででも　すべての物を平等に　達觀して見ることがおできになるし
私もまた　ふだんから　天命をうらまないという形で達觀を心得ている

〔解題〕

先の第一首では、相手に「先生」と呼びかけ、本詩では「君」と呼びかけている。第一首の〔補說〕で述べた、劉如愚・宋翔と朱子とのかかわり方からすれば、「先生」は劉如愚を指し、「君」は宋翔を指すと推察されよう。

本詩は、前半で世俗の名利や毀譽を意に介せず詩を吟ずる達觀の人生をよしとする。後半に入ると、「君」も私も同じように達觀の人生を目ざしているが、その精神のよりどころが違うということを述べる。

前半に見える考え方は、本來、儒家・道家のいずれにも見られるものである。そのことは、たとえば第一句の「窮通」という語が『莊子』の中に、孔子の高弟子貢《しこう》の發言として現れることに端的に示されていよう（〔語釋〕の當該項目を參照）。そして本詩の第三句では、宋翔の達觀が道家思想によっていることを、つづく第四句では朱子自身が儒家思想によっていることを述べている。

本詩では、達觀の思想として儒・道のいずれが優っているかということには、直接には觸れていない。しかし朱子の立場からして、後半はおのずから儒家の優越性が前提となっていよう。すなわち、そこでは暗に〝君も道家的隱者然として山にこもったりせず、この私のように儒家的達觀を體得し、人間社會にとどまって生きてはどうかね〟と勸めているのだと思われる。そのように解することにより、詩題の「反招隱」の意味――世俗の中で閑適の精神を實現することの尊さを主張する――が生かされることにもなるのである。

なお、宋翔が特に道家思想に傾倒していたことを示す資料は未見である。或いは宋翔の次韻詩に道家、とりわけ『莊子』の影響が見られ、それに對して朱子がこのような反應をしたものであろうか。

〔語釋〕

○榮醜　榮光と恥辱。「榮醜」という語は珍しく、『韻府』巻五十五〈二十五有―醜〉の「榮醜」の項にも本詩の第一句のみを擧げる。類語として「榮恥」「榮辱」などがある。「榮」は光榮、ほまれで、「辱」の反義語。「醜」は「恥」に同じで、評判が惡く恥しいこと。

○窮通　困窮と榮達。『莊子』讓王に「子貢曰く、……古《いにしへ》の道を得たる者は、窮するも亦た樂しみ、通ずるも亦た樂しみ、樂しむ所　窮通に非ざるなり」とある。

○偶然　なるべくしてそうなるのではなく、たまたまそうなる。思いがけなくそうなる。「必然」の反義語。

○吟肩　詩人の肩。「聳肩」〈肩を聳やかす〉という語は、たとえば中唐・韓愈の「石鼎聯句」序に、「道士啞然として笑って曰く〝子《し》が詩は是《かく》の如くなるのみか〟と。印手を袖《そで》にし肩を聳やかし、北《ほく》墻《しょう》に倚りて坐す」とあり、誇らしげなさま、志高く構えるさまを表す。本詩においても、世俗を離れて詩を吟ずる達観の姿勢に誇りをもつ心情が投影されていよう。

○觸處　到るところ。どこでも。

○齊物　老荘思想の重要な考え方の一つ。生死、是非、得失、自他など、あらゆる事柄を相對化し、平等にとらえること。『莊子』齊物論に集約的に示されている。ここでこの語を使うことにより、宋翔の達觀が『莊子』をよりどころとしていることが示される。

○亦　……もまた。異なる主體が同じ動作をしたり、同じ狀態であることを示すときに使う。

○平生　つねづね。日ごろ。

○不怨天　『論語』憲問第十四に見える孔子の語に基づく。孔子が、自分を理解し登用してくれる人がいないことを嘆きながらも、高弟の子貢に對して、ただ天を信じて下學上達〈日常卑近なところから學んでしだいに高い境地に進む〉につとめる覺悟を述べたものである。〔補說〕を參照。

〔補說〕

第四句に引かれている『論語』の章句は次のとおりである。

子曰く「我を知るもの莫《な》きかな」。子貢《しこう》曰く「何爲《なんす》れぞ其れ子《し》を知るもの莫きや」。子曰く「天を怨みず、人を尤《とが》めず、下學して上達す。我を知る者は其れ天か」。

子曰、莫我知也夫。子貢曰、何爲其莫知子也。子曰、不怨天、不尤人、下學而上達。知我者其天乎。

これについて朱子は『論語集註』の中で次のように敷衍して説いている。

天に得られずして天を怨みず、人に合はずして人を尤《とが》めず。但だ下學して自然に上達するを知る。此れ但だ自《みづか》ら己《おのれ》を反《かへり》みて自《みづか》ら修め、序に循《したが》つて漸《やうや》く進むを言ふのみ。以て甚だ人に異《こと》にして其の知らるるを致すこと無きなり（人といちじるしく違ったことをして人に知られようなどとはしない）。然れども深く其の語意を味《あぢは》へば、則ち其の中《うち》に自《おのづか》ら人知るに及ばざるも、天のみ獨り之《これ》を知るの妙有るを見る。……

不得於天而不怨天、不合於人而不尤人。但知下學而自然上達。此但自言其反己自修、循序漸進耳。無以甚異於人而致其知也。然深味其語意、則見其中自有人不及知、而天獨知之之妙。……

つまりこの章句は、學問は自分自身の修養のために行うことこそ大切であるということを〝人からは知られなくても、天のみは知っている〟という言い方で述べたものである。

（宇野　直人）

155 次韻謝劉仲行惠筍二首　其一

次韻《じゐん》して劉仲行《りうちゆうかう》の筍《たけのこ》を恵《めぐ》まるるに謝《しや》する二首《にしゆ》　其《そ》の一《いち》

誰○寄●寒○林○新○斸●筍●
開○奩○喜●見●白●差○差◎
知○君○調○我●酸○寒○甚●
不●是●封○侯○食●肉●姿◎

誰《たれ》か寄《よ》する　寒林《かんりん》　新《あら》たに斸《ほ》れるの　筍《たけのこ》を
奩《はこ》を開《ひら》きて喜《よろこ》び見《み》る　白差差《はくしし》たるを
知《し》る君《きみ》　我《われ》の酸寒《さんかん》たること甚《はなは》だしくして
是《こ》れ封侯《ほうこう》　肉《にく》を食《くら》ふの姿《すがた》ならざるを調《てう》するを

（七言絶句　上平聲・支韻）

〔テキスト〕

『文集』巻四／『佩文齋詠物詩選』巻三三六〈笋類〉／『廣群芳譜』巻八十六〈竹譜・五〉

〔校異〕

○筍　詩題中及び起句に用いられる「筍」を『佩文齋詠物詩選』では「笋」に作る。「笋」は「筍」の異體字。

〔通釋〕

贈られた詩の韻に合わせて　劉仲行殿より筍を戴いたことに御禮申し上げる　二首　その一

冬の寒々しい竹林で掘り取ったばかりの筍を　どなたが贈って下さったのか
箱を開けて見れば　これは有り難《がた》や　瑞々《みずみず》しく眞っ白な筍が竝んでいる

これは　私が甚だ貧乏でひもじく
肉を食する士大夫階級の有様でないのを　君が調笑《からか》ってのことなのだね

〔解題〕

本詩はその詩題と詠み振りから、劉仲行なる人物が朱子に筍を贈り、併せて贈られたであろう劉仲行の詩に對して朱子が次韻し、謝禮の意を込めて詠じた返答詩と推察される。ただ「劉仲行」なる人物に就いては『箚疑輯補』を初めとする諸資料は未詳とし、郭齊は「やはりまた崇安の山中に住む人であろう」（『朱熹新考』・『朱熹詩詞編年箋注』）と推論するに止まる。尚、「劉仲行」の「仲行」は當時の呼稱の通例から言えば、「名」ではなく「字《あざな》」の方であると思われる。また、朱子が次韻する源となった劉仲行の作品も、同様に不明である。

朱子の筍を詠じた詩としては、既に譯注を施した七絶129「次劉秀野蔬食十三韻　新筍」（單行本第三冊二七一頁）や、干し筍を詠じた七絶138「次劉秀野蔬食十三韻　筍脯」（單行本第三冊三二二頁）があるが、その他に五律「公濟惠山蔬四種幷以佳篇來貺因次其韻　筍」（『文集』巻六）があり、本連作と同じく、友人（呉楫《しゅう》、「公濟」はその字）から筍と共に贈られた詩に次韻した作品である。本連作を讀み解く參考として左に引いてみよう。

公濟惠山蔬四種幷以佳篇來貺因次其韻　其三　筍
公濟《こうさい》　山蔬《さんそ》四種《ししゅ》を惠《めぐ》み　幷《あは》せて佳篇を以て來貺《らいきやう》す　因《よ》りて其《そ》の韻に次《じ》す　其の三　筍《たけのこ》

新筍因君寄　　新筍《しんじゆん》 君が寄《よ》するに因《よ》り
康廬入夢中◎　　康廬《かうろ》 夢中に入《い》る
丹元餘故宅　　丹元 故宅を餘《あま》し
翠竹尙餘風◎　　翠竹 尙《な》ほ餘風
日日來威鳳　　日日 威鳳《ゐほう》來《きた》り
年年饌籜龍◎　　年年 籜龍《たくりよう》を饌《せん》す
猶嫌有兼味　　猶《な》ほ嫌《きら》ふ 兼味《けんみ》有りて
不似一源功◎　　一源の功に似ざるを

〔朱子自注〕：廬山簡寂觀、道士陸脩靜之所居。從遠法師蓮社之遊、賜號丹元先生。觀有甜苦筍。今者所惠、乃甜筍也［廬山《ろざん》の簡寂觀《かんせきくわん》、道士陸脩靜《りくしうせい》の居《を》る所なり。遠法師の蓮社の遊《いう》に從《したが》ひ、號を「丹元先生」と賜はる。觀に甜苦筍《てんくじゆん》有り。今者《いま》惠《めぐ》む所は、乃《すなは》ち甜筍なり］。

走りの筍を贈られた朱子は、六朝時代に廬山で僧慧遠《えおん》（「惠遠」とも書く）や陶淵明とともに白蓮社を結んだ陸脩靜に思いを馳せる。それは、陸脩靜の營んだ道觀の周りに甜苦筍（甘く苦い竹）が植えられており、屢〻その膳に上ったと傳えられるからである。呉楫から贈られた筍は甘い筍だったので、尾聯の詠い振り（一心不亂に修道に專念していた當時の陸脩靜にとって、彼が食する筍に二つの味があるのは似つかわしくないという慮りから、私には甘い筍だけを下さったのですね）が生まれたと言えよう。またそれは、本詩の「これは　私が甚だ貧乏でひもじく肉を食する士大夫階級の有様でないのを　君が調笑《からか》ってのことなのだね」という諧謔を交えた詠い振りにも通じるものがあろう。

竹には様々な種類があり、筍が生え出る時期も風土や種類によって異なるが、本詩の起句を見る限り、朱子が貰った筍は冬から初春にかけて掘られたものらしい。『本草綱目』巻二十七〈菜部―竹筍〉の條には「江南湖南の人、冬月 大竹根下の未だ出《い》でざる者を掘りて、冬筍と爲す（江南湖南人、冬月掘大竹根下未出者、爲冬筍）」と言い、朱子のいた南方では冬の筍を珍重したらしいことが伺われる。

また、右の詩に付せられた自注では「甜筍」を贈られたと記しているが、同じく『本草綱目』の〈竹筍〉の條を檢するに、それは元來は「苦筍」であったと推察される。

竹筍諸家惟以苦竹筍爲最貴。然苦竹有二種。一種出江西者、本極粗大、筍味殊苦、不可啖。一種出江浙及近道者、肉厚而葉長闊、筍味微苦、俗呼甜苦筍。食品所宜、亦不聞入藥用也。

竹筍　諸家　惟だ苦竹筍を以て最も貴《たふと》しと爲す。然れども苦竹に二種有り。一種は江西に出《い》づる者にして、本《もと》（竹の根本）極めて粗大、筍の味殊《こと》に苦《にが》く、啖《くら》ふ可《べ》からず。一種は江（江蘇）・浙《せつ》（浙江）及び近道《きんだう》に出づる者にして、肉 厚くして葉《は》 長闊、筍の味微《すこ》しく苦く、俗に甜苦筍と呼ぶ。食品する（食べて味わう）に宜《よろ》しき所なるも、亦た藥に入れて用ふるを聞かざるなり。

古來、筍は苦竹《にがたけ》の筍が最も珍重され、中でも江蘇・浙江及びその近邊（朱子のいた福建もそこに含まれるであろう）に產する苦竹は苦みがそれほど強くなく、甘みの方が勝っていたためか「甜苦筍」と呼ばれていたとのことであり、上述の廬山の簡寂観の周りに植わっていた「甜苦筍」もそれと同じものであると考えられる。また、この「苦筍」に關しては、北宋・黄庭堅が「苦筍の賦」（『宋黃文節公全集』正集巻十二）を作っており、更にその跋《ばつ》として書いた「書苦筍賦後」（同、補遺巻九）では次のように述べている。

余生長江南、里人喜食苦筍。試取而嘗之、氣苦不可於鼻、味苦不可於舌。故嘗屛之、未始爲客一設。雅聞簡寂觀有甜苦筍、每過廬山、常不値其時、無以信其說。及來黔中、黔人冬掘苦筍。萌於土中才一寸許、味如蜜蔗、而春則不食。惟僰道食苦筍、四十餘日、出土尺餘、味猶甘苦相半、覺班筍輩皆枯淡少味。

余《よ》江南に生長し、里人 喜《この》んで苦筍を食《くら》ふ。試みに取りて之を嘗《な》むるに、氣 苦《にが》くして鼻に可《よ》からず、味 苦くして舌に可からず。故に嘗《つね》に之を屛《しりぞ》けて、未だ始めより客の爲《ため》に一たび設けず。雅《もと》より簡寂観に甜苦筍有りと聞くも、廬山に過《よぎ》る每《ごと》に、常に其の時（筍の時節）に値《あ》はず、以て其の說を信ずる無し。黔中《けんちゅう》（貴州）に來《きた》るに及んで、黔人 冬 苦筍を掘る。土中に萌《も》ゆることと才《わづ》かに一寸 許《ばかり》にして、味 蜜蔗《みつしょ》の如くなるも、春なれば則ち食はず。惟だ僰道《ほくだう》（今の四川省宜賓縣一帶）の苦筍を食《くら》ふや、四十餘日、土より出づること尺餘にして、味 猶ほ甘苦 相ひ半ばし、班筍（「斑筍」に同じ。斑竹《はんちく》の筍）の輩の皆な枯淡にして味少きを覺ゆ。

黄庭堅も初めは苦筍の苦みを嫌って食べずにいたが、流謫地の貴州で冬に掘る若い苦筍が蜜蔗（砂《さ》糖黍《とうきび》）のように甘いことを知り、また次の流謫地の四川では、一尺餘りに生長した苦筍の、甘みと苦みが絶妙に混じり合う乙《おつ》な味わいを知り、苦筍の味に魅了されるようになった、ということである。

以上のことから、本詩に詠ぜられる朱子が贈られた冬掘りの筍は、苦筍の甘みが強く苦みが殆ど無いものであったと推測することが出來るのである。

〔語釋〕

○寒林　冬の寒々しい竹林。〔解題〕でも述べた通り、苦筍の苦みが強くならない内に若い筍を冬に掘り起こすことを言うのであろう。

○新斸　掘り出したばかり。「斸《しょく》」は鋤《すき》、また鍬《くわ》。轉じて、鋤や鍬で掘る意。

北宋・秦觀「次韻范純夫戲答李方叔饋笋」：楚山冬笋斸寒空　北客長嗟食不重

○白差差　「白」は筍が玉のように白いこと、「差差」は「參差《しんし》」と同じく長短不揃いのさま。長短不揃いの白い筍が折り重なっているさまを言うのであろう。次の用例は舌鋒を文字通り劍に喩え、鋭い舌鋒が次から次へと光を放って繰り出されるさまを言う。

中唐・韓愈「送張道士」：張侯嵩高來　面有熊豹姿　開口論利害　劍鋒白差差

○調　からかう。「調笑」の「調」。

○酸寒　貧乏でつらいこと。また「酸」には、學問に熱中するあまりに世の事情に疎く、世渡りが下手であることを蔑んで言う意もある。次の二例はいずれも中唐の孟郊の貧乏なさまを描寫している。
中唐・韓愈「薦士（薦孟郊於鄭餘慶也）」：酸寒溧陽尉　五十幾何耄
中唐・劉叉「答孟東野」：酸寒孟夫子　苦愛老叉詩
〇封侯食肉姿　「封侯」は勳功を建てて諸侯に封ぜられること。「……姿」は朱子が好んで用いる句型。
ここでは、勳功を建てて高祿を食《は》むようになり、肉をたらふく食うような裕福な有様を言う。
中唐・盧仝「揚州送伯齡過江」：不忍六尺軀　遂作東南行　諸侯盡食肉　壯氣吞八紘
また、筍の美味を贊美する上で、その味は肉にも勝るという詠み振りも屢しば見受けられる。
中唐・白居易「食筍」：每日遂加餐　經時不思肉
北宋・黃庭堅「從斌老乞苦筍」：南園苦筍味勝肉　籜龍稱冤莫採錄
南宋・楊萬里「晨炊杜遷市煮筍」：不須咒筍莫成竹　頓頓食筍莫食肉

（後藤　淳一）

156 次韻謝劉仲行惠筍二首　其二

次韻《じゐん》して劉仲行《りうちゆうかう》の筍《たけのこ》を惠《めぐ》まるるに謝《しや》する二首《にしゆ》　其《そ》の二《に》

君○詩○高○處●古●無○師◎
島●瘦●郊○寒○詎●足●差◎

君《きみ》が詩《し》　高《たか》き處《ところ》　古《いにしへ》　師《し》無《な》し
島瘦郊寒《たうそうかうかん》　詎《なん》ぞ差《なら》ぶに足《た》らんや

縛得獰龍幷寄我　獰龍《だうりよう》を縛《ばく》し得《え》て　幷《あは》せて我《われ》に寄《よ》せ
句中仍喜見雄姿　句中《くちゆう》仍《な》ほ喜《よろこ》ぶ　雄姿《ゆうし》を見《み》るを
（七言絶句　上平聲・支韻）

〔テキスト〕
『文集』巻四／『廣群芳譜』巻八十六〈竹譜・五〉

〔校異〕　異同なし。

〔通釈〕
　贈られた詩の韻に合わせて　劉仲行殿より筍を戴いたことに御禮申し上げる　二首　その二
貴兄の詩の氣高さは　古にその師たる人を見ないほど
清貧に生きた唐の賈島や孟郊ですら　貴兄の高遠なる詩境には及ばない
苦労の末　活きの良い瑞々《みずみず》しい筍を探して頂いた上に　立派な詩まで私に贈って下さった
各句の雄々しい風格をまたも目にして　只々敬服するばかり

〔解題〕
連作其の一では劉仲行から筍を贈られた喜びを前面に出して詠じていたが、本詩其の二では、筍と共に贈られた劉仲行の詩を主に据えてそれを高く賞賛する。
既述の如く、朱子に贈られた劉仲行の作品を目にすることは今日では殆ど不可能であるが、本詩に於ける朱子の詠み振りから、その詩が中唐の孟郊や賈島の作風を彷彿とさせるものがあり、枯淡にして雄勁なる趣を漂わせていたことが伺われる。また、清貧に生きた孟郊や賈島を引き合いに出しているからには、劉仲行という人物も官途に就かず、山野に隠棲して穏やかな日々を過ごしていたのではないかとも想像されよう。郭齊が「やはりまた崇安の山中に住む人であろう」と推論する所以である。

〔語釋〕

○島瘦郊寒　中唐の賈島（字は閬仙《ろうせん》）と孟郊（字は東野）の詩風を評した言葉。北宋の蘇軾が「祭柳子玉文」中で「元輕白俗、郊寒島瘦」と評してより、兩人の詩風に對する定評ともなっている。ともに韓愈門下に在ったが、官途には惠まれず、清貧に甘んじ苦吟を重ねた結果、賈島の詩は無用の情感を排した枯淡の趣を特徴とし、孟郊の詩は暗鬱なる響きに滿ち溢れるものとなった。また、蘇軾門下の張耒《ちょうらい》は具體的に兩人の詩を擧げて次のように評している。

唐之晩年、詩人類多窮士。如孟東野・賈閬仙之徒、皆以刻琢窮苦之言爲工。或謂郊島孰貧。曰「島爲甚也」。曰「何以知之」。以其詩知之。郊曰「種稻耕白水　負薪斫青山」。島曰「市中有樵山　客舍寒無烟　井底有甘泉　釜中嘗苦乾」。孟氏薪米自足、而島家倶無。以是知之耳。然及其至也、清絶高遠、殆非常人可到。唐之歌詩、稱此兩人爲最。（『張右史文集』卷四十六「評郊島詩」）

唐の晩年、詩人類《おほむ》ね窮士多し。孟東野《もうとうや》・賈閬仙《かろうせん》の徒の如きは、皆な刻琢窮苦の言を以て工《たくみ》と爲す。或《ある》ひと謂《い》ふ 郊・島孰《いづ》れか貧なると。曰く「島 甚だしと爲《な》すなり」と。曰く

「何を以て之を知るや」と。其の詩を以て之を知る。郊曰く「稲を種《う》ゑて白水に耕し／薪を負《お》ひて青山に斫《き》る」と。島曰く「市中 樵山有るも／客舎 寒くして烟《けむり》無し／井底 甘泉有るも／釜中 嘗《つね》に乾くに苦しむ」と。孟氏は薪米 自《おのづか》ら足るも、島が家は倶《とも》に無し。是《これ》を以て之を知るのみ。然れども其の至《し》に及ぶや、清絶高遠、殆《ほとん》ど常人の到る可きに非ず。唐の歌詩、此の兩人を稱して最と爲す。

「郊寒島痩」とよく併稱されるが、ではその貧しさはどちらが酷かったかというと、孟郊は貧しいながらも郊外に田畑を有し自給自足の生活が出來たのに對して、賈島は市中に住まい、食料にも燃料にも事欠いていたのであるから、賈島の方がより貧しかった筈だと推論し、それでも、否《いな》、それだからこそ、唐代屈指の清絶高遠なる詩作を残すことが出來たのだ、と張耒は高く評價するのである。因みに右に引かれた「種稲耕白水　負薪斫青山」は孟郊の五律「退居」の頷聯に當たり、「市中有樵山　客舎寒無烟　井底有甘泉　釜中嘗苦乾」は賈島の五古「朝飢」の第一句から第四句に當たる。但し『全唐詩』では「客舎寒」を「此舎朝」に、「嘗苦乾」を「仍空然」に作っている。

○差　「差」字が上平聲支韻（音は「シ」）の場合は、順序よく竝ぶ、竝べる意。特に「差肩」は熟した言葉で「肩を竝べる」ことであり、ここは押韻の爲に「肩」を省いて用いていると見て良い。

中唐・韓愈「奉和武相公鎮蜀時詠使宅韋太尉所養孔雀」：翠角高獨聳　金華煥相差、

北宋・范仲淹「紀送太傅相公歸闕」：搢紳誰敢望差肩　獨向昌期協半千

尙、詩中で「差」を支韻で（特に韻字として）使う場合は、「參差《しんし》」（不揃いのさまを表す雙聲語）の形で用いる例が壓倒的多數を占める。

○縛得獰龍　文字通りの意味としては「獰猛な龍を縄で縛り上げて捕まえる」ことであるが、ここでは筍を採ることを言う。筍は俗に「龍孫」と稱され（七絕129「次劉秀野蔬食十三韻　新筍」の〔補說〕〔單行本第三册二七四頁〕に詳しい）、そこから、筍を採るということは、屢しば人間に害を爲すと想像される獰猛な龍を捕縛することに等しいという發想が朱子の脳裏に浮かんだのであろう。「獰」という措辭には、筍の捕らえ難さと活きの良さの兩方を掛けているとも見て取れよう。また、筍の姿でいた所を人間に捕らえられた龍が濡れ衣を訴えるという發想の先例が、已に北宋期に見られたこともその助けになったと思われる。

北宋・黄庭堅「從斌老乞苦筍」：南園苦筍味勝肉　籜龍稱冤莫採錄

北宋・蘇轍「食櫻詠二首」其二：籜龍似欲號無罪　食客安知惜後凋

○仍「相も變わらず、依然として」の意。劉仲行が以前にも屢しば朱子に詩を贈っていたことが想見される。

○雄姿　雄々しい姿。多くは武人や馬などの威風堂々たる姿を描寫するのに用いられるが、ここでは劉仲行が朱子に贈った詩の雄勁さを褒め稱えての措辭であろう。次に引く有名な蘇軾詞を踏まえれば、雄々しさに加えて、古の周瑜を彷彿とさせる劉仲行の才氣煥發ぶりをも想見できるかもしれない。

北宋・蘇軾「念奴嬌」赤壁懷古：遙想公瑾當年　小喬初嫁了　雄姿英發

尙、個人の詩風を「雄姿」と評する例は今の所檢索し得ない。

（後藤　淳一）

157 天湖四乙𠀋坐閒賞梅作送劉充甫平甫如豫章

天湖四乙𠀋《てんこしいつぢやう》の坐閒《ざかん》　梅《うめ》を賞《しやう》するの作《さく》　劉充甫《りうじゆうふ》・平甫《へいふ》の豫章《よしやう》に如《ゆ》くを送《おく》る

竹●外●横○枝○老●屈●盤◎
冰○壺○遙○夜●玉●窗○寒◎
兩●公○明●日○江○南○路●
雪●後●園○林○子●細●看◎

竹外《ちくぐわい》の横枝《わうし》　老《お》いて屈盤《くつばん》
冰壺《ひようこ》　遙夜《えうや》　玉窗《ぎよくさう》寒《さむ》し
兩公《りやうこう》　明日《みやうじつ》　江南《かうなん》の路《みち》
雪後《せつご》　園林《ゑんりん》　子細《しさい》に看《み》ん

（七言絕句　上平聲・寒韻）

〔テキスト〕

『文集』巻四

〔校異〕

○𠀋　丈の異體字。

〔通釋〕

天湖の劉如愚の御屋敷に皆《みな》で集まったとき　梅を賞賛しての作　劉充甫と平甫とが豫章に旅立
　つのを送別する

竹藪の向こうに横ざまに出ている梅の枝は　年月を經て屈《かが》まり蟠《わだかま》っている
月の明るい　長い夜　御屋敷の窗《まど》は寒々しいたたずまい
お二人は　明日　江南に旅立たれるとき
雪が消え殘る　この庭園の風情《ふぜい》を　想いを込めてじっと御覧になるのでしょう

〔解題〕

友人の劉充甫と劉平甫が豫章（江西省南昌縣）に赴くのを送別した詩。『年譜長編』（四〇四ページ）によれば、乾道四年（一一六八）の冬、朱子三十九歳の作である。

天湖とは山名。四乙こと劉如愚《りうじよぐ》が居を構えていた場所。この天湖が何處であるかは、異論のあるところである。〔補說〕㈠を參照。

四乙とは、乙が一に通じて四一、つまり四十一という劉如愚の排行を言う。『箚疑輯補』の〔翼增〕に「四乙丈とは卽ち四十一丈、劉判院如愚なり」とある。

劉如愚、字は明遠。崇安の人。『宋元學案補遺』卷四十九に傳記がある。生年は不詳。『年譜長編』（五四三ページ）によれば、淳熙二年（一一七五）十二月に死去した。153「次韻劉明遠宋子飛反招隱韻」

其一の〔解題〕を參照（↓本册七三ページ）。

劉充甫は劉琉《じゅう》。字は充甫《じゅうふ》（慣用音「ほ」、ここでは正音「ふ」を用いる）。081「入瑞巖途閒得四絶句呈彥集充父二兄」其一の〔解題〕（↓單行本第二册三三二ページ）を參照。劉平甫は劉玶《へい》。字は平甫。劉子翬《りうしき》の子。『宋元學案』卷四十三〈屛山家學〉に傳記がある。劉琉・劉玶の二人が、豫章に赴く理由を『年譜長編』（四〇四ページ）は、同族の劉珙が豫章に赴任していたからだと推定する。劉珙《きょう》、字は共甫。劉子羽の子。朱子とは幼少の頃よりの學友である。046「寄籍溪胡丈及劉恭父二首」其一の〔解題〕（↓單行本第二册七四ページ）を參照。また『宋元學案』卷四十三〈屛山家學〉に傳記がある。

〔語釋〕

○丈　目上の人や友人に對する敬稱。118「次韻傅丈武夷道中五絶句」其一の〔解題〕（↓單行本第三册一九五ページ）を參照。

○坐閒　皆が集まっている席上。

○竹外橫枝　「竹外」とは、竹藪の向こう側。「橫枝」とは、橫ざまに伸びている梅の枝。〔補說〕㈡を參照。

北宋・林逋「梅花」：雪後園林纔半樹　水邊籬落忽橫枝

北宋・蘇軾「和秦太虛梅花」：江頭千樹春欲暗　竹外一枝斜更好

○屈盤　かがまりわだかまるさま。屈蟠。通常は樹木の根を表現するのに用いるが、この詩では、枝の様子をいう。
白居易「紫藤」：下如蛇屈盤　上如繩縈紆
○冰壺　月の光をいう。もとは氷を容れた玉の壺、轉じて心の清いさまをいう。
中唐・元稹「獻滎陽公詩五十韻（竝啓）」：冰壺通皓雪　綺樹眇晴煙
○遙夜　長い夜。別れのために悲しい夜。
宋玉「九辯」：靚杪秋之遙夜兮　心繚悷而有哀
白居易「和談校書秋夜感懷呈朝中親友」：遙夜涼風楚客悲　清砧繁漏月高時
○玉窗　美しい窗《まど》。通常は閨怨詩の中で、左に擧げるように、女性の部屋の窗をいうが、ここでは御屋敷の窗をいう。察するに、雪の中、月の光で美しく光り輝いているさまを表現したのであろう。
南朝梁・簡文帝「詠晩閨詩」：何時玉窗裏　夜夜更縫衣
李白「久別離」：別來幾春未還家　玉窗五見櫻桃花
李白「寄遠十一首」其一：遙知玉窗裏　纖手弄雲和
○江南路　江南へと向かう道路。彼らが向かう「豫章」は「江南西路」（路は宋代の行政區分）の府都である。崇安から直線距離にして北西に約二五〇キロメートルの地點にある。〔通釋〕では、二人が江南に旅立とうとするときのことを歌ったものとして解釋した。
○雪後　雪が降った後。次に擧げる詩は、雪後の園林を歌うのが本詩と共通する。〔補說〕㈡を參照。

北宋・林逋「梅花五首」其一：雪後園林纔半樹　水邊籬落忽横枝

○園林　庭園の木立。世俗を離れた自適の場所を表す。086「壽母生朝二首」其二の「園林」の〔語釋〕（→單行本第二册三三一ページ）を參照。

○子細看　想いを込めてじっと見る。「子細」は「仔細」と同じ。

杜甫「九日藍田崔氏莊」：明年此會知誰健　醉把茱萸仔細看

『韻府』巻十四〈上平聲―十四寒―看〉の「子細看」の項に本詩の第四句を引く。

〔補說〕

㈠　天湖の場所について

天湖の場所については三つの說がある。『年譜長編』（四〇一ページ）では、次のように說明している。

①「天湖は崇安縣（福建省崇安縣）の東、五夫里・仙亭山の下に在り」。

また『箚疑輯補』の〔箚補〕は、二つの說を擧げている。

②「建陽縣（福建省建陽縣）の西に在り。先生の母・祝碩人葬られて湖の陽に在り」。

③「建寧府（福建省建甌《おう》縣）に又た天湖山有り。三十六景有り」。

幾つかの地名辭典を調べてみると、多くの地名辭典が「天湖」を建寧府に在る天湖山とする③の說を取る（臧勵龢『中國古今地名大辭典』、青山定雄『中國歷代地名要覽』、劉鈞仁『中國歷史地名大辭典』など）。

右のごとく、天湖の位置には三說ある。そして、『文集』巻五に「九日登天湖以菊花須插滿頭歸分韻賦詩得歸字」とあることを考えると、天湖を山の名とする〔箚補〕の③の說が有力のように思われる。

ただここに一つの問題がある。③の天湖山は、朱子が住んでいた崇安縣から南東へ九十キロメートルも離れているのである。②の天湖も南東に四十キロメートル、唯一①だけが、同縣にある。距離から言えば①が最も適當なのであるが、「五夫里・仙亭山の下」とあるように、山ではないのが問題である。

㈡　林逋の梅花詩との關係について

本詩は、北宋・林逋《りんぽ》の「梅花」の詩を踏まえたものである。林逋（九六七～一〇二八）、字は君復。銭《せん》塘《とう》（浙江省杭州市）の人。一生獨身のまま隱遁生活を送り、梅と鶴をこよなく愛したために「梅妻鶴子」（梅が妻で鶴が子供である）と評せられた。『宋史』隱逸傳に傳記がある。

林逋の『林和靖《りんなせい》先生詩集』（四部叢刊本）には、梅花を詠った詩が十首ある（校補に載せる二首を含む）。その中で最も有名なのが「山園小梅《さんゑんせうばい》二首」其の一である。この詩の「疎影横斜水清淺《そえいわうしゃみづせいせん》／暗香浮動月黄昏《あんかうふどうつきくわうこん》」の句は、歐陽脩が『歸田錄』巻二（四部叢刊本『歐陽文忠公集』一二七）で、「前世、梅を詠《えい》ずる者多きも、未だ此の句有らず」と評價してより、人口に膾炙《かいしゃ》し、また様々な論議を巻き起こしたのである。

たとえば、黄庭堅は『山谷集』巻二十六の「林和靖の詩に書す」という文章で次の様に述べている。

歐陽文忠公、林和靖《りんなせい》の「疎影横斜水清淺《そえいわうしゃみづせいせん》／暗香浮動月黄昏《あんかうふどうつきくわうこん》」の句を極賞するも、和靖 別に梅を詠む一聯《れん》有るを知らず。「雪後《せつご》の園林《ゑんりん》纔《わづ》かに半樹《はんじゅ》／水邊《すゐへん》の籬落《りらく》忽《たちま》ち横枝《わうし》」と云ふは、前句に勝《まさ》るに似たり。文忠公 何に縁《よ》りて此《これ》を棄てて彼《かれ》を賞するかを知らず。

黄庭堅は、歐陽脩が「山園小梅」の句を賞賛したことを批判し、林逋の「雪後園林纔半樹／水邊籬落忽横枝」の句の方が勝《すぐ》れていると主張する。黄庭堅がそのように主張するこの句を、本詩は踏まえているのである。尚、林逋の五首ある「梅花」と題された詩のうち、この句は第一首目にある（參照：佐藤保著『中國の名詩鑑賞』八（明治書院、一九七八））。

「竹外横枝」の語釋では、蘇軾の七律「秦太虛の梅花に和す」の詩を引用した。この詩の「竹外一枝斜めにして更《さら》に好《よろ》し」の句は、北宋末の王十朋《わうじつぽう》『東坡詩集註』の注釋に依るならば、林逋「梅花」詩の第三首にある「屋簷《をくえん》（のきさき）斜めに入りて一枝低し」の句を踏まえている。また「秦太虛の梅花に和す」の詩には「西湖處士（西湖處士とは、指して林逋を言ふなり）骨は應《まさ》に槁《か》るべし」という句がある。蘇軾の「秦太虛の梅花に和す」の詩もまた、林逋の「梅花」詩の影響を受けたものなのである。

（土屋　裕史）

158 題米元暉畫　米元暉《べいげんき》の畫《ぐわ》に題《だい》す

●○●○○
楚山直叢叢　楚山《そざん》 直《なを》くして叢叢《そうそう》

木●落●秋○雲○起◉　木《き》落《お》ちて　秋雲《しゅううん》起《お》こる
向●曉●一●登○臺○　曉《あかつき》に向《なんな》んとして一《ひと》たび臺《だい》に登《のぼ》れば
滄○江○日●千○里◉　滄江《そうこう》　日《ひ》に千里《せんり》

（五言絶句　上聲・紙韻）

＊　第一句は二四不同の原則が守られていない。第四句も同様だが、ここの下三字は〈仄平仄〉の「はさみ平《ひょう》」なので、破格とは見なされない。

〔テキスト〕

『文集』巻四／清・陳邦彥『御定歴代題畫詩』巻十一〈山水類〉

＊　なお本詩は、左に擧げる、近人による一連の題畫詩選集にも收載されており、いくつかの文字の異同がある。

周積寅・史金城編『中國歴代題畫詩選注』第二編〈山水樹石〉（西泠印社、一九八五）――『選注』と略記。

李德壎編『歴代題畫詩類編』上〈山水類〉（山東教育出版社、一九八七）――『類編』と略記。

蔡若虹ほか編『中國古今題畫詩詞全璧』第三編〈山水名勝〉（河北教育出版社、一九九四）――『全璧』と略記。

〔校異〕

○題米元暉畫　『選注』『全璧』は「題米元暉楚山秋霽」に作る。

○直叢叢　『歴代題畫詩』『選注』『類編』『全璧』は「眞叢叢」に作る。本稿では、〔語釋〕の「叢叢」の項に述べる理由から「直叢叢」に従った。
○木落　『選注』『全璧』は「落日」に作る。
○向曉　眞軒文庫本・『類編』『全璧』は「向晩」に作る。

〔通釋〕

米元暉の畫を觀賞して

楚の山々はすっくとそびえ　多くの峯が群らがるように竝び立っている
木々の葉は散り落ちて　山腹から秋の雲がわき起っている
夜明けどき　高臺に登って眺めやれば
深く青い川は　一日に千里を進む勢いで流れてゆく

〔解題〕

北宋末から南宋初期にかけて活躍した大畫家・米元暉《べいげんき》（一〇七二～一一五一）の山水畫に題した〈題畫詩〉である。

米元暉、名は友仁《ゆうじん》。元暉はその字《あざな》。懶拙《らんせつ》道人と號した。北宋期の書畫の大家・米芾《べいふつ》（字・元章《げんしょう》。一〇五一～一一〇七）の長子であり、父を〈大米〉と稱するに對して〈小米〉と稱せられる。早年よりその才を認められ、特に黄庭堅の賞贊を得たことは有名。北宋末、徽宗《きそう》の宣和《せんな》四年（一一二二）に掌書學となり、宋室の南遷後は兵部侍郎、敷文閣《ふぶんかく》直學士を勤めた。晩年には高宗の側近く仕えて古書畫の鑑定・蒐集に從事した。書は行書にすぐれ、畫はとりわけ山水畫において米芾の技法を發展させ、のちの文人畫に影響を與えた。『宋史』巻四四四に傳がある。

本詩で取り上げられたのも山水畫で、前半二句にも明らかなとおり、楚の秋の景物を描いたものである。そそり立つ山の木々は葉を落とし、山腹をおおうように雲がわき起こっている。畫面の一隅に、たかどのから眺望する人物と、遠くへ流れてゆく川とが點出されている。全四句とも、朱子が米元暉の畫中の情景を忠實に描寫したものであろう。

○

本詩の制作時期については、『編年箋注』（上册三六一～二ページ）『年譜長編』（巻上四四七ページ）、ともに乾道七年（一一七一）、朱子四十二歳の作とする。

その根據として、兩書ともに近人・龐元濟《ほうげんさい》編『虛齋名畫錄』を擧げている。同書の巻一に本詩を收載して「題米敷文楚山秋霽圖巻」（米敷文《べいふぶん》の楚山秋霽《そざんしうせい》圖《づ》巻《くわん》に題《だい》す）と題し、末尾の落款《らっかん》（作者自身がしるした署名や年月の記載）に「乾道辛卯三月十二日晦翁題」とあるのである（晦翁は、朱子の號）。『文集』の詩題「題米元暉畫」は、『文集』編纂の際に改められたものであろうか。

〔語釋〕

○楚山　①湖北省西部の荊山のこと。②楚の地方の山。ここは②の意であろう。

○叢叢　むらがるさま。あつまるさま。この第一句は中唐・韓愈の五言古詩「此の日 惜む可きに足る張籍に贈る」の終り近くに「淮之水舒舒　楚山直叢叢」とあるのをそのまま借りたものであろう。「叢叢」という語には、初唐・張說「酺宴」の「向日枝叢叢」、五代・齊己「聞落葉」の「來年未離此　還見碧叢叢」など、木の枝葉が密集していることを形容する用法も見られる。しかし本詩の場合、第二句「木落秋雲起」から見て、「叢叢」は山の木や葉のことではなく、句頭の「楚山」を承けると見るべきであろう。

○向曉　夜明けのこと。

○滄江　深く青々とした川。寒冷のニュアンスを伴う。

なお、本詩の後半二句は、明らかに盛唐・王之渙《おうしかん》の五絶「鸛鵲樓《くわんじやくろう》に登《のぼ》る」をふまえている。

白日 山に依りて盡き／黄河 海に入《い》りて流る／千里の目《め》を窮《きは》めんと欲して／更《さら》に上《のぼ》る 一層の樓《ろう》

右の詩と重ね合せることにより、本詩の境地は一段と廣大なスケールを獲得していると言えよう。

〔補說〕

㈠　米芾・米友仁父子に對する朱子の關心

『朱熹集』第十冊に附載する〈人名索引〉によれば、米友仁の名は『文集』中に三たび現れる。その第一は本詩の詩題、第二は「米敷文瀟湘詩巻題識《だいし》」（『朱熹遺集』巻三）、第三は「題米敷文瀟湘圖巻」（同上）である。後二者の題下には「淳熙六年（一一七九）五月」と明記されている。『年譜長編』のその年の條には、

（五月）二十八日、江東道院に往《ゆ》きて書畫を觀《み》、米友仁の「瀟湘圖巻《せうしやうづくわん》」に題す。

とあり、「題米敷文瀟湘圖巻」の全文が掲げられている（巻上、六三〇ページ）。

〔解題〕で述べたように、朱子が米友仁の「楚山秋霽圖」を觀て本詩を作ったのは、乾道七年（一一七二）のことであった。朱子はそれから八年後に、今度は「瀟湘圖巻」を觀、散文二篇を作ったということになる。

ところで『朱熹集』には、米友仁の父・米芾の名も三たび現れる。すなわち次の三篇の散文である。

①「朱・喩二公の法帖《はふてふ》（習字のてほんとして、古人の筆跡を石ずりにした折本）に跋《ばつ》す」（巻八十二）

②「米元璋の帖に跋す」（同上）

③「米元璋の〈下蜀（鎮の名。江蘇省句容縣の北）の江山の圖〉に跋す」（巻八十四）

それらの中で朱子は、米芾の書に對して次のような寸評を加えている。

○黃・米（黃庭堅と米芾と）に至って欹傾側媚《きけいそくび》、狂怪怒張の勢ひ極まれり。（①）

＊欹傾側媚＝かたむいて、よこしま。奔放で破格な書風をいうのであろう。

○米老の書は天馬銜《くつわ》を脱《だつ》し、風を追ひ電《いなづま》を逐《お》ふが如し。範するに馳驅《ちく》の節《せつ》を以てす可《べ》からずと雖

も、要《えう》は自《おのづか》ら不妨《はなはだ》痛快なり〔筆のはこび方の調子を型にはめることはできないけれども、つまりそれはそれでまことに痛快である〕。

これらの記述からは、朱子が米芾の書風の特色を的確に形容しつつ、一定の共感を示していることが窺われよう。

こうして見ると、米芾・米友仁父子の書畫に對する朱子の關心は一時的・偶發的なものではなく、長期にわたって持續するものだったようである。米友仁はともかく、米芾は科擧に及第せず藝術一筋に生き、奔放で奇矯な言動も多い人であった。そのような藝術家に朱子が關心を示し續けたというのも、興味深いことである。

(二) 歴代題畫詩の中の米友仁

米友仁の畫は、清末に至るまで多くの詩人たちに注目され、しばしば題畫詩に取り上げられている。そのことは、彼の畫が時代を超えて愛好され續けたことを示しているが、それらの詩の内容自體は題畫詩の通例どおり、畫に描かれた情景を詩中に再現しつつ、作品のすばらしさをほめたたえる、というパターンに沿ったものばかりである。

今それらの中から、米友仁の畫風やその魅力を表現した詩句をいくつか擧げてみよう。

まず、賞贊の意を包括的に表明したものを二例。

○王家玉印章　翰墨屹冠冕

王家の玉印章／翰墨《かんぼく》（翰《ふで》と墨で書かれた作品）冠冕《くわんべん》（第一位。首位）屹《そび》ゆ

（元・郭畀《くわくひ》「元暉の山」〔五律〕——頸聯）

これは、米友仁の畫がつねに王室に祕藏されたため王家の印章が捺せられていること、彼の作品は繪畫史の中でもひときわ優れていることを述べている。

○千里能移方寸間　天機揮灑過荊關　如今畫史空無數　對此髙蹤詎敢攀

千里　能く移す　方寸の間《かん》／天機（生れつきの才知）の揮灑《きさい》（筆をふるい、墨をそそぐ。畫を描くこと）荊關《けいくわん》（荊浩と關仝《かんどう》。五代の名畫家である）に過ぐ／如今《じよこん》　畫史　空しく無數／此の髙蹤《かうしよう》（すぐれた行い）に對して　詎《なん》ぞ敢《あへ》て攀《よ》ぢんや

（明・張羽「米元暉の山水の圖」〔七言古詩〕十四〜十八句）

〝米友仁の山水畫は廣大な空間を小さな畫面の中によく描き出しており、その天與の畫才に及ぶ者はまったくいない〟と賞贊している。

つづいて、その畫風をもう少し具體的に詠じたものを二例。

○俗韻凡情一點無　開元以上立規模

俗韻　凡情　一點として無く／開元（盛唐期の年號）以上に　規模（正しい例。てほん）を立つ

（南宋・陸游「詹仲信《せんちゆうしん》の藏する所の　米元暉の雲山の小幅《せうふく》に題す二首」其の一〔七絶〕——一・二句）

〝米友仁の超俗的で非凡な畫風は、繪畫が榮えた盛唐の開元年間（七一三〜七四一）の諸作を超えて、すぐれたお手本となった〟と述べている。「俗韻　凡情　一點として無し」と言い切っているところがポイントである。

○元暉筆力盡清雄　兩岸青山似越中

元暉の筆力　盡《ことごと》く清雄／兩岸の青山　越中に似たり

（元・王惲《わううん》「米元暉の〈楚山清曉圖《せいげうづ》〉に題す二首」其の一〈七絶〉——一・二句）

〝米友仁の筆力は清らかな中にもたくましさがあり、楚（湖南省一帶）の山水を描いたこの作品も、あたかも、風光のよいことで有名な越中（浙江省一帶）の景色を見ているように感じさせる〟。「清雄」の語がキーワードである。なお「楚江清曉圖」は彼の代表作で、北宋末の徽宗皇帝にも絶贊されたと言う。

一方、そのような彼の畫が觀る者の心理に與える影響を詠じているものも散見するが、それらには興味深い方向性を見て取ることができる。

○萬里江天杳靄　一樹煙村微茫◎　只見孤蓬聽雨　恍如身在瀟湘◎

萬里　江天の杳靄《えうあい》（ふかくたちこめたもや）／一樹　煙村微茫《びばう》たり（ぼんやりとうす暗い）／只だ孤《こ》蓬《ほう》に雨を聽くを見れば／恍《くわう》として　身は瀟湘《せうしやう》（畫中に描かれた瀟水と湘水。湖南省の川）に在るが如し

（南宋・尤袤《いうばう》「米元暉の〈瀟湘圖〉に題す二首」其の一〔六絶〕）

珍しい六言絶句であるが、前半二句は畫中の情景を描寫している。大地も川もすっかりもやにおおわれ、村里もぼんやりかすむ中に一本の樹木が見える。後半二句では、畫中に點出された舟上の人物に注目する（「孤蓬」の「蓬」は、ここでは「篷」に通じよう。「篷」は、とま。竹やあし、かやなどを編んだ、舟をおおうもの。轉じて、舟のこと）。やがて作者はその人物と一體化し、その場に居合わせて雨の音に耳をかたむけているような氣分になった、と述べている。この「瀟湘奇觀圖」も米友仁の代表作で、いま上海博物館に藏せられている。

○飛飄一點知誰子　疑在元暉畫中行

飛飄《ひへう》一點　知る　誰《た》が子《こ》ぞ／疑ふらくは　元暉の　畫中に在りて行《ゆ》くかと

（元・呉全節「米元暉の畫《ゑが》ける雲山の圖に題す二首」其の二〔七絶〕——三・四句）

この詩も、畫中の舟に乘った人物に注目するうち〝まるで自分自身が米元暉の畫の中で動いているような氣分になった〟と告白している（「飛飄」は、ここでは「飛帆」に同じで、はやく進む舟を意味する）。

○米家名畫可誰論　愛此苕溪春曉村　……料將意行隨遠近　展圖思憩樹陰繁

米家の名畫　誰《たれ》か論ず可《べ》けんや／此の苕溪《てうけい》（浙江省湖州市）春曉の村を愛す／……／意行（足の向くままに行く）遠近に隨はんと料將《はか》り（將は動詞のあとに付ける助字）／圖を展《の》べて憩《いこ》はんことを思ふ　樹陰の繁《はん》

（明・胡隆成「米元暉の〈苕溪春曉圖〉」〈七律〉――首聯・尾聯）

この詩はさらに徹底しており、〝描かれた村の情景のあちこちに心を遊ばせ、木蔭で休息したい〟と、畫中の世界に引きこまれることを樂しみにしているような詠みぶりである。

以上をまとめると、詩人たちの眼に映った米友仁の畫風は、俗氣のないすがすがしさと、たくましい大きさとをあわせ持ち、かつ、觀る人を畫の中に引きこむような訴求力・吸引力を備えていた、ということになる。この〝畫が觀る人を引きこむ〟というのは、必ずしも題畫詩の常套表現ではなく、したがって、さまざまな畫家の作品に對して氣樂に用いられるものではないので、これは米友仁の畫に特有の性質を表したものと見て差支えないであろう。

（宇野　直人）

159 觀劉氏山館壁間所畫四時景物各有深趣因爲六言一絶復以其句爲題作五言四詠　其一

劉氏山館《りうしさんくわん》の壁間《へきかん》に畫《ゑが》く所《ところ》の四時《しいじ》の景物《けいぶつ》を觀《み》て　各〻深趣有《おのおのしんしゆあ》り　因《よ》つて六言一絶《りくごんいちぜつ》を爲《つく》り　復《ま》た其《そ》の句《く》を以《もつ》て題《だい》と爲《な》し　五言四詠《ごごんしえい》を作《つく》る　其《そ》の一《いち》

絶○壑●雲○浮○冉●冉●　絶壑《ぜつがく》　雲浮《くもうか》んで冉冉《ぜんぜん》たり
層○巖○日●隱●重○重◎　層巖《そうがん》　日隱《ひかく》れて重重《ちようちよう》たり
釋●子●巖○中○宴●坐●　釋子《しやくし》　巖中《がんちゆう》に宴坐《えんざ》し

○○●●○◎
行人雪裏迷蹤　行人《かうじん》 雪裏《せつり》に迷蹤《めいしよう》す　（六言絶句　上平聲・冬韻）

〔テキスト〕

『文集』巻四

〔校異〕

○雪裏　結句の『佩文韻府』巻二〈二冬〉では「雪裡」になっている。異體字、同音同義。

〔通釋〕

劉子翬の山荘の壁に描かれた四季の景物を見ると、どれも深い趣きがある。そこで六言絶句一首を作り、更にそれぞれの句を題にして、五言絶句四首を作った。その一

深く険しい壑《たに》には　ゆらゆらと雲が浮遊して
高くそそりたつ岩山は重なり合って　太陽がその向こうに沈んで行く
僧侶は岩穴に　安らかに座禪して
旅人は雪が降る中で　道に迷っている

〔解題〕

『剳疑』には「謂六言一絶、有絶壑・層巖・釋子・行人四句。故下四絶各以其一句爲題而賦之。下效此」〔謂《おも》ふに六言一絶、絶壑・層巖・釋子・行人の四句有り。故に下の四絶は各〻其の一句を以て題と爲し、之《これ》を賦す。下《しも》 此れに效《なら》ふ〕と注している。

この詩の制作年代は『編年箋注』によれば乾道・淳熙年間（一一六五～一一七四）である。

詩題の劉氏山館は屏山《へいざん》（いまの福建省崇安縣の東）にあり、劉子翬《りゅうしき》が建てたものであって、朱子の住むところにかなり近い。

この六言一絶は、劉氏山館の壁面に描かれた四種類の繪を見て作った題畫詩の五首連作の第一首である。四季の景色を描いたものであり、一句ごとにそれぞれの景物を描寫している。『新考』によると、本詩は以下の「觀祝孝友畫卷爲賦六言一絶復以其句爲題作五言四詠」、「祝孝友作枕屏小景以霜餘茂樹名之因題此詩」とは連作であり、同じ時期に作られたものである。

〔語釋〕

○絶壑　深く険しい谷。

○冉冉　揺れ動くさま。たゆたうさま。

○層巖　険しくそそりたつ岩山。

○重重　重なり合うさま。

○釋子　僧侶、お坊さんの通稱。釋迦牟尼の弟子の意味から取った。

○巖　岩屋。岩穴。

『莊子』在宥篇に「故賢者伏處大山嵁巖之下、而萬乘之君憂慄乎廟堂之上」（故に賢者は大山嵁巖《かんがん》の下に伏處して、萬乘の君は廟堂の上に憂慄《ゆうりつ》す」とある。

盛唐・杜甫「西枝村尋置草堂地夜宿贊公土室二首」其一：昨枉霞上作　盛論巖中趣

杜甫の詩の「巖」は隠居者、僧侶の住處というイメージがあり、朱子のこの詩句もそのイメージを踏まえていると思われる。

○宴坐　また燕坐とも書く。宴は安樂の意。安座。坐禪。身心を寂靜にして坐禪すること。根本の淨禪に安住して、外のけがれやわずらいをとどめること（中村元著『佛教語大辭典』上巻一一一ページ）。

○行人　旅人。

○迷蹤　迷踪。道に迷うこと。

（曹　元春）

160 其二

頭上山洩雲
脚下雲迷樹
不知春淺深
但見雲來去

其《そ》の二《に》

頭上《づじやう》山《やま》雲《くも》を洩《ひ》き
脚下《きやくか》雲《くも》樹《き》を迷《まよ》はす
春《はる》の淺深《せんしん》を知《し》らず
但《た》だ雲《くも》の來去《らいきよ》するを見《み》る

（五言絶句　去聲・御韻）

〔テキスト〕

『文集』巻四

〔校異〕

○脚下　『文集』巻四の巻末に附せられた〈考異〉には「一作底」とある。

〔通釈〕

その二

頭の上では　山の前に雲がたなびき

足の下では　雲が樹木をおおいかくしている

このおぼろな眺めは早春なのか　晩春なのか分からず

目に入るのは　雲が流れ來たり流れ去る様子のみです

〔語釋〕

○頭上・脚下　對となるこの二つの詩語は、よく對句に使われる。

盛唐・杜甫「李鄠縣丈人胡馬行」：頭上鋭耳批秋竹　脚下高蹄削寒玉

○洩　たなびく。

○迷樹　雲や靄などが樹木を包みかくす。

初唐・王勃「易陽早發」：雲間迷樹影　霧裏失峯形

○春淺深　春がまだ淺いか、それとももうたけなわか。春が進む度合いをいう。

○雲來去　雲が行き來するさま。次のように、春の敍景によく用いられる。

中唐・白居易「陰雨」：潤葉濡枝浹四方　濃雲來去勢何長

南唐・李煜「蝶戀花」詞：朦朧澹月雲來去　桃李依依香暗度

〔補說〕

李秀雄は『朱子與李退溪詩比較研究』（北京大學出版社　一九九一年二月　一一一頁）において、この詩について次のように論評している。

此詩是以動靜交錯的手法創作。有山無雲則無法顯示山之飄緲幽遠。詩人在此詩中三次用〝雲〟字、幷描寫其變幻莫測的形態。雲是充滿動感、奔騰流動的、那變化的氣勢、眞令人震驚、所以山在層雲的圍繞之中、實在無法從山景看出春淺春深。

〝この詩は動靜交錯の手法によって作られた。山があるにしても、雲がなければ山の縹渺、幽遠たるさまを表すことができない。詩人はこの詩においては、三度も「雲」の字を用いて、雲の變化が激しくて測り知ることができないありさまを描き出した。雲は動感に滿ちて、勢いよく流れるものである。その變化する氣勢はまったく驚くほどである。それ故に、山が重なった雲に覆われていれば、その山の景色から春がまだ淺いか、それとももうたけなわかを見て取ることは全然できない〟と言う。

（曹　元春）

161 其三
夕陽在西峯
晩谷背南嶺
煩鬱未渠央
佇茲清夜景

其《そ》の三《さん》
夕陽《せきやう》　西峯《せいほう》に在《あ》り
晩谷《ばんこく》　南嶺《なんれい》を背《せ》にす
煩鬱《はんうつ》　未《いま》だ渠《には》かには央《つ》きず
茲《こ》の清夜《せいや》の景《けい》に佇《たたづ》む

（五言絶句　上聲・梗韻）

〔テキスト〕
『文集』巻四
〔校異〕異同なし。
〔通釋〕
その三
夕日は　西方の峯に沈んでゆく
日暮れの谷は南の山の手前にある
蒸し暑さで氣がめいって　まだすっきりしないが
この清清《すがすが》しい夜の景色を前にして　一人佇《たたず》んでいる
〔解題〕
四首連作の第三首。第一首の第二句「層巖日隱重重」で描いた夏の景物を敷衍する。蒸し暑い夏の黄昏、惱む氣持ちを自分で鎮めようとする人物を繪の中に設定し、詩人はそこに自分の感情を投入しようとしているようだ。

〔語釋〕

○晩谷　日暮れの谷。『大漢和』巻五と『韻府』巻九十上〈入聲—屋—谷〉の「晩谷」の項に、本詩の一・二句を引く。

○煩鬱　夏の暑苦しさで氣がめいる。氣がふさがる。全唐詩に用例がなく、宋詩にもまれであるが、用例が宋詞に一例ある。

北宋・曾鞏「諸廟謝雨文」：得雨應時、澤潤焦枯、蕩除煩鬱。

南宋・趙師俠「柳梢青」詞：暑懷煩鬱　危欄徙倚　凝情獨立

○渠央　「渠」は「遽」と同じ。「すぐには」という意。「央」は盡きること。「未渠央」はまだすぐには盡きない意。全唐詩の中には用例がない。

「古樂府詩六首」其二「相逢狹路間」：丈人且安坐　調絲未遽央（『玉臺新詠』巻一）

梁・周捨「江南弄」下「上雲樂」：但願明陛下、壽卑萬歲、歡樂未渠央。（『樂府詩集』巻第五十一〈清商曲辭八〉）

梁・劉孝綽「發建興渚示到陸二黄門」：況復千餘里　悲心未渠央

東晉・陶淵明「雜詩十二首」其三：嚴霜結野草　枯瘁未渠央

北宋・王安石「少狂喜文章」：良夜未渠央　青燈對寒更

○清夜　よく晴れた、靜かな夜。048「仰思二首」其一の「清夜」の語釋（↓單行本第二冊一〇六頁）を參照されたい。

（曹　元春）

162 其四

清秋氣蕭瑟
遙夜水崩奔
自了巖中趣
無人可共論

其《そ》の四《し》

清秋《せいしう》 氣《き》 蕭瑟《せうしつ》
遙夜《えうや》 水《みづ》 崩奔《ほうほん》す
自《みづか》ら巖中《がんちゆう》の 趣《おもむき》を了《さと》り
人《ひと》の 共《とも》に論《ろん》ず可《べ》きもの無《な》し

（五言絶句　上平聲・元韻）

〔テキスト〕
『文集』巻四

〔校異〕異同なし。

〔通釋〕

その四

さわやかな秋の氣は　非常にもの寂しい

長い夜　谷川の水が迸《ほとばし》り流れている
洞窟の中の坐禪の功德を自ら悟ったが
それについて共に論じあうことができる人はいない

〔解題〕
四首連作の第四首。第一首の第三句「釋子巖中宴坐」を敷衍する。前半では宋玉の「九辯」にある「蕭瑟」「遙夜」の語を借用し、畫面の寂寞、孤獨の光景を描き出して、このような條件のもとでこそ悟れるということを暗示、後半では自分の感情を繪の中の人物に投入している感じである。

〔語釋〕
○蕭瑟　①秋風の音の形容。秋風のさま。②秋のもの寂しいさま。ここでは②の意。
戰國楚・宋玉「九辯」：悲哉秋之爲氣也、蕭瑟兮草木搖落而變衰。
○遙夜　長い夜。
「九辯」：杪秋之遙夜兮　心繚而有哀
157の〔語釋〕の「遙夜」の項（↓本書一〇三ページ）も參照されたい。
○崩奔　水が崩れるように激しく流れる。スケールの大きさを描寫するのに用いる。
南朝宋・謝靈運「入彭蠡湖口」：洲島驟廻合　圻岸屢崩奔
北宋・黃庭堅「阻風銅陵」：洪波崩奔去　天地無限隔

○巖中趣　洞窟の中の趣。僧侶が石窟の中で坐禪を通して了得した境地。本詩の「自了巖中趣　無人可共論」二句は次の杜詩を意識して書いたと思われる。
杜甫「西枝村尋置草堂地夜宿贊公土室二首」其一：昨枉霞上作　盛論巖中趣
單行本第二冊三五ページを參照されたい。

（曹　元春）

163 其五

悲風號萬竅
密雪變千林
匹馬關山路
誰知客子心

其《そ》の五《ご》

悲風《ひふう》　萬竅《ばんけう》號《さけ》び
密雪《みつせつ》　千林《せんりん》を變《へん》ず
匹馬《ひつば》　關山《くわんざん》の路《みち》
誰《たれ》か知《し》らん　客子《かくし》の心《こころ》

（五言絶句　下平聲・侵韻）

〔テキスト〕『文集』巻四
〔校異〕異同なし。
〔通釋〕
その五

冬の風が悲しげに吹いて　大地にあいた無數の穴が一齊に叫ぶ
細かな雪が舞い上がって　見渡すかぎりの森を銀色に染める
一人の旅人が　雪に覆われた險しい峠道を馬に乗ってゆく
物寂しい旅を續けるこの旅人の胸中を　誰が知ろうか

〔解題〕

五首連作の第五首。第一首の第四句「行人雪裏迷蹤」を敷衍する。『莊子』齊物論の「號萬竅」を借用して、冬の嚴しさを描き出した。雪に覆われて、骨にしみるほど風が寒く吹く冬は、非常に物寂しい感じがする。まして、このような嚴しい季節に旅をする人の胸中を想像したならば、讀者は思わずこの上ない寂寥感を覺えるだろう。

〔語釋〕

○悲風　悲しげに吹く風。秋から冬にかけての風を指す。

○號萬竅　「萬竅」は無數の穴。「號」は大風がその穴を通って大きな音をたてること。『劄疑』に『莊子』齊物論の「夫大塊噫氣、其名爲風。是唯無作、作則萬竅怒號〔夫《そ》れ大塊《たいくわい》の噫氣《あいき》は其の名を風と爲《な》す。是《こ》れ唯《た》だ作《おこ》ること無きのみ。作《おこ》れば則ち萬竅怒號《ばんけうどがう》す〕」を引き、「萬竅、木萬之竅〔萬竅《ばんけう》とは木萬《ぼくばん》の竅《けう》なり〕」と注する。

『莊子』齊物論のこの文の意味は次のようである。

〃大地があくびをすることを風と言って、この風は吹き起こらなければそれまでであるが、吹き起これば、すべての穴が激しく大きな音を立て始める〃という。

北宋・蘇軾「曹既見和復次韻」：造物本兒嬉　風噫雷電笑　誰令妄驚怪　失匕號萬竅

北宋・黄庭堅「幾復讀莊子戲贈」：烈風號萬竅　雜然吹籟簫

○密雪　細かな雪。盛んに降り注ぐ雪。

南朝宋・謝惠連「雪賦」：俄而微霰零、密雪下。

○匹馬　元々〃一頭の馬〃の意。ここでは馬に乗っている旅人を指す。

179の〔語釋〕「匹馬」の項（→本書二三六ページ）も參照されたい。

○關山　關所と山々と。ここでは旅をする上で越えなければならない山々の意。

五代・李珣「望遠行」詞：春日遲遲思寂寥　行客關山路遙

○客子　旅人。

（曹　元春）

164 觀祝孝友畫卷爲賦六言一絕復以其句爲題作五言四詠　其一

祝孝友《しゆくかういう》の畫卷《ぐわくわん》を觀《み》て 爲《ため》に六言一絕《りくごんいちぜつ》を賦《ふ》す 復《ま》た其《そ》の句《く》を以《もつ》て題《だい》と爲《な》し五言四詠《ごごんしえい》を作《つく》る

其《そ》の一《いち》

春○曉●雲○山○烟○樹●
炎○天○雨●壑●風○林◎
江○閣●月●臨○靜●夜●
溪○橋○雪●擁●寒○襟◎

春曉《しゅんげう》　雲山《うんざん》　烟樹《えんじゅ》
炎天《えんてん》　雨壑《うがく》　風林《ふうりん》
江閣《かうかく》　月《つき》は靜夜《せいや》に臨《のぞ》み
溪橋《けいけう》　雪《ゆき》は寒襟《かんきん》を擁《よう》す

（六言絕句　下平聲・侵韻）

〔テキスト〕

『文集』卷四／『御選宋金元明四朝詩』御選宋詩

〔校異〕

○〔詩題〕『御選宋金元明四朝詩』では「觀祝孝友畫卷爲賦六言一絕」に作る。

○烟　眞軒文庫本では「煙」に作る。

〔通釋〕

祝孝友どのが描いた繪卷物を眺め　その繪のために六言絕句一首を詠む　さらにその各句を題として五言絕句四首を作った　その一

春のあけぼの　雲のかかる山　春霞に煙る木々
燒けつく夏の空　雨そそぐ谷川　風にそよぐ森
川邊の二階屋では　秋の明月がしずかな夜を照らし
谷川にかかる橋では　冬の雪が寒々しい襟もとをおおう

〔解題〕

祝次仲が描いた畫卷（繪卷物）を觀て作った五首連作中の第一首。

祝次仲、字は孝友、太末（浙江省龍游縣）の人。山水畫に巧みで、殊に草書を善くしたという記載が、元・夏文彥『圖繪寶鑑』卷四〈宋南渡後〉、明・陶宗儀『書史會要』卷六〈宋〉、清・王毓賢『繪事備考』卷六〈南宋〉に見えるが、詳しい事蹟はほとんど不明。『箚疑輯補』には、名は次仲、衢州（浙江省衢州縣）の人で、畫を善くしたという指摘がある。『朱子文集固有名詞索引』には、朱子の本詩と、同じく卷四に收める169「祝孝友作枕屛小景以霜餘茂樹名之因題此詩」（祝孝友　枕屛の小景を作り　霜餘の茂樹を以て之に名づく　因って此の詩を題す）を載せるのみである。また、『文集』卷二・三には「祝生」の畫に題した詩二首を收めるが、『編年箋注』はこれを祝孝友と擬定し、朱子は紹興年間の末にその名を聞き、乾道年間に彼と會ったとする。

本詩の制作年代と背景についても、同書に考證がある。それによれば、本詩は前の159「觀劉氏山館壁間所畫四時景物各有深趣因爲六言一絕復以其句爲題作五言四詠」（劉氏の山館の壁間に畫《えが》く所の四時の景物を觀て　各おの深趣有り　因つて六言一絕を爲《つく》る　復た其の句を以て題と爲し　五言四詠を作る）及び前揭169と同時期の作で、乾道の末から淳熙年間にかけて作られたものである。同書はさらに、本詩に詠じられた畫卷も、159に說いた劉氏の山館に收藏されていたものであろうと推定する。なお、祝次仲の畫は、『歷代著錄畫目正續編』（福開森・容庚編、北京圖書館出版社、二〇〇七年六月）に著錄されていない。

本連作は構成上、頗る特色が見られる。本詩は六言絶句の形式で各句に四季を織りこみ、それに續く四首の五言絶句では、ここに詠んだ春夏秋冬それぞれの句を敷衍する形で展開させている。いわば、總括と分解の構成となっており、本詩のみ詩型を異にするのも、その構成上の特色を際立たせるためであろう。

〔語釋〕

○春曉　春のあけぼの。春の夜明け。孟浩然の有名な五絶「春曉」以來、唐詩では詩題の中に用いられることも多い。

○雲山　雲がかかっている高い山。遠景描寫で用い、空間的廣がりを表すことが多い。以下はいずれもその用例。

後漢・蔡琰「胡笳十八拍」：雲山萬里兮歸路遐　疾風千里兮揚塵沙

中唐・劉長卿「酬李穆見寄」：孤舟相訪至天涯　萬轉雲山路更賒

中唐・皇甫冉「送王司直」：西塞雲山遠　東風道路長

○烟樹　もややかすみに煙る木々。本連作「其の二」に「江上烟迷樹」とあることから、ここでは、畫卷に描かれた川邊の木々を指す。なお、「雲山烟樹」は畫題としても好まれ、『御定佩文齋書畫譜』には北宋の米芾《べいふつ》と明の唐寅《とういん》の作を錄する。

○炎天　夏の焼けつくような暑い空。
○雨壑　雨の降りそそぐ谷。
○風林　風にそよぐ森。普通は、秋の風景として用いられる。以下はいずれもその用例。
　杜甫「夜宴左氏莊」：風林纖月落　衣露淨琴張
　晩唐・魏朴「和皮日休悼鶴」：風林月動疑留魄　沙島香愁似蘊情
　南宋・陸游「秋思」：風林脫葉山容瘦　霜稻登場野色寬
○江閣　川のほとりの二階屋。本連作「其の四」に、「草閣」（草ぶきの二階屋）とある。
○靜夜　ひっそりと靜まりかえった夜。秋の明月とともに詠みこまれることが多い。
　南朝梁・庾信「詠畫屛風」：擣衣明月下　靜夜秋風飄
　李白「靜夜思」：牀前看月光　疑是地上霜
　中唐・權德輿「新秋月夜寄故人」：客心宜靜夜　月色澹新秋
○溪橋　谷川にかかる橋。
　中唐・韓翃「贈長州何主簿」：野寺吟詩人　溪橋折筍游
　北宋・徐鉉「和鍾太監汎舟同游見示」：溪橋樹映行人渡　村徑風飄牧豎歌
○雪擁　雪がおおい包む。次に引く中、とりわけ朱子詩は、雪が衣服をおおうという點で、本詩と共通する。

韓愈「左遷至藍關示姪孫湘」：雲横秦嶺家何在　雪擁藍關馬不前
朱熹「聞二十八日之報喜而成詩七首」其一：雪擁貂裘一馬馳　孤軍左袒事難期

（↓單行本第二册二四六ページ）

○寒襟　寒々しい襟もと。『韻府』巻二十七〈十二—侵〉の「寒襟」の項には、本詩のみを用例として引く（異同なし）。

（兒島　弘一郎）

165 觀祝孝友畫卷爲賦六言一絶復以其句爲題作五言四詠　其二

祝孝友《しゆくかういう》の畫卷《ぐわくわん》を觀《み》て　爲《ため》に六言一絶《りくごんいちぜつ》を賦《ふ》す　復《ま》た其《そ》の句《く》を以《もつ》て題《だい》と爲《な》し五言四詠《ごごんしえい》を作《つく》る
其《そ》の二《に》

天○邊○雲○繞●山○
江○上●烟○迷○樹◉
不●向●曉●來○看○
詎●知○重○疊●數◉

天邊《てんぺん》 雲《くも》 山《やま》を繞《めぐ》り
江上《かうじやう》 烟《けむり》 樹《き》を迷《まよ》はす
曉來《げうらい》に向《おい》て看《み》ざれば
詎《なん》ぞ重疊《ちようでふ》の數《かず》を知《し》らん

（五言絶句　去聲・遇韻）

〔テキスト〕
『文集』巻四／『朱子可聞詩』巻五／清・陳邦彦『御定歴代題畫詩類』巻十三／『御定佩文齋詠物詩

選』巻二七五／『宋詩鈔』巻六十

〔校異〕

○〔詩題〕『御定歴代題畫詩類』では「觀祝孝友畫」に、『御定佩文齋詠物詩選』・『宋詩鈔』では「觀祝孝友畫卷」に作る。

○烟　眞軒文庫本・『朱子可聞詩』・『御定歴代題畫詩類』・『宋詩鈔』では「煙」に作る。

〔通釋〕

祝孝友どのが描いた繪卷物を眺め　その繪のために六言絶句一首を詠む　さらにその各句を題として五言絶句四首を作った　その二

空のかなたには　たなびく雲が山々をつつみ

川のほとりでは　春霞《はるがすみ》に木々が煙っている

この景色を明け方に眺めなければ

どうして幾重にも折り重なる春の雲や霞の美しさが知られようか

〔解題〕

五首連作中の第二首。第一首の起句「春曉雲山烟樹」で描いた春の景物を敷衍する。「雲山」と「烟樹」をそれぞれ起・承句にあしらって對句とし、續けて「春曉」こそが、それらの景物の美しさを最も際立たせる時間であると強調する。『枕草子』の「春は曙　やうやう白くなりゆく　山際すこしあか

りて　紫だちたる雲の細くたなびきたる」が連想されよう。

結句の「重疊の數」とは、雲や霞が幾重にも折り重なる數の謂《い》いであるが、その「數」という微細な視點を取り込んだところに、朱子が繪卷物に描かれた春景色を觀て、その景致に沒入していった樣子を窺わせる。前詩の「烟樹」の注に指摘した通り、「雲山烟樹」は畫題としても好まれたが、或いは祝孝友の畫も、雲や霞が立ち籠める春景色を描いた山水畫であったかも知れない。

なお、『朱子可聞詩』では、本詩を以下のように評する。

春圖。煙雲之景。一二、即以雲山煙樹對起。而以三四句、單行寓意。

春の圖。煙雲の景なり。一二は即ち「雲山」「煙樹」を以て對起す。而して三四句を以て寓意を單行す。

〔語釋〕

○天邊　大空の果て。空のかなた。

南朝梁・何遜「曉發」：水底見行雲　天邊看遠樹

盛唐・孟浩然「秋登萬山寄張五」：天邊樹若薺　江畔洲如月

○繞　つつむ。ここでは、雲が山に立ち籠めること。

後漢・張衡「西京賦」：繞黃山而款牛首。（『文選』卷二）

注：繞、裹也。

○江上　川のほとり。川邊。

○烟迷樹　木々に靄や霞がかかり、ぼやけること。次に引く朱子の詩句は、これと同様の趣向。
　朱子「觀劉氏館壁間所畫四時景物、各有深趣、因爲六言一絶、復以其句爲題作五言四詠」其二
　　：頭上山洩雲　脚下雲迷樹

○向　おいて。平仄の關係により、「於」の字が使えないため、この字を用いた。李白「清平調詞三首」其一に、「若《も》し群玉山頭に見るに非ずんば／會《かなら》ず瑤臺月下に向《お》て逢はん」とあるのと同じ用法。

○曉來　曉になってから。夜明け以降。この「來」は訓讀では「このかた」と讀み、ある時點以降を言う。「晩來」「爾來」などと同じ用法。

○重疊數　雲や霞が幾重にも折り重なる數。〔解題〕に說いたごとく、折り重なる雲や霞の「數」に着眼する微細な詩想は、本詩が繪卷物に描かれた風景を觀て作られたことと關係し、繪畫の中に沒入していく樣子が窺われる。
　五代南唐・齊己「送錯公栖公南遊」：名月團圓桂水白　白雲重疊起蒼梧
　晩唐・鄭谷「早入諫院二首」其二：紫雲重疊抱春城　廊下人稀唱漏聲
　北宋・范純仁「遊寡阜廟二首」其一：壥市縱橫棊局布　雲煙重疊畫圖中
　南宋・陸游「寒食日九里平水道中」：亂雲重疊藏山寺　野水縱橫入稻陂

（兒島　弘一郎）

166 觀祝孝友畫卷爲賦六言一絶復以其句爲題作五言四詠　其三

祝《しゆく》孝友《かういう》の畫卷《ぐわくわん》を觀《み》て 爲《ため》に六言一絶《りくごんいちぜつ》を賦《ふ》す 復《ま》た其《そ》の句《く》を以《もつ》て題《だい》と爲《な》し五言四詠《ごごんしえい》を作《つく》る

其《そ》の三《さん》

炎○蒸○無○處●逃○
亭○午●轉●歊○絶◉
萬●壑●一●奔○傾○
千○林○共●蕭○瑟◉

炎蒸《えんじよう》 處《ところ》として逃《のが》るる無《な》く
亭午《ていご》 轉《うた》た歊絶《けうしよく》
萬壑《ばんがく》 一《ひと》たび奔傾《ほんけい》すれば
千林《せんりん》 共《とも》に蕭瑟《せうしつ》

（五言絶句　絶＝入聲・職韻／瑟＝入聲・質韻）

〔テキスト〕『文集』巻四／『朱子可聞詩』巻五

〔校異〕異同なし。

〔通釋〕

祝孝友どのが描いた繪巻物を眺め　その繪のために六言絶句一首を詠む　さらにその各句を題として五言絶句四首を作った　その三

夏の蒸し暑さは　逃れる所とてなく
眞晝になると　ますます日が焼けつくようにあつい
（一雨降って）あまたの谷川が勢いよく流れれば

森の木々は　みな風に吹かれて涼しげに鳴る

〔解題〕

五首連作中の第三首。第一首の承句「炎天雨壑風林」で描いた夏の景物を敷衍する。第一首では、「炎天」（焼けつく夏の空）・「雨壑」（雨が降りそそぐ谷川）・「風林」（風にそよぐ森）を竝列的に點綴するのみであったが、本詩では、夏の酷暑と雨上がりの清涼感を時間的繼起に従って對比的に描出する。後對の形をとる。

なお、『朱子可聞詩』では、本詩を以下のように評する。

夏圖。風雨之景。三四、即以雨壑風林對收。而以一二句單行寓意。

夏の圖。風雨の景なり。三四は、即ち雨壑風林を以て對收す。而して一二句を以て寓意を單行す。

〔語釋〕

○炎蒸　蒸し暑いこと。夏の酷暑をいう常套語。

北周・庾信「奉和夏日應令」：五月炎蒸氣　三時刻漏長

中唐・白居易「新秋喜涼」：過得炎蒸月　尤宜老病身

北宋・范鎮「遊昭覺寺」：炎蒸無處避　此地忽如寒

南宋・陸游「雨霽」：一雨洗炎蒸　危欄偶獨憑

陸游詩は夏の雨上がりの清涼感を詠ずる點、本詩と共通する。なお、次に引く杜詩のように、南方の瘴癘の氣候を表すこともある。

杜甫「熱三首」其三：欻翕炎蒸景　飄颻征戍人

○亭午　正午。眞晝。「亭」は當たる、また至る。「午」は方角で正南、時刻で正午を中心とした前後二時間。『箚疑輯補』〈箚疑〉に、「杜詩、出蘿已亭午、註、日在午曰亭、在未曰昳。亭、高皃。日亭午、日正高也」〈杜詩（「法鏡寺」）に、蘿を出づれば已《すで》に亭午と、註に、日　午に在るを亭と曰ひ、未に在るを昳と曰ふ。亭は、高き皃《さま》なり。日　亭午とは、日　正に高きなりと〉と說く（『九家集注杜詩』卷五「寄贊上人」の注に、「溫曰く、煦　午に在るを亭午と曰ひ、未に在るを昳と曰ふ」と說く。また、同書卷十五「發劉郎浦」の注に、「孫曰く、亭は高き貌《さま》、日　正に高きを謂ふなり」と說く）。

西晉・孫綽「游天台山賦」：爾乃羲和亭午、遊氣高褰（『文選』卷十一所收）。

　李善注：午、日中。劉良注：亭、至也。

杜甫「法鏡寺」其三：拄策忘前期　出蘿已亭午

中唐・韋應物「夏至避暑北池」：亭午息群物　獨遊愛方塘

韋應物の用例は夏の正午のうだるような暑さをよく表している。

○歊絶　日が焼けつくように赤く熱いさま。「歊」は灼熱。「絶」は眞っ赤。ここでは、眞っ赤な太陽が照りつけて暑いようすをいう。『箚疑輯補』〈箚疑〉に、「韓文、六月隆熱、上下歊絶。註、大赤」

〔韓文（「劉統軍碑」）に、六月隆熱、上下歊絶たりと。註に、大いに赤しと〕と說く（『五百家注昌黎文集』巻二十七「唐故檢校尚書左僕射兼御史大夫龍武統軍贈潞州大都督彭城龍公墓碑」の注に、「祝曰く、絶は大いに赤し」と說く）。

また、『韻府』巻一百二〈十三―職〉の「歊絶」の項には、本詩のみを用例として引く。次に、「絶」の意味を解說した用例を擧げる。

『楚辭』大招：北有寒山　逴龍絶只

後漢・王逸注：逴龍、山名也。絶、赤色無草木貌也。

○萬壑　數多くの谷。「千山」「千巖」「千崖」などの語と對にして、深山幽谷の樣子を表すのに使われることが多い。081「入瑞巖道間得四絶句呈彥集充父二兄」其一「萬壑」の注（↓單行本第一冊三〇七ページ）を參照。ここでは、「千林」と對をなす用例を擧げる。

中唐・耿湋「宿萬固寺因寄嚴補闕」：雲開半夜千林靜　月上中峯萬壑明

中唐・盧綸「宿石甕寺」：殿有寒燈草有螢　千林萬壑寂無聲

南宋・陸游「大雨」：萬壑風聲遠、千林雨脚長

○奔傾　水が勢いよく流れ出る。ここでは、雨が降った後、谷川の水かさが增して勢いよく流れることを言う。『箚疑輯補』〔箚疑〕に、「謂萬壑雨後、奔流傾倒。萬壑奔傾、指雨壑。千林蕭瑟、指風林」〔萬壑の雨後、奔流傾倒せるを謂ふ。萬壑奔傾は、雨壑を指す。千林蕭瑟は、風林を指す〕と

說く。詩における用例は僅少。
晩唐・林寛「苦雨」：驟灑纖枝折　奔傾壞堵平
晩唐・方干「石門瀑布」：奔傾漱石亦噴苔　此是便隨元化來
前者は大雨、後者は瀑流の描寫に使われている。
○千林　數多くの森。用例は前注の「萬壑」を參照。また、單行本第二册「084入瑞巖道間得四絕句呈彥集充父二兄」其四（三一九頁）の「千林」は秋の景致を表すのに用いられていた。ただし當該の注に指摘したごとく、この語は春の詩に用いられることが多く、秋の詩にはほとんど見られない。
本詩は夏の詩であるが、秋風の音を表す常套語である「蕭瑟」とともに用いられており、朱子のこの語に對する感覺を窺わせよう。
○蕭瑟　樹木に吹いて物寂しげに鳴る風の音。雙聲語。秋風の音を表すことが多い。ここでは、夏の雨あがり、暑氣も一時おさまり、森の木々が風に搖れる音をいう。
『楚辭』九辯：悲哉秋之爲氣也、蕭瑟兮、草木搖落而變衰。
初唐・張九齡「在郡秋懷二首」其一：秋風入前林　蕭瑟鳴高枝
盛唐・張說「幽州夜飲」：涼風吹夜雨　蕭瑟動寒林
北宋・蘇軾「仙都山鹿」：長松千樹風蕭瑟　仙宮去人無咫尺
蘇軾の用例は、「千樹」と「蕭瑟」が合わせて使われている。

（兒島　弘一郎）

167 觀祝孝友畫卷爲賦六言一絕復以其句爲題作五言四詠　其四

祝《しゆく》孝友《かういう》の畫卷《ぐわくわん》を觀《み》て 爲《ため》に六言一絕《りくごんいちぜつ》を賦《ふ》す 復《ま》た其《そ》の句《く》を以《もつ》て題《だい》と爲《な》し五言四詠《ごごんしえい》を作《つく》る

其《そ》の四《し》

草閣臨無地　　草閣《さうかく》 無地《むち》に臨《のぞ》み
江空秋月寒　　江空《かうむな》しくして 秋月寒《しうげつさむ》し
亦知奇絕景　　亦《ま》た奇絕《きぜつ》の景《けい》を知《し》るも
未必要人看　　未《いま》だ必《かなら》ずしも人《ひと》の看《み》るを要《えう》せず

（五言絕句　上平聲・寒韻）

〔テキスト〕

『文集』卷四／『朱子可聞詩』卷五／清・陳邦彥『御定歷代題畫詩類』卷十三／『御定佩文齋詠物詩選』卷一八四／『宋詩鈔』卷六十

〔校異〕

○〔詩題〕『御定歷代題畫詩類』では「觀祝孝友畫」に、『御定佩文齋詠物詩選』『宋詩鈔』では「觀祝孝友畫卷」に作る。

〔通釋〕

祝孝友どのが描いた繪巻物を眺め　その繪のために六言絶句一首を詠む　さらにその各句を題として五言絶句四首を作った　その四

茅葺《かやぶ》きの粗末な二階屋は　下に地面の見えない川邊《かわべ》の高みに立ち
川はひと氣もなく靜かに流れ　秋の月が寒々しく照らす
こよなく素晴らしいこの景色を　私は知っているが
必ずしも人の觀賞を求めたりはしない

〔解題〕

五首連作中の第四首。第一首の轉句「江閣月臨靜夜」で描いた秋の景物を敷衍する。本詩の起句は、杜甫の五律「草閣」の第一句目をそのまま襲用している。その全詩は以下の通り。

草閣臨無地　　草閣　無地に臨《のぞ》み
柴扉永不關◎　　柴扉　永く關せず
魚龍迴夜水　　魚龍　夜水に迴《めぐ》り
星月動秋山◎　　星月　秋山に動く
久露晴初濕　　久露　晴れて初めて濕《うるほ》ひ
高雲薄未還◎　　高雲　薄くして未だ還《かへ》らず
泛舟慚小婦　　舟を泛《うか》べて小婦に慚《は》づ

飄泊損紅顔◎　漂泊して紅顔を損《そこな》ふを

この杜詩は夔《き》州《しゅう》時代の作で、大暦元年（七六六）に繫年されている（『杜詩詳注』巻十七）。杜甫は大暦元年から同三年までの約二年間を夔州で過ごし、住まいを轉々としながら、當地の名勝舊跡を訪ね歩き、詩作に沒頭した。この間に作られた四百三十首餘りもの詩には、人口に膾炙する名作も少なくない。詩題の「草閣」は、杜甫が夔州に構えた茅葺きの二階屋で、長江沿いの高みにあったようである。

本詩の起句では、まず繪卷物に描かれた茅葺きの二階屋を杜甫の「草閣」に見立て、承句ではそこから俯瞰した絶景を賞でている。そして轉・結句では、自分だけが與《あずか》り得た眼福として、この絶景を心ひそかに愛好したいという願望を述べる。繪畫と杜詩の世界を重層的に交錯させた、詩情豊かな題畫詩と言えよう。

なお、『朱子可聞詩』では、本詩を以下のように評する。

秋圖。月景。三四、著筆靜夜。偏於人不可見處說景、更有遠致幽情。

秋の圖。月景なり。三四は靜夜に著《ちゃく》筆《ひつ》す。偏《ひとへ》に人の見る可《べ》からざる處に於て景を說き、更に遠く幽情を致す有り。

〔語釋〕

○草閣　茅葺きの粗末な二階屋。〔解題〕を參照。

○無地　下に地面の見えない川邊の高み。『杜詩詳注』巻十七に「閣臨水、故下無地」（閣 水に臨む、故に下《しも》に地無し」とある。また、『朱子可聞詩』の割注には、「全用杜句。無地、則臨江矣。作蕪地、非。」〔全て杜句を用ふ。無地は、則ち江に臨むなり。「蕪地」に作るは、非なり〕と説く。但し杜詩のこの語は、「蕪地」（荒地）に作るテキストもある。また、「無地」と言う所以については、下に地面が見えないほど高いから、とする説もある。長江沿いの山がちの地形という夔州の地理的環境と、次句へのつながりから考え、ここでは上のように解釈した。

『楚辭』遠遊：下峥嶸而無地兮、上寥廓而無天。

南朝梁・王巾「頭陀寺碑文」：飛閣逶迤、下臨無地。（『文選』巻五十九）

　張銑注：言閣高下臨、見地若無也。

王勃「滕王閣序」：層巒聳翠、上出重霄、飛閣流丹、下臨無地。

○江空　川がひと氣もなく靜かなさま。秋の明月とともに詠ぜられることが多い。次に引く柳宗元詩の措辭は、本句と酷似する。

盛唐・張說「清遠江峽山寺」：猿鳴知谷靜　魚戲辨江空

中唐・戴叔倫「泛舟」：夜靜月初上　江空天更低

中唐・柳宗元「遊南亭夜還敘志七十韻」：木落寒山靜　江空秋月高

蘇軾「舟中聽大人彈琴」：江空月出人響絶　夜闌更請彈文王

○亦知　知っているけれども。「亦」はここでは讓歩を表す「雖」の意。王鍈著『詩詞曲語辭例釋』（中華書局、一九八六・一）に「亦〔四〕，縦、雖，表譲歩關係的連詞」とあり、「亦知」が「雖知」の意味として使われている幾つかの用例を引くが、特に次の白居易詩は本詩の句作りと類似している。

中唐・白居易「勸病鶴」：亦知白日青天好　未要高飛且養瘡

○奇絶　すぐれて珍しい。特別に素晴らしい。以下、風景について言う用例のみを引く。

東晉・陶淵明「和郭主簿二首」其二：陵岑聳逸峯　遙瞻皆奇絶

李白「越女詞五首」其五：鏡湖水如月　耶溪女如雪　新粧蕩新波　光景兩奇絶

南宋・范成大「風月堂」：天風無風吹海月　景入溪山更奇絶

○要人看　人の觀賞を求める。次に引く朱子詩の解釋については、單行本第二冊七二ページを參照。

朱熹「寄籍溪胡丈及劉恭父二首」：留取幽人臥空谷　一川風月要人看

（兒島　弘一郎）

168 觀祝孝友畫卷爲賦六言一絶復以其句爲題作五言四詠　其五

祝《しゆく》孝友《かういう》の畫卷《ぐわくわん》を觀《み》て　爲《ため》に六言一絶《りくごんいちぜつ》を賦《ふ》す　復《ま》た其《そ》の句《く》を以《もつ》て題《だい》と爲《な》し五言四詠《ごごんしえい》を作《つく》る

其《そ》の五《ご》

茆屋無烟火　　茆屋《ばうをく》に烟火《えんくわ》無《な》く

〔テキスト〕

溪○橋○絶●往●還◎　　溪橋《けいけう》 往還《わうくわん》を絶《た》つ
山○翁○獨●乘○興●　　山翁《さんをう》 獨《ひと》り興《きよう》に乘《じよう》じ
飄○灑●一●襟○寒◎　　飄灑《へうさい》 一襟寒《いつきんさむ》し

（五言絶句　上平聲・寒韻）

〔校異〕

『文集』卷四／『朱子可聞詩』卷五
○烟　蓬左文庫本・眞軒文庫本・『朱子可聞詩』では「煙」に作る。

〔通釋〕

祝孝友どのが描いた繪卷物を眺め　その繪のために六言絶句一首を詠む　さらにその各句を題として五言絶句四首を作った　その五

かやぶきの粗末な家には　かまどの煙も立たず
谷川にかかる橋には　人の行き來はない
山中に住む老人は　ただひとり感興のままに外に出ており
風に舞う雪が　襟もと一面にふりかかって寒々しい

〔解題〕

五首連作中の第五首。第一首の結句「溪橋雪擁寒襟」で描いた冬の景物を敷衍する。人里離れた山中に隠棲する老翁が、雪の降る冬、一時の感興に任せて外に出ている姿が描かれている。寒々しく蕭條とした雪景色に一人の老翁を點出した詩としては、直ちに柳宗元の「江雪」が連想されよう。

千山鳥飛絕◉　千山　鳥　飛ぶこと絕え
萬徑人蹤滅◉　萬徑　人蹤《じんしよう》　滅す
孤舟蓑笠翁　孤舟　蓑笠《さりふ》の翁《をう》
獨釣寒江雪◉　獨り釣る　寒江の雪

兩者ともに五言絕句。起・承句で人間と隔絕された環境を設定し、轉句に孤獨な老翁の姿を點出、結句には寒々しい雪景色を描いており、「絕」「翁」「獨」「寒」など、その用字も似通っている。また、柳宗元の「江雪」が、のちに「寒江獨釣」という畫題を提供し、山水畫にしばしば描かれたことも注目に値しよう。本詩はこれとは逆に繪卷物を觀て作られたものであるが、あるいは柳宗元詩のイメージを意識しているかも知れない。

なお、『朱子可聞詩』では、本詩を以下のように評する。

冬圖。雪景。通首絕不露一雪字、似歐蘇白戰體。

冬の圖。雪の景なり。通首　絕えて一の「雪」の字を露《あら》はさず、歐・蘇の白戰體に似たり。

「白戰」とは徒手で戰うことで、詩題の緣語となる語を使わない詩を「白戰詩」（或いは「禁體詩」）という。例えば、雪の詩であれば、玉・月・梨・梅などの語を用いることはできない。歐陽脩に始まり、蘇軾もこれを試みたという。詳しくは『陔餘叢考』の〈禁體詩〉の條を參照。

〔語釋〕

○茆屋　かやぶきの粗末な家。茅屋。「茆」は「茅」に同じ。

○烟火　めしを炊くかまどの煙。人煙。「無烟火」は寒食の禁火をいう例が多いが、ここでは單に人里離れた環境を表している。

南宋・陸游「詹仲信以山水二軸爲壽固辭不可乃各作一絶句謝之　雪山」：雪崦梅村一徑斜　茆檐烟火兩三家

○溪橋　谷川にかかる橋。用例については、本連作「其の一」の注を參照。また、人間《じんかん》を隔てる谷川といえば、「虎溪三笑」の故事を連想してもよいだろう。後出の〔補說〕㈠を參照。

○山翁　山中に住む老人。ここでは、第一句の「茆屋」のあるじをいう。なお、詩に見える「山翁」のイメージについては、〔補說〕㈡を參照。

○乘興　一時の感興に任せる。『世說新語』任誕《じんたん》篇に見える「雪夜訪戴」の故事を連想させる。東晉の王徽之《おうきし》が山陰（浙江省）に住んでいた時、ある夜、大雪が降った。彼はふと剡溪《せんけい》に住む友人戴逵《たいき》のことを思い出し、すぐに小舟に乘って出かけ、一晩かけてその門前まで來たが、會わずに引き返した。ある人がそのわけを尋ねると、「吾本乘興而行、興盡而返。何必見戴」〔吾 本《もと》興に乘じて行き、興盡きて返る。何ぞ必ずしも戴を見んや〕と答えたという。

○飄灑　風に翻ってふりかかる。灑はそそぐ。ここでは、雪が風に舞ってふりかかることをいう。
盛唐・高適「奉和鶻賦」：冰落落以凝閉、雪皚皚而飄灑。
白居易「和微之春日投簡陽明洞天五十韻」：泉巖雪飄灑　苔壁錦漫糊
南宋・范成大「送汪仲嘉侍郎使虜分韻得待字」：遙知燕山雪　飄灑漢冠佩

○一襟　襟もと一面に。「一」はここでは「滿」に同じ。本連作「其一」には、「溪橋 雪は寒襟を擁す」とある。
北宋・賀鑄「重別王椽」：臨風滿掬淚　吹落一襟霜

〔補説〕

㈠「虎溪三笑」の故事について

本詩の起・承句では、山中に隠棲する老翁が住む環境を描いているが、その住み家は、谷川にかかる橋によって人間《じんかん》と隔絶されている。このような境界としての谷川といえば、次の「虎溪三笑」の故事が連想されよう。

東晉の高僧慧遠《えおん》は廬山（江西省）の東林寺にこもって禁足し、その門前を流れる虎溪を渡ったことがなかった。ところが、ある日、訪ねてきた詩人の陶淵明と道士の陸修靜を見送ったとき、話に夢中になって思わず虎溪を渡ってしまった。虎の聲ではじめて禁足を破ったことに氣づき、三人で大笑いしたという（『廬山記』）。

この故事は、三人の生没年から考えればフィクションに過ぎず、夙《つと》に南宋の樓鑰《ろうやく》「跋東坡三笑圖贊」、元の陶宗儀『輟耕錄《てっこうろく》』卷三十「三笑圖」などに考證があるが、廣く流布して畫題としても好まれたようである。本詩は題畫詩であるが、或いは虎溪のような谷川のイメージを意識しているかも知れない。

(二)「山翁」について

「山翁」「山公」と言えば、『世說新語』任誕《じんたん》篇に見える次の故事を踏まえ、西晉の山簡（山濤《さんとう》の子）を連想させることが多い。山簡が荊州刺史であった時、出かけて酒を飲むのが好きだったので、次のような歌が作られた。

山公時一醉　　山公（山簡）時に一醉すれば
徑造高陽池◎　徑《ただ》ちに高陽池（湖北省襄陽縣にある習家池）に造《いた》る
日莫倒載歸　　日莫《く》（暮）れて倒載（醉いつぶれて車中に臥《ふ》す）して歸り
茗艼無所知◎　茗艼《めいてい》（酩酊）して知る所無し
復能乘駿馬　　復《ま》た能く駿馬に乘り
倒著白接籬◎　倒《さかし》まに著《つ》く　白接籬（白鷺の羽で飾った帽子）
擧手問葛彊　　手を擧げて葛彊《かつきやう》（山簡のお氣に入りの部將）に問ふ

何如幷州兒◎　幷州《へいしう》（山西省。葛彊の出身地）の兒に何如《いかん》

高陽池は後漢の習郁がつくった習家池のことで、遊園の名所であった。山簡もしばしばここに遊んでは泥酔して歸ったが、前漢の酈食其《れきいき》が「高陽の酒徒」と自稱した故事（『史記』卷九七—酈食其傳）に因んで、高陽池と命名したのである。

この歌は高陽池に遊ぶ山簡の酔態をユーモラスに描くが、この故事を踏まえ、自己ないしは酒好きの友に山簡のイメージを重ねた唐詩の用例は、枚擧に暇がない。以下に典型的な用例を擧げる。

王維「漢江臨泛」：襄陽好風月　留醉與山翁

李白「襄陽歌」：傍人借問笑何事　笑殺山翁醉似泥

李白「對酒醉題屈突明府廳」：山翁今已醉　舞袖爲君開

杜甫「送田四弟將軍…」：定醉山翁酒　遙憐似葛彊

盛唐・岑參「使君席夜送嚴河南赴長水」：寄聲報爾山翁道　今日河南勝昔時

晩唐・李商隱「九日」：曾共山翁把酒時　霜天白菊繞階墀

晩唐・溫庭筠「題友人池亭」：山翁醉後如相憶　羽扇清樽我自知

しかし、中唐以降から宋代においては、單に深山に隱棲する人物をいう例も多く見られるようになる。

中唐・釋皎然「別山詩」：山翁亦好禪　借我風溪樹

中唐・姚合「送孫山人」：山翁來帝里　不肯住多時
晩唐・釋貫休「山居詩二十四首」其一：休話諠嘩事事難　山翁只合住深山
北宋・蘇軾「於潛令刁同年野翁亭」：山翁不出山　溪翁長在溪
南宋・楊萬里「同王見可、劉子年循南溪…」：玉潤卽看朝玉闕　山居獨自臥山翁

宋代以降、注目に値するのは陸游詩における用例で、合わせて三十二例を数えるが、そのほとんどは故郷の山陰に隠棲する自分をいうものである。

陸游「春晩村居雜賦絶句」：莫笑山翁見機晩　也勝朝市一生忙
同「閑居自述」：自許山翁嬾是眞　紛紛外物豈關身
同「乍晴出遊」：八十山翁病不支　出門也賦喜晴詩
同「飯罷戲示鄰曲」：今日山翁自治廚　嘉殽不似出貧居
同「感舊」：莫笑山翁老欲僵　壯年曾及事高皇

上述のごとく、「山翁」という語は自稱・他稱ともに用いられ、中唐以前は山簡を意識するものが多いが、中唐以後から宋代にかけては、單に山奥に隠棲する人物をいうものも多く見られるようになる。本詩は、後者で解するのが妥當であろう。

（兒島　弘一郎）

169 祝孝友作枕屛小景以霜餘茂樹名之因題此詩

祝《しゅく》 孝友《かういう》 枕屛《ちんぺい》の小景《せうけい》を作《つく》り「霜餘《さうよ》の茂樹《もじゅ》」を以《もっ》て之《これ》に名《な》づく 因《よ》って此《こ》の詩《し》を題《だい》す

山○寒○夕●颸○急●　山寒《やまさむ》くして夕颸《せきへう》急《きふ》に
木●落●洞●庭○波◎　木《き》落《お》ちて 洞庭《どうてい》波《なみ》だつ
幾●疊●雲○屛○好●　幾疊《いくでふ》か 雲屛《うんぺい》の好《よろ》しき
一●生○秋○夢●多◎　一生《いっしゃう》 秋夢《しうむ》多《おほ》からん

（五言絶句　下平聲・歌韻）

＊　第一句の第四字は本來、仄字であるべきところであるが、ここでは下三字が〝仄・平・仄〟の〈はさみ平〉になることによって救濟されている。

〔テキスト〕

『文集』巻四／『朱子可聞詩』巻五

〔校異〕

異同なし。

〔通釋〕

祝孝友どのが枕屛風《まくらびやうぶ》のための小さい風景畫を描き「霜を經て茂る樹木」と名づけた　そこでこの詩を書きつける

山はさびしげにそびえ　夕暮れの風がせわしく吹き

木の葉は舞い散り　洞庭湖の波がさわぎ立つ
何枚重ねのものであろうか　この雲の形をあしらった屛風はけっこうなもので
これを使えば一生涯　秋の夢ばかり見つづけることになりそうだ

〔解題〕
本詩は、すぐ前に収められた「祝孝友の畫巻を觀《み》て爲《ため》に六言一絕を賦す　復《ま》た其の句を以て題と爲し五言四詠を作る」の連作（164～168）と同様、祝孝友の山水畫に題せられた題畫詩である。ただし本詩の畫は、詩題に見られるとおり「枕屛」、すなわち枕もとに立てる屛風のために畫かれた山水畫である。

前半二句で畫中の風物を再現し、後半二句に至り〝この屛風を使っている限り、人はその繪の内容に似た夢ばかり見ることになるだろう〟と、祝孝友の筆の力をほめたたえている。

制作年代につき、『編年箋注』は前作と同じく、乾道の末から淳熙年間にかけて、朱子三十代の作と推定している。

〔語釋〕
○霜餘茂樹　「霜餘」は、霜がおりたあと。「霜餘茂樹」と言えば、霜に打たれてなお盛んにしげる樹木という意味で、常綠樹の森を思わせる。
なお「茂樹」という語には脫俗のイメージが附帶しているようで、韓愈の「送李愿歸盤谷序」

に、不遇な者の生き方を述べて「窮居而野處、升高而遠望。坐茂樹以終日、濯清泉以自潔」〈窮居《きゆうきよ》して野處《やしよ》し、高《たか》きに升《のぼ》つて遠《とほ》きを望《のぞ》む。茂樹《もじゆ》に坐《ざ》して以《もつ》て日《ひ》を終《を》へ、清泉《せいせん》に濯《すす》ぎて以《もつ》て自《みづか》ら潔《きよ》くす〉、また白居易の五言古詩「香爐峯下新置草堂、即事詠懷、題於石上」には歸隱の生活を詠じて「倦鳥歸茂樹　涸魚返清源」〈倦鳥《けんてう》は茂樹《もじゆ》に歸《かへ》り／涸魚《こぎよ》は清源《せいげん》に返《かへ》る〉などと見える。

○夕飈　夕方もしくは夜間の大風。飈は飆に同じで、突風。つむじ風。

○雲屛　雲の形で飾った屛風。また、雲母を飾った屛風。ここは前者か。

〔補説〕

『朱子可聞詩』の評に、

「山寒」「木落」の二句、已《すで》に雲屛幾疊の秋を寫出す。末は枕上從《よ》り生發し、「夢」の字を落出す。一生の澹蕩《たんたう》（ゆったりと、のどか）なる襟期《きんき》（心もち。心境）、悠然として盡くること無し。

とある。

○

『朱熹集』第十冊に附する人名索引によれば、『文集』中、祝孝友の名は本詩を含めて四箇所に現れる。

i　五律「祝生の畫に題し　裴丈に呈す二首」（巻二）　紹興末

ii　七言古詩「祝生の畫に題す」（巻三）　乾道間

iii　164〜168「祝孝友の畫卷を觀て……」（→本書一二八〜一五三ページ）
iv　169（本詩）

これらのうちiiiとivは、祝孝友の作品とその印象を詠ずることに主眼があるが、iとiiでは、それぞれ祝孝友の人となりに言及していて興味深い。

○斗酒　淋漓の後／顚狂　難を作《な》さず／千峯　俄《には》かに紙上／萬景　忽ち豪端《がうたん》（ふでの先）／……（iの「其の二」前半二聯）

○……昨來邂逅《かいこう》衢城《くじやう》の東／定めて斗酒を交《かは》し　歡窮《くわんきは》まり無し／……／裴侯　已《すで》に死し　我も亦た衰ふ／祗《た》だ君のみ　老いたりと雖も　身　猶ほ健に／眼明　骨輕　鬢變ぜず／筆下の江山　轉《うた》た葱蒨《そうせい》（あおあおと茂るさま）／君が爲《ため》に多く　機中の練（繪を畫くための白絹）を織り／更に約せん　無事にして重ねて相見《あひまみ》えんことを　（ii）

前者、ならびに後者の冒頭部では、斗酒なお辭せず、醉後ますます筆が冴えるという、磊落な藝術家の姿が髣髴する。また後者の後半では、幸いに親交を得たこの大藝術家の健勝を祈る心情がすなおに傳わって來る。朱子はiの「其の一」でも「空囊　今　此《ここ》に有り／一錢を用ひずして看る」と、知友の裴丈《はいじよう》が所藏する祝孝友の繪をタダで見られることを喜んでいたが、その後、裴丈の沒後に初めて祝孝友と面識ができたのである。

（宇野　直人）

170 墨莊五詠　　墨莊五詠《ぼくさうごえい》

其一　墨莊　　其《そ》の一《いち》　墨莊《ぼくさう》

詩○書○啓●山○林○　　詩書《ししよ》　山林《さんりん》を啓《ひら》き
徳●義●久●儲○積◉　　徳義《とくぎ》　久《ひさ》しく儲積《ちよせき》す
嗣●世●知○有●人○　　嗣世《しせい》　人《ひと》有《あ》るを知《し》り
新○畬○更●開○闢◉　　新畬《しんよ》　更《さら》に開闢《かいびやく》す　　（五言絶句　入聲・陌韻）

＊　第一、三句は二四不同が守られていない。第四句の「開」は平聲であり、二四不同の原則から外れているが、ここの下三字は、〈仄平仄〉の「はさみ平」であり、〈平仄仄〉と同じである。

〔テキスト〕

『文集』巻四／清・陳邦彦『御定歴代題畫詩類』巻一一五〈宮室類〉／『江西通志』巻一五六

〔校異〕

○詩題　『御定歴代題畫詩類』では「墨莊圖五首」とする。

〔通釋〕

墨莊五詠　その一　墨莊

ありがたい儒家の書籍群は　森を切開くとともに　子孫繁榮の端緒をつくり

徳義は　たくわえられること久しきに及んだ
一族には代々　立派な人がいるのがわかっているから
肥えた田畑は　さらに開墾されてゆく

〔解題〕

友人劉清之を褒め稱えた連作の第一首。詩題の「墨莊」は、「墨跡の邸宅」の意であり、書籍が多く集められた書樓をいう。劉清之五世の祖である劉式《しょく》が亡くなった時、妻の陳氏は夫が苦勞して集めた藏書數千卷を指さし、これが父の「墨莊」であると子供達に示した。後に、宋室の南渡のために、それ等の書籍も散佚してしまったが、父劉滁《じょ》および劉靖之・劉清之兄弟が書籍を蒐集して廬陵（江西省吉安）に「墨莊」を再建した。詳しくは、〔補說〕㈡・㈣を參照されたい。連作の「其の一」である本詩は、藏書樓「墨莊」が充實していったことを山林の開拓開墾に擬《なぞら》え、劉氏一族の繁榮と人材の豐富さを褒め稱える。

劉清之（一一三三～一一八九）、字は子澄、靜春先生と稱せられた。臨江（江西省）の人で、紹興二十七年（一一五七）の進士。建德縣主簿、高安縣丞、鄂州通判、衡州知府を歷任した。著書に『曾子內外雜篇』『訓蒙新書』『訓蒙外書』『戒子通錄』『墨莊總錄』等があったが、多くは散佚する。道學者として講學活動に努め、朱子の學說にも早くから理解を示していた。淳熙十四年（一一八七）に朱子が著した『小學』は、劉清之が編纂した『小學書』を改修したものである。傳は『宋史』卷四三七、『宋元學案』

巻五九。

劉清之と朱子との交流は、おおむね隆興元年（一一六三）頃より始まり、乾道九年（一一七三）には、劉清之の要請に應じて朱子は「劉氏墨莊の記」（『文集』巻七十七所收）を著した。本詩の制作は、この「劉氏墨莊の記」とほぼ同時期か、あるいはやや遲れて作られたものと推測される。詳しくは〔補說〕㈠を參照されたい。

〔語釋〕

○詩書　詩書禮樂の簡稱。ここでは墨莊に蒐集された劉氏の藏書としての經書をいう。

○啓山林　山林を開拓すること。轉じて端緒をつけること。

○德義　人の踐み行うべき道德仁義。朱子「劉氏墨莊の記」（『文集』巻七十七）に、

嗚呼、非祖考之賢、孰能以詩書禮樂之積厚其子孫。非子孫之賢、孰能以仁義道德之實光其祖考。

〔嗚呼、祖考の賢に非ずんば、孰《たれ》か能く詩書禮樂の積を以て其の子孫を厚くせんや。子孫の賢に非ずんば、孰《たれ》か能く仁義道德の實を以て其の祖考を光《かがや》かさんや〕。

と記して、劉清之の德義は、幾世代にも渡って積みあげられてきたものであると稱贊する。

○儲積　たくわえる。

○嗣世　代を重ねて受け繼がれること。子孫のことをも言う。この句は一種の倒置法で、意味の流れからすれば、「知嗣世有人」となる。

○新畬　開墾して二年、三年を經た肥えた田畑。『毛詩』周頌―臣工の毛傳には、「田二歲曰新、三歲曰畬」（田 二歲を新と曰ひ、三歲を畬《よ》と曰ふ）とある。

○開闢　開き、始める。〔解題〕の通り、劉清之五世の祖劉式が蒐集した藏書數千卷は、宋室南渡の混亂の際に散佚したが、子孫達によって再び集められることになる。「開闢」の語が動詞として使われること、以下のような例がある。

『國語』越語・下：田野開闢、府倉實、民衆殷。

初唐・孔穎達疏『毛詩』大雅―召旻：先王佐命之臣、能開闢土地者、蓋多矣。

『宋史』食貨志・上：崇寧中、廣東南路轉運判官王覺、以開闢荒田幾及萬頃、詔遷一官。

〔補說〕

㈠「墨莊五詠」制作年代考

本詩は朱子が劉清之を褒め稱えた連作であり、その制作年代の參考となるものに、朱子「劉氏墨莊の記」（『文集』卷七十七所收）がある。この記文自體は、乾道四年（一一六八）秋に劉清之が朱子を訪問して要請したものである。しかし實際に執筆されたのは、その要請から五年後の乾道九年（一一七三）二月であった。このことから『編年箋注』は、本詩の制作年代を乾道四年秋より乾道九年までの間と推測する。しかし、本連作の第三首「靜春堂」にて、隱棲している劉清之を詠じていることに注目するならば、本詩の制作は劉清之が官途に就いていない時期であると推測できる。その上で、劉清之の事跡を調べるならば、本詩制作年代にはまだ考慮の餘地がある。

劉清之は乾道四年秋に建德縣（安徽省池州）主簿を致仕。その歸鄕の途次に朱子を訪問し、「墨莊の記」の執筆を要請した。その後、高安縣（江西省筠州）丞に着任。高安縣丞の任期を明示する資料はないが、劉清之には高安縣丞として飢饉對策に功績があり（『宋史』巻四三七〈劉清之傳〉を參照、但し『宋史』等が「萬安縣丞」と記すのは「高安縣丞」の誤り）、その高安縣（筠州）に飢饉が起こったのは乾道七年（一一七一）であった（『宋史』巻六十六〈五行志〉を參照）。そのため、この前後に着任していたと推測される。また朱子の書簡（『文集』巻三十二〈答欽夫仁疑問〉）からは、乾道九年（一一七三）五月に劉清之が朱子を訪問したこと、そしてその際に高安での出版について話題としていたことが見える。このことからも、高安縣丞への赴任は乾道九年以前のことであり、その在任期間はおおよそ乾道六年から八年頃であったと推測される。この高安縣丞以降、劉清之は意識的に實職に就かずに隱棲した。しかし、結局はその隱棲も長いものではなく、淳熙三年（一一七六）二月には朝廷に參內して奏事を行い（『年譜長編』巻上―五五〇ページを參照）、八月には鄂州《がくしゅう》通判に任命されている（『資治通鑑後編』巻一二四〈淳熙三年八月〉を參照）。つまり、劉清之が隱棲していた期間は、高安縣丞の任期を終えたであろう乾道八年頃から淳熙三年頃までの三、四年間のこととなる。そのため、本詩の制作年代は、『編年箋注』が推定する乾道四年秋より乾道九年までの間ではなく、おおむね乾道八年頃から淳熙三年頃までの間となる。

またさらに推測するならば、本連作の第五首「君子亭」は朱子と劉清之の二人が直接逢った際に詠じた内容となっており、その第四句では「爲我說濂翁」（我が爲《ため》に濂翁《れんをう》（周敦頤）を說け）と詠じて、劉清之に周敦頤のことを解説してくれるよう依頼している。劉清之の隱棲期間に二人が直接逢ったのは、詳かにし得る限りでは二回。乾道九年（一一七三）五月、崇安に居た朱子を劉清之が訪問した時と、淳熙二年（一一七五）五月、かの「鵝湖《がこ》の會《かい》」として知られる信州鉛山（江西省）の鵝湖寺に集った時である。そのうち、乾道九年の時のことについて朱子は「答欽夫仁疑問」（『文集』巻三十二）で以下のように述べている。

　又劉子澄前日過此、說高安所刊太極說見今印造（又た劉子澄 前日此《ここ》に過《よぎ》り、高安に刊する所の『太極說』見今《げんこん》 印造するを說く）。

この書簡は、乾道九年（一一七三）五月に劉清之が訪問した時のことを言ったものであり（『年譜長編』巻上―四九一ページを參照）、その時、高安において刊行された周敦頤『太極圖說』について劉清之が話題としていたことが伺える。朱子が「劉氏墨莊の記」を著したのは、乾道九年二月。五月に劉清之と逢い、劉清之が周敦頤『太極圖說』について說いていたということである。他に傍證がないため、これのみで斷定することはできないが、いま見ることの出來る資料からは、この乾道九年（一一七三）五月、實職から退いていた劉清之が朱子を訪れた際に、本連作が詠じられた可能性が最も高いと推測される。

以上をまとめるに、本詩の制作が劉淸之の隠棲時期にあたることから、その制作は乾道八年（一一七二）頃から淳熙三年（一一七六）の間であったと考えられ、とりわけ朱子と劉淸之が直接逢った乾道九年（一一七三）五月、朱子四十四歳の時に詠じられた可能性が高いと推測される。少なくとも、乾道七年（一一七一）以前の作ではなく、おおよそ朱子四十三〜四十七歳頃の作となるであろう。

㈡　劉氏墨莊記

以下に、本詩と同時期頃に執筆されたと推測される朱子「劉氏墨莊の記」（『文集』巻七十七）の全文を掲載する。長文のため、前半と後半に分けて紹介したい。

乾道四年秋、熹之友劉淸之子澄罷官吳越、相過於潭溪之上、留語數日相樂也。一旦、子澄拱而起立、且言曰、淸之之五世祖磨勘工部府君、仕太宗朝、佐邦計者、十餘年。既歿而家無餘貲、獨有圖書數千卷、夫人陳氏指以語諸子曰、此乃父所謂墨莊也。海陵胡公先生聞而賢之、爲記其事。其後諸子及孫比三世果皆以文章器業爲時聞人。中更變亂、書散不守。淸之之先君子獨深念焉、節食縮衣、悉力營聚、至紹興壬申歲而所謂數千卷者始復其舊。故尙書郞徐公兢吳公說皆爲大書墨莊二字以題其藏室之扁。不幸先人棄諸孤、淸之兄弟保藏增益、僅不失墜以至于今。然淸之竊惟、府君夫人與先君子之本意、豈不曰耕道而得道、仁在夫熟之而已乎。而不知者、意其所謂或出於靑紫車馬之間。淸之不肖、心竊病焉。願得一言以發明先世之本意。於以垂示子孫丕揚道義之訓、甚大惠也。

乾道四年（一一六八）秋、熹の友劉清之《りうせいし》子澄 官を呉越に罷《や》め、潭溪《たんけい》の上《ほとり》に相ひ過《よ》ぎり、留《とど》まり語ること數日、相ひ樂しむなり。一日、子澄 拱《こまぬ》きて起立し、且つ言ひて曰く「清之の五世の祖磨勘《まかん》工部府君（劉式《りうしょく》）、太宗朝に仕へ、邦計（國家の財賦）を佐《たす》くる者《こと》十餘年。既に歿して家に餘貲《よし》無く、獨り圖書數千卷有るのみ。夫人陳氏指《さ》して以て諸子に語《つ》げて曰く〃此れ乃父《だいふ》（そなたたちの父上）の所謂《いはゆる》墨莊なり〃と。海陵の胡公先生（胡瑗）聞きて之を賢とし、爲《ため》に其の事を記す。其の後《のち》 諸子及び孫比《およ》び三世 果して皆 文章器業を以て時に聞こゆるの人と爲る。中更の變亂（宋室の南渡）に、書 散ずるも守らず。清之の先君子（亡父のこと。劉滁《りうじょ》をさす）獨り深く焉《これ》を念《おも》ひ、食《し》を節し衣を縮し、力を悉《つく》して營聚《えいじゅ》し、紹興壬申《じんしん》の歳（一一五二）に至って所謂《いはゆる》數千卷なる者 始めて其の舊に復す。 故尚書郎徐《じょ》公兢《きょう》・呉《ご》公說《えつ》 皆 爲《ため》に墨莊の二字を大書して以て其の藏室の扁《へん》に題す。不幸にして先人（劉滁）諸孤を棄《す》て（幼い子を殘して逝去して）、清之兄弟 保藏增益し、僅かに（かろうじて）失墜せしめずして以て今に至る。然るに清之の竊《ひそ》かに惟《おも》ふに、府君夫人と先君子との本意は、豈に〃道を耕して道を得（揚雄『法言』卷一）〃、〃仁は夫の之を熟するに在るのみ（『孟子』告子・上）〃と曰はざるか。而して知らざる者は、其の所謂〃或ひは靑紫・車馬（高位高官。世俗の榮達をいう）の間に出づ〃と意《おも》ふ。清之不肖 心竊《ひそ》かに焉《これ》を病《や》む。願はくは一言《いちごん》以て先世の本意を發明するを得ん。於《ここ》に以て子孫に垂示し 道義の訓《おし》へを丕揚《ひやう》すれば、甚だ大惠なり」と。

右は「劉氏墨莊の記」の前半であり、劉淸之が「墨莊の記」の執筆を依賴した經緯と彼自身が語った墨莊に關する父祖の話柄を記す。墨莊は、劉式が遺した藏書數千卷。宋室南渡の混亂の際に、一時散逸してしまったが、劉滁・劉靖之・劉淸之父子によって再度集め直された。劉氏一族に墨莊が傳えられて來たことは、ただの世俗的な榮達を示すものではなく、子孫による絶えざる努力にあると劉淸之は考える。そのため、父祖の意を子孫に垂示することを願って、朱子に「墨莊の記」を要請した。以下に掲載する後半では、朱子が要請を斷り切れずに「墨莊の記」を執筆したこととその劉氏一族について記していく。

熹聞其說、則竊自計曰、子澄之意、誠美矣。然劉氏自國初爲名家。所與通書記事者、盡儒先長者。上紀矧今子澄所稱、又其開業傳家之所自、於體爲尤重。顧熹何人、乃敢以其無能之辭度越衆賢、上紀玆事。於是辭謝、不敢當。而子澄請之、不置。既去五六年、書疏往來、以十數、亦未嘗不以此爲言也。熹惟朋友之義、有不可得而終辭者。乃紬繹子澄本語與熹所以不敢當之意、而敍次之如此。嗚呼、非祖考之賢、孰能以詩書禮樂之積厚其子孫。非子孫之賢、孰能以仁義道德之實光其祖考。自今以來、有過劉氏之門而問墨莊之所以名者。於此乎考之、則知其土之所出廬之所入者、在此而不在彼矣。蓋磨勘公五子、皆有賢名。中子主客郎中實、生集賢舍人兄弟、皆以文學大顯於時、而名後世。第四子祕書監資、簡嚴識大體、有傳於英宗實錄。子澄之先君子、卽其曾孫也。諱某、字某、官至某。仕旣不遭、無所見於施設。今獨其承家燾後之意、於此尙可識也。生二子、長曰靖之子和、其季則子澄、皆孝友廉靜、博學有文。而子澄與熹游、尤篤志於義理之學。所謂耕道而熟仁者、將於是乎在。九年二月丙戌、新安朱熹記。

熹 其の說を聞き、則ち竊かに自《みづか》ら計りて曰く「子澄の意、誠に美なり。然れども劉氏は國初自《よ》り名家爲《た》り。與《とも》に書に通じ事を記す所の者は、盡く儒先長者（立派な先學者達）なり。矧《いは》んや今 子澄の稱する所は、又た其の業を開き家を傳《つた》ふるの自《よ》る所にして、體に於て尤《もつと》も重しと爲す。顧《かへり》みるに熹は何人《なんぴと》ぞ。乃ち敢て其の無能の辭を以て衆賢を度越し、茲《こ》の事を上紀せん」と。是《ここ》に於て辭謝し、敢て當らず。而れども子澄 之を請《こ》ひて置かず。既に去ること五六年、書疏の往來は、十を以て數ふるも、亦た未だ嘗て此を以て言《げん》を爲さずんばあらざるなり。熹 惟だ朋友の義として、得て終《つひ》に辭す可からざる者有り。乃ち子澄の本語と熹の敢て當らざる所以の意とを紬繹《ちうえき》して（內容を明らかにして）、之を敘次すること此《かく》の如し。嗚呼、祖考の賢に非ずんば、孰《たれ》か能く詩書禮樂の積を以て其の子孫を厚くせんや。子孫の賢に非ずんば、孰か能く仁義道德の實を以て其の祖考を光《かがや》かさんや。自今《じこん》以來、劉氏の門に過《よぎ》りて墨莊の名づくる所以を問ふ者有らん。此《ここ》に於てか之を考《かんが》ふれば、則ち其の土の出づる所、廬の入る所の者此《ここ》（耕道・熟仁）に在りて彼《かしこ》（靑紫・車馬）に在らざるを知る。蓋し磨勘公（劉式）の五子は、皆 賢名有り。中子 主客郎中（劉立之）は、實に集賢舍人兄弟（劉敞・劉攽）を生み、皆文學を以て大いに時に顯《あら》はれて後世に名あり。第四子 祕書監（劉立德）は、資は簡嚴にして大體を識《し》る、『英宗實錄』に傳有り。子澄の先君子（劉滁）は、卽ち其の曾孫なり。諱《いみな》は某、字《あざな》は某、官は某に至る。仕へて既に遭はず（官位に恵まれず）、施設（政治的業績）に見る所無し。今獨り其の家を承け 後に燾《てら》すの意、此《ここ》に於て尙《な》ほ識《し》る可きなり。二子を生み、長を靖之子《し》和《くわ》と曰ひ、其の季は則ち子澄、皆 孝友廉靜、博學にして文有り。而して子澄 熹と游び、尤《もっと》も篤《あつ》く義理の學に志す。所謂「道を耕して仁を熟す」とは、將に是に於てか在らんとす。九年（一一七三）二月丙戌《へいじゅつ》、新安 朱熹記す。

名族である劉氏一族の「墨莊の記」を著すには、己《おのれ》はその任ではないと辭去した朱子であるが、劉清之との交誼のため辭去し切れずにこのような「劉氏墨莊の記」を著したと述べる。一族の繁榮とは祖先・子孫が共に研鑽することによってなされるものであり、劉氏における「墨莊」は單なる富貴の象徴ではなく、祖先・子孫の研鑽の象徴であったと說く。それゆえに、劉立之・劉立德・劉敞・劉攽等名だたる人物を一族から輩出し得たのである。最後の句「將於是乎在」（將に是《ここ》に於てか在らんとす）は句法として明らかではないが、劉靖之・劉清之兄弟が祖先の意を受け繼いで研鑽していることを稱揚し結びとしたのであろう。

㈢　劉氏世系

本詩は劉式以來の劉氏一族を褒め稱えたものとなっている。「墨莊」を遺した劉氏一族についてその簡略な世系を紹介したい。羅願「劉豐國行錄」（『羅鄂州小集』巻四所收）、周必大「跋劉子澄曾祖帖」（『文

忠集』巻十六所收)、朱子「劉氏墨莊記」他、張栻「教授劉君墓誌銘」(『南軒集』巻四十所收)、『宋史』巻二六七〈劉式傳〉より作成した。

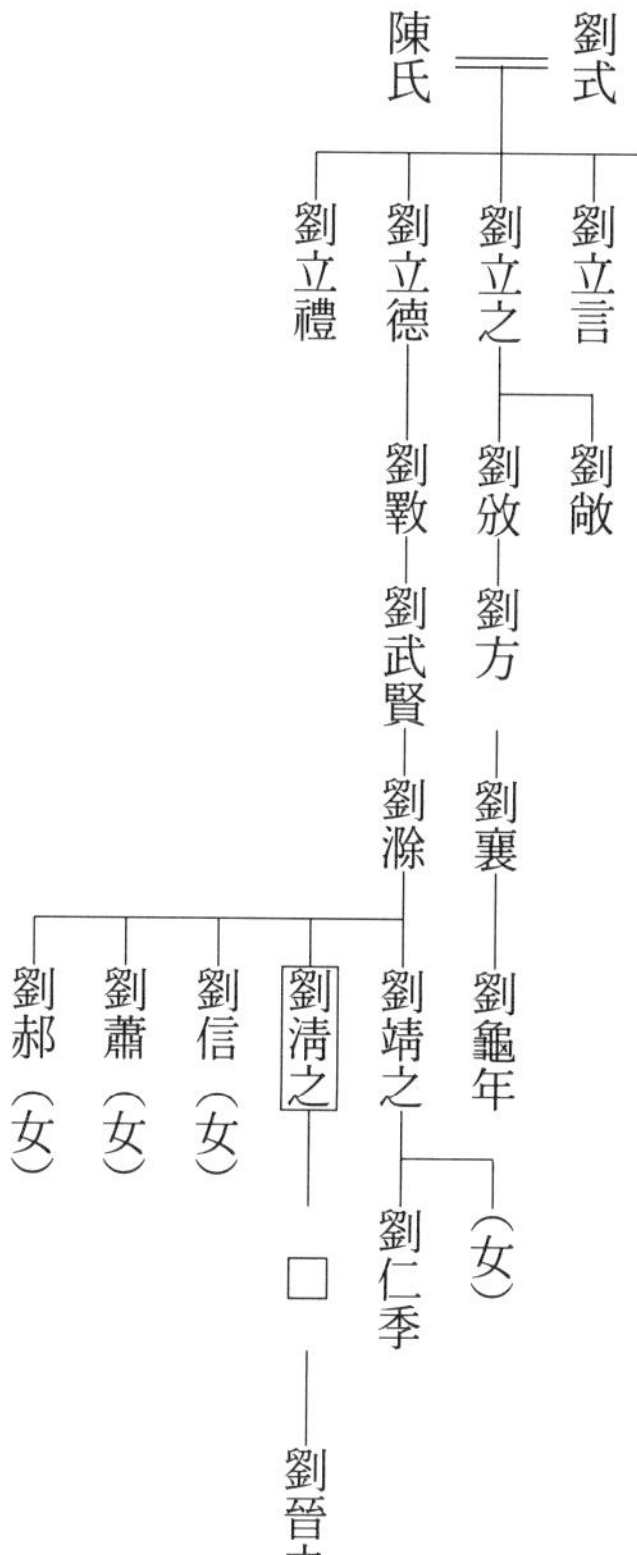

(四) 墨莊所在考

劉氏「墨莊」は、その名を知られた書楼であり、朱子は本詩においてこの藏書を活用したことが劉氏一族の繁栄に通じたのだと詠う。しかし、その劉氏墨莊が何處にあったかを示す資料は少ない。地志の類では、『大明一統志』巻五十五〈臨江府〉に、

劉氏墨莊、在清江縣〈劉氏墨莊、清江縣(江西省臨江郡)に在り〉。

とあり、『江西通志』巻三十九に、

墨莊、池坊名。勝志清江縣、有墨莊池坊。今逸其處。

〔墨莊、池坊の名。勝志清江縣に、墨莊池坊有り。今 其の處を逸す〕。

と見えるのみである。これらに従えば、「墨莊」は、臨江府清江縣にあったことになる。しかし、劉氏に關する資料から墨莊の所在を考えてみるに、劉氏墨莊はおよそ四所にあり、清江にあった墨莊は朱子が詠じた墨莊とは異なるものと考えられる。まずは劉式以來劉清之まで、四所にあった劉氏墨莊を概觀したい。

一は、いわゆる「墨莊」の話柄として傳わる劉式の「墨莊」。陳夫人は夫劉式の死後、その藏書を子供たちに示し、「これが墨莊である」と教えたという。劉氏の本籍は臨江府新喩（江西省樟樹市）であったが、開寶年間（九六八～九七五）に劉式は京師（開封）に移り住むようになった。朱子「朝奉劉公墓表」（『文集』卷九十所收）に、「其の先（劉式）李氏に從ひて京師（開封）に朝し、始めて袁州臨江自《よ》り其の籍を開封府祥符縣魏陵郷吳兒村に徙《うつ》す」とある。劉式はそのまま京師に留まり、その子等も京師に住していることから、劉式の「墨莊」はおそらく開封にあったと推測される。

二は、揚州にあった墨莊。これに關しては清・阮元《げんげん》が「揚州文樓巷墨莊考」にて、「揚州文樓巷の墨莊なる者は、宋の劉斁《えき》・武賢・滁《じよ》三世の居る所なり《を》」と簡潔にまとめている。すなわち、劉式の孫 劉斁《えき》が揚州文樓巷に移住し、その居が墨莊と呼ばれたということである。以後、劉斁の子 劉武賢、孫の劉滁の三代に渉《わた》って、この揚州に居を構えた。

三は、吉安府盧陵（江西省吉安市）の墨莊。劉清之の父 劉滁は揚州に住んでいたが、宋室南渡の混亂に遭い、江西を轉々とした末に、最終的に盧陵に居を定めた。盧陵に移った劉滁は、先世以來受け繼いできた藏書が散佚してしまったのを憂え、子の劉靖之・劉清之と共に盡力して書籍を集め「墨莊」を再建。このことを劉滁父子と親交の厚かった羅願は「劉豐國行錄」（『羅鄂州小集』巻四）において以下のように述べる。

　及君旣壯、念先世所藏散亡、乃請江南徐競、錢唐吳說各以所善篆楷爲作墨莊字、在建安買書五百策。新安朱熹爲之記。

　君（劉滁）旣に壯なるに及び、先世の藏する所 散亡するを念《おも》ひ、乃ち江南の徐兢《きょう》・錢唐の吳說《えつ》に請ひ、各《おの》おの善しとする所の篆《てん》（篆書）・楷《かい》（楷書）を以て爲《ため》に「墨莊」の字を作らしめ、建安に在りて書五百策（册）を買ふ。新安の朱熹 之《これ》が記を爲す。

劉清之が執筆を依賴し、朱子が著した「劉氏墨莊の記」（『文集』巻七十七所收）は、盧陵に再建された墨莊についてであり、そこでは「紹興壬申《じんしん》の歳（一一五二）に至って所謂《いはゆる》數千巻なる者 始めて其の舊に復す」と述べる。この盧陵の墨莊が劉滁・劉靖之・劉清之父子が再建したものであるが、『大明一統志』等に見えるように、後代に傳わる「墨莊」は、臨江府清江縣（江西省樟樹市）にあったという。

四は、その臨江府清江（江西省樟樹市）の墨莊。これがいつ建てられたものか定かではないが、清江には後に劉清之が居を構えており、その劉清之の住居が「墨莊」として知られたのであろう。劉清之はもとは父兄と共に廬陵に住していた。父劉滁は紹興二十九年（一一五九）二月に死去。劉清之は、その後も兄と共に廬陵に居たようで、羅願「劉子信墓誌銘」（『羅鄂州小集』巻四）には、「乾道四年、豊國（劉滁）の子 靖之・清之、始めて君（劉肅）を廬陵に歸す」と見える。これは、父劉滁が一族の劉肅を廬陵の自宅に迎え入れようとしていたのだが、それを果たせずに沒してしまい、息子の劉靖之・劉清之兄弟が、乾道四年（一一六八）にようやく父の志を繼いで劉肅を廬陵に迎え入れたことを言ったものである。兄劉靖之はそのまま廬陵に住み、その自宅で亡くなっているため、廬陵の墨莊は兄劉靖之が繼いだのであろう。弟の劉清之がいつ頃より清江に居を構えるようになったかは定かでないが、淳熙八年（一一八一）九月に朱子が著した「書劉子澄所編曾子後」（『文集』巻八十一）では「吾友清江劉清之子澄」とあり、この時期には清江に籍を徙していたと推測される。この間の事情に關しては推測の域を出るものではないが、兄劉靖之は淳熙五年（一一七八）に亡くなる。しかし、劉清之はその後も精力的に活動したため、父・兄が居を構えた廬陵よりも、劉清之の住む清江の方が「墨莊」として後代に知られることになったのではなかろうか。兄の死後、劉清之は官としては鄂州通判、知衡州を歴任。朱子の朋友として講學に力を注ぎ、『小學書』の編纂や書院の運營に力を注いだ。そのため、例えば朱子「與劉子澄十五」（淳熙十五年（一一八八）の書簡、『文集』巻三十五所收）には、

　廬陵舊學子却須聚集、高劉諸人頗長進否。

（廬陵の舊學子（兄劉靖之の門人達）却つて須らく聚集すべし、高・劉の諸人は頗る長進せし

や否《いな》や（長足なる進歩が見られたでしょうか）」。

とあり、兄劉靖之の門人達がその死後、劉清之の所へ流れて來ていることがうかがえる。ただし、劉清之自身も友人の朱子や周必大も、清江の「墨莊」について言及していることが見えないことからすれば、劉清之の沒後、その後人や土地の人が劉清之居所を「墨莊」と呼ぶようになったとも考え得る。いずれにしろ、「墨莊」とは、先世劉式《しょく》が創建したものがおそらく開封に、曾祖父劉斁《えき》が受け繼いだものが揚州に、父劉滁《じょ》が再建したものが廬陵にあったのであるが、後代に傳わったのは清江の「墨莊」だったということである。

では、朱子が詠じた「墨莊」は、いずれの「墨莊」であったか。これは本詩とほぼ同時期に朱子が著した「劉氏墨莊の記」から劉式の「墨莊」および父・兄と共に再建した廬陵の「墨莊」であったことが分かる。假に劉清之の居所が「墨莊」として知られるようになったとしても、それは後のことであり、本詩が制作されたと推測される乾道八年（一一七二）から淳熙三年（一一七六）のことではないと推測される。つまり「墨莊」は四所にあったとしても、朱子が詠んだ「墨莊」は、後代に傳えられた清江の「墨莊」ではなく、先世劉式の「墨莊」および廬陵の「墨莊」だったということである。

（松野　敏之）

171 其二　洌軒　　其《そ》の二《に》　洌軒《れつけん》

○○○●○
窻開深井泉　窻《まど》は開《ひら》く　深井《しんせい》の泉《いづみ》
●●○●◉
窈窕千丈碧　窈窕《えうてう》たり　千丈《せんじやう》の碧《へき》
○●●○○
何幸且淵澄　何《なん》ぞ幸《さいは》ひなる　且《しばら》く淵《ふち》の澄《す》みて
○○●○◉
無勞遽心惻　遽《には》かに心《こころ》の惻《いた》まんことを勞《わづら》ふ無《な》し

＊ 第二句は二四不同が守られていない。第四句の「心」も平聲であり、二四不同の原則から外れているが、ここの下三字は、〈仄平仄〉の「はさみ平」であり、〈平仄仄〉と同じである。

〔テキスト〕

『文集』巻四／清・陳邦彦『御定歴代題畫詩類』巻一一五〈宮室類〉／『江西通志』巻一五六

〔校異〕 異同なし。

〔通釋〕

其の二　洌軒《れつけん》

窻は開かれ　深い井戸に泉水がある
奥深く　千丈もの深さの中に　深々とした水を蓄えている
何という幸せであろうか　この深い井戸の水は澄んでおり
人々に活用されないことを　あわてて氣に病む必要などないことは

〔解題〕

友人劉清之を褒め稱えた連作の第二首。墨莊にある「洌軒」を、『周易』井卦（䷯）の語句に基づいて詠ずる。

詩題の洌は、水の清いさま。『周易』井・九五に「井洌、寒泉食」（井洌《きよ》くして、寒泉食《くら》はる）とあるのに基づく。なお、「洌」には二音あり、音「列《れつ》」は水の清いさま、音「例《れい》」は水の冷ややかなさまに解する。朱子『周易本義』は、「洌」字に「洌《ママ》、音列。洌《ママ》、潔也」と注を附していることに従って、本詩では水の清いさまの意である「洌軒《れつけん》」と讀む。

本詩は難解であるが、おそらく次のような大意に解釋される。井戸水は、『周易』井卦に從えば、先ず清澄であることが求められ、そしてその水が澄んでいるならば、次は人々によって飲まれることが求められる。逆にせっかくの澄んだ井戸水が飲まれず、利用されないことは、心に惻《いた》みを覺えることである。これら『周易』井卦の解釋については、詳しくは〔補說〕を參照されたい。

この井卦理解より、第一、二句は洌軒の井戸水のことを、第三句ではその井戸水が清澄であることを、第四句ではその清澄な井戸水は必ず人々に飲まれ用いられるであろうから、心を惻《いた》ませる必要はないと詠じたものであると解釋される。劉清之はこの時期、官を退いて隱棲していたと推測されるが、その劉清之の立派な學德は必ず世に用いられるであろうことを、井戸水になぞらえて詠じたものと考えられる。

〔語釋〕

○深井泉　井戸の泉。深井は、井戸のこと。

○窈窕　疊韻語。奥深いさま。ここでは井戸の底が深いことを形容する。なお、詩語としての「窈窕」は063「題西林可師達觀軒」の〔語釋〕の項（→第二冊二一三ページ）を參照されたい。

○千丈　丈は長さの單位。宋代では約三、一二メートル。千丈は、丈の千倍であるが、井戸が非常に深いさまを誇張して言う。

○碧　青綠色。ここでは、深い水の色をあらわす。

○淵　ふち。井戸や泉をいう。

○無勞　煩わされない。「勞」は、煩の意。『詩家推敲』では、「無煩」「何煩」「何勞」「不勞」等が「無勞」の同義として擧げられる。

『莊子』在宥：必靜必淸、無勞女形、無搖女精、乃可以長生。

必ず靜にし必ず淸にして、女《なんぢ》の形を勞《わづら》ふ無く、女《なんぢ》の精を搖《うご》かす無くして、乃ち以て長生す可し。

○心惻　心のいたみ。『周易』井卦では、井戸の水が澄んでいるのに、人びとに用いられなければ、「我が心の惻《いた》みを爲す」（井・九三）ことであると表現する。詳しくは〔補說〕を參照されたい。

〔補說〕『周易』井卦

本詩の内容には『周易』井卦が深く關わって來る。そのため、ここに『周易』について概觀し、その後に朱子の『周易』井卦の解釋を紹介し、本詩理解の一助としたい。

1　『周易』概略

『周易』は、占筮のテキストであると同時に、世界の在り方を示した書としても注目され、その解釋は世界觀に關わる問題となっている。殊に宋代以降においては、その世界たる天と人とを貫く「道」を著した書として重視されるようになった。それは程子や朱子等道學者が、その形而上學的基礎を『周易』と『中庸』から得ていることによっても知られるであろう。

經書である『周易』は、占筮のテキストたる「經」とその解説である「傳」とに大きく分かれる。その「經」は、八卦《か》と八卦を組み合わせた六十四卦《ろくじゅうしか》で構成されている。これら六十四卦は萬物を象徴したものであり、絶えず變化するこの世界を表していることになる。「傳」は、六十四卦本經に對する解説。彖《たん》傳（上下）・象《しょう》傳（上下）・繋辭《けいじ》傳（上下）・文言《ぶんげん》傳・説卦《せっか》傳・序卦《じょか》傳・雜卦《ぞうか》傳の全て十篇（別名「十翼」）、孔子が著したとされるものである。

『周易』六十四卦の各卦は六本の爻《こう》（陽爻は「⚊」、陰爻は「⚋」）によって表現される。例えば、井卦の場合は、「䷯」と表記され、下から陰爻・陽爻・陽爻・陰爻・陽爻・陰爻という組み合わせになる。易の爻は下から見てゆくものであるが、この各爻にはそれがどの位置にある爻かを示す名稱がある。陰爻は偶數の象徴たる「六」、陽爻は奇數の象徴たる「九」として示され、その各爻は下から「初・二・

三・四・五・上」と數えられる。同じく井卦（䷯）を例にとれば、下から「陰爻・陽爻・陽爻・陰爻・陽爻・陰爻」とあるのは、「初六・九二・九三・六四・九五・上六」と呼ばれ、どの位置の爻の陰爻なのか陽爻なのかを示すことになる。

以上の卦爻はあくまで萬物を象徴する記號であって、これだけでは用をなさない。これら六十四卦各卦が何を象徴したものであるかを説明するため、各卦には「卦辭」が附され、その各卦の各爻には「爻辭」が附されている。概括して言えば、「卦辭」は卦の象徴を説いたもの、「爻辭」はその卦の變化を説いたものとなっている。この「卦辭」「爻辭」を讀み解くことによって、人は始めて易の提示する世界觀に觸れられるのである。

2 『周易』井卦解釋

では、本詩の解釋に大きく關わる井卦は、朱子において何如に解されているか。易に關する著作である『周易本義』（淳熙四年（一一七七）成書）に從って解釋を試みたい。

まず井卦の象徴は、字義通り「井戸《いど》」とみなされる。井戸を人の視點から見るならば、それは日々の生活において缺かすべからざるものであり、人びとの生活空間の中心ともなっている。井の卦辭に「往來井井」とあるのを、朱子は「往者來者、皆井其井也」（往く者も來る者も、皆な其の井を井とするなり）と説き、往來する人びとと皆が、この井戸を井戸として用いている、との意に解釋する。一方、井戸の側から言えば、その蓄えたる水は人びとや動植物を養うものである。このことを彖傳（卦の總論と卦辭の解説）では「井養而不窮也」（井は養ひて窮まらざるなり）と、井戸は人びとを養って窮まりないものであると説いている。さらに象傳（卦全體の説明と卦辭の解説）には、

木上有水。君子以勞民勸相（木の上に水有り。君子は以て民を勞《ねぎら》ひ勸め相《たす》く）。

とある。「木の上に水がある」とは、井卦（䷯）の形が、下に木の象徴である「☴」を、上に水の象徴である「☵」を持つことを言ったものである。これを朱子は、木が根から水を吸い上げる様に解釋し、「木上有水、津潤上行、井之象也」（木の上に水有りとは、津潤して上行す、井の象なり）と説く。つまり、木が根から水を吸い、その水によって上方にある枝葉の隅々まで潤されることも、井卦の象徴であるというのである。そしてこのように水が木を潤し養うように、君子もまた民を勞《ねぎら》い助け合わせて、よく養うものである、というのが象傳の解釋となる。以上より、井卦とは井戸の象徴であると同時に、人や動植物を養うことの象徴でもあると解釋されていることが分かる。

3　『周易』井卦　爻辭解釋

次いで、この井の變化については、爻辭が説き明かしていってくれる。先に記した通り、井卦（䷯）は下から「初六・九二・九三・六四・九五・上六」の順に列ぶ爻で構成され、各爻は井戸とその利用のされ方に基づいて解釋してゆく。易の一卦における爻の變化は、六十四卦それぞれによって異なるものであるが、井卦の場合はその全體的變化が比較的分かりやすい。朱子は「井以陽剛爲泉、上出爲功」（井は陽剛を以て泉と爲し、上出するを功と爲す）と説き、陽爻を湧き出る泉になぞらえ、上に出

て行くほど善いとする。井卦において陽爻なのは「九二・九三・九五」、即ち下から二番目・三番目・五番目の爻が湧き出る泉として解釋され、全體的には上に昇るほど良いとされるのである。これは井戸の水が上に汲み上げられるイメージに基づくものであろう。

井卦爻辭の具體的な説明としては、まず最初の爻（一番下の爻）「初六」では、井戸は泥に覆われて、禽獸すら飲むものがない狀態であると説く。むろん、このような井戸が人や動植物を養えないことは言うまでもない。續いて二爻の「九二」では、井戸からは泉が湧き出ているが、まだ鮒《ふな》に注がれるだけの狀態であると言う。いまだ井戸水には、小魚をうるおす程度の僅かな泉しかないことを言う。そして本詩解釋に關わる三爻の「九三」は以下のように説く。

『易』井・九三：井渫不食、爲我心惻、可用汲。
〔井渫《さら》ふも食《くら》はず、我が心の惻《いた》みを爲す、用《もっ》て汲む可し〕。

〝井戸は清くしたけれどもその水は飲まれず、心に惻みを覺える。清くなった井戸水を汲み用いて欲しい〟と言う。すなわち、井戸の水は人が飲めるほど清澄になり、量も充分であるのに、いまだ誰にも飲まれていない。それ故に心に惻《いた》みを覺えるのである。「井戸」と「養う」ことの象徴である井卦において、「初六」「九二」はまだ井戸として用をなしていない狀態であったが、この「九三」では「井戸」としては充分に水を蓄えているのである。しかし、それにも拘わらず、いまだ人や動植物を「養う」には及んでいないということである。井戸は人を養い得るものであるし、人を養ってこその井戸

郵便はがき

料金受取人払

麹町局承認

7948

差出有効期間
平成21年11月
30日まで
（切手不要）

1028790

102

東京都千代田区
飯田橋二―五―四

汲古書院

行

通信欄

購入者カード

このたびは本書をお買い求め下さりありがとうございました。

今後の出版の資料と、刊行ご案内のためおそれ入りますが、下記ご記入の上、折り返しお送り下さるようお願いいたします。

書　名	
ご芳名	
ご住所 TEL	〒
ご勤務先	
ご購入方法　①　直接　②	書店経由
本書についてのご意見をお寄せ下さい	
今後どんなものをご希望ですか	

でもある。これを朱子は「王明、則汲井以及物、而施者受者竝受其福也」〔王 明なれば、則ち井を汲《く》みて以て物に及ぼす、而して施す者・受くる者 竝びに其の福《さいは》ひを受くるなり〕と、上に立つ人に見る目があれば、この井戸水を汲み用いて人びとを養うことができ、共にその幸いを享受できる、と説明する。

四爻の「六四」は陰爻であるため井戸を修繕したと説くだけであるが、五爻の「九五」では「井冽、寒泉食。」〔井冽《きよ》くして、寒泉食《くら》はる〕と、その澄んだ井戸水が飲まれ、人びとを養っていることを表す。詩題の「冽軒」はこの井・九五に思いを託して命名されたものである。最後の六爻「上六」は、井戸として大いに人々に汲み取られていることを説く。通常、易では五爻を最高として、上爻は過ぎたるもの、強すぎるものとして解釈されるのであるが、井卦については上爻である「上六」を最も善い状態として解釈する。

要するに、『周易』井卦とは、「井戸」「養う」ことの象徴であり、各爻からその變化を見るならば、初爻・二爻はまだ井戸として用をなさず、三爻・四爻は井戸に泉は湧いているものの、まだ誰にも汲まれずに人を養うには及ばない状態。そして五爻・上爻では井戸水も人に汲み用いられ、充分に人びとを養い得ている、というものであった。

以上のような『周易』井卦理解に基づいて、本詩は作られているのである。

（松野　敏之）

172 其三　靜春堂　　其《そ》の三《さん》　靜春《せいしゅん》

幽人本何心　　幽人《いうじん》 何《なん》の心《こころ》に本《もと》づき
偶此翳環堵　　偶ゝ《たまたま》此《ここ》に 環堵《くわんと》を翳《おほ》ふ
隱几亦無言　　几《き》に隱《よ》りて 亦《ま》た言《ものい》ふ無《な》きも
光風遍寰宇　　光風《くわうふう》 寰宇《くわんう》に遍《あまね》し

（五言絶句　上聲・麌韻）

＊　第一句は、二四不同が守られていない。第四句の「寰」も平聲であり、二四不同の原則から外れているが、ここの下三字は、〈仄平仄〉の「はさみ平」であり、〈平仄仄〉と同じである。

〔テキスト〕

『文集』巻四／清・陳邦彥『御定歷代題畫詩類』巻一一五〈宮室類〉／『江西通志』巻一五六

〔校異〕

○無言　『御定歷代題畫詩類』では「何言」に作る。

〔通釋〕

其の三　靜春堂

隱君子は　どのような心にもとづいて
偶然にもこの地で　小さな住居を構え隱棲しているのか
肘掛けによりかかって　あなた自身は何も言うことはないけれど

あなたの徳はまるで陽光の下で清々《すがすが》しく吹く風のように　天下にあまねく吹き渡ってゆく

〔解題〕

友人劉清之を褒め稱えた連作の第三首。官界から退き隱棲していた劉清之を「幽人」に擬して詠ずる。「靜春」とは、劉清之の號。墨莊にある一つの堂に、劉清之の號をとって「靜春堂」と名付けたものと推測される。ただ清・阮元は「揚州文樓巷墨莊考」（『揅經室《けんけいしつ》二集』巻二）において以下のように考證している。

明楊廉和朱子五詠詩序曰、劉氏靜春與集賢舍人各自爲派。蓋靜春堂爲劉戩專派、戩與敞攽爲從兄弟、故其孫曾清之等皆以靜春自稱。金谿公是先生等派不襲靜春之名。

明の楊廉　朱子の五詠詩に和するの序に曰く、「劉氏靜春　集賢（劉敞《りうしやう》）・舍人（劉攽《りうはん》）と各《おの》おの自ら派を爲す」と。蓋し靜春堂は劉戩《りうえき》の專派爲《た》り、戩　敞・攽と從兄弟爲《た》り、故に其の孫曾清《せい》之《し》等皆〝靜春〟を以て自稱す。金谿　公是先生（劉敞）等の派は〝靜春〟の名を襲《つ》がず。

阮元によれば、「靜春」はもともと劉清之の曾祖父劉戩《りゅうえき》が稱していたものであり、それを劉戩の子孫達がそれぞれ繼承して「靜春」と號してきたというのである。劉氏一族の世系については170墨莊五詠の〔補說〕㈢劉氏世系（→本書一六八ページ）を參照されたい。「靜春」が劉戩の子孫達が繼承した稱なのか、劉清之だけの自號なのか明らかにし得ないが、「靜春堂」と題して朱子が詠じているのは友人劉清之のことである。

本詩は全體的に道家的隱逸の雰圍氣をもっており、詩中の「幽人」「翳環堵」「隱几」がキーワードとなっている。これらの語彙については、詳しくは〔語釋〕を參照されたい。本詩は劉清之を道家としての隱者に擬して詠じる。小さな住居にて、何も言うことなく過ごしているだけでも、その德は天下にあまねく行き渡るだろう、と褒め稱えるのである。

〔語釋〕

○幽人　俗世を避けて、人里離れた地に暮らす人。隱者、隱君子。ここでは墨莊に居を構える劉清之を指す。

杜甫には「幽人」と題する五言古詩があり、以下にその原詩を抜萃して掲げる。

幽人　　幽人《いうじん》

往與惠詢輩　中年滄州期　　往《さき》に惠詢《けいじゆん》が輩《はい》と／中年 滄州《さうしう》の期あり

天高無消息　棄我忽若遺　　天高くして消息《せうそく》無く／我を棄つること 忽《こつ》として遺《わす》るるが若《ごと》し

內懼非道流　幽人見瑕疵　　內に懼《おそ》る 道流《だうりう》に非ずして／幽人 瑕疵《かし》を見《み》るかと

〝かつて惠詢たちと、もう若くはないが滄州の仙境に向かおうと約束した。しかし秋天は高いものの彼からの連絡は無く、私を棄てることあたかも忘れたかのようである。いま內心懼れているのは、私が道家の仲間ではなく、隱君子からは疵ある者と見られているのではないか、ということである〟と詠じる。

「幽人」の語句自體は、『周易』履・九二に、

履道坦坦、幽人貞吉（道を履《ふ》むこと坦坦《たんたん》たり、幽人なれば貞にして吉）。

（坦々として道を踏み行なう。隱君子が占ってこの卦爻を得たならば、貞《ただ》しくして吉である）。

とあり、世を避ける隱君子が正しい德を守って生きることを言うものでもあるが、本詩では杜甫が詠じた仙境を目指す隱逸者としての「幽人」をふまえている。

○偶此　偶然、この土地に。この語の用例は少なく、以下はその一例である。

中唐・柳宗元「雨後曉行獨至愚溪北池」：予心適無事　偶此成賓客

○騶環堵　隱者が居を構えて隱棲していることの意。「環堵」は四方が一堵くらいの小さな家。「堵」は、土塀、垣根、轉じて住居の一邊のこと。また長さの單位。一堵の長さについては諸說あり、後漢・鄭玄《じょうげん》（『毛詩鄭箋《ていせん》』）は五丈（約十一メートル）と說き、後漢・何休（『春秋公羊解詁《かいこ》』）は四十尺（約九メートル）と說いている。

「環堵」は、古くは『禮記』儒行に、

儒有一畝之宮、環堵之室（儒に一畝《いっぽ》の宮、環堵の室有り）。

とあり、世を避ける儒者の住居を言う。一方、『莊子』では、世俗を超脫した人の住居とされる。『莊子』の用例については、詳しくは〔補說〕を參照されたい。また陶淵明は「五柳先生傳」において、

環堵蕭然、不蔽風日（環堵蕭然として、風日を蔽《おほ》はず）。

（住居は狭くひっそりとしていて、冬の寒風も夏の日差しも満足に防げない）。

と隱者の住居として表現した。「環堵」はこれらの印象を併せ持つ語彙であるが、杜甫はこのうち『莊子』の「環堵」をふまえて次のように詠じる。

杜甫「貽阮隱居」：車馬入鄰家　蓬蒿翳環堵

（車馬は隣家に往來するのみで、阮昉（阮籍の子孫）は蓬蒿で覆われた小さな住居で隱棲している）。

この杜甫の用例から、「翳環堵」（環堵を翳《おほ》ふ）は、小さな住居が蓬で覆われていること、また隱者が小さな居を構えて隱棲していることにも通じるものと解釋される。

○隱几　机や肘掛けによりかかること。「隱」は、憑《よ》る。隱棲して、自適に暮らすさまをいう。

『莊子』齊物論：南郭子綦隱机而坐、仰天而噓、荅焉似喪其耦。

（南郭子綦《しき》机に隱《よ》りて坐し、天を仰ぎて噓《うそぶ》き、荅焉《たふえん》として其の耦《ぐう》を喪《わす》るるに似たり）。

初唐・成玄英疏：隱、憑也。子綦憑几坐忘、凝神遐想。

（隱は、憑《よ》るなり。子綦《しき》几《き》に憑《よ》りて坐忘し、神《しん》を凝《こ》らして遐《はる》かに想ふ）。

右は『莊子』に見える「隱几」の用例であり、ここでは肘掛けに寄り掛かることが、坐忘の境地——我と萬物との一體感を象徴する行爲——として説かれている。以下の用例は、この莊子をふまえたものである。

杜甫「課小竪鉏斫舎北果林枝蔓荒穢淨訖移牀三首」其一：洩雲高不去　隠几亦無心
白居易「酬楊九弘貞長安病中見寄」：隠几自恬澹　閉門無送迎

○光風　陽光の下で吹く風。雨上がりに吹く、心地よい風をいう。

『楚辭』招魂：光風轉蕙　氾崇蘭些

後漢・王逸注：光風、謂雨已日出而風、草木有光也。

また「光」は、晴れやかな心を喩える語でもある。例えば、「光風霽月」と言った場合は、雨あがりに晴れ渡った月の情景であるが、心が清くわだかまりがない喩えでもあり、ここでも「光風」は、劉清之の晴れやかな心を喩える語となっている。このような「光」の類似の用例としては、057「春日」の〔語釋〕「光景」の項（↓第二册一五八ページ）を参照されたい。

○寰宇　天下。世界。

〔補説〕

本詩が「環堵《くわんと》を翳《おほ》ふ」と詠じたのは杜甫の表現によるものであるが、「環堵」の語は荘子に基づいている。以下、本詩が詠じる「環堵」理解のために、『莊子』庚桑楚《こうそうそ》第二十三の一節を紹介したい。

老聃之役、有庚桑楚者。偏得老聃之道、以北居畏壘之山。……居三年畏壘大穰。畏壘之民、相與言曰、庚桑子之始來、吾灑然異之。今吾日計之而不足、歳計之而有餘。庶幾其聖人乎。子胡不相與尸而祝之、社而稷之乎。庚桑子聞之、南面而不釋然。弟子異之。庚桑子曰、弟子何異於予。夫春氣發而百草生、正得秋而萬寶成。夫春與秋、豈無得而然哉。大道已行矣。吾聞、至人尸居環堵之室、而百姓猖狂不知所如往。今以畏壘之細民、而竊竊焉欲俎豆予于賢人之間、我其杓之人邪。吾是以不釋於老聃之言

老聃《らうたん》の役（弟子）に、庚桑楚《かうさうそ》なる者有り。偏《ひとへ》に老聃の道を得て、以て北のかた畏壘《ゐるい》の山に居《を》る。……居ること三年にして畏壘大いに穰《みのり》あり。畏壘の民、相ひ與《とも》に言ひて曰く、庚桑子の始めて來たるや、吾灑然《さいぜん》として之を異《あや》しむ。今吾 日に之を計《はか》りて足らざるも、歳に之を計《はか》れば餘り有り。庶幾《ほと》んど其れ聖人ならんか。子胡《なん》ぞ相《あ》ひ與《とも》に尸《つかさど》りて之を祝し、社して之を稷《しよく》せざるか。庚桑子 之を聞き、南面して釋然たらず。弟子 之を異《あや》しむ。庚桑子曰く、弟子《ていし》 何ぞ予を異《あや》しまん。夫《そ》れ春氣發して百草生じ、正に秋を得て萬寶成る。夫れ春と秋と、豈に得て然る無からんや。大道 已《すで》に行はる。吾聞く、至人は環堵の室に尸居《しきよ》して、百姓 猖狂して如《ゆ》き往《ゆ》く所を知らずと。今 畏壘の細民を以て、而して竊竊焉《せつせつえん》として予を賢人の間に俎豆《そとう》せんと欲するは、我 其れ杓《へう》の人たるか。吾 是《ここ》を以て老聃の言に釋たらず。

その大意を述べれば、以下の通りである。〝老子の弟子である庚桑楚は、畏壘の山に住んでいた。彼が住むようになって三年、畏壘には豊穰がもたらされた。そこで畏壘の民は庚桑楚を信奉するようになったのであるが、當の庚桑楚はそれを喜ばない。不思議に思った弟子が尋ねたところ、庚桑楚は次のように言った。「春に草木が成長し、秋に實《み》がなるのは自然にそうなるものであって、大道が行われ

ているからである。私が聞く至人は小さな家に安居していながら、民衆達は心の欲する所に従って悠々自適に暮らしているものである。今、畏壘の民が私を賢人の間に信奉しようとしているが、まさか私がそれに相當する者ではあるまい。だから私は老子の教を行えていないことに對して喜べないだけである」〟。

『莊子』においては、「環堵」は世俗を超脱した人、即ち至人の住居とされる。至人はそこに安居しているだけで、人々が自然に憂い無く暮らしていけるというものである。朱子は劉清之の靜春堂をこの環堵に見立て、劉清之がそこに住んでいるだけで、何ものも言わずとも、その徳が天下に行き渡る、と詠じたわけである。

（松野　敏之）

173 其四　玩易齋

其《そ》の四《し》　玩易齋《ぐわんえきさい》

竹●几●横○陳○處●　　竹几《ちくき》　横陳《わうちん》するの處《ところ》
韋○編○半●掩●時◎　　韋編《ゐへん》　半《なか》ば掩《おほ》ふの時《とき》
寥○寥○三○古●意●　　寥寥《れうれう》たる　三古《さんこ》の意《い》
此●地●有●深○期◎　　此《こ》の地《ち》に　深期《しんき》有《あ》り

（五言絶句　上平聲・支韻）

〔テキスト〕

『文集』巻四／『朱子可聞詩』巻四／清・陳邦彦『御定歴代題畫詩類』巻一一五〈宮室類〉／『江西通志』巻一五六

〔校異〕

○三古　『御定歴代題畫詩類』では「千古」に作る。

〔通釈〕

其の四　玩易齋

竹製のひじかけに　もたれて横になる時
易《えき》の書物に　意に適《かな》うことがあり　讀みかけのまま閉じて冥想する時
遙かな古代に作られた易《えき》の深淵な意は
この玩易齋で明らかにされることを　深く期待するものである

〔解題〕

友人劉清之を褒め稱えた連作の第四首。書齋において、主人の劉清之が『易《えき》』に専心するさまを歌う。一、二句では劉清之が『易』を讀み冥想する姿を、三、四句では『易』にこめられた深淵なる聖人の意が、劉清之によって明らかになるであろうと期待していることを歌う。

なお、墨莊の連作は二四不同が守られていない句が多いが、本詩だけはきれいに守られている。

〔語釋〕

○竹几　竹製のひじかけ。
○横陳　横になって臥す、もたれて横になること。ここでは、一旦讀書をやめて、瞑想に耽るさまをいう。
○處　時の意。平仄の關係から、平聲の「時」を避けた。『文語解』には以下の李白の用例に基づいて「コレ時ノ義ナリ」と記す。

　李白「別東林寺僧」：東林送客處　月出白猿啼

○韋編　簡册を韋《なめしがわ》で綴じた書物。『史記』孔子世家に「孔子晩而喜易、序彖繫象説卦文言、讀易韋編三絶。」（孔子　晩にして『易』《えき》を喜《この》み、彖《たん》・繫《けい》・象《しやう》・説卦《せつか》・文言《ぶんげん》に序す（易の六十四卦本經を解説する「十翼」を著したことを言う）、『易』を讀んで韋編三たび絶つ）とあり、『易』の書物を綴じていた韋《なめしがわ》が何度も切れるほど、孔子が『易』を愛讀していたことを言う。これにより、「韋編三絶」は書籍を熱心に讀む喩えとなり、「韋編」は『易』を指すようになった。
○半掩　半ばで閉じる。讀書を中斷すること。おそらく「掩卷」の意に通じる。「掩卷」は、讀書中に意に適《かな》うことがあって書物を閉じ、讀書を中斷すること。

　『北史』劉獻之傳：見名法之言、掩卷而笑曰、若使楊墨之流不爲此書、千載誰知其小也。

　李白「翰林讀書言懷呈集賢院內諸學士」詩：片言苟會心　掩卷忽而笑

本詩では『易』の書物を熱心に讀んでいたところ、意に適うことがあって讀書を中斷し、瞑想すること。

○寥寥　はるかなさま。唐以前にその用例は見えないが、宋以降は「寥寥千古」「寥寥千載」のように用いられる。本詩以外に「寥寥」を朱子が用いたものに以下の二例がある。

朱子「寄呉公濟兼簡李伯諫五首」其四：欲識寥寥千古意　莫將新語勘塵編

朱子「讀諸友遊山詩卷不容盡和和首尾兩篇」其一：誰識寥寥千古意　新詩題罷蘚痕斑

○三古　三古は、上古・中古・下古に大別される古代のこと。ここでは八卦を畫した伏羲《ふっき》、六十四卦に擴大し爻辭を作った文王、十翼を著した孔子が、それぞれ上古・中古・下古の時の人であることから、『易』をいう。

『漢書』藝文志：人更三聖、世歴三古〔人 三聖を更《へ》て、世 三古を歴《ふ》〕。

南朝宋・孟康注：易繫辭曰、易之興、其於中古乎、然則伏羲爲上古、文王爲中古、孔子爲下古〔『易』繫辭に曰く、易の興《おこ》るや、其れ中古に於てか、然らば則ち伏羲を上古と爲し、文王を中古と爲し、孔子を下古と爲す〕。

○深期　深く期待する。ここでは、玩易齋を居とする劉淸之によって易の奥義が解明されることに對する深い期待。

（松野　敏之）

174 其五　君子亭　　其《そ》の五《ご》　君子亭《くんしてい》

倚●杖●臨○寒○水●　杖《つゑ》に倚《よ》つて　寒水《かんすゐ》に臨《のぞ》み
披○衣○立●晩●風◎　衣《ころも》を披《き》て　晩風《ばんふう》に立《た》つ
相○逢○數●君○子●　相《あ》ひ逢《あ》ふて　君子《くんし》を數《かぞ》へ
爲●我●說●濂○翁◎　我《わ》が爲《ため》に　濂翁《れんをう》を說《と》け

（五言絶句　上平聲・東韻）

＊ 第三句の「君」は平聲であり、二四不同の原則から外れているが、ここの下三字は、〈仄平仄〉の「はさみ平」であり、〈平仄仄〉と同じである。

〔テキスト〕

『文集』巻四／清・陳邦彦『御定歷代題畫詩類』巻一一五〈宮室類〉／『江西通志』巻一五六／『佩文齋詠物詩選』巻一一八〈亭類〉

〔校異〕

○披衣　蓬左文庫本・眞軒文庫本・『御定歷代題畫詩類』・『江西通志』・『佩文齋詠物詩選』では「披襟」に作る。また『朱子全書』巻四に付する〈校勘記〉に「閩本・浙本及天順本均作襟」〈閩本・浙本及び天順本　均しく「襟」に作る〉とある。

〔通釋〕

其の五　君子亭

君は杖をついて　寒々とした川に臨み
衣を羽織《はお》り　夕暮れの風に向かって立つ
お互いに逢って　古今の君子をとりあげ
私のために　周濂溪《しゅうれんけい》について說いてくれたまえ

〔解題〕

友人劉清之を褒め稱えた連作の第五首。「君子亭」の名の由來については、『剳疑輯補』の〔剳疑〕に「濂溪愛蓮說花之君子」〔濂溪の愛蓮說に、花の君子なり、と〕とあり、〔翼增〕に「疑以此名亭」〔疑ふらくは此《これ》を以て亭に名づけん〕とある。すなわち、本詩第四句に言及する周敦頤《しゅうとんい》が「愛蓮說」に「蓮、花之君子者也」〔蓮は、花の君子なる者なり〕と說いたことに因《ちな》んで、「君子亭」と名付けたとの推測である。

前半二句は、友人と作者の行動の描寫。後半二句は、二人が古今の君子を一人一人とりあげて語り合い、特に周濂溪（敦頤）についての解說を劉清之に求めたことを詠じている。

〔語釋〕

○倚杖　杖による。杖をつく。以下に擧げる用例からは、官途に就いていないことを意識させる語であると推測される。

盛唐・王維「輞川閒居贈裴秀才迪」：寒山轉蒼翠　秋水日潺湲　倚杖柴門外　臨風聽暮蟬

盛唐・王維「渭川田家」：野老念牧童　倚杖候荊扉
杜甫「春歸」：倚杖看孤石　傾壺就淺沙
朱子もこれらの意に基づき、意識的に劉清之を隱逸者として詠じているのであろう。

○寒水　寒々とした川の水。秋か冬の川をいう。
南朝梁・沈約「游沈道士館」：開衿濯寒水　解帶臨清風
呂向注：寒水、秋水也（『文選』巻二十二）

○披衣　衣を羽織る。
陶淵明「移居」其二：相思則披衣　言笑無厭時
ただし、ここでは「披襟」にも通じる。本句「披衣」は、〔校異〕に見えるように、諸本は「披襟」とする。「披襟」は、衣を開く、衣のえりを開くこと。風通しをよくし、心地よい風を共に感じることから、心情を打ち明けることにも擬《なぞら》える。

○相逢　互いにまみえる。會見する。樂府詩によく用いられ、「相逢行」は樂府題の一つ。狹隘《きょうあい》な道で互いに逢うことを歌い、邪佞《じゃねい》の世にあって正直《せいちょく》の士人が出逢うことに擬《なぞら》える。
『樂府詩集』巻三十四〈相和歌辭 ― 清調曲〉「相逢行」：相逢狹路間　道隘不容車　不知何年少　夾轂問君家　君家誠易知　易知復難忘　黄金爲君門　白玉爲君堂

○數　かぞえる。一つ一つとりあげて、話題とすること。

○濂翁　周敦頤《しゅうとんい》をいう。周敦頤（一〇一七〜一〇七三）は、字は茂叔《もしゅく》、道州營道（湖南省道縣）の人。朱子によって道學の祖として大きくとりあげられ、その著『太極圖說』『通書』は後世に大きな影響を與えた。彼は晩年、廬州蓮花峯の麓《ふもと》の溪流に濂溪書堂を建てて講學を行なったことから、濂溪先生とも呼ばれる。翁は尊稱。

〔補說〕

愛蓮說

周敦頤は病いを患《わづら》って官を辭してから、廬山蓮花峯のふもとに隱棲した。その堂屋の周りにはいくつもの蓮池が連なり、その蓮のすがすがしい美しさを「愛蓮說」として著している。以下に、周敦頤「愛蓮說」の全文を示す。

水陸草木之花、可愛者甚蕃。晉陶淵明獨愛菊。自李唐來、世人甚愛牡丹。予獨愛蓮之出淤泥而不染、濯清漣而不妖、中通外直、不蔓不枝、香遠益清、亭亭淨植、可遠觀而不可褻玩焉。予謂、菊、花之隱逸者也。牡丹、花之富貴者也。蓮、花之君子者也。噫、菊之愛、陶後鮮有聞、蓮之愛、同予者何人。牡丹之愛、宜乎衆矣。

水陸草木の花、愛す可《べ》き者甚だ蕃《おほ》し。晉の陶淵明のみ獨り菊を愛す。李唐自《よ》り來《このかた》、世人 甚だ牡丹を愛す。予 獨り蓮の淤泥《おでい》より出づるも染らず、清漣《せいれん》に濯《あら》はるるも妖ならず、中通じ外直く、蔓せず 枝せず、香遠くして益ます淸く、亭亭として淨《きよ》く植《た》ち、遠く觀《み》る可《べ》くして褻《せつ》玩《がん》す可からざるを愛す。
予謂《おも》へらく、菊は、花の隠逸なる者なり。牡丹は、花の富貴なる者なり。蓮は、花の君子なる者なり。噫《ああ》、菊を之《こ》れ愛するや、陶の後《のち》聞く有ること鮮《すくな》し、蓮を之れ愛するや、予に同じき者 何人《なんぴと》ぞ。牡丹を之れ愛するや、宜《むべ》なるかな衆《おほ》きこと。

〝愛すべき花は非常に多い。陶淵明は菊を愛し、唐代以降、多くの人びとは牡丹を愛した。しかし、私(周敦頤)は蓮を愛する。なぜなら、蓮は泥より出ていてもその泥に染まることはなく、さざ波に洗われて清々《すがすが》しく、(茎の芯は)空洞でまっすぐに伸び、蔓《つる》も枝もつけずに遠くまで清らかな香りを放って高々と生え、その孤高の美しさを備えているからである。それ故に思うのである。菊は花の隠逸、牡丹は花の富貴、そして蓮は花の君子ではなかろうか〟という大意である。

「李唐自《よ》り來《このかた》、世人 甚だ牡丹を愛す」とは、則天武后《そくてんぶこう》が牡丹を愛して以來、世には牡丹を賞美する人が多くなったことを言ったものである。その中にあって周敦頤は、蓮の花に孤高の徳と世俗に流されることのない清らかな態度を見出したのである。殊に蓮の「泥より出ていてもその泥に染まることはなく、さざ波に洗われて清々し」い様は、君子のあるべき姿として歌われている。それは、君子とはいわゆる隠逸者とは異なるとの自負でもあろう。つまり、陶淵明のような隠棲者は菊を愛し、富貴を目指す者は牡丹を愛するが、君子を目指す自分は蓮を愛するということであり、それ故に「菊は隠逸の花、牡丹は富貴の花、蓮は君子の花」とまとめて、蓮の花を稱《たた》えたのである。本詩において詠う「君子」は、この周敦頤「愛蓮説」の「君子」のイメージを伴うものである。

（松野　敏之）

175 石子重兄示詩留別次韻爲謝三首　其一

石子《せきし》重兄《ちょうけい》 詩《し》を示《しめ》して留別《りゅうべつ》す 次韻《じゐん》して謝《しゃ》を爲《な》す三首《さんしゅ》　其《そ》の一《いち》

此●道●知○君○著●意●深◎
不●嫌○枯○淡●苦●難○禁◎
更●須○涵○養●鑽○研○力●
彊●矯●無○忘○此●日●心◎

此《こ》の道《みち》 知《し》る 君《きみ》 意《い》を著《つ》くること深《ふか》し
嫌《いと》はず 枯淡《こたん》 苦《はなは》だ禁《た》へ難《がた》きを
更《さら》に須《すべから》く鑽研《さんけん》の力《ちから》を涵養《かんやう》し
彊《つと》め矯《はげ》んで 此《こ》の日《ひ》の心《こころ》を忘《わす》るること無《な》かるべし

（七言絶句　下平聲・先韻）

〔テキスト〕

『文集』巻四

〔校異〕

○更　『朱熹集』に附する〈考異〉に「一作轉」とある。

〔通釋〕

石子重どのが詩を示してお別れのしるしとなさった　その詩の韻に合わせた詩を三首作成して

感謝の氣持ちを表した　其の一

聖賢の道　その修養にあなたが専心していることを　私は存じております
無欲に徹し　とても耐え難い努力を　厭《いと》うこともなされませぬ
今後ますます　道理を追求する力を養い
勉め勵んで　今日この日の氣持ちをお忘れなきように

〔解題〕

本詩は『年譜長編』上（四五二ページ）によれば、乾道七年（一一七一）十一月、朱子四十二歳の作品である。この月、朱子は舅の祝嶠の葬儀のため、父の嘗ての任地であり、また生誕の地である尤溪《いうけい》（福建省南平《なんぺい》）を訪れる。その時、尤溪の縣宰であったのが石子重である。朱子はこの尤溪滞在中、父の書齋である「韋齋」などを訪れ父の思い出にしばし浸ったようである。その後、朱子が歸郷するに際して、石子重が贈った留別の詩に次韻したのが本詩である。石子重が學問に専心する様を賞賛し、更なる研鑽を願う内容となっている。

石子重、名は𡼏《とん》。子重はその字。克齋と號した。その祖は會稽新昌《くわいけいしんしやう》（浙江省紹興）の人。祖父の時代に、台州臨海縣（浙江省臨海）に遷《うつ》る。紹興十五年（一一四五）、十八歳にして進士に及第する。官は知南康軍（軍は宋代の行政區劃）に至る。淳熙九年（一一八二）に死去、享年五十五歳。著作に『中庸集解《しつかい》』二巻がある。

石磬は二程子の學問を研究して理學を究め、朱子と親交が深かった。彼の學問の特色は「仁」の探求にある。彼の「仁」についての言說を、朱子が高く評價していたことが、朱子が彼に與えた書簡よりわかる。

朱子の『文集』卷四十二には、學術上の問題を議論した書簡が十二狀、卷七十七には「克齋の記」、卷九十二には「知南康軍石君の墓誌銘」がある。また『宋元學案』卷四十九には、晦翁講友として石磬の記事を載せている。

また、朱子の「知南康軍石君の墓誌銘」には、石磬に『文集』十卷があったことが記されているが、今日には傳わらない。そのため石磬が朱子に示したという詩の内容は不明のままである。石磬については、059「觀書有感二首」其一の〔解題〕（↓單行本第二册一八〇ページ）も參照されたい。

〔語釋〕

○留別　旅立つ人が、見送りの人に別れを告げる。離別を惜しむ。

○此道　ここでは儒學者が目標とする聖賢の教え。

○著意　專心する。心にとめる。氣を付ける。

戰國楚・宋玉「九辯」：罔流涕以聊慮兮　惟著意而得之

北宋・王安石「釣者」：應知渭水車中老　自是君王著意深

○枯淡　俗氣や派手な所が無く、あっさりしていること。無欲で淡泊なこと。朱子は「知南康軍石君の墓誌銘」において、この當時の石𡼏の生活を「君因更調南釼州尤溪縣待次、家食三年、雖貧不戚也」〔君 因りて更に南釼州尤溪縣の待次《たいじ》〔遷任の命を待つ立場〕に調《てう》〔配置〕せられ、家食すること三年、貧しと雖も戚《うれ》へざるなり〕と述べている。この當時の石𡼏の生活狀況、そして、その境遇をものともしない精神を、本詩では「枯淡」と表現したのだろう。〔補說〕を參照。

南宋・陸游「肉食」：平生愛枯淡　老病未免肉

南宋・楊萬里「木犀初發」：可笑詩人山澤臞　平生枯淡不敷腴

○涵養　學問や見識などを養う。修養する。

○鑽研力　物事の道理を追求する能力。

『韻府』卷一百二上〈入聲―十三職―力〉の「鑽研力」の項に本詩の第三・四句を引く。

○彊矯　何事にも左右されない君子の強さを表す。「彊」・「矯」ともに「強いさま」を言う。『剳疑輯補』〈剳疑〉に「中庸強哉矯」〔中庸、強《きやう》なるかな矯《けう》たり〕とある。『中庸』の本文は、以下のとおり。

『中庸章句』第十章：故君子和而不流、強哉矯。中立而不倚、強哉矯。國有道、不變塞焉、強哉矯。國無道、至死不變、強哉矯〔故《ゆゑ》に君子《くんし》は和《わ》すれども流《なが》れず、強《きやう》なるかな 矯《けう》たり。中《ちゆう》立《りつ》して倚《かたよ》らず、強《きやう》なるかな矯《けう》たり。國《くに》に道有《みちあ》れば、塞《そく》〔立身出世する以前に執り守っていた行い〕を變《へん》ぜず、強《きやう》なるかな 矯《けう》たり。國《くに》に道無《みちな》ければ、死《し》に至《いた》るも變《へん》ぜず、強《きやう》なるかな 矯《けう》たり」。

『中庸章句』の注において、朱子は『詩經』魯頌―泮水《はんすゐ》「矯矯虎臣」〈矯矯たる虎臣〉の句を引用し、「矯」は「強《つよ》き貌《さま》」であると注釋している。

〔補說〕

「枯淡」について

「枯淡」の用例は唐代においては非常に少ない。全唐詩には見當らない言葉なのである。『韻府』巻五十七〈上聲―二十七感―澹〉の「枯淡」の項には、先ず後述する『宋史』鄭樵《ていせう》傳が引かれている。これらから察するに、「枯淡」は宋代以降に普及した表現のようで、その意味は二つに大別できるようである。

一つは本詩で前述したように、人の生活・生きようを表現する言葉としての使われ方である。この意味で使われた「枯淡」の用例としては、北宋・歐陽脩が友人に宛てた景祐四年（一〇三七）の書簡「薛少卿に與《あた》ふ」（四部叢刊本『歐陽文忠公集』巻一百五十二）が、まず第一に擧げられるだろう。

某久處窮僻、習成枯淡〔某《それがし》 久しく窮僻《きゆうへき》に處《を》り、習《な》れて枯淡と成る〕。

この書簡は、歐陽脩が景祐三年（一〇三六）、夷陵《いりよう》（湖北省宜昌）という僻遠の地に左遷され、そこでの窮狀を友人 薛公期に述べたものである。また、南宋・鄭樵の傳（『宋史』巻四百三十六）に、

平生甘枯淡、樂施與〔平生 枯淡に甘《あま》んじ、施與《しよ》を樂しむ〕。

と見え、鄭樵の生活の様を「枯淡」と述べている。

二つめの意味は、詩を評價する言葉としての使われ方である。この代表的な用例は、北宋・蘇軾『東坡題跋』巻二の「評韓柳詩」に在る次の一文である。

柳子厚詩、在陶淵明下韋蘇州上。退之豪放奇險則過之、溫麗靖深不及也。所貴乎枯淡者、謂其外枯而中膏、似淡而實美、淵明子厚之流是也（柳子厚の詩は、陶淵明の下・韋蘇州の上に在り。退之の豪放奇險は則ち之に過ぎ、溫麗靖深は及ばざるなり。枯淡を貴ぶ所の者は、其の外は枯にして中は膏《うるほ》ひ、淡の似《ごと》くにして實は美なるを謂《い》ふ。淵明・子厚の流、是れなり）。

ここで蘇軾が「枯淡」と評するのは、柳宗元の暮らしぶりではなく、柳宗元の詩についてなのである。この意味での用例は、朱子の『語類』の中にも求めることができる。『語類』巻一百四十では同門の黄銖《くわうしゅ》（字は子厚、劉子翬の高弟）の詩を評して、

黄子厚詩却老硬、只是太枯淡（黄子厚の詩は却《かへ》つて老硬、只だ是れ太《はなは》だ枯淡）

と述べている。これらの用法での「枯淡」は、内に豊かなもの、はなやかなものを秘めながらも、外見はすっきりしているという、獨特の審美的性格をもったものである。

（土屋　裕史）

176石子重兄示詩留別次韻爲謝三首　其二

石子《せきし》重兄《ちょうけい》 詩《し》を示《しめ》して留別《りゅうべつ》す 次韻《じゐん》して謝《しゃ》を爲《な》す三首《さんしゅ》　其《そ》の二《に》

克己工夫日用間　克己《こっき》の工夫《くふう》 日用《にちよう》の間《かん》
知君此意久晞顏　知《し》る 君《きみ》の此《こ》の意《い》 久《ひさ》しく顏《がん》を晞《した》ふを
摛文妄意輸朋益　文《ぶん》を摛《し》き 意《い》を妄《みだ》りにして朋益《ほうえき》を輸《いた》すは
何似書紳有訂頑　何《なん》ぞ紳《しん》に書《しょ》し 訂頑《ていぐわん》有《あ》るに似《に》ん

（七言絶句　上平聲・删韻）

〔テキスト〕
　『文集』巻四
〔校異〕異同なし。
〔通釋〕
　石子重どのが詩を示してお別れのしるしとなさった　その詩の韻に合わせた詩を三首作成して感謝の氣持ちを表した　其の二
己《おの》れに打ち克《か》つ修養の實踐は　日々の生活の中にある
あなたが　ずっと顏回を目標としていることを　私は存じております
きらびやかに飾り立て　むやみやたらに財物を集めようとするのは
紳に書き記した　訂頑の訓誡と照らし合わせてどうであろうか

〔解題〕

前詩に續き石子重が示した詩に答えたもので、石子重の學問希求の態度を、孔子の弟子である顔回になぞらえて賞讃している。

顔回《がんくわい》、字は子淵《しえん》。孔子より若きこと三十歲。孔子に將來を囑望された人物であったが、若くして歸らぬ人となる。享年三十二歲。顔回を失った孔子の嘆きを『論語』先進第十一では「顔淵死す。子曰く、噫《ああ》、天 予《われ》を喪《ほろぼ》せり。天 予を喪せり」と記す。己《おのれ》の後繼者である顔回の死が、そのまま己の學問の廢絕であると捉えた孔子。この一文から、如何に孔子が顔回に期待を寄せていたかが窺い知られよう。

才能ある顔回と、彼を己の後繼者と考えていた孔子との問答、そこには自《おのづ》から孔子の學問の根幹に關わる議論が多い。本詩で話題となる「克己」も、後述するように顔回との問答に登場し、「仁」という、孔子が最も重要視する概念へと到達するための手段と位置付けられたものである。また「克齋」という石子重の號も、この「克己」にちなんだものである。

また、前詩175の〔語釋〕「枯淡」の項で引用した朱子が說明する石子重の生活狀況は、『論語』雍也第六の「子曰く、賢なるかな回《くわい》や。一簞《いったん》の食《し》、一瓢《いっぺう》の飲《いん》、陋巷《ろうかう》に在り。人は其の憂ひに堪《た》えず。回や其の樂しみを改めず。賢なるかな回や」という、顔回の生活狀況と重なり合うものがある。貧しさのため、竹のわりご一杯のご飯とお椀一杯の飲みものしか口にすることができないにもかかわらず、學問という己の道を樂しむ顏回。その顏回を目標にして日々努力する石子重の姿を朱子は「枯淡」と表現したのではないだろうか。石子重という人物を考えるとき、顏回という理想像が石子重の内にあることに注意する必要があろう。

〔語釋〕

○克己工夫　克己とは私欲に打ち勝つこと。工夫とは努力すること。「克己」は『論語』顏淵第十二の「克己復禮爲仁」〔己《おのれ》に克《か》ちて禮に復するを仁と爲す〕とあるによる。朱子は『集注』で「仁は本心の全德。克は勝なり。己は身の私欲を謂《い》ふなり。復は反《かへ》る。禮は天理の節文なり」と注釋する。朱子は「仁」という、心に本來備わっている德を回復する手段として「克己復禮」を考えている。また「克己」を詠った詩が、054「克己」（↓第二冊一三四ページ）にあるので參照していただきたい。

○日曜間　日々の生活の場。日常生活の場面。『易』繫辭《けいじ》傳・上「百姓日用而不知」〔百姓《ひやくせい》は日に用ひて知らず〕とあるによる。

　この言葉は朱子が非常によく使う。朱子『文集』巻四十一「程允夫《いんぷ》に答ふるの書」第五狀には「須是自做工夫於日用間行住坐臥處」〔須《すべから》く是《こ》れ自《みづか》ら工夫を日用の間・行《ぎやう》住《ぢゆう》坐《ざ》臥《ぐわ》の處に做《な》すべし〕とある。これは、日々の生活こそ學問修養の場だとする朱子の學問觀の表れである。この朱子の學問觀を表わすのに「日用間」という言葉が非常に適していたことが、この語が多用された理由だろう。また『朱子語類』巻四十には「日用間見得天理流行」〔日用の間《かん》に天理の流行するを見得《みえ》たり」とあるなど、例を擧げればきりがない。ここではその一二を示すに止《とど》める。

ちなみに「日用間」の語は『文集』（續集・別集も含む）には四十箇所、『語類』には四十七箇所で使われている。また「日用之間」の語では、『文集』（續集・別集も含む）で一百四箇所、『語類』では四十五箇所で使われている（CD―ROM版『四庫全書』を使用）。

○晞顔　顔回を慕うこと。晞は慕う。『法言』學行篇に「晞顔之人、亦顔之徒也」（顔を晞《した》ふの人も、亦た顔の徒なり）とあるによる。

○摛文　文彩《ぶんさい》を布《し》き陳《の》べる。きらびやかな文模様《あや》を竝べたてる。『文心雕龍《ぶんしんてうりよう》』樂府に「八音摛文、樹辭爲體」（八音《はちいん》 文を摛《し》き、辭《じ》を樹《た》て 體《たい》を爲《な》す」とあるによる。

○妄意　いい加減な氣持ち。むやみやたらに思うこと。

○輸　いたす（車で物を移し運ぶ）。聚める。

○朋益　朋（二つの龜の甲羅のことで、非常に高價なもの）のような高價な贈りもの。高價な財物。「益」は、利益、贈りものをいう。『易』損卦、六五《りくご》の爻辭《かうじ》（易の卦は六本の爻よりなり、爻には陽と陰とがある。六五とは下から五番目にある陰爻を指す）に「或益之十朋之龜」（或ひは之に十朋《じつぽう》の龜を益す）とあるによる。
朱子は『周易本義』卷二において「損の時に當《あた》りて、天下の益を受くる者なり。兩龜を朋と爲す。十朋の龜は大寶なり」と注釋する。朱子はこの爻辭を「天下の益を受くる者なり」と言うように、非常に高價な寶物を送られた人物について述べたものと考える。この解釋は朱子獨自のものであり、朱子以前には見られないものである（參照、今井宇三郎著『易經』中、八三七ページ（新釋漢文大系24、明治書院、一九九三））。

○何似　「何如」に同じ。比較する言葉。

　李白「出妓金陵子呈盧六四首」一：樓中見我金陵子　何似陽臺雲雨人

○書紳　忘れぬように着物の大帯に書き付ける。『論語』衞靈公第十五に「子張書諸紳」（子張は諸《これ》を紳《しん》に書《しょ》す）とあるによる。

○訂頑　頑迷を訂正する。北宋の張載《さい》が、學堂の西窗に掛けて誡《いまし》めとした文章の題名。その一文に「貧賤憂戚、庸玉女於成也」（貧賤憂戚《ひんせんいうせき》は、庸《もっ》て女《なんぢ》を成《せい》に玉《ぎょく》にするなり）＝（貧賤や悲しみは、天が汝を玉のように立派にしてくれるものなのである）とあるのを、石子重の境遇に對する賞贊としたのであろう。

　「訂頑」全體としては、父母に仕える心を以て天に仕え、天を父母とする心を以て萬物を見るという張載獨自の思想を述べたものと言える。また、この「訂頑」について程顥《ていかう》は「訂頑の言は、極めて醇《じゅん》にして雜《ざつ》無し。秦漢以來、學ぶ者の未だ到らざる所なり」（『二程遺書』卷二・上）、「訂頑の一篇、意 極めて完備して、乃ち仁の體なり。學ぶ者 其れ此の意を體して、諸《これ》を己《おのれ》に有らしめば、其の地位は已《すで》に高し」（『二程遺書』卷二・上）などと賞贊している。この評價の故に、非常によく讀まれた文章である。後に程頤《ていい》の勧めに従い「西銘」と改称した。『張子全書』十五巻の巻一に収む。また『近思録』の巻二にも収む（参照、市川安司著『近思録』、一三三ページ〔新釈漢文大系37、明治書院、一九七五〕）。

（土屋　裕史）

177 石子重兄示詩留別次韻爲謝三首　其三

石子重兄《せきしちょうけい》 詩《し》を示《しめ》して留別《りゅうべつ》す 次韻《じゐん》して謝《しゃ》を為す三首《さんしゅ》　其《そ》の三《さん》

喜●見●薰○成○百●里●春◎　　喜《よろこ》び見《み》る 百里《ひゃくり》の春《はる》を薫成《くんせい》するを

更●塹○謙○誨●極●諄○諄◎　　更《さら》に塹《は》づ 謙誨《けんくわい》の極《きは》めて 諄諄《じゅんじゅん》なるを

願●言○勉●盡●精○微○蘊●　　願《ねが》はくは言《ここ》に勉《つと》めて精微《せいび》の蘊《うん》を盡《つく》し

風○俗●期○君○使●再●醇◎　　風俗《ふうぞく》 君《きみ》に期《き》す 再《ふたた》び醇《じゅん》ならしむるを

（七言絶句　上平聲・眞韻）

〔テキスト〕

『文集』巻四

〔校異〕

異同なし。

〔通釈〕

石子重どのが詩を示してお別れのしるしとなさった　その詩の韻に合わせた詩を三首作成して
　感謝の氣持ちを表した　其の三
あなたの薫陶がこの土地に行きわたり　人々の暮らしぶりがまるで春のように美しくなったことを
　私は喜んで眺めています
さらにあなたの非常に丁寧な教誨に　私は恥ぢ入るばかりです
願わくは　努力して精密玄妙なる學術の奥義を研究し盡《つ》くし
人々の暮らしぶりや心持ちを　古《いにしえ》の醇厚《じゅんこう》な状態へと回復して頂きたいものです

〔解題〕
前詩に續き、石子重が示した詩に答えたもので、石子重の爲政者としての力量を賞讚した内容となっている。
朱子『文集』巻九十二の「知南康軍石君の墓誌銘」に載せるところによれば、石子重は尤溪《いうけい》（福建省南平縣《なんぺい》）の學校を復興している。また、友人の林用中に學生の指導を依頼し、石子重自身も五日に一回程度講義をしている。その效果は「士 始めて學を知りて、民俗も亦た變ず」という程に目覺ましいものであったという。本詩には、以上のような石子重の治世上の功績に對する、朱子の賞讚と期待とが含まれていると言えよう。

〔語釋〕

○薫成　この言葉の用例は見當らない。おそらく石子重の薫陶が、その土地に遍《あまね》く行きわたったことを表現する造語であろう。

○百里春　薫陶によってその土地の人々の暮らしぶりを改善した石子重の功績を、草や木に美しい花を咲かせる「春」になぞらえた表現であろう。

「百里」とは縣邑をいう。本來は百里四方の土地ということで大國を指したが、後には『三國志』龐統《ほうとう》傳に「龐士元非百里才」（龐統〈字、士元〉は縣の長官に納《おさま》っているような小人物ではない）とあるように縣邑程度の土地を指すようになった。ここでは石子重の治めていた尤溪《いうけい》の地を指す。

本詩は、『年譜長編』（上卷―四五二ページ）によれば、乾道七年（一一七一）の十一月の作とされている。季節は冬である。にもかかわらず「春」とするのは、實際の情景を表現したものではないからだろう。〔補說〕を參照。

○謙誨　へりくだって丁寧に諭《さと》し教えること。

○諄諄　懇切丁寧に教えるさま。『詩經』大雅―抑《よく》に「誨爾諄諄　聽我藐藐」（爾《なんぢ》に誨《をし》ふるに諄諄《じゅんじゅん》たり／我に聽くに藐藐《ばくばく》たり」とあるによる。

○願言　「言」は語助、「ここに」の意。「願言」の最も古い用例は『詩經』にある。『詩經』邶《はい》風―終風の詩「寤言不寐　願言則嚏」の鄭玄《じょうげん》注は「言は我、願は思ふ」とし、邶風《はいふう》―二子乘舟の詩「願言思之　中心養養」の毛亨《まうかう》注は「願は每《つね》なり」、鄭玄注は「願は念《おも》ふなり」と注釋する。これらの注によれば、「願」は「毎《つね》」もしくは「念《おも》ふ」、「言」は「我《われ》」の意味ということになる。

また、李白の詩には以下に擧げる用例がある。

李白「感時留別從兄徐王延年從弟延陵」：願言保明德　王室佇清夷

同「贈宣城宇文太守兼呈崔侍御」：富貴日成疎　願言杳無緣

同「贈別王山人歸布山」：願言弄笙鶴　歲晩來相依

右に擧げた三詩の「願言」は、久保天隨注『李太白詩集』（續國譯漢文大成）によれば「願《ねが》はくは言《ここ》に」と讀む。右の「贈別王山人歸布山」の詩句は「願《ねが》はくは言《ここ》に笙鶴《しやうかく》を弄《ろう》せよ／歲晩《さいばん》來《きた》つて相《あひ》依《よ》らむ《（ママ）》」と讀んでいる。ここでは本詩の用法に照らして『詩經』の讀みではなく、李白の詩句の讀みを用いた。

○精微蘊　「精微」は奥深く微《かす》かの意。「蘊」は學術技藝などの奥義。蘊奥《うんおう》をいう。「精微之蘊」という言葉が、朱子『大學章句』傳三章の注にも「學者於此究其精微之蘊、而又推類以盡其餘……」（學ぶ者 此《ここ》に於て其の精微の蘊を究《きは》め、而《しか》して又た類《るゐ》を推《お》して以て其の餘を盡《つく》せば……）のように使われている。「精微」とは『大漢和』第八巻によれば「詳しく細か」「精細」という意味だが、ここでは安部井褧《あべせいけい》『四書訓蒙輯疏《しふそ》』巻一に「精は微、微妙なり。蘊と縕《うん》（奥深い）とは通ず、淵奥なり」とあるのに從った。

○再醇　「風俗」とは「人々の暮らしぶり・心持ち」をいう。「醇」は「淳」と同じで「素直、純朴」

の意味であり、「風俗」を「再び醇にする」とは、「人々の暮らしぶりや心持ちを純朴な状態へと立ち返らせる」ことをいうのである。

杜甫「奉贈韋左丞丈二十二韻」：致君堯舜上　再使風俗淳

同「上韋左相二十韻」：廟堂知至理　風俗盡還淳

南宋・周必大「次胡邦衡韻」：公如不爲蒼生起　風俗何由使再醇

右に擧げた三つの用例を考えるに、堯や舜といった古《いにしへ》の聖人が治めた「風俗」が「醇」になるとは、理想の社會狀態を指す言葉と言えよう。

〔補說〕

「百里春」について

「百里春」について『箚疑輯補』（箚疑）は、次のように説明する。

李白、百里獨太古。人謂宋璟如有脚陽春。言所至之處、如春及物也。蓋石子爲邑宰故云。

李白に「百里　獨り太古なり」と。人謂《い》ふ、宋璟《そうえい》は脚《あし》有る陽春の如しと。至る所の處、春の物に及ぼすが如きを言う。蓋《けだ》し石子　邑宰《いふさい》爲《た》るの故に云ふ。

この「李白、百里獨太古」とは、李白の五言古詩「贈江夏韋太守良宰」（四部叢刊『分類補註李太白詩』巻十二）の第五十一句を指す。「太古」は古の聖人である堯・舜が治めていた理想的時代（『禮記』鄭玄注に據る）が治めた江夏《かうか》（湖北省武昌縣）の地が、古の聖人が治めた時代のように平和であることを賞讃したものである。

また、「宋璟如有脚陽春」とは五代・王仁裕の『開元天寶遺事』巻四に載せる故事に基づくものである。

宋璟《そうえい》（六六三～七三七）は盛唐の人。姚崇《えうすう》と共に玄宗皇帝を補佐し、唐の政治・文化に全盛を極めた「開元の治」を實現させた賢相である。その仁德ある政治を賞讚して「脚の有る陽春」と表現したのは、宋璟の行くところ行くところ感化されない民衆は無く、そのさまは春になると萬物が芽吹くようであったからだ、と言う。

李白の詩も宋璟の故事も、どちらも爲政者の治世の素晴らしさを褒め讚えたものと言える。石子重も縣邑の宰であったことから、石子重の治世を賞讚する言葉として「百里春」と稱したのだと〔笥疑〕は考えたのだろう。

（土屋　裕史）

178　七日發嶽麓道中尋梅不獲至十日遇雪作此

七日《なぬか》 嶽麓《がくろく》を發《た》ち 道中《だうちゆう》 梅《うめ》を尋《たづ》ぬるも獲《え》ず 十日《とをか》に至《いた》りて雪《ゆき》に遇《あ》ひ 此《これ》を作《つく》る

三日山行風繞林
天寒歳暮客愁深
心期已悞梅花笑
急雪無端更滿襟

三日《さんじつ》 山行《さんかう》 風《かぜ》 林《はやし》を繞《めぐ》り
天寒《てんかん》 歳暮《さいぼ》 客愁《かくしう》深《ふか》し
心期《しんき》 已《すで》に悞《あやま》る 梅花《ばいくわ》の笑《わら》ふかと
急雪《きふせつ》 端《はし》無《な》くも更《さら》に襟《えり》に滿《み》つ

（七言絶句　下平聲・侵韻）

〔テキスト〕

『文集』巻五／明刻本『南嶽唱酬集』／清抄本『南嶽倡酬集』／文淵閣四庫全書本『南嶽倡酬集』／『朱子文集大全類編』巻四

〔校異〕

○作此　清抄本『南嶽倡酬集』・文淵閣四庫全書本『南嶽倡酬集』では「賦此」に作る。
○無端　清抄本『南嶽倡酬集』・文淵閣四庫全書本『南嶽倡酬集』では「紛紛」に作る。

〔通釋〕

十一月七日に嶽麓山を發《た》って　衡山を目指す道すがら　梅の花を探し回ったが見つからず　十

一月十日になると雪に見舞われたので　この詩を作った

三日間の山歩き　冷たい風が林の中を吹き巡《めぐ》る
寒い氣候の年の暮れ　旅路の憂さは増すばかり
梅が咲いているとの心積もりは已《すで》に見當はずれと相成り
冷え切った我が懐《ふところ》に　更に吹雪が降り積もるとは思いも寄らなんだ

〔解題〕

『文集』巻五の第六首目に當たる本詩の題下には「自此後係南嶽唱酬（此《こ》自《こ》り後《よ》『南嶽唱酬』に係る）」という注が付せられており、その『南嶽唱酬』とは、乾道三年（一一六七）秋、張栻を長沙に訪ねた朱子が、嶽麓書院で二ヶ月ほど講學した後、十一月六日に長沙を發《た》って崇安に歸る道すがら、朱子を見送る張栻、及び朱子の門人林用中との三人で南嶽衡山に遊び、その遊覽の過程で作った百五十首餘りの詩作を纏めた詩集『南嶽倡酬集』を指す。本詩はその劈頭を飾るものであり、單行本『南嶽倡酬集』（明刻本・清抄本・文淵閣四庫全書本）に於いても本詩はやはり巻頭に置かれている。

本詩はその詩題からも明らかなように、十一月七日に嶽麓を發ち、南嶽衡山を目指す道中、梅の花を愛《め》でることを旅路《たびぢ》の樂しみとしていたが、どの地にも未だ梅は咲いておらず、當てが外《はず》れた上に、十一月十日には雪にも見舞われて難儀をしたことを詠じている。

この一連の周遊の過程を詳述した張栻の「南嶽唱酬の序」に據れば、

粤《こ》えて十有一月庚午［十一月六日］、潭城［長沙《ちやうさ》］自《よ》り湘水を渡り、甲戌［十一月十日］、石灘《せきたん》を過ぎ、始めて嶽頂を望む。忽ち雲氣四合、大雪　紛集し、須臾《しゆゆ》にして深さ尺許《ばかり》なり。予が三人なる者道旁の草舍に飯して、人［二人に付き］一巨盃を酌《く》む。馬に上《のぼ》りて行くこと三十餘里、草衣巖に投宿す。一時　山川林壑の觀、已に勝絶を覺ゆ［素晴らしい景色だと感じた］。

とあり、確かに十一月十日の時點で雲行きが怪しくなり、忽ち一尺ばかりにも降り積もる大雪に見舞われた事を書き記している。

尚、張栻の序が長沙を發った日時を「庚午」（六日）としているのに對して、本詩の詩題では「七日」に「嶽麓」を發ったとしており、出立の日時に若干の齟齬が生じている。この點については、張栻の序文では「潭城自《よ》り湘水を渡り」とあるが、長沙の市街地から湘水を渡った所にあるのが本詩詩題に云う「嶽麓」、卽ち嶽麓山及び嶽麓書院であり、朱子一行はその嶽麓書院で一泊した後の翌日に本格的な衡山行の途に就いた故《ゆえ》、朱子は「嶽麓」を「七日」に發ったと見做したと思われる。或いは朱子及び張栻のどちらかの記憶違いに因るのかも知れない。

〔語釋〕

○客愁深　旅路の憂さが深まる。「客愁」という語は、孤獨な旅を續ける旅人の不安な心情や人戀しさを言い表す際に多く用いられるが、朱子のように仲間とともに衡山へ赴く、謂《い》わば物見遊山の旅の途中であっても、草木が凋落《ちようらく》し冬枯れの荒涼とした景色が續く寒々しい山野を旅していれば、やはり氣が滅入って來ることになり、それを「客愁」なる語で言い表したと見るべきであろう。
次に掲げる孟浩然詩も、旅の途中に雪に見舞われた際の心情を詠じている。

盛唐・孟浩然「赴京途中遇雪」：客愁空佇立　不見有人煙

○心期悞　當てが外れる。「心期」は、心積もり。心當て。「悞」は「誤」に同じ。本詩では、この時分であったらもう已に梅の花がちらほら咲いていることだろうという期待を抱いていたが、その當てが外れて、結局梅の花を目にすることは出來なかったことを言う。

○梅花笑　梅の花が咲く。「笑」はその異體字「咲」が示すように、花が咲くことを言うが、それは飽くまでも、「まるで美女が笑顔で迎えるかのようだ」、或いは「まるで口を開けて私を笑うかのようだ」などという比喩で使われるものである。「梅花笑」という措辭としては、その用例は唐詩に於いては次の杜甫詩一例のみであり、ここでの朱子の措辭はこの杜甫詩を踏まえていると見て良い。

盛唐・杜甫「舍弟觀赴藍田取妻子到江陵喜寄三首」其二：巡檐索共梅花笑　冷蕊疏枝半不禁

右の詩は、唐の大暦元年から二年（七六六～七）にかけて、杜甫が長江中流域の夔《き》州（今の四川省奉節縣）に滯在していた時期、離れ離れになっていた弟の杜觀が、妻を娶《めと》って江陵（今の湖北省江陵縣）に到着したという知らせを受けた際に作られたものであり、杜甫自《みずか》ら長江を下って夔州より江陵に赴き、そこで弟に再會したならば共に梅を愛《め》でに行こう。梅の花も我等《われら》の再會を喜ぶかの如く、極寒の中で半ば綻《ほころ》んでいることだろう、と詠じたものである。本詩に於ても、寂しい冬枯れの山野で、朱子一行を恰《あたか》も笑顔で迎えるかの如き可憐な梅の花の出現を期待しているのである。杜甫詩とは少々方向性が異なるものの、己《おの》が心情との同調性を梅の花に見出《みいだ》そうとする姿勢は共通していると言えよう。

尙、梅の花は一般に春先に咲くものであるが、年が改まる前の冬に開花する「早梅」という品種もある。南宋・范成大『梅譜』に、「早梅、花 直脚梅に勝《まさ》る。（直脚梅は）吳中（今の江蘇省一帯）春晚二月 始めて爛熳《らんまん》なるも、獨《ひと》り此の品（早梅）のみ冬至の前に於て已に開く」とあるのがそれである。「冬至」は舊曆では十一月中、太陽曆では十二月二十二日前後に當たり、溫暖な江南地方ではこの系統の梅がいち早く冬に開花するようだ。杜甫は上述の夔州に在った際、當地の梅を詠じて、「梅蕊 臘前《らふぜん》（舊曆十二月以前）に破れ（ほころび）／梅花 年後（年明け後）多し」（「江梅」詩）と云い、晚唐の天祐元年から二年（九〇四〜五）にかけて長沙に在った韓偓《かんあく》は、「湘浦《しやうほ》（長沙を流れる湘江の岸邊）の梅花 兩度開く／直《た》だ應《まさ》に天意 別に栽培すべし……寒氣 君が與《ため》に霜裏に退き／陽和 爾《なんぢ》が爲《ため》に臘前に來《きた》る」（「湖南梅花一冬再發偶題於花援」詩）と詠じているのが傍證となろう。特に右の韓偓詩はその詩題から、湖南一帯では梅の花が一冬に二度咲くという、特異な環境であることを知らしめており、それから二百六十年後の乾道三年冬十一月七日（西暦では一一六七年十二月二十日に當たる）、長沙を發って衡山に赴く朱子一行が、その道中に於いて早咲きの梅を愛でようという心積もりを抱いていても何ら不思議なことではなかったのである。
○急雪　せわしげに降る雪。次の用例からも判るように、「急雪」なる語は、強風に煽《あお》られて横毆《よこなぐ》りに降る雪を指すと見て良い。
盛唐・杜甫「對雪」：亂雲低薄暮　急雪舞迴風
唐宣宗「浮雲宮」：春風撼山館　急雪舞林底
北宋・蘇軾「今年正月十四日與子由別於陳州五月子由復至齊安以詩迎之」：驚塵急雪滿貂裘、淚灑東風別宛丘
○無端　原義は「端緒が無い」、或いは「切りが無い」の意。轉じてここでは、思い掛けずの意。
〔補說〕
張栻・林用中の和詩とその製作日時――〈南嶽倡酬〉の始まり
本詩に對する張栻・林用中の唱和の作を以下に紹介する。因みにその張栻の和詩は、張栻の別集『南軒集』では詩題を「遊嶽尋梅不獲和元晦韻（嶽に遊びて梅を尋ぬるも獲《え》ず　元晦《げんくわい》の韻に和す）」に作っており、朱子（字は元晦）がまず最初に詠い、それを承《う》けて張栻が唱和する形となったことが確認できる。

張栻
眼看飛雪灑千林◎　眼《まなこ》に看《み》る　飛雪《ひせつ》の千林《せんりん》に灑《そそ》ぐを

更着寒溪水淺深◎　更《さら》に着《つ》く 寒溪《かんけい》 水《みづ》の淺深《せんしん》に
應有梅花連夜發　應《まさ》に梅花《ばいくわ》の夜《よる》に連《つら》なりて發《ひら》くこと有《あ》るべきに
却煩詩句寫愁襟◎　却《かへ》つて詩句《しく》を煩《わづらは》して愁襟《しうきん》を寫《うつ》さしむ

（『南軒集』巻七）

林用中

昨日來時萬里林◎　昨日《さくじつ》 來《きた》る時《とき》 萬里《ばんり》の林《はやし》
長江雪厚浸猶深◎　長江《ちやうかう》 雪《ゆき》 厚《あつ》くして 浸《ひた》すこと猶《な》ほ深《ふか》し
蒼茫不見梅花意　蒼茫《さうばう》 見《み》ず 梅花《ばいくわ》の意《い》
重對晴天豁晩襟◎　重《かさ》ねて晴天《せいてん》に對《たい》して 晩襟《ばんきん》を豁《ひろ》くす

晝間は雪が邊《あた》りの木々や谷川を籠《こ》めて降った。その雪に觸發されて、夜にかけて白い梅の花が咲いていても良さそうなものだが、その期待は裏切られ、逆に悲しい胸の内を吐露するばかりとなった、と張栻は半ば自嘲氣味に詠ずるのである。

　これに對して林用中は、昨日は果てしなく森が續き、雪が厚く降り込める谷川沿いの道を進んで來た。これまで見渡す限り、梅の花が咲いている氣配はどこにも無かったが、梅の花との出逢いを期待しつつ、今は暮れ方の晴れた空を眺めながらしばし寛《くつろ》ぐのさ、と慌てず騷がずの態で詠ずるのである。

唱酬の口火を切った朱子の作は、その詩題からも明らかなように乾道三年の十一月十日に作られた。〔解題〕で紹介した張栻の「南嶽唱酬の序」には、この日、石灘《せきたん》なる地を過ぎて、遠くに南嶽衡山の諸峯が望み見られるようになった頃から大雪が降り始めたと記してあり、これがその傍證となろう。

一方、張栻の作は、轉句に「連夜」（夜にかけて）なる語が用いられており、その日（十一月十日）の暮れ方、草衣巖なる地（今の湖南省湘潭縣の西南、大羅山の南麓）に投宿した時に作られたと推測できよう。

これに對して林用中の作は、起句で「昨日」と云い、それを承ける承句で大雪が降ったことを詠い、結句では、夕暮れ時の晴れた空を眺めやることを詠じていることから考えて、雪が降った翌日の夕刻に作られたと見るのが妥當であろう。張栻の「南嶽唱酬の序」では〔解題〕で紹介した冒頭部分に續いて、

乙亥《いつがい》［十一月十一日］嶽《がく》に抵《いた》るの後、丙子［十一月十二日］小憩《せうけい》するに、甚だ雨ふり、暮に未だ已《や》まず、從ふ者 皆な倦色有り［嫌氣がさして來た］。

と記しており、十一月十一日、南嶽衡山の麓に到着した日の夕刻が正にそれに合致する。翌十二日は日が暮れても雨が止まなかったと記してあるのだから、その十二日には「晴天に對」することなど出來ない。

それ故、朱子が一連の唱酬の口火を切るが如く、十一日の晝閒《ちゆうかん》にまず本詩を作り、その日の晩に張栻がその和詩を、次いで少し遅れて翌十一日の夕刻に林用中が和詩を作り、かくて誰かが詩を作れば殘る二人が唱和するという、〈南嶽倡酬〉の最初の一齣《ひとこま》が完成したのである。以後、衡山を下《お》りるまでに作られた三人の一連の詩作は、後に『南嶽倡酬集』として纏《まと》められることになる。

（後藤　淳一）

179 馬上口占次敬夫韻

幾日城中歌酒昏
今朝匹馬向烟村
迎人況有南山色
勝處何妨倒一尊

馬上《ばじやう》口占《こうせん》 敬夫《けいふ》の韻《ゐん》に次《じ》す

幾日《いくじつ》か 城中《じやうちゆう》 歌酒《かしゆ》に昏《くら》める
今朝《こんてう》 匹馬《ひつば》 烟村《えんそん》に向《むか》ふ
人《ひと》を迎《むか》ふるに 況《いは》んや南山《なんざん》の色有《いろあ》るをや
勝處《しようしよ》 何《なん》ぞ妨《さまた》げん 一尊《いつそん》を倒《たふ》すを

（七言絶句　上平聲・元韻）

〔テキスト〕

『文集』巻五／明刻本『南嶽唱酬集』／清抄本『南嶽倡酬集』／文淵閣四庫全書本『南嶽倡酬集』／『朱子文集大全類編』巻四

〔校異〕

○歌酒　『文集』巻五の末に附せられた〈校異〉には「一作飲酒」とある。また、明刻本『南嶽唱酬集』

は「歠酒」に作る。「歠《せつ》」は「すする」の意。

○烟村　『文集』巻五の末に附せられた〈校異〉には「一作前村」とある。また、清抄本『南嶽倡酬集』・文淵閣四庫全書本『南嶽倡酬集』は倶に「孤村」に作る。

○一尊　明刻本『南嶽唱酬集』は「一樽」に作る。

〔通釋〕

馬上での即興詩　張敬夫どのの詩の韻に合わせる

これまで數日間　町中で歌や酒に現《うつつ》を抜かしていた

今日は旅の馬の背に搖られ　靄《もや》に霞む彼方《かなた》の村を目指して行く

我々を迎えてくれるのは村人ばかりか　かくも美しい衡山の景色

特に絶景の場所ではその都度《つど》　ぜひ一獻《いっこん》傾けようではないか

〔解題〕

本詩は馬に跨《またが》って南嶽衡山に向かう道すがら、同行の張栻が馬上で即興的に詠った詩に唱和したもの。「口占」とは、下書きを作ることなく、口を突いて出て來た詩句をそのまま連ねて作った即興詩。熟慮の上での制作でも「口占」と題する作品もあるが、本詩は平易な言葉遣いや一種粗雑とも思われる詠いぶりから、文字通りの即興詩と見て差し支えないであろう。

朱子が唱和する切っ掛けとなった張栻の原詩は次のもの。

馬上口占
向來一雪壓霾昏◎
曉跨征鞍傍水村◎
七十二峯俱玉立
巍然更覺祝融尊◎

馬上口占《ばじやうこうせん》
向來《きやうらい》　一雪《いつせつ》　霾昏《ばいこん》を壓《あつ》す
曉《あかつき》に征鞍《せいあん》に跨《また》りて水村《すゐそん》に傍《そ》ふ
七十二峯《しちじふにほう》　俱《とも》に玉立《ぎよくりつ》し
巍然《ぎぜん》　更《さら》に覺《おぼ》ゆ　祝融《しゆくゆう》の尊《そん》なるを

空を暗く降り籠《こ》めていた雪も晴れ、水邊の村々を横目にしつつ馬の背に搖られて衡山を目指して行くと、眼前に南嶽を形成する七十二の峯々が廣がり、中でも一際高く聳え立つ祝融峯の氣高さに壓倒されるばかり、というのが張栻の詠いぶりである。それに對して朱子は、今までは紅塵の巷《ちまた》での宴《うたげ》にばかり浮かれていたが、長閑《のどか》な田舍道の清々《すがすが》しい空氣の中で、雄大な衡山の姿を目の前にして酌《く》む酒の味というのもまた格別ではないか、と些か脳天氣に詠ずるのである。

〔語釋〕

○歌酒昏　飲めや歌えのどんちゃん騷ぎに現《うつつ》を抜かす。「昏」はここでは動詞の用法で、「目が眩《くら》む、眞《ま》っ當《と》うな物の見方が出來ない」意。尙、「歌酒昏」では他の唐宋詩に今の所その用例を檢索し得ない。

中唐・白居易「從同州刺史改授太子少傅分司」：歌酒優游聊卒歲　園林蕭灑可終身

中唐・司空曙「送史申之峽州」：行客思鄉遠　愁人賴酒昏

北宋・蘇軾「阮籍嘯臺」：醒爲嘯所發　飲爲醉所昏

○匹馬　一頭の馬。「匹」は元來馬を數える單位で「唯一頭」の意。多くは單騎戰場を驅ける軍馬（左の杜甫詩）や一人流離《さすら》う旅人の馬（錢起詩）を指す。

盛唐・杜甫「曲江三章章五句」：短衣匹馬隨李廣　看射猛虎終殘年

中唐・錢起「送李兵曹赴河中」：寒蟬思關柳　匹馬向蒲城

また、宋代になると本詩のような、氣儘《きまま》な物見遊山《ものみゆさん》の旅に乘る馬を指す例も間〻見受けられるようになる。

北宋・蘇轍「次韻王適一百五日太平寺看花二絕」其二：但須匹馬尋幽勝　攜取淸樽到處開

南宋・陸游「遊疏山」：我願匹馬飛騰遍九州　如今苦無騕褭與驊騮

○烟村　靄に煙る村。遠方に霞んで見える村落を言い、また、市街からぽつんと隔絕した鄙びた村というイメージを有すると言えよう。

中唐・白居易「冬日平泉路晩歸」：出路難行日易斜　煙村霜樹欲棲鴉

北宋・蘇軾「僧淸順新作垂雲亭」：匆匆城郭麗　淡淡煙村遠

南宋・陸游「食薺糝甚美蓋蜀人所謂東坡羹也」：午窗自撫膨脝腹　好住煙村莫厭貧

○迎人　人を出迎える。ここでは、山々やその美しい景致が我々一行を待ち受けていたかのように出迎えてくれるという見立てであり、この擬人化の手法は唐宋詩に屢しば見受けられる。

中唐・李嘉祐「送張觀（一作勸）歸袁州」：綠芳深映鳥（一作馬）　遠岫遞迎人
北宋・梅堯臣「游隱靜山」：五峯迎人來　冷逼臺殿秋
南宋・陸游「江亭」：　江波蘸岸綠堪染　山色迎人秀可餐

○南山　ここでは南嶽衡山を指す。張栻の「南嶽唱酬の序」中に於ても「新安の朱熹元晦《げんくわい》來《きた》りて予を湘水の上《ほとり》に訪《と》ひ、留《とど》まりて再び月を閲《けみ》し、將《まさ》に南山に道《みち》して以て歸らんとす」とあり、「南嶽」の意で使われていることは疑いない。本詩のこの箇所に於ては平仄の都合で仄字の「嶽」が使えない故《ゆえ》、平字の「山」で代用したと見ることも出來よう。
中唐・元稹「陪張湖南宴望岳樓稹爲監察御史張中丞知雜事」：今日高樓重陪宴　雨籠衡岳是南山

○勝處　絕景の場所。景勝地。

○倒一尊　一つの酒樽を傾けて中の酒を飲む。張栻の原詩では「尊い」の意で「尊」字を用いているが、その次韻詩である本詩に於ては「樽」の意で用いている。「尊」は元來〈「酋」（酒壺の形）＋「寸」（支える手の形）〉の構成であり、祭りに供える酒樽を表す會意文字。
中唐・白居易「洛陽春贈劉李二賓客（齊梁格）」：從容三兩人　藉草開一尊
晩唐・李中「春晏寄從弟德潤」：安得吾宗會　高歌醉一尊
南宋・楊萬里「舟中元夕雨作」：紅燈皎月儂無用　關上船門倒一尊

〔補説〕

㈠　本詩の制作日時について

本詩の制作日時に關して、郭齊はその著『朱熹新考』中で「乾道三年冬十一月十三日」と擬定しているが、これには些《いささ》か疑問を抱《いだ》く。郭齊の擬定の根據は恐らく張栻の「南嶽唱酬の序」の記述に在るのであろう。確かに該序では、

> 乙亥［十一月十一日］嶽に抵《いた》るの後、丙子《へいし》［十一月十二日］小憇《せうけい》するに、甚だ雨ふり、暮に未だ已《や》まず、從ふ者 皆な倦色有り［嫌氣がさして來た］。……予 獨り元晦と策を決し［計畫を決行し］、明當《みやうたう》［翌日］風雪を冒《をか》して亟《すみ》かに登る。而《しか》うして夜半 雨 止み、起きて視れば、明星 爛然たり。曉《あかつき》に比《およ》び、日 暘谷《やうこく》［東の空］に昇れり。德美 寒に怯《おび》ゆるを以て［寒がりなので］辭し歸る。予が三人 騎を聯《つら》ねて興樂江《かうらくかう》を渡るに、宿霧 盡《ことごと》く卷き［霧がすっかり霽《は》れ］、諸峯 玉立し、心目 頓《とみ》に快し。

とあり、十一月十一日に衡山の麓に到着し暫く休息していた所、氷雨が激しく降り、登山の計畫の斷念が腦裏を過《よ》ぎったが、十二日の夜半に雨が上がり、十三日早朝、晴れ渡った空の下、朱子と張栻・林用中は轡《くつわ》を竝べて登山へと赴くことになったことが見て取れる。そして『文集』卷五の詩の配列に着目すると、本詩の三つ前に「風雪未已決策登山……」詩があり、次に「十三日晨起霜晴前言果驗……」詩が續き、「敬夫用熹定王臺韻賦詩……」詩を間に挾んで本詩が置かれているからには、『文集』

巻五の編次（特に「自此後係南嶽倡酬集」という注が付せられた178「七日發嶽麓道中尋梅不獲至十日遇雪作此」詩以降）が衡山旅行の時系列を基準に爲されていると見れば、本詩を麓の旅籠《はたご》を發《た》って山を登って行く道中の作品と見做《みな》すことも可能であろう。張栻詩の起句には「向來一雪壓霾昏」とあって雪に降り籠《こ》められたことを詠《うた》っており、轉句の「七十二峯俱玉立」は該序中にある「諸峯 玉立し」という文言と對應すると考えれば、その證左ともなろう。

しかし、本詩の承句「今朝匹馬向烟村」という措辭がどうも引っかかる。衡山の山腹（或いは山頂）にも村里があったのであろうか。縱《たと》い山に村があったとしても、登山が目的なのに村里を目指して行く等と言うことを詠うであろうか。この句は起句の「幾日城中歌酒昏」を承けてのものであるからには、長沙という俗塵に滿ち溢れた都會を離れて、のんびり田舎道を馬で行く情景を詠ったものと考える方が自然ではなかろうか。また、178の〔解題〕でも述べたように、衡山に赴く道中でも朱子一行は風雪に見舞われていたのであり、張栻の序文でも、

> 粤《こ》えて十有一月庚午《かうご》［十一月六日］、潭城《たんじよう》［長沙《ちようさ》］自《よ》り湘水を渡り、甲戌《かふじゆつ》［十一月十日］、石灘《せきたん》を過ぎ、始めて嶽頂を望む。忽《たちま》ち雲氣四合《しがふ》、大雪 紛集し、須臾《しゆゆ》にして深さ尺許《ばかり》なり。予が三人なる者 道旁の草舎に飯して、人［二人に付き］一巨盃を酌む。馬に上《のぼ》りて行くこと三十餘里、草衣巖［湘潭縣西南の地］に投宿す。一時 山川林壑の觀、已《すで》に勝絶なるを覺ゆ［素晴らしい景色だと感じた］。

とあり、衡山の麓に到着する以前から（十一月十日の時點で已《すで》に）衡山の山頂は望み見ることが出來たのであり、その後、衡山の山麓へ赴く道すがら、朱子一行は「已に勝絕を覺」えていたのである。

こうして考えて來ると、朱子一行は十一月十日に雪に遭い、恐らくその後一時晴れたのでまた衡山を遠くに眺めつつ馬の歩みを進め、十一日（恐らく夕刻）に衡山山麓に到着したと見るのが自然であり、因って本詩はその山麓に到着する直前、即ち十一月十一日の日中に作られたと考えられるのである。

(二) 林用中の和詩

朱子に續いて張栻詩に唱和した林用中の作を以下に紹介する。

寒雪飄飄白晝昏◎　　寒雪《かんせつ》 飄飄《へうへう》 白晝《はくちう》 昏《くら》し

征驄曉發向孤村◎　　征驄《せいそう》 曉《あかつき》に發《た》ちて孤村《こそん》に向《むか》ふ

途中風物來時異　　途中《とちゆう》の風物《ふうぶつ》 來時《らいじ》異《こと》なる

吟罷新詩撃酒尊◎　　新詩《しんし》を吟《ぎん》じ罷《や》めて酒尊《しゆそん》を撃《う》つ

起・承句は、雪が舞う中、馬の背に搖られつつ遠くの村を指して進む狀況を詠《うた》い、結句では朱子の本詩と同じく一獻《いっこん》酌み交わすことを詠うが、素朴な文字が竝ぶ轉句は却って難解である。衡山に登った後の歸途に見る風景は道中で今目にしている風景とは違って見えるだろう、ということを詠じているのであろうか。はたまた、朱子の本詩と同樣、道中に見る衡山の姿が道を進むにつれて刻一刻と變化することを言っているのであろうか。そのどちらであっても、「新たな詩を作り終わったら酒樽を叩いて節《ふし》を取る」という結句への繋がり方は餘りにも不自然である。

林用中の詩は『南嶽倡酬集』以外に參照するものが無いのであるが、現行の文淵閣四庫全書本『南嶽倡酬集』は、その成書の過程で樣々な曲折が加わった爲、詩の本文自體に多くの譌謬《かびゅう》を含んでおり、右の林用中詩の文字にも誤りが含まれている可能性があり、轉句の不自然さはそこに起因すると見るほか無い。同時に、もし轉句の文字に誤りが無いとすれば、林用中の作詩の腕前は朱子や張栻に比して著しく劣っていたと見るべきであろう。

（後藤　淳一）

180 馬上擧韓退之話口占　馬上《ばじやう》韓退之《かんたいし》の話《わ》を擧《あ》ぐるの口占《こうせん》

昨●日●風○煙○接●混●茫◎　昨日《さくじつ》　風煙《ふうえん》　混茫《こんばう》に接《せつ》し
今○朝○紫●翠●插●青○蒼◎　今朝《こんてう》　紫翠《しすゐ》　青蒼《せいさう》を插《さ》す
此●心○元○自●通○天○地●　此《こ》の心《こころ》　元《もと》より自《おのづか》ら天地《てんち》に通《つう》ず
可●笑●靈○宮○枉●炷●香◎　笑《わら》ふ可《べ》し　靈宮《れいきゆう》に枉《ま》げて香《かう》を炷《や》くを

（七言絶句　下平聲・陽韻）

〔テキスト〕
『文集』卷五／清抄本『南嶽倡酬集』／文淵閣四庫全書本『南嶽倡酬集』／『朱子文集大全類編』卷四／『朱子可聞詩』卷五

〔校異〕
○韓退之話　清抄本『南嶽倡酬集』では「韓之話」に作る。
〔通釋〕
　馬上で韓退之の言葉を擧げた上での卽興詩
昨日は氷雨を弄ぶ風や靄《もや》が　暗い雲に籠められた空にまで連なっていたが
今日は美しい綠の峯々が　澄み切った青空を刺すように聳《そび》えている
我々の願いは　それ自體元々天地に通じていたのだ
わざわざ南嶽廟にお參りして香《こう》を手向《たむ》け　天氣晴朗を祈願するのも可笑《おか》しなものだ
〔解題〕
本詩は179「馬上口占次敬夫韻」詩と同じく、馬に跨《また》がって南嶽衡山に向かう道すがら卽興的に詠ったもの。昨日までの惡天候が嘘のように空は晴れ渡り、清々《すがすが》しい心持ちでのんびり馬の歩みを進めて行く朱子の腦裏に、唐代に南嶽を訪れた韓愈（字《あざな》は退之《たいし》）の詩の一節が浮かんだ。

　我　來《きた》りて正に逢《あ》ふ　秋雨の節／陰氣　晦昧《くわいまい》として清風無し／
　潛心默禱すれば　應《あう》有るが若《ごと》し／豈《あ》に正直《せいちよく》の能く感通するに非ずや／
　須臾《しゅゆ》　靜かに掃《はら》はれて眾峯《しゅうほう》出《い》で／仰ぎ見れば　突兀《とつこつ》として青空を撐《ささ》ふ

當時の韓愈も南嶽へ赴く當初は冷たい雨を降らす陰鬱な空模様に悩まされたが、天候の回復をひたすら祈った所、その眞心《まごころ》溢れる祈りがまるで南嶽を司る神の心に通じたかの如く、暗い雲はいつしか消えて青空が廣がり、眼前に天高く聳える南嶽の峯々が現れた。朱子一行の旅路の有様はまさしく當時の韓愈の旅と軌を一にしているかのように思える。そこでその韓愈の詩句が自然と朱子の口を突いて出て、本詩が形作られて行く切っ掛けとなったと見ることができよう。詳しくは〔補説〕㈠を参照されたい。

〔語釋〕

○風煙　風と靄。ここでは氷雨を吹く風やその氷雨によって形成される暗い雨模様を指すと思われる。

○混茫　元來は、未だ天地が形成されない際の、元氣が混ざり合って混沌とした狀態を言う語。「混芒」とも書く。ここでは、白や黑の雲が複雜に混ざり合って綾目《あやめ》も分かたぬような天を指すと思われる。

盛唐・杜甫「灩澦堆」：天意存傾覆　神功接混茫

○今朝　今日。ここでは平仄の兼ね合いで「日」字（仄聲）は使えず、また已に第一句で「日」字を用いていることから、その代用字として「朝」を用いたものと見るべきであり、必ずしも「けさ」という限定された時間帯と見る必要はない。因みに179「馬上口占次敬夫韻」詩の承句に於いても「今朝」の語が用いられていて、その詩では起句の「幾日」と對應させている。

○紫翠　山を覆う木々の綠。また、綠の木々に覆われた山。
晩唐・杜牧「早春閣下寓直蕭九舍人亦直署因寄書懷四韻」：千峯横紫翠　雙闕憑闌干
北宋・黄庭堅「詠子舟小山叢竹」：細草因依岑寂　小山紫翠嵌空
南宋・陸游「奪錦軒」：奪錦軒中醉倚欄　錦屏紫翠插雲端

○青蒼　深い青色。山の木々を指す場合が多いが、ここでは空の色。澄み切った青い空を指す。
中唐・孟郊「苦寒吟」：天寒色青蒼　北風叫枯桑
北宋・黄庭堅「奉送周元翁鎖吉州司法廳赴禮部試」：澄江如練明橘柚　萬峯相倚摩青蒼
右の用例はいずれも秋から冬にかけての空の色を形容したものであり、冬十一月に南嶽を訪れた朱子一行の旅の状況とも合致する。因みに韓愈の詩中では「仰ぎ見れば　突兀《とっこつ》として青空を撑《ささ》ふ」と詠《うた》われる（〔補說〕㈠を参照）。

○此心　〔解題〕でも述べた如く、ここではひたすら空が晴れることを願う氣持ちを指すと思われる。

○靈宮　靈驗灼《あらた》かな神宮《しんきゅう》。南嶽廟を指す。朱子が馬上で諳《そら》んじた韓愈の詩の一節にも「森然として魄《はく》動き　馬より下《くだ》りて拜し／松柏の一逕《いっけい》　靈宮に趨《おもむ》く」とある（〔補說〕㈠を参照）。

○枉　しなくても良いことを強いてわざわざ行う意。

○炷香　香《こう》を焚《た》く。女性が香爐に香木をくべて閨房に香を焚きしめることを言う場合もあるが、ここではまさしく神事としての燒香を言う。因みに韓愈の詩では燒香のことは詠われず、「階に升《のぼ》り傴《う》僂《る》として（恭しく）脯酒《ほしゅ》（干肉と酒と）を薦《すす》め／菲薄《ひはく》（ささやかな供物）を以て其の衷《ちゅう》（自分の誠意）を明《あきら》かにせんと欲す」と詠ずる（〔補説〕㈠を参照）。

〔補説〕

㈠　韓愈の南嶽詩

朱子が當時馬上で諳んじた韓愈の詩は「謁衡嶽廟遂宿嶽寺題門樓」と題せられた七言古詩の一節である。

唐の貞元十九年（八〇三）、京師にて監察御史の任に在った韓愈は、時政を批判したことなどが時の權力者である改革派の王伾《おうひ》・王叔文等《ら》の怒りを買い、連州陽山（廣東省陽山市）の令に左遷された。二年後の貞元二十一年（八〇五）、德宗が崩じて順宗が一時即位するも、病弱のため、代わって憲宗が八月に即位し、永貞元年と改元される。これを機に朝廷から改革派は一掃され、嘗て罪に問われた保守派に大赦令が下る。しかし韓愈には都への歸還は認められず、江陵府法曹參軍の職を授けられて江陵（湖北省荆沙市）へ赴くこととなった。この詩はその赴任の道中、晩秋九月に南嶽衡山に立ち寄り、寺に宿を取った際に作られたものである。時に韓愈三十八歲。

五嶽祭秩皆三公◎　　五嶽の祭秩《さいちつ》　皆な三公
四方環鎭嵩當中◎　　四方　環《めぐ》り鎭《しづ》め　嵩《すう》は中《うち》に當る
火維地荒足妖怪　　火維　地　荒れ　妖怪足り

天假神柄專其雄◎　天 神柄を假《か》して其の雄を專《もっぱ》らにせしむ
噴雲泄霧藏半腹　雲を噴き 霧を泄《もら》して半腹を藏《かく》し
雖有絶頂誰能窮◎　絶頂有りと雖も 誰《たれ》か能《よ》く窮めんや

韓愈はまず、衡山が五つの神聖な靈山「五嶽」の中の「南嶽」に當たり、中嶽に當たる嵩山（河南省）を圍むように西嶽の華山（陝西省）・北嶽の恆山（山西省）・東嶽の泰山（山東省）と南嶽衡山（湖南省）が四方に聳え、各山にはそれぞれ神が祀《まつ》られ、三公にも匹敵する俸祿が與えられていることから歌い起こす。

そもそも衡山は、南方故に絶えず熱波が猛威を振るって土地は荒れ、魑魅魍魎が跋扈《ばっこ》すると恐れられた地に、天帝が南嶽神に靈力を授けられて南方一帯を鎭めるように命ぜられた靈山と傳えられる。その言い傳えを體現するが如く、衡山は雲や霧に半ば覆われて嚴肅な趣を呈し、その絶頂を望み見ることは難しい。

我來正逢秋雨節　我 來《きた》りて正に逢ふ 秋雨の節
陰氣晦昧無淸風◎　陰氣 晦昧《くわいまい》として淸風無し
潛心默禱若有應　潛心默禱すれば 應《あう》有るが若《ごと》し
豈非正直能感通◎　豈《あ》に正直《せいちょく》の能く感通するに非ずや
須臾靜掃衆峯出　須臾《しゅゆ》 靜かに掃《はら》はれて衆峯《しゅうほう》出《い》で

仰見突兀撐青空◎　仰ぎ見れば　突兀《とつこつ》として青空を撐《ささ》ふ
紫蓋連延接天柱　紫蓋　連延して天柱に接し
石廩騰擲堆祝融◎　石廩《せきりん》　騰擲《とうてき》して祝融　堆《うづたか》し

韓愈が訪れた際には秋雨の時節に當たり、どんよりと曇った空に衡山の姿は霞んだまま。何とかその神々《こうごう》しい姿を拝みたいと心を込めて密《ひそ》かに南嶽神に祈った所、まるでその眞心《まごころ》溢れる祈りが南嶽神に通じたかの如く、暫くすると靜かに雲が風に拂われて、青空を支えるかの如く高々と聳える衡山の峯々が望み見られるようになった。

衡山は元來、北の嶽麓山から南の回雁峯までおよそ八百里（約四百キロメートル）に亙って續く長大な山竝みの總稱であり、大小七十二峯によって形成され、中でも海拔一二九〇メートルの祝融峯を筆頭とする天柱峯・芙蓉峯・紫蓋峯・石廩《せきりん》峯の五峯が有名である。韓愈はこの時その峯々を歴々として視界に収めたのである。

森然魄動下馬拝　森然として魄《はく》動き　馬より下《くだ》りて拝し
松柏一逕趨靈宮◎　松柏の一逕《いっけい》　靈宮に趨《おもむ》く
粉牆丹柱動光彩　粉牆丹柱《ふんしやうたんちゆう》　光彩動き
鬼物圖畫塡青紅◎　鬼物の圖畫《とぐわ》　青紅を塡《うづ》む
升階傴僂薦脯酒　階に升《のぼ》り　傴僂《うる》として脯酒《ほしゆ》を薦《すす》め

欲以菲薄明其衷◎　菲薄《ひはく》を以て其の衷《ちゆう》を明《あきら》かにせんと欲す
廟令老人識神意　廟令の老人　神意を識《し》り
睢盱偵伺能鞠躬◎　睢盱偵伺《きくていし》して能く鞠躬《きくきゆう》す
手持盃珓導我擲　手に盃珓《はいかう》を持《ぢ》して我が擲《てき》を導き
云此最吉餘難同◎　云ふ　此れ最も吉にして　餘《よ》は同じうし難しと

神々しい祝融峯の姿に心打たれた韓愈は馬を降り、松柏の木立に覆われる小道を上《のぼ》って、麓から程近い所に祀《まつ》られた南嶽廟に參詣する。廟內は白塗りの壁に朱塗りの柱、色鮮やかに描かれた神々の繪が掛けられている。

韓愈は階段を上ると恭《うやうや》しく供物を供え、南嶽神に對して尊崇の念を捧げる。すると廟を守る老人が應對に出た。この老人は神意を伺い知ることができるという。老人に促されて「盃珓《はいかう》」という占いの道具（蛤《はまぐり》の形に削った二枚の木片）を地に投げて己《おの》が運氣の吉凶を占ってみた。その出た卦を見て老人が言うには、これは最高の吉の卦であり、これほどの吉の卦が出るのは滅多に無いとのことであった。

竄逐蠻荒幸不死　蠻荒《ばんくわう》に竄逐《ざんちく》せらるるも幸《さいはひ》に死せず
衣食纔足甘長終◎　衣食　纔《わづ》かに足りて長《とこしへ》に終るに甘んず
侯王將相望久絕　侯王將相　望《のぞみ》　久しく絕え
神縱欲福難爲功◎　神　縱《たと》ひ福せんと欲すとも功を爲し難し

老人から最高の吉の運氣があると言われたが、これまでの己が人生を振り返ってみると、華やかな朝廷から遠い南方のうら寂しい僻地《へきち》に左遷され、死罪だけは免れたことが有難かったくらい。衣食に事欠かなければそれで満足。地方暮らしで一生を終えることさえ甘んじて受け入れる積もりである。この先の榮進の望みなど絶えて久しい。このような有様では縱《たと》い南嶽神が私に幸福をもたらそうとしても、功を奏し難いのではないかと、韓愈は自嘲氣味に詠ずるのである。

夜投佛寺上高閣　　夜 佛寺に投じて高閣に上《のぼ》り
星月掩映雲朣朧◎　　星月 掩映《えんえい》して 雲 朣朧《とうろう》
猿鳴鐘動不知曙　　猿鳴き 鐘動きて 曙《あけぼの》を知らず
杲杲寒日生於東◎　　杲杲《かうかう》たる寒日 東に生ず

その夜、佛寺に投宿するも、韓愈は寝付けなかったのであろうか、高樓に登って空を見上げる。雲の間に間に星や月が朧《おぼろ》に見え隠れするのを眺める内に、いつの間にか夜が明けて猿が鳴き出し、寺の鐘が鳴り響き、寒々しい光を放つ太陽が東の空に昇り始めた。己の複雑な心境を投影させるかの如く、このような敍景の句を最後に据えて作品を締め括るのであった。

こうして靈峯衡山を訪れた韓愈であったが、登山をして絶頂を極めることはせず、数日間、衡山中院という寺に身を寄せ、誡盈《かいえい》という寺の僧侶とかなり親しくなったようである。韓愈が衡山を離れる際、その誡盈との別れを惜しんで彼に詩を送った。

別盈上人

盈上人《えいしやうにん》に別《わか》る

山僧愛山出無期◎　山僧　山を愛して出《い》づるに期《き》無く
俗士牽俗來何時◎　俗士　俗に牽《ひ》かれて來《きた》るは何《いづ》れの時ぞ
祝融峯下一迴首　祝融峯下　一たび首《かうべ》を迴《めぐ》らせば
卽是此生長別離◎　卽《すなは》ち是れ此の生の長別離

君はこの衡山にこの上無い愛着を有する僧侶故《ゆえ》、下界に降りて來る日は來ないだろうし、俗人である私の方も、俗世のしがらみに絡《から》め取られてこの寺を再訪するのが何時になるやも分からない。祝融峯の下、出立に際して今一度振り返ってみれば、これが君との今生の別れになるのだなあ、と名殘惜しげに詠じて韓愈は衡山を後にするのであった。

(二)　張栻・林用中の和詩

朱子の作を承《う》けて張栻・林用中が詠じた唱和の作を以下に紹介する。

張栻（『南軒集』巻七では詩題を「馬上擧韓退之語口占」に作る）

擾擾人心壓渺茫◎　擾擾《ぜうぜう》として人心　渺茫《べうばう》に壓《あつ》せられ（『南軒集』では「壓」を「墮」に作る）
更於底處問穹蒼◎　更に底《いづ》れの處《ところ》に於てか穹蒼《きゆうさう》を問はん
今朝開霽君知否　今朝　開霽《かいせい》　君《きみ》知るや否《いな》や
春到無邊花草香◎　春到ること無邊にして　花草香《かんば》し

林用中

天寒愁思正茫茫◎
匹馬周行野樹蒼◎
遙想韓公昔年事
聲名留得後來香◎

天寒　愁思　正に茫茫
匹馬　周行して野樹蒼《あを》し
遙かに想ふ　韓公　昔年《せきねん》の事
聲名　留《とど》め得て　後來　香《かんば》し

張栻は、「昨日までは暗い雲が空を籠《こ》め、どこに青空を求めたらよいのか判らないぐらい氣が滅入っていたが、今日はからりと晴れ上がり、まるでいち早く春がやって來たかの如く、邊《あた》り一面草花が芳《かんば》しく感じられる」と、晴天の清々しさ誇張を交えて詠ずる。

對して林用中は、「寒い冬空の下、色褪せた木立の中、馬の背に搖られながら南嶽までの道のりを行けば、旅愁が胸中に止めどなく溢れて來る。想えばその昔、韓退之どのの南嶽行も當初はこのようなものであったろう。その時作られた詩とともに、その名聲はこの南嶽一帯に後世まで傳わっているのだ」と、現在の旅路のさまを往時の韓愈の南嶽行に擬《なぞら》えることを主眼に置いて詠ずるのである。

㈢『朱子可聞詩』の評

清・洪力行撰『朱子可聞詩』では本詩を次のように評している。

與韓皆遊衡山詩。彼曰突兀撐青空、此曰紫翠插青蒼。一唐一宋、爲兩文公開此奇觀、嶽亦靈矣哉。然不向靈宮炷香。以視傴僂杯珓者、其自信卓越更何如。

韓と皆な衡山に遊ぶ詩なり。彼《かれ》「突兀《とつこつ》として青空を撐《ささ》ふ」と曰《い》ひ、此「紫翠 青蒼を插《さ》す」と曰ふ。一《いつ》は唐 一は宋、兩文公の爲に此の奇觀を開く。嶽も亦た靈なるかな。然れども靈宮に向ひて香を炷《や》かず。以て「傴僂《うる》」「杯珓《はいかう》」なる者に視《くら》ぶれば、其の自信卓越なること更に何如《いかん》。

本詩の下敷きとなった韓愈の詩と倶に、朱子の本詩も同じく衡山に遊ぶことを詠じた作である。韓愈詩では「青空を支えるかの如く衡山が聳え立つ」と詠じ、朱子詩では「衡山の緑の峯々《みねみね》が澄み切った青空を刺すように聳えている」と詠ずる。一方は唐人、一方は宋人、その唐宋の兩文公の爲にわざわざ厚い雲を開いてそのような奇觀を呈したのであれば、南嶽自體もまた靈驗灼《あらた》かと言えよう。しかし朱子は、南嶽廟にお參りして香《こう》を手向けることはしなかった。南嶽廟にお參りし、「腰を屈《かが》めて恭《うやうや》しく（傴僂）」供物を供えたり、「杯珓」という占いの道具を地に投げて己が運氣の吉凶を占ってみたりした韓愈と比較すれば、朱子の漲る自信のさまはいかばかりであったろうか。神靈の存在を尊重しつつも妄《みだ》りにのめり込まず、理知的に行動する朱子の胸臆の深さを洪力行は高く評價するのである。

（後藤 淳一）

181 雪消溪漲山色尤可喜口占

雪《ゆき》消《き》え 溪《たに》漲《みなぎ》る 山色《さんしょく》尤《もつと》も喜《よろこ》ぶ可《べ》し 口占《こうせん》

頭上瓊岡出舊靑
馬邊流水漲寒汀
若爲留得晶熒住
突兀長看素錦屛

頭上《づじやう》の瓊岡《けいかう》　舊靑《きうせい》を出《いだ》す
馬邊《ばへん》　流水《りうすい》　寒汀《かんてい》に漲《みなぎ》る
若《も》し晶熒《しやうけい》を留得《りうとく》して住《とど》むるを爲《な》さば
突兀《とつこつ》　長《なが》く素錦屛《そきんべい》を看《み》ん

（七言絶句　下平聲・靑韻）

〔テキスト〕

『文集』巻五／明刻本『南嶽唱酬集』／清抄本『南嶽倡酬集』／四庫全書本『南嶽倡酬集』／『朱子文集大全類編』巻四／『南嶽志』巻七

〔校異〕

○雪消溪漲山色尤可喜　四庫全書本では「雪消溪漲見山色可喜」に作る。

○晶熒住　清抄本及び『南嶽志』では「晶瑩住」に、四庫全書本では「晶熒在」に作る。

〔通釋〕

　雪が消え　谷川の水が増して來た　山の景色はことにめでたい　口占

頭上の玉のように美しい山も　今や雪が消え　埋もれていた樹々の緑が見える
馬の足下《あしもと》を流れる水は水量を増して　冬の川岸を洗う
何とかして山に雪を留《とど》め　そのきらめきを残し
白く輝く錦《にしき》の屛風《びょうぶ》のような山の姿を　いつまでも眺めていたいものだ

〔解題〕

「南嶽倡酬集序」には、十一月十日に一尺もの大雪が降ったこと、十二日は雨が夜中まで降り續いたことが記されている。この雨で雪が溶けたものと思われるが、登山するには諸情況は嚴しかったらしく、登山の可否を卜筮《ぼくぜい》によって決めている。十三日は太陽は出たものの寒さは嚴しかった。それでも興樂江を渡る頃、霧が晴れて山並みが表れた。「予三人聯騎渡興樂江」という文章から一行は馬で川を渡ったことが分かる。本詩はその折の感慨を詠んだものであろう。

「口占」は下書きを作らず詩を口ずさんで作ること。起・承句からは、馬の背に搖られながら思わず口を突いて詩が出來たような、生の感興が窺える。轉・結句は、雪が殘っていた場合の景色も捨てがたい、と惜しむ口ぶりである。

『朱子可聞詩』では、本詩を評して次のように述べる。

一二直敍雪消、三四轉欲雪不消、蓋山色之佳、正在此欲消未消之際。反覆説來、是題中尤可喜三字情景〔一二、雪の消ゆるを直敍するも、三四轉じて、雪の消えざらんことを欲すとするは、蓋し山色の佳は、正に此の消えんと欲して未だ消えざるの際に在らん。反覆し説き來《きた》るは是れ題中の「尤可喜」の三字の情景なり〕。

朱子たち一行の目の前には、雪が消えた山がある。張栻と林用中の詩から、二人はその景色に滿足していることがわかる。朱子一人が轉句で「雪が殘っていたならどうだったか」という別の情況を想像している。本詩の制作動機は、どちらの情況も享受しようとするところにあったのだろう、と朱子の胸中を推測することができる。

〔語釋〕

○瓊岡　瓊は光り輝く玉。岡は低い山。瓊岡で雪が積もって白く輝く岡の意味。

『佩文韻府』巻二十二下—七陽—岡〈瓊岡〉の用例に本詩の前半二句を引く。また「瓊臺岡」の用例に朱子の「蓬巷無與適　陟此瓊臺岡」(「立春大雪邀劉圭甫諸兄遊天湖」)の句を擧げる。その他朱子の詩に見える用例を左に擧げる。

朱子「歩虛詞」：丹莢輝瓊岡　三素粲曾幽

朱子「奉酬子厚詠雪之詩」：躊躇欲何報　玉樹生瓊岡

○舊青　雪に隱れていた木々の青が、雪が消えたために表れたことを言う。

『佩文韻府』巻二十四上—九青—青〈舊青〉の用例に本詩の前半二句を引く。

○馬邊流水　一行三人は馬に乗って興樂江を渡った。馬の足下《あしもと》を增水した谿水が洗う。その水は冬の川岸を洗っている、という様子である。

○寒汀　冬の岸邊。

○若爲　何とかして〜したい。讀み下しは和刻本の「若し〜爲さば」に從ったが意味は願望等を表すものである。一般には二文字で「いかんぞ」と讀む。

○留得　保ち留《とど》める。
○晶熒　光り輝く様。白く輝く雪の形容。
○住　留《とど》める。
○突兀　山が高く聳える様。
○素錦屛　素錦《そきん》は『爾雅《じが》』の「素錦綢杠」の注に「白地錦韜旗之竿」とあるように、白地の錦の意味。素屛《そへい》は白絹の屛風。錦屛《きんぺい》は、『大漢和』によれば銀の屛風。『漢語大詞典』によれば錦繡《きんしゅう》の屛風。ここでは素錦の屛風と解釋しておいた。『佩文韻府』拾遺巻二十四―九青―屛〈錦屛〉の用例に本詩の後半二句を引く。
雪が積もっていた時の山の姿を「白銀色に輝く屛風を立てたようだろう」と比喩したのである。「南嶽倡酬集序」の中で、張栻は石廩峯《せきりんほう》を形容して「如素錦屛」と述べている。

〔補説〕
朱子に唱和した張栻と林用中の詩を擧げる。
張栻の唱和詩――

一目瓊山眼爲青◎　瓊山《けいざん》　一目《いちもく》すれば　眼《まなこ》　爲《ため》に青《せい》なり
馬蹄不覺渡沙汀◎　馬蹄《ばてい》　覺《おぼ》えず　沙汀《さてい》を渡《わた》る
如今誰是王摩詰　如今《じょこん》　誰《たれ》か是《こ》れ王摩詰《わうまきつ》

爲寫新詩入畫屛◎　爲《ため》に新詩《しんし》を寫《うつ》して 畫屛《ぐわへい》に入《い》らしむる

大意 〝一望すれば、輝く山の綠が心地よい。馬に跨《またが》ったまま、いつの間にか水邊の砂濱を渡っていた。いま、我々の中の誰が王維の力量に最も近く、新しく詩を作って、この山水畫のような畫屛風《えびょうぶ》にわれわれを誘《いざな》ってくれるだろうか〟。

林用中の唱和詩――

雪消山色自青青◎　雪消《ゆきき》え 山色《さんしょく》自《おのづか》ら青青《せいせい》
水漲谿流拍小汀◎　水漲《みづみなぎ》り 谿流《けいりう》 小汀《せいてい》を拍《う》つ
行客悠悠心目快　行客《かうかく》 悠悠《いういう》 心目《しんもく》 快《こころよ》し
漫題新句在空屛◎　漫《すず》ろに新句《しんく》を題《だい》し 空屛《くうへい》に在《あ》らしむ

大意 〝雪が消えたので、山は青青《あおあお》としている。雪融《ゆきど》け水は谿川《たにがわ》を満たし、汀《みぎわ》に打ち寄せる。旅人の心は長閑《のどか》で、心も目も満足する。なんということもなく新しく詩を作って、何も書かれていない屛風に書き込もう〟。

（佐佐木　朋子）

182 馬跡橋　馬跡橋《ばせきけう》

下●馬●驅○車○過○野●橋◎　馬《うま》より下《くだ》り 車《くるま》を驅《か》って野橋《やけう》を過《す》ぐ

橋西一路上雲霄　橋西《けうせい》の一路《いちろ》 雲霄《うんせう》に上《のぼ》る
我來自有平生志　我《わ》が來《きた》るは自《おのづか》ら平生《へいぜい》の 志《こころざし》 有り
不用移文遠見招　用《もち》ひず 移文《いぶん》の遠《はる》かに招《まね》かるるを　（七言絶句　下平聲・蕭韻）

〔テキスト〕

『文集』巻五／明刻本『南嶽唱酬集』／清抄本『南嶽倡酬集』／四庫全書本『南嶽倡酬集』／『朱子文集大全類編』巻四／『南嶽志』巻五

〔校異〕

○馬跡橋　『南嶽志』では「過馬蹟橋」に作る。
○雲霄　清抄本『南嶽倡酬集』では「靑霄」に作る。

〔通釋〕

馬跡橋

その名も「馬のひづめの跡」という橋のたもとで馬を下り駕籠《かご》に乗り換えて野中《のなか》の橋を渡る
橋から西へと續くひとすじの道は　高い空に上ってゆくようだ
わたしがここを訪れるのは　日頃から深く心にかけていたから
役所から廻《まわ》し文《ぶみ》を貰《もら》って　仕事のために　遙々《はるばる》やって來たのではない

〔解題〕

作品178の詩題注記に「此《ここ》より後南嶽唱酬に關る」とある。本詩もその時の一連の作で、朱子が友人張栻、門人林用中と共に南嶽衡山に遊んだときに作ったものである。

この年乾道三年九月、朱子は門弟林用中と、長沙にいる張栻を訪れた。張栻は岳麓《がくろく》書院で後進の指導にあたっていた。朱子達は張栻のもとに二ヶ月滞在し、十一月、福建に歸るに際して、まだ南嶽に登ったことのない張栻と三人で南嶽周遊を思い立った。

張栻の「南嶽唱酬序」のなかの、本詩成立に關わる部分の記述は次のようになっている。

予三人聯騎渡興樂江。宿霧盡卷、諸峯玉立、心目頓快。遂飯黃心。易竹輿、由馬跡橋登山。始皆荒嶺彌望、已乃入大林壑。崖邊時有積雪、甚快。溪流觸石曲折、有聲琅琅。日暮抵方廣。

予が三人 騎を聯《つら》ねて興樂江を渡る。宿霧 盡《ことごと》く卷き、諸峯玉立し、心目頓《とみ》に快し。遂に黃心に飯す。竹輿《ちくよ》に易《か》へ、馬跡橋由《よ》り山に登る。始め 皆 荒嶺彌望《くわうれいびばう》（山の姿は見渡す限り險しい）、已《すで》に乃ち大林壑に入る。崖邊 時に積雪有り、甚だ快し。溪流は石に觸れて曲折し 聲有りて琅琅《らうらう》たり。日暮れて方廣に抵《いた》る。

乾道三年（一一六七）十一月十三日、興樂江《こうらくかう》を渡る。興樂江を渡るあいだに「霧が晴れて山容が現れた」という表現があるので、諸峯の中に目指す祝融峯も認められたのだろう。

『文集』では欠いているが『南嶽倡酬集』諸本には、制作順は本詩の前と考えられる「渡興樂江望祝融次擇之韻」（七言絶句）がある。詩篇のうち、林用中の句「須臾碧玉貫明霞」（須臾《しゆゆ》にして碧玉 明霞を貫く〕からは川を渡っている間に山の姿が見え始めた嬉しさを、それに唱和した張栻の句「遙望羣峯眞可誇」〔遙かに羣峯を望む　眞に誇るべし〕からは連山に向かい合って雄大さを堪能している彼等の様子を想像する事ができよう。

馬跡橋では馬から下りて、竹輿に乗り換える。馬跡橋は里から山道へと分け入る土地の境界標識のような場所だろう。この日の宿泊地は方廣寺である。

〔語釋〕

○馬跡橋　『南嶽志』（巻五「形勝」馬蹟橋）に「距方廣寺三十里、北接衡陽界。昔朱張二子遊嶽從此取道」〔方廣寺より距《へだ》たること三十里、北は衡陽の界に接す。昔 朱張二子が嶽に遊ぶに 此《ここ》從《よ》り道を取る〕とあり、方廣寺へ至る道筋にあることが分かる。

○驅車　車を驅る。ここでは駕籠に乗って行く。

魏・阮籍「詠懷詩八十二首」其三十九：驅車遠行役　受命念自忘

北宋・歐陽脩「答聖俞」：忻聞故人近　豈憚驅車訪

○野橋　野の橋。

○一路　一筋の道。

○雲霄　高い空。

初唐・宋之問「九日」：御氣雲霄近　登高宇宙寬

北宋・蘇軾「登廣麗亭」：清歌入雲霄　妙舞纖腰回

○平生志　〔解題〕に書いたように、衡山に登るのは張栻の長年の願いでもあった。

○移文　廻し文《ぶみ》。移牒。役所が發行する文書。朱子はこの頃、監南嶽廟という祠祿官（道教の宮観を管理させた宋代の職制で、俸給を受けるための名目上の官職）についていたのでわざわざこの言葉を使って諧謔味を出そうとしたのだろう。役所から南嶽廟視察を促す文書などをもらってやってきたわけではない、という意を含ませたのである。

〔補説〕

張栻が朱子に唱和した詩をあげる。

和元晦馬跡橋詩　　元晦が馬跡橋の詩に和す

便請行從馬跡橋◎　便《すなは》ち請《こ》ふ　行《ゆ》くに馬跡橋《ばせきけう》從《よ》りせん

何須乘鶴簉叢霄◎　何《なん》ぞ須《もち》ひん　鶴《つる》に乘《の》って叢霄《そうせう》に簉《いた》るを

殷勤底事登臨去　殷勤《いんぎん》　底事《なにごと》ぞ　登臨《とうりん》し去《さ》る

不爲山僧苦見招◎　山僧《さんそう》の　苦《ねんごろ》に招《まね》かるるが爲《ため》ならず

大意〃いざ馬跡橋から行こう。鶴に乘って、叢雲が浮かぶ高い空にまで昇る必要はない。わざわざ山に登り、景色を眺めるために行くのは何故か。山寺の僧侶がしきりに招くからではない〃。

朱子と張栻が詩の中で對話するように言っているのは、ここ馬跡橋を起點にして本格的に山に入るというワクワクした感興である。「南嶽倡酬序」によると、張栻は長沙に二十四年も住みながら、未だ南嶽衡山の頂に立ったことがなかった。衡山巡拝の念は年を經るごとに強くなったと思われる。一方の朱子の思いを推測するに、結句で〝この行旅は監南嶽廟という役人の仕事として來ているのではなく、自發的な巡拝である〟と言っているので、やはり張栻と同じ思いを抱いていたと考えて良いだろう。轉句の「平生の志」という言葉は二人に共通するのである。

前日に二人は卜筮《ぼくぜい》によって、天候の如何に拘わらず登山を擧行することを決める。標高一千三百メートル弱と雖も嚴冬期の登山である。ところがこの日、馬跡橋を渡る頃から霧が晴れた。喜ばしかったはずである。

また、こうした唱和の下地には李白の「秋 荊門を下る」詩の後半二句「此行不爲鱸魚鱠　自愛名山入剡中」〔此の行　鱸魚の鱠《くわい》の爲《ため》ならず／自ら名山を愛して剡中《せんちゆう》に入《い》る〕も意識されていたであろう。

林用中の唱和詩をあげる。

此日驅車馬跡橋◎　此《こ》の日《ひ》 車《くるま》を驅《か》る 馬跡橋《ばせきけう》
遠從師友歩青霄◎　遠《とほ》く師友《しいう》に從《したが》って青霄《せいせう》を歩《あゆ》む
登臨不用還岐想　登臨《とうりん》 用《もち》ひず 還《かへ》って岐想《きさう》することを
爲愛山翁喜見招◎　爲《ため》に愛《あい》す 山翁《さんをう》 喜《よろこ》び招《まね》かるるを

大意〝此の日、駕籠を走らせる馬跡橋。はるばる先生と友人の供をして、青空高く歩いてゆく。高く登って景色を眺め、岐路について考えるのはやめ、ただ山中の人が招いてくれたことを感謝するのだ〟。

「岐想」の語については右のように解釈したが、難解である。

（佐佐木　朋子）

183 登山有作次敬夫韻

山《やま》に登《のぼ》って作《さく》有《あ》り　敬夫《けいふ》が韻《ゐん》に次《じ》す

晩●峯○雲○散●碧●千○尋◎
落●日●衝○飈○霜○氣●深◎
霽●色●登○臨○寒○夜●月●
行○藏○只●此●驗●天○心◎

晩峯《ばんぽう》　雲散《くもさん》じて　碧千尋《へきせんじん》
落日《らくじつ》　衝飈《しようへう》　霜氣深《さうきふか》し
霽色《せいしよく》　登臨《とうりん》す　寒夜《かんや》の月《つき》
行藏《かうざう》　只《た》だ此《こ》れ　天心《てんしん》を驗《けん》す

（七言絶句　下平聲・侵韻）

〔テキスト〕

『文集』巻五／明刻本『南嶽唱酬集』／清抄本『南嶽倡酬集』／四庫全書本『南嶽倡酬集』／『朱子文集大全類編』巻四

〔校異〕

○飈　眞軒文庫本では「飆」に作る。

○寒夜月　清抄本及び四庫全書本『南嶽倡酬集』では「寒月夜」に作る。

〔通釋〕

　山に登って詩が出來た　敬夫どのの韻に合わせる

暮れ方の山の峯から雲が取り拂われ　山色は次第に碧色を深く湛《たた》える

太陽が疾風に追われるように沈むと　霜の降りるような寒さが深まる

晴れ渡った夜　高みに登れば　冴え冴えとした冬の月

自分の行いも　あの月がひたすら天の中心を探し求めて登っていくようなものでありたい

〔解題〕

四庫全書本『南嶽倡酬集』では183・182と逆配列になっている。内容から見て『文集』の配列が妥當であろう。

本詩は、次の張栻の詩に唱和してできた詩である。

　登山有作　　　　山に登つて作有り
上頭壁立起千尋◎　上頭《じやうとう》 壁立《へきりつ》 起《た》つこと千尋《せんじん》
下列群峯次第深◎　下《しも》に列《つら》ぬ 群峯《ぐんぽう》 次第《しだい》に深《ふか》し
兀兀籃輿自吟咏　兀兀《ごつごつ》たる籃輿《らんよ》 自《おのづか》ら吟咏《ぎんえい》す
白雲流水此時心◎　白雲《はくうん》 流水《りうすゐ》 此《こ》の時《とき》の心《こころ》

大意〝見上げれば、壁のように切り立つ山稜は千尋の高さ。足下《あしもと》に群れなす峯峯《みねみね》、その谿《たに》は高く登るにつれて深くなる。ゆらゆらと竹の駕籠《かご》に搖られながら詩を口遊《ずさ》む。この時、わが心は漂う雲と流れる水のように、囚われるものがない〟。

興樂江《こうらくこう》を渡り、馬跡橋で駕籠に乗り換えた一行はいよいよ山道に分け入る。霧が晴れて眺望が開けると、眼前の山容に心を動かされた張栻が先ず右に擧げた詩を作り、次に林用中が唱和した。張栻・林用中の詩は晝間の情景を詠じているので、方廣寺への道中で作ったのであろう。本詩が夜を詠《うた》っていることから、三人の中では朱子が一番後に唱和したと考えられる。

さらに推測を進めれば、「日暮抵方廣」と「南嶽倡酬集序」にあることから、本詩は方廣寺に着いてから作られたと考えられる。

〔語釋〕

○碧　深い青緑色。寂しさを表す。

盛唐・李白「山中問答」：問余何意棲碧山、笑而不答心自閑

朱子「入瑞巖道間得四絶句　呈集充父二兄」：清溪流過碧山頭、空山澄鮮一色秋

○千尋　尋は長さの單位。周尺（約二二・五センチメートル）の七、八倍。一尋は一五七・五〜一八〇センチメートル。千尋は一五七五〜一八〇〇メートルになる。ここでは山の高さや谷の深い様子を「千尋」と表現したのであろう。

『佩文韻府』巻二十七―十二侵―尋〈千尋〉の用例に本詩の前半二句を引く。
魏・曹植「朔風」：俯降千仞　仰登天阻（仞は尋に同じ）
○衝飈　衝風、つむじ風、疾風。飈は飆の俗字。『佩文韻府』巻十七―二蕭―飆〈衝飆〉の用例に朱子の「喜晴」詩の句「衝飆動高柳　淥水澹微波」を引く。
『楚辭』九歌―河伯：與女遊兮九河　衝飆起兮横波
○霜氣　霜が降りそうな寒さ。
○霽色　雨雲や霧が晴れた空の色あい。
○登臨　高いところに登って眺め見下ろすこと。第二冊一九ページ、038「少盈道中」詩の〔語釋〕の「登臨」の項目に詳しい。117「南皐」詩に「高丘復層觀　何日去登臨」（第三冊所收）の句がある。
戰國楚・宋玉「九辯」：憭慄兮　若在遠行　登山臨水兮　送將歸
魏・阮籍「詠懷詩八十二首」其十三：登高臨四野　北望青山阿
○寒夜月　寒月。冴えた光の冬の月。
○行藏　世に出て道を行うことと、隱遁して世に出ないこと。身の處し方。出處進退。〔補說〕を參照。
『論語』述而篇：用之則行、舍之則藏。
○驗　或る行爲を積み重ねた結果が現れること。
○天心　天空の中心。

中唐・盧仝「月下寄徐希仁」：夜半沙上行　月瑩天心明
北宋・邵雍「清夜吟」：月到天心處　風來水面時

〔補説〕

實景・實感から説き起こし、最後は述志のようにして終わるという構成に無理が無く、朱子の澄明な心象世界に讀者を誘いこむ佳作の一つである。

『箋注』結句の注は「此句言、立身處世、當如夜月般高潔」〔此の句は、立身處世は當《まさ》に夜月般《やげつはん》の如く高潔なるべきを言ふ〕となっている。「世間を渡ってゆくことは、夜空の月のように高潔であるべきだ」と解釋するのである。

『論語集注』の「行藏」に關する注は次のようである。

伊氏曰、用舍無與於己。行藏安於所遇〔伊氏曰く、用舍は己《おのれ》に與《あづか》ること無く、行藏は遇《あ》ふ所に安んず、と〕。

世に出るか隱れるかは自分の利害得失に拘わるものではなく、時宜に適《かな》うべきものであるという説を引用し、さらに續けて次のように言う。

謝氏曰、聖人於行藏之閒、無意無必。其行非貪位。其藏非獨善也〔謝氏曰く、聖人は行藏の閒《かん》に於て意無く必無し。其の行ふは位を貪《むさぼ》るに非ず。其の藏《かく》るるは獨り善くするに非ざる也、と〕。

聖人は、世に出るときも自己の利害得失とは無縁であるし、隱れるときも自己の安穩のためにするのではない、というのである。

『笥疑輯補』〔笥疑〕では「此詩先言落日衝飈霜氣深、則不宜行也。後言霽色登臨寒夜月、則是又可行也。是皆若有天意故也」と言う。詩句の讀み方は穿ちすぎの感が否めないが、本詩が述志の詩として詠まれたことを示唆するだろう。

朱子は、月が空に上ってゆく自然の動きに右のような理想的な身の處し方をこと寄せたと考えられる。張栻が「白雲流水此時心」と結んだ句に對して、朱子はこのように應えたのである。氣心の知れた者同士が旅の道中を樂しみ、唱和を樂しみ、かつ互いの生き方を確かめ合っている和氣藹々とした雰圍氣を窺わせる。

詩の技巧としては、時間の移り變わりを太陽と月の交代によって呈示し、そこにつむじ風と、霜が降りる前觸れのような寒氣を配し、讀者の五官に訴えている。作者と同じ場面に讀者を立ち會わせることに成功している。

林用中の唱和詩を擧げておく。

壁立崔嵬不計尋◎
千峯羅列獻奇深◎
等間佇立遙觀徧
流水高山萬古心◎

壁立《へきりつ》 崔嵬《さいくわい》 尋《じん》を計《はか》らず
千峯《せんぼう》 羅列《られつ》して 奇深《きしん》を獻《けん》ず
等間《とうかん》に佇立《ちよりつ》して 遙《はる》かに觀《み》ること徧《あまね》くすれば
流水《りうすい》 高山《かうざん》 萬古《ばんこ》の心《こころ》

大意　〝険《けわ》しく聳える峯の高さはどれほどか。幾重にも連なる山稜が展開する珍しい光景。何と言うことなく立ち止まって見渡せば、流水も高山も大昔からずっとこのようにあったのだと感じ入る〟。「獻奇深」という表現は難解であるが、右のように解釈した。

（佐佐木　朋子）

184 方廣道中半嶺小憇次敬夫韻

方廣道中《はうくわうだうちゆう》　半嶺《はんれい》にて小憇《せうけい》す　敬夫《けいふ》が韻《ゐん》に次《じ》す

不用洪崖遠拍肩　　用《もち》ひず　洪崖《こうがい》　遠《はる》かに肩《かた》を拍《う》つを
相將一笑俯寒烟　　相將《あひとも》に一笑《いつせう》して　寒烟《かんえん》に俯《ふ》す
向來活計蓬蒿底　　向來《きやうらい》　活計《くわつけい》　蓬蒿《ほうかう》の底《うち》
浪說江湖極目天　　浪說《らうせつ》す　江湖《がうこ》　極目《きよくもく》の天《てん》

（七言絶句　下平聲・先韻）

〔テキスト〕
『文集』巻五／明刻本『南嶽唱酬集』／清抄本『南嶽倡酬集』／四庫全書本『南嶽倡酬集』／『朱子文集大全類編』巻四／『南嶽志』巻十九

〔校異〕
○小憇　清抄本及び四庫全書本では「少憇」に作る。

○拍肩　清抄本では「柏肩」に作る。
○烟　清抄本、四庫全書本、蓬左文庫本、眞軒文庫本、及び『南嶽志』では「煙」に作る。

〔通釋〕

方廣寺への道すがら山腹で一休みする　敬夫どのの韻に合わせる
郭璞《かくはく》は「遊仙詩」の中で　一人の隱士が山中で優遊する様子を「往古の仙人　洪崖先生と肩を叩き合うように（心のどかに）」と詠んだが　それを引き合いに出すまでもなく
お互い破顔一笑して　冬の靄がかかった下界を見渡す
これ迄　草深い田舎で貧乏暮し
無闇に天下國家を論じて來たが　高みに登って眼前に廣がる光景を見渡すと　それが淺はかだったなあと（恥ずかしく）思うのだ

〔解題〕

方廣寺へ向かう道中で、張栻が左の詩を作った。それに唱和した詩である。

方廣道中半嶺少憇　方廣道中　半嶺にて少憇す
半嶺籃輿少駐肩◎　半嶺　籃輿《らんよ》　少《しばら》く肩を駐《とど》む
眼中已覺渺雲煙◎　眼中　已《すで》に覺ゆ　雲煙渺《べう》たるを
上頭更盡無窮境　上頭《じやうとう》　更に無窮の境を盡《つく》さば

非是人間別有天◎　是れ人間《じんかん》に非ず　別に天有らん

大意〝山腹に駕籠を止めて、駕籠舁《か》き達の肩を休ませる。ここまで登っただけで、早くも眼中に映るのは果てしない雲と靄。ここからもっと上方に登って、無窮の境を極めれば、そこは人間の住む俗世間とは別の天界が有るだろう〟。

張栻の詩は「まだ道中の半ばなのに、下界とは異なる世界に入ったようだ」という感慨が元になっている。「この先には自分の知らない世界が廣がっているのだろうか」と、期待を込めて想像する。朱子の本詩の、洪崖という仙人を持ち出した歌い出しは唐突のように見えるが、二首を竝べて味わうと、朱子が張栻の詩の内容を汲み取り、それに應えようとしている様が窺える。

方廣寺は『南嶽志』によれば蓮花峯の麓《ふもと》にある寺。梁の天監二年（五〇三）に創建される。徽宗《きそう》皇帝の揮毫による「天下名山」の四大字の額が佛殿に懸かっていた。朱子一行が訪れたことを記念して「嘉會堂」（後に「二賢祠」と言った）が建てられた。この建物はいつしか廢《すた》れ、現在は殘ってない。188の解題に、沿革その他詳細が記されている（↓本書二八三ページ）。

本詩について『朱子可聞詩』は次のように評する。

敬夫原韻、從半嶺說上山頭。此第一句便撇過山頭、言半嶺蓋已高矣。次句即以俯字醒之、極目意包舉已盡。後半不過虛接、以找足其意（敬夫が原《もと》の韻、半嶺從《よ》り山頭に上らんことを說く。此の第一句は便ち山頭を撇《はら》ひて過ぎ、半嶺は蓋し已に高きを言ふ。次の句は卽ち俯の字を以て之を醒す。「極目《きょくもく》」の意は包擧《ほうきょ》已に盡《つく》す、後半は虚接に過ぎず、以て其の意を找《さう》し足る」（唱和のもとになった張栻の詩は、山腹から更に山頂まで登ろう、という主旨である。朱子の第一句では、山頂のことにそれとなく觸れ、半嶺と言ってもその場所はすでに高い所だったことを言っている。第二句は俯という言葉を使って目を覺まさせる。極目《きょくもく》の意は、第二句までで全て言い盡くしている。後半の續け方は「虚接」で、實景を言っているわけではない。朱子の言い足りない氣持ちを補っているだけだ）。

『朱子可聞詩』の著者は、後半二句は感慨の句だと解釋するのである。景物の句の後に心情句を續けるのは183も同様である。

〔語釋〕

○洪崖　仙人の名。堯帝の時に三千歳だったという。「洪崖遠拍肩」という句は、西晉・郭璞の「遊仙詩」に「左把浮丘袖　右拍洪崖肩」とあるのに據る。「遊仙詩」該當部分の大意は、佐久節氏の注によれば「一隱士あり。心を天外に馳せ、放《ほしいまま》に弦歌吟嘯し、常に赤松、浮丘、洪崖等の仙人と相伍《あひご》して優遊せり」（『國譯漢文大成』文學部『文選』中巻一二五～六ページ）というものである。

朱子は詩の規準として『詩經』・『楚辭』等の古詩、及び郭璞・陶淵明の作品を擧げている（『全譯注』第一册、解説一二ページ以降に詳しい）。

郭璞のこの詩句は、すでに朱子以前の詩人によっても引かれている。

盛唐・李白「答族侄僧中孚贈玉泉仙人掌茶幷序」：曝成仙人掌　似拍洪崖肩

中唐・白居易「題裴晉公女几山刻石詩後」：勿追赤松遊　勿拍洪崖肩

○俯　うつむく。俯瞰する。

○寒烟　寒空にたなびく靄《もや》。

○向來　これまで。以前から。

○活計　生計のための仕事。

○蓬蒿　蓬も蒿も、よもぎ。草深い田舎を意味する。

○浪説　無闇に説くこと。

○江湖　世間。

○極目　見渡す限り。『佩文韻府』巻九十上―一屋―目〈極目〉の用例に、朱子の「西郊縱歩」詩から「西郊一遊歩　極目是秋山」を引く。

盛唐・李白「錦城」：飛梯綠雲中　極目散我憂

〔補説〕

張栻に唱和した林用中の詩を擧げる。

嶺峻山高且息肩◎　嶺峻《けは》しく　山高くして　且《しばら》く肩を息《いこ》はしむ

草鞋踏破野雲煙◎　草鞋《さうあい》　踏破す　野の雲煙

須臾直入上方去　須臾《しゆゆ》にして直ちに上方に入り去れば

又是乾坤一洞天　　又是れ乾坤《けんこん》の一洞天《どうてん》

大意　〝山道は険しく、登ってゆく山は高いので、腰を下ろしてしばらく駕籠舁き達の肩を休める。(休憩が終われば)雲や靄のかかった中を踏み越えて、山の上目指してまっしぐら。そこにはさらにまた新たな仙界がある〟。

(佐佐木　朋子)

185道中景物甚勝吟賞不暇敬夫有詩因次其韻

道中《だうちゆう》の景物《けいぶつ》甚《はなは》だ勝《まさ》る　吟賞《ぎんしやう》に暇《いとま》あらず　敬夫《けいふ》に詩《し》有《あ》り　因《よ》って其《そ》の韻《ゐん》に次《じ》す

穿林踏雪覓鍾聲　　林《はやし》を穿《うが》ち　雪《ゆき》を踏《ふ》んで鍾聲《しようせい》を覓《もと》む
景物逢迎歩歩新　　景物《けいぶつ》　逢迎《ほうげい》して　歩歩《ほほ》新《あら》たなり
隨處留情隨處樂　　隨處《ずゐしよ》に情《じやう》を留《とど》め　隨處《ずゐしよ》に樂《たの》しむ
未妨聊作苦吟人　　未《いま》だ妨《さまた》げず　聊《いささ》か苦吟《くぎん》の人《ひと》と作《な》るを

(七言絶句　上平聲・眞韻)

〔テキスト〕

『文集』巻五／明刻本『南嶽唱酬集』／清抄本『南嶽倡酬集』／四庫全書本『南嶽倡酬集』／『朱子文集大全類編』巻四／『南嶽志』巻十九

〔校異〕

○鍾聲　清抄本、四庫全書本、朱子文集大全類編及び『南嶽志』では「鐘聲」に作る。

○留情　清抄本では「流情」に作る。

〔通釈〕

途中の景色は風情に富む　引きも切らず詩を吟じて愉《たの》しむ　張栻どのが詩を作った　そこで其の韻に合わせる

林の中を進み　雪道を踏み分けて　方廣寺の鐘の音をたよりに行く

道中の景色は旅人を歓待して　歩を進めるにつれて違う表情を見せる

その妙《たえ》なる姿に出あう度に心惹《ひ》かれ　その場その場で景色を楽しむ

旅の途中　暫《しばら》くの間こうして詩作に心を砕くのも悪くないものだ

〔解題〕

方廣寺に向かう途中の景色に感動して張栻が左記の詩を作った。それに朱子が唱和した詩である。題の字句が異なるので、張栻の詩は『南軒集』より引く。

道中景物甚勝吟賞不暇因復作此

道中の景物　甚だ勝る　吟賞に暇あらず　因って復た此れを作る

支筇石壁聽溪聲　筇《つゑ》を石壁に支《つゑつ》き　溪聲《けいせい》を聴く

卻看雲山萬疊新◎　卻《かへ》って看る　雲山　萬疊《ばんでふ》新たなるを

總是詩情吟不徹　總《すべ》て是れ 詩情 吟ずるも徹せず
一時分付與吾人◎　一時 分付《ぶんぷ》して吾人に與《あた》へん

大意〝絶壁を杖を頼りに行きながら、溪川の音に耳を傾ける。振り返って雲のかかる山を見れば、峯は幾重にも積み重なり、思いがけない姿を見せる。これらの景色に詩情をかき立てられるが、どうしても吟じ盡せない。とりあえず、あなた方にその役を託そう〟。

詩題の「吟賞不暇」という表現から、張栻が山の光景に感嘆し、詩を次々に吟詠して、やや興奮氣味であることが推測できる。その思いは張栻一人のものではなく、「あなた方にその役を託そう」と呼びかけられた、朱子も林用中も共有していたことが、二人の唱和詩を讀むと分かるであろう。

〔語釋〕

○穿林　「穿」は間を縫って通り抜けること。林を抜けること。
○覔鍾聲　「覔」は覓の俗字。探し求める。「鍾」は釣《つ》り鐘《がね》。「鐘聲」は寺の鐘の音を指し、一行のこの日の目的地である方廣寺、その鐘の音はまだ聞こえないか、という期待の氣持ちを表す。
○景物　景色。『大漢和』第五巻の「景物」の項に、朱子の「次秀野極目亭韻」（七言律詩）から「不堪景物撩人甚　倒盡詩囊未許慳」の句を引く。
○逢迎　出迎えもてなす。
○歩歩　一歩一歩。

○隨處　ところどころ、その場その場で。「隨處」という語を繰り返して使うことで、眺めのよい所をあちらこちら立ち寄った、計畫や時間に縛られることのない氣儘《きまま》な旅だったことを強調していよう。林用中の詩にも「徘徊」という語が使われており、方廣寺へ眞っ直ぐに向かったのではないことが分かる。

盛唐・孟浩然「除夜」：客行隨處樂　不見度年年

○苦吟人　「苦吟」は詩歌の表現に苦心すること。「苦吟人」は朱子自身を指す。

〔補說〕

林用中の唱和詩を擧げる。

天外雲端磬有聲　　天外 雲端 磬《けい》に聲有り
道中景物倍增新◎　道中の景物 倍《ます》增《ま》す新たなり
徘徊吟賞天將暮　　徘徊し吟賞すれば 天 將《まさ》に暮れんとす
好向平原問主人◎　好《よ》し 平原に向ひて主人を問はん

大意　〃天空の果て、遙かな雲の端《はたて》からだろうか、磬（樂器の名）の音が届くようだ。山に登るにつれて目の前に新しい景色が現れる。あちらこちら立ち寄り絶景を愉しみ、詩を吟じているうちに日も暮れかけて來た。この廣々とした平原の持ち主とは面識がないが、どなたであろうか〃。

結句で林用中が言いたかった背景には、樣々な故事が考えられる。張栻の結句の呼びかけを受けて、かの文名高い魏の曹植どのに吟詠の仲間に加わってもらい情を解き放とう、という意味にも解釈できる（曹植は二十歳の時に平原侯に封《ほう》ぜられている）。ここでは、晉の王子敬が、顧辟彊《こへききよう》とは面識がないにも拘わらず、評判の高かった彼の名園を訪ね、探勝し感想を述べたという故事（『世説新語』簡傲）を引いていると解釈した。

（佐佐木　朋子）

186 崖邉積雪取食甚清次敬夫韻

落●葉●疎○林○射●日●光◎
誰○分○殘○雪●許●同○嘗◎
平○生○願●學●程○夫○子●
恍●憶●當○年○洗●俗●腸◎

崖邉《がいへん》の積雪《せきせつ》 取《と》りて食《しよく》す 甚《はなは》だ清《きよ》し 敬夫《けいふ》が韻《ゐん》に次《じ》す

落葉《らくえふ》の疎林《そりん》 日光《につくわう》を射《い》る
誰《たれ》か殘雪《ざんせつ》を分《わか》ちて 同《とも》に嘗《な》むるを許《ゆる》さん
平生《へいぜい》 程夫子《ていふうし》を學《まな》ばんと願《ねが》ふ
恍《くわう》として憶《おも》ふ 當年《たうねん》 俗腸《ぞくちやう》を洗《あら》ふを

（七言絶句　下平聲・陽韻）

〔テキスト〕
『文集』巻五／明刻本『南嶽唱酬集』／清抄本『南嶽倡酬集』／四庫全書本『南嶽倡酬集』／『朱子文集大全類編』巻四／『南嶽志』巻十九

〔校異〕

○甚清　清抄本、四庫全書本及び『南嶽志』では「清甚」に作る。
○落葉　清抄本では「落日」に作る。
○許　清抄本及び四庫全書本では「與」に作る。

〔通釋〕

切り立った崖に積もった雪を取って食べ　非常に爽やかになった　敬夫どのの韻に合わせる
葉が落ちて木々も疎らな林に　光が射し込み　光の矢が放たれたようだ
崖に殘っている雪を　分け合って味わう　この爽快さを誰と共有できるだろう
私はいつも　程顥《ていこう》・程頤《ていい》という兩碩學の思想を學ぼうと願い望んでいる
おぼろげに思い出す　二程子の思想に出會ったとき　それまで世俗的な價値にまみれていた膓《はらわた》が
すっかり洗い清められたのを（雪を口にしたときの爽やかさが當時の心境を思い出させたのだ）

〔解題〕

張栻の次の詩に唱和した詩。『南軒集』に據れば、題は「崖邊積雪取食清甚賦此」となっている。

崖邊積雪取食清甚賦此　　崖邊の積雪　取りて食す　清きこと甚し　此《こ》れを賦す
陰崖積雪射寒光◎　　陰崖の積雪　寒光を射る
入齒清甘得味嘗◎　　齒に入《い》れば　清甘　味《あぢ》はひ嘗《な》むるを得たり
應是山神知客意　　應《まさ》に是れ　山神　客意を知るべし

故将瓊液沃詩腸◎　故《ことさら》に瓊液《けいえき》を将《もっ》て詩腸に沃《そそ》ぐ

大意 〝崖の陰に積もっている雪は、冴え冴えと白く輝いている。口に含んで、舌の上で爽やかに甘い清らかさを味わう。山の神様は私達旅人の氣持ち（今回の南嶽巡拝の目的）を察したのだろう。詩人の腸《はらわた》に仙人の冷涼な飲み物を沃《そそ》ぐのだ〟。

「南嶽倡酬集序」（以下の引用は四庫全書本に據る。該當部分の引用文は『南軒集』に収める「序」と文字の異同が見られる）では、方廣寺に到る道中、林に入ってからの光景を「林壑巖邊時有積雪、溪流甚駛。觸斷氷其聲琅琅」（林壑《りんがく》巖邊 時に積雪有り、溪流甚だ駛《はや》し。斷氷に觸れては其の聲琅琅《こゑらうらう》（金屬が觸れあうときのような澄んだ音）たり」と記す。張栻は山中の光景に感動し、頻《しき》りに詩心を動かされていたようである。

『箚疑輯補』（箚疑）では本詩の背景に「明道於長嘯巖中、得氷。以石敲淩。作詩曰、老仙笑我塵勞久、乞與雲膏洗俗腸」（明道 長嘯巖の中に氷を得《う》。石を以て敲《たた》き淩す。詩を作りて曰く「老仙 我を笑ふ 塵勞《じんらう》久しきを／雲膏を乞與《きつよ》して俗腸を洗はん」と）と、程顥（明道）が氷を口にして詩興を得た故事があることを指摘している。朱子は尊敬する程顥の體驗に倣《なら》って、我が身もそのように清められたことを言った、と解釋するのである。程明道の七言絶句の起・承句は次の通り。「車倦人煩渇思長 巖中氷片玉成方」（車倦《う》み 人煩《わづら》ひて渇思長し／巖中の冰片 玉《ぎよく》 方を成す」）。張栻の詩にも明道詩全體のイメージは取り入れられていよう。朱子はこの旅程の翌年、乾道四年（一一六八）四月二十日に『程子遺書』を編んでいる（『朱熹年譜長篇』三九〇ページ）。程明道の當該詩は彼の腦裡に刻まれていたであろう。

〔語釋〕

○疎林　樹木がまばらに生えている林。

○射　弓で矢を飛ばす。比喩的に用いて、そのように日光が樹木が疎《まば》らな林の中に射し込んでいる様子。

○殘雪　消えかけた雪。「殘」は、そこなわれる、欠ける。

○嘗　物を口に入れて舌の上で溶かす。味を見る。

○平生　常日頃。

○程夫子　北宋の思想家、二程子を指す。程顥《ていかう》・程頤《ていい》の兄弟。兩人とも周敦頤《しゆうとんい》に師事した。「夫子」は尊稱。二程子の思想は朱子學の形成に大きな影響を與えた。
程顥（一〇三二～一〇八五）、字は伯淳《はくじゆん》、明道先生と呼ばれた。程頤（一〇三三～一一〇七）、字は正叔《せいしゆく》。伊川先生と呼ばれた。宋學の實質的な創始者。朱子が「理氣二元論」を大成する際に程頤の學問から多くを繼承したと言われている。二程子の著作は『二程全書』に纏められている。

○恍憶　ほのかに思い出す。

○當年　當時。

○洗　水で汚れを落とす。
○俗腸　世俗の價値にまみれた心。

[補說]

(一)　林用中の唱和詩

林用中の唱和詩を擧げる。

崖邊瓊玖吐淸光◎　崖邊の瓊玖《けいきう》 淸光を吐く
偶到山間得味嘗◎　偶《たまたま》 山間に到って 味《あぢは》ひ嘗《な》むるを得たり
一段奇香今已會　一段の奇香 今 已《すで》に會《くわい》す
氷牙冷齒裂人腸◎　氷牙 冷齒 人腸を裂く

大意　〝崖《がけ》のほとりに玉《ぎよく》のような雪が、淸らかな光を放っている。山中に來て偶然、雪を味わう機會を得た。それは格別かぐわしい。口に含めば、齒に凍みるほど冷たい雪が腸《はらわた》を裂くようだ〟。

(二)　二程子と朱子・張栻について

朱子も張栻も二程子の學統に連なるものだが、それぞれ別の派を受け繼いでいる。朱子は楊時―羅《ら》從彥《じゆうげん》―李侗《りとう》と續く流れを、張栻は謝良佐―胡安國―胡宏と續く流れを汲む。兩學統の間には二程子の學問について、いささか解釋の違いがある。一例として、三浦國雄著『朱子』（人類の知的遺産19、講談社、一九七九）に據り、修養論に關する解釋の違いを擧げておく。

楊時に始まる朱子の系統では、心の「修養」に關して〝靜坐〟を最高の修行法として提唱する。それに對して張栻の師、胡宏が唱えたのは「動の哲學」と言われる。朱子と張栻が初めて出會うのは龍興元年（一一六三）、この時張栻はこの「動の哲學」の渦中にいた。二人が再會を果たす乾道三年（一一六七）迄の間、手紙のやりとりは續き、朱子は張栻の思想に魅力を感じていたようだ。南嶽周遊以前の二ヶ月間、朱子は張栻と起居を共にし、お互いに啓發し合い、學問を深めたことが曹晉叔宛書簡から推察できる。三浦氏はこの旅程を二人の個人的な經驗にとどまらず「南宋思想史上のハイライトのひとつといってよい」とまで評價する。

二程子の學問については『中國思想史』（ぺりかん社、昭和六十二年）に、「程顥」を市來津由彥氏が、「程頤」を土田健次郎氏が詳しく論じておられる。

（佐佐木　朋子）

187 後洞雪壓竹枝横道

後洞《こうどう》雪《ゆき》　竹枝《ちくし》を壓《あつ》して　道《みち》に横《よこた》はる

石●灘○聯○騎●雪●垂○垂◎　　石灘《せきたん》　騎《き》を聯《つら》ねて雪垂垂《ゆきすゐすゐ》

已●把●南○山○入●小●詩◎　　已《すで》に南山《なんざん》を把《と》って小詩《せうし》に入《い》らしむ

後●洞●今○朝○逢○折●竹●　　後洞《こうどう》　今朝《こんてう》　竹《たけ》を折《を》るに逢《あ》ひ

●○○●●○◎
却思聯騎石灘時　却《かへ》って思《おも》ふ 騎《き》を石灘《せきたん》に聯《つら》ぬるの時《とき》　（七言絶句　上平聲・支韻）

〔テキスト〕
『文集』巻五／明刻本『南嶽唱酬集』／清抄本『南嶽倡酬集』／文淵閣四庫全書本『南嶽唱酬集』／
『朱子文集大全類集』巻四／『朱子可聞詩』巻五

〔校異〕異同なし

〔通釋〕
　後洞で雪が竹の枝を壓して　道に横たわらせていた
以前　衡山《こうざん》へ向かい　友人達と轡《くつわ》を竝べて石灘を通った時　雪が降りしきっていた
すでにその時の衡山のことを　私は詩に詠みこんでいた
後洞を通る今朝《けさ》　雪の重みで竹が折れたのに出會《でくわ》し
以前　馬をつらねて石灘を通った時のことを思い出していた

〔解題〕
詩題中の「後洞」とは、衡山山中にあった洞窟を指すと思われる。南宋・陳田夫《ちんでんぶ》撰『南嶽總勝集』に據れば、南嶽衡山のあちこちに洞窟があり、その中の主要なものを「前洞」「中洞」「後洞」と呼んだらしい。該書巻下、〈敍唐宋得道異人高僧—王靈輿〉の條に、

　傳云、前洞是朱陵洞天之東門也。中洞・後洞在靈境之西。亦洞天之便門也。

傳に云ふ、「前洞」は是れ朱陵洞天の東門なり。「中洞」・「後洞」は靈境の西に在り。亦た洞天の便門なり、と。

この呼稱は道教の「洞天思想（洞天福地思想）」に基づくものである。三浦國雄「洞天福地小論」（『東方宗教』第六十一號、一九八三）に據れば、名山勝地の山麓や山腹にある洞窟は、その奥深く仙境に通じており、山の中が廣大な空洞になっていて、外界の太陽や月と見紛うほどの不思議な光體によって照らされて、外界と見分けが付かず、地仙が住まう別世界を形成していると考えられていた。この思想は六朝の東晉の末頃に始まり、唐代にほぼ確立する。北宋・張君房撰『雲笈七籤《うんきゅうしちせん》』卷二十七に收める唐の司馬承禎「天地宮府圖」では、中國各地の名山勝境を十大洞天・三十六小洞天・七十二福地に分類した。その第三小洞天が南嶽衡山洞であり、「朱陵洞天」とも呼ばれる。更に南嶽衡山に於ては「洞眞墟」「青玉壇」「光天壇」「洞靈源」の四箇所が、それぞれ七十二福地の內の第二十三・第二十四・第二十五・第二十六福地に配當されている。

當時に於ては、祝融峯を頂點とする衡山の長大な山脈の下に、周回七百里（約四五〇キロ）の廣大な空洞狀の仙境が存在し、幾つかの洞窟によって地上世界と繫がっていると信じられていたのである。その正門に當たるのが「前洞」であり、「中洞」「後洞」は謂《い》わば一種の通用門と見做されていた。

では本詩の詩題に云う「後洞」はどこに在ったのかというと、『總勝集』卷中、〈紱觀寺—高臺惠安禪院〉の條に、

高臺惠安禪院、在後洞妙高峯下。與方廣比鄰、山勢幽邃、景物與山前不侔。……

高臺惠安禪院は、後洞妙高峯の下《もと》に在り。方廣と比鄰《ひりん》し、山勢幽邃《いうすゐ》、景物 山前と侔《ひと》しからず。

とあることから、妙高峯の下の高臺寺の近くに在ったと推察される。『總勝集』の巻首に載せる石廩峯一帶の圖を見るに、その右上方に描かれた高臺寺の横に確かに洞窟らしきものが確認され、また、方廣寺と隣り合うような位置にあることも確認できる。

ただ、巻中、〈敍觀寺—靈洞寺〉の條に、「靈洞寺は、嶽の西北の後洞に在り。乃ち高臺の前山なり」とあり、また同〈敍觀寺—國清禪寺〉の條にも、「國清禪寺は、後洞石廩峯の西下に在り。高臺の前山なり」とあり、特に後者の國清寺は、前《さき》の石廩峯一帶の圖に於ては高臺寺から少々離れた場所に描かれていることから、この「後洞」が特定の洞窟を指しているようには思われない。また、その圖の中央付近に眼を轉ずるに、そこには「朱陵便門」と書き込まれており、これは上掲〈敍唐宋得道異人高僧—王靈輿〉の「洞天の便門」に相當する筈だが、そこには洞窟らしきものは描かれていない。

こうして見て來ると、「後洞」と呼ばれた特定の洞窟の存在は否定できないものの、當時に於ては、その洞窟一帶の地をも廣く「後洞」と呼んだと考えた方が良さそうである。その下には空洞上の「洞天」が存在すると信じられていたのであるから、石廩峯一帶の地を「朱陵洞天の裏手」ほどの意味合いで呼んだとしても不思議ではない。現に『文集』巻五には「後洞山口晩賦」と題された朱子の五言律詩が收められており（〔補說〕㈡を參照）、また南宋・徐照（?～一二一二）の五律「登祝融峯」詩に「後洞、方廣に連なる／山頭 路《みち》 即ち分る」と詠われていることなども、その傍證となろう。

一方、詩題中の「雪壓竹枝横道」については、張栻の「南嶽唱酬の序」にその手掛かりを求めることが出來る。

　戊寅《ぼいん》 明發し、小徑を穿《うが》ちて高臺寺に入る。門外 萬竹 森然として、間《ま》ま風雪の折る所と爲るも、特に清爽にして愛す可《べ》し。

即ち、十一月十四日の早朝に方廣寺を發ち、まず高臺寺を訪れた所、寺の門前の竹林の一部が風雪によって折られていたが、それはそれで清涼感に溢れ、鑑賞に堪えるものであった。そのささやかな感動が本詩を作る契機となったと見て良いであろう。本詩の轉句に「後洞 今朝 竹を折るに逢ひ」と詠われているのもその裏付けとなる。

〔語釋〕

○石灘　地名。今の湖南省湘潭縣 燒湯《しようとう》河《が》。靳江《きんこう》（北東に流れて湘江に注ぐ）上流の北岸に在る。『湖南古今地名辭典』（湖南出版社、一九九三）は、この地方の方言により「石灘」が訛って「燒湯」に變じた、と言う。張栻の「南嶽唱酬の序」に、

　粵《こ》ゑて十有一月庚午《かうご》［十一月六日］、潭城［長沙《ちやうさ》］自《よ》り湘水を渡り、甲戌《かふじゆつ》［十一月十日］、石灘を過ぎ、始めて嶽頂を望む。忽ち雲氣四合《しがふ》、大雪紛集し、須臾《しゆゆ》にして深さ尺許《ばかり》なり。予が三人なる者 道旁の草舎に飯して、人［一人に付き］一巨盃を酌む。馬に上りて行くこと三十餘里、

草衣巖［今の湘潭縣西南部、大羅山の南麓］に投宿す。一時 山川林壑《りんがく》の觀、已《すで》に勝絶を覺ゆ。

……

とあり、朱子一行が石灘を通過したのは十一月十日。その邊りでようやく、遙か彼方に南嶽の頂を望み見ることが出來るようになったが、突然大雪に見舞われたので、途中の飯屋に立ち寄って酒を呷《あお》り、冷えた體を溫めた上で改めて馬に乘って旅を進めたという。

○聯騎　轡を竝べて馬を進める。「騎」字は「馬に乘る」という動詞の場合は平聲であるが、ここの「騎」のように「乘る馬」という名詞の場合は仄聲（去聲）となる。

○垂垂　雨や雪などが止めど無く降るさま。

北宋・蘇舜欽「送人還吳江道中作」：江雲春重雨垂垂　索寞情懷送客歸

南宋・辛棄疾「江神子・賦梅寄余叔良」詞：暗香橫路雪垂垂。

○小詩　ささやかな詩。自分の詩を遜《へりくだ》って言う。しんしんと降る雪の中、馬上で「南山」即ち衡山を詠じた詩とは、178「七日發嶽麓道中尋梅不獲至十日遇雪作此」、及び『文集』巻五で178の次に置かれた五言古詩「大雪馬上次敬夫韻」等を指すと思われる。

○却思　以前のことを振り返って思い出す。

〔補說〕

㈠『朱子可聞詩』の評

清・洪力行撰『朱子可聞詩』ではこの詩を次のように評している。

南山、即後洞也、乃更換以避重。而石灘聯騎、則故重之、首尾迴環、章法便爾靈趣。

　南山は即ち後洞なり。乃ち更換《かうかん》して以て重なるを避く。而して石灘聯騎は則ち故《ことさら》に之を重ぬ。首尾迴環《くわいかん》し、章法は便ち爾《しか》く靈趣なり。

〝南山は即ち後洞であって、朱子は重複を避けるために言い換えた。しかし「石灘聯騎」では、第一句の「石灘聯騎」と第四句の「聯騎石灘」をわざと重ねた。これによって首尾が輪のようにつながっており、詩の組み立てに生き生きとした趣が湧いてくるのである〟と言う。

(二)　他の「後洞」に於ける作品

朱子一行は本詩の他にも「後洞」に於て、別の詩の唱酬を行っている。朱子の作品を以下に紹介しよう。

　　後洞山口晩賦　　　後洞の山口晩賦

日落千林外　　日は落つ　千林の外
煙飛紫翠深◎　　煙　飛んで　紫翠深し
寒泉添壑底　　寒泉　壑底《がいてい》に添ひ
積雪尚崖陰◎　　積雪　崖陰《がいいん》に尚《くは》ふ
景要吾人共　　景は吾人の共にするを要し

詩留永夜吟◎　詩は永夜の吟を留《とど》む
從教長廣舌　從教《さもあらば》あれ　長廣舌
莫盡此時心◎　此の時の心を盡《つく》す莫《な》し

日が森の向こうに沈み、木々の綠に靄が深く立ち籠める。谷底には冷たい流れ、崖には雪が積もっている。この素晴らしい景色を君達と共有したい故、夜通し詩を吟じ合おうではないか。されどいくら長廣舌を費やしたとて、思い溢れる今現在の胸の内を言い盡くすことは出來やしないだろう、と朱子は詠ずるのである。

187の本詩は早朝に方廣寺を發《た》ち、間も無く高臺寺に辿り着いた際に作られたものであるが、右の詩は詩題にもあるように「晩」に詠まれたものであり、前日の十一月十三日の夕刻、方廣寺に到着する近邊で作られたものと思われる。張栻の「南嶽唱酬の序」には、

「十一月十三日」……竹輿に易《か》へ、馬跡橋由《よ》り山に登る。始め皆な荒嶺 望に彌《み》つる［視界に廣がる］も、已《すで》に乃ち大林壑に入れば、崖邊 時に積雪有り、甚だ快し。溪流 石に觸《ふ》れ、曲折して聲の琅琅《らうらう》たる有り。日暮 方廣［方廣寺］に抵《いた》れば、氣象 深窈《しんえう》、八峯 環立し、所謂《いはゆ》る蓮花峯なり。閣に登りて四望すれば、霜月［冬の月明かり］皎皎《かうかう》たり。……

とあり、それを裏付けていよう。朱子等は方廣寺及び高臺寺一帶を「後洞」と呼び、「大林壑に入」る邊りからを「山口」と見做したと思われるのである。

㈢張栻と林用中の唱和詩

朱子の作を承けて張栻・林用中が詠じた唱和の作を以下に紹介する。

張栻の唱和詩の題目がその『南軒集』で「和元晦雪壓竹韻」〔元晦の雪 竹を壓す韻に和す〕となっている。

山行景物總清奇◎　山行 景物 總《すべ》て清奇
知費山翁幾許詩◎　知んぬ 山翁 幾許《いくばく》の詩を費《つひや》せるや
雪急風號聯騎日　雪急にして 風號《さけ》ぶ 騎を聯《つら》ぬるの日
月明霜淨倚欄時◎　月明らかにして 霜淨《きよ》し 欄に倚るの時

大意は〝山を行けば、その景色はすべて美しくて新鮮である。山を愛する人は、このような景色のためにどれだけ詩を詠まれたでしょう。急に大雪が降り出し、風も怒號する中、騎をつらねたあの日のこと、明るい月が出て一面に銀色の霜が廣がり、お寺の欄に凭りかかったあの時のことなど、いろいろの詩を詠じたね〟ということである。

ちなみに第三句の「雪急風號」と第四句の「月明霜淨」はそれぞれ朱子の「七日 嶽麓《がくろく》を發《はっ》し 道中梅を尋ぬるも獲《え》ず 十日に至りて雪に遭ひ 此《これ》を作る」の詩と「霜月 擇之に次韻す」の詩を指すのではないかと思われる。

林用中

山中景物自新奇◎　山中の景物　自《おのづか》ら新奇たり
乘興幽人寫小詩◎　興に乘じて幽人　小詩を寫《しや》す
洞裏竹枝遇雪壓　洞裏　竹枝が雪に遇《あ》うて壓せられ
何人扶起向明時◎　何人《なんぴと》ぞ　扶《たす》け起さん　明《めい》に向《むか》ふの時

大意は〝山中の景物は我々にとって新鮮で珍しく、自然を愛する我らは興に乘じて詩を吟詠する。後洞では雪によって撓《たわ》んだ竹を見かけたが、朝方にだれがその竹を助け起こしたのであろう〟ということである。

（曹　元春）

188　方廣奉懷定叟

方廣《はうくわう》　定叟《ていそう》を懷《おも》ひ奉《たてまつ》る

偶●來○石●廩●峯○頭○寺●　偶ゝ《たまたま》來《きた》る　石廩峯頭《せきりんほうとう》の寺《てら》
忽●憶●畫●船○齋○裏●人◎　忽《たちま》ち憶《おも》ふ　畫船齋裏《ぐわせんさいり》の人《ひと》
都○市●山○林○雖○一●致●　都市《とし》　山林《さんりん》　致《ち》を一《いつ》にすと雖《いへど》も
不●知○何○處●是●眞○身◎　知《し》らず　何《いづ》れの處《ところ》か是《こ》れ眞身《しんしん》

（七言絶句　上平聲・眞韻）

〔テキスト〕

『文集』巻五／明刻本『南嶽唱酬集』／清抄本『南嶽倡酬集』／文淵閣四庫全書『南嶽倡酬集』／『朱子文集大全類集』

〔校異〕

○畫船　『剳疑』では「畫舩」に作る

〔通釋〕

　方廣寺にて　謹んで定叟を懷かしむ

たまたま衡山の石廩峯の方廣寺に來て

ふと　畫船齋で寛いでいるあなたを思い出す

賑やかな町にいても　山林の中にいても　あなたの人物像は變わりませんが

さて　一體どちらがほんとうの姿なのでしょうか

〔解題〕

詩題中の「方廣」は『剳疑』によれば、石廩峯の寺の名である。『南嶽誌』に、

方廣寺在蓮花峯下、梁天監中建。宋徽宗書天下名山四大字懸佛殿。其後、朱張二子嘗遊此。後人因於寺側建嘉會堂、今爲二賢祠。明萬曆二十二年、賜藏經一部、竝建藏經閣。

方廣寺《はうくわうじ》は蓮花峯《れんくわほう》の下《しも》に在《あ》り、梁《りやう》の天監中《てんかんちゆう》に建《た》つ。宋《そう》の徽宗《きそう》「天下名山《てんかめいざん》」の四大字《しだいじ》を書《しよ》して佛《ぶつ》殿《でん》に懸《か》く。其《そ》の後《のち》朱張《しゆちやう》の二子《にし》嘗《かつ》て此《ここ》に遊《あそ》ぶ。後人《こうじん》因《よ》りて寺側《じそく》に於《おい》て嘉會堂《かくわいだう》を建《た》つ。今二《に》

とある。

賢祠《けんし》と爲す。明《みん》の萬暦《ばんれき》二十二年《にじふにねん》、藏經《ざうきやう》一部《いちぶ》を賜《たま》ひ、竝《なら》びに藏經閣《ざうきやうかく》を建《た》つ。

詩題中の「定叟」とは、南軒の弟張杓である。『朱熹年譜長篇』巻上に、

張杓字定叟、張栻弟。以父恩授承奉郎、累官端明殿學士、知建康府。宋史張浚傳有附傳〔張杓《ちやうしやく》、字は定叟《ていそう》、張栻《ちやうしよく》の弟。父の恩を以《もつ》て承奉郎《しようほうらう》を授《さづ》けられ、端明殿學士《たんめいでんがくし》、知建康府《ちけんかうふ》に累官《るゐくわん》す。『宋史』張浚傳《ちやうしゆんでん》に附傳有り〕。

とある。その附傳に、

杓天分高爽、吏材敏給、遇事不凝滯、多隨宜變通、所至以治辨稱。南渡以來、論尹京者、以杓爲首。

杓《しやく》は天分高爽《てんぶんかうさう》、吏材敏給《りざいびんきふ》、事に遇ふに凝滯《ぎようたい》せず、多《おほ》く宜《よろ》しきに隨《したが》ひて變通《へんつう》す。至る所 治辨《ちべん》を以《もつ》て稱《しよう》せらる。南渡《なんと》以來、尹京《ゐんけい》を論ずる者、杓《しやく》を以《もつ》て首《しゆ》と爲す。

とある。

〝張杓は天分に恵まれて、官吏としてずばぬけていた。問題に出會うと素早く解決する。できごとにあたって、それに應じた取り捌《さば》きをすることに長じている。任地の至る所で、治めるのが上手だと稱贊されていた。南渡以來（國都が揚子江を渡り、南方に移って以來）、都の長官について言えば、張杓の右に出る者がいない〟と述べている。

〔語釋〕

○石廩　衡山の峯の一つ。『明一統志』に「石廩峯、在衡州府衡山、形如倉廩」〔石廩峯は衡州府の衡山に在り、形が倉廩《そうりん》の如くである〕とある。

○畫船齋　『剳疑』の説明によれば、定叟の齋の名であるが、確證はない。

○都市　町、町中《まちなか》。現代の「都市」の意味とは少し違って、人の集まる賑やかな市街地。

盛唐・杜甫「征夫」：路衢唯見哭　都市不聞歌

北宋・蘇軾「許州西湖」：但恐都市歡　不知田野愴

○山林　山と林。都市と對立する場所であり、世俗を超えた隱者にふさわしい住處。

西晉・郭璞「遊仙詩十九首」其一：京華游俠窟　山林隱遯棲

山林についての解釋に「莊子曰、徐無鬼見魏武侯、武侯曰、先生居山林久矣」〔莊子曰く、徐無鬼　魏武侯を見るに、武侯曰く「先生　山林に久しく居《を》るや」と〕とある。

○一致　おもむきを等しくする。雰圍氣が同じである。

○眞身　佛教語。『漢語大詞典』二巻一四三頁「佛教認爲、爲度衆生而化現的世間色身。佛、菩薩、羅漢等（佛教では、衆生を救うために、形を變えてこの世に現れる肉體で、佛、菩薩、羅漢などであると認識する）」と解釋する。『剳疑』では「蓋謂山林是眞身、疑定叟方在京仕官。（おもうに、山林にいる姿こそが本物であるのに定叟はいま、京で官職についているのであろうか）」と解釋する。

〔補説〕

㈠　本詩に對する張栻・林用中の唱和の作

張栻

路入青山小作程　　路《みち》 青山《せいざん》に入《い》りて 小《すこ》しく程《てい》を作《な》す
毎逢佳趣憶吾人◎　　佳趣《かしゅ》に逢《あ》う毎《ごと》に吾人《ごじん》を憶《おも》ふ
山林城市休關念　　山林《さんりん》 城市《じゃうし》 念《おも》ひに關《か》くるを休《や》めよ
認取臨深履薄身◎　　深《ふか》きに臨《のぞ》み 薄《うす》きを履《ふ》む身《み》を認取《にんしゅ》せよ

その大意は、〝青山に入ってしばらく進み、すばらしい風景に逢うたびに　あなたのことを思う。山林にいようか　城市にいようかと　もう氣にかけることをやめて、官職の身であることを忘れず　愼重に行動しなさい〟ということである。

張栻の『南軒集』に収めるこの詩は「和元晦懷定叟戲作」という詩題がつけられた。

林用中

相從偶到招提寺　　相《あ》ひ從《よ》りて 偶〻《たまたま》到《いた》る招提寺《せうだいじ》
獨對西風憶羽人◎　　獨《ひと》り西風《せいふう》に對《たい》して 羽人《うじん》を憶《おも》ふ
澹泊煙霞深處臥　　澹泊《たんぱく》として 煙霞《えんか》の深處《しんしょ》に臥《くわ》すれば
百年衣鉢此生身◎　　百年《ひやくねん》の衣鉢《いはつ》 此《こ》の生《せい》の身《み》

その大意は〝たまたま　みんなと一緒に招提寺に來て、獨り西風に向かって仙人（道士）を思い出す。無欲であるあなたは　山林の奥に隱居して、長年　信仰を守って來た〞というもの。
林用中の詩は朱子詩の詩語を踏まえたけれども、朱子や張栻の詩と違って、張杓のことではなくて、佛道に入った人のことを言っているように思われる。

㈡　朱熹と張杓の關連について

朱子は張栻と親友であることがよく知られるが、實はその弟張杓ともかなり親しかったようである。朱子は『朱文公文集』中では二十三回、『朱子語類』中では三回、張杓に言及している。初めて張杓のことに觸れたのは上記の詩「方廣奉懷定叟」である。初對面に關する記錄はないが、この詩の承句「忽憶畫船齋裏人」によって二人はそれ以前面識があったことが分かる。『年譜長編』巻上によると、二人の手紙の遣り取りが始まったのは淳熙五年（一一六二）の二・三月の間である。張杓は淳熙四年（一一六一）に、袁州の守に就任してまもなく當地に隱齋という書齋を建てて、朱子に題詩を求めた。朱子は「寄題宜春使君定叟張兄隱齋」という五言古詩（『朱文公文集』巻六）を詠じて、張杓に贈った。同じ年、張杓は袁州州學河南三先生祠を建てて、朱子に祠記を作るよう賴んだ。朱子は「袁州州學三先生祠記」（『朱文公文集』巻七十八）の中で次のように張杓のことを評價している。

張侯名杓、丞相魏忠獻公之子、文學吏治皆有家法。觀於此祠、又可見其志之所存者。異時從容獻納、白發其端、使三先生之祠徧天下而聖朝尊儒重道之意垂於無窮、則其美績之可書、又不止於此祠而已也。

張侯《ちやうこう》名《な》は杓《しやく》、丞相《じようしやう》魏忠獻公《ぎちゆうけんこう》の子なり。文學・吏治 皆 家法《かはふ》有り。此《こ》の祠《し》を觀《み》るに、又《ま》た其《そ》の志《こころざし》の存《そん》する所の者《もの》を見る可《べ》し。異時《いじ》從容として獻納《けんなふ》し、白《まう》して其《そ》の端《たん》を發《はつ》して、三先生《さんせんせい》の祠《し》をして天下に徧《あまね》く、而《しか》して聖朝《せいてう》、尊儒重道《そんじゆちようだう》の意無窮《むきゆう》に垂れしめば、則《すなは》ち其《そ》の美績《びせき》、書す可《べ》きもの、又た此《こ》の祠《し》に止《とど》まらざるのみなり。

〝張侯、名は杓、丞相魏忠獻公（張浚）の息子であり、學問にしても政務にしても家の傳統を受け継いでいた。この祠を見ると、その志が覗《うかが》える。今まで氣前よく祠に獻納していたが、今度自ら新たに提案をして、三先生の祠を建ててその祠を天下に知らしめ、そうして聖朝の、儒學を尊んで道を重視するという考えを永く後世に傳えさせるならば、張杓の立派な功績の特筆すべきものは、この三先生の祠を建てた一件に止まらない〟と述べている。

張杓と朱子の交際は兄の張栻が亡くなった後、頻繁になったようである。朱子の「張南軒文集の序」・「右文殿修撰張公の神道碑」はみな張杓に頼まれて書いたものである。張杓の朱子を敬い慕う氣持ちを窺わせる。

朱子の「答張定叟書」（『朱文公文集』巻二十九）では、

時事如此、有識寒心、默計中外群公、威望隱然、忠義明白、誰如吾定叟者?異時扶傾補敗、洪濟艱難、熹雖瞑目、實不能不以此望於門下也。

時事《じじ》此《か》くの如く、有識《いうしき》寒心《かんしん》す。中外《ちゆうぐわい》の群公《ぐんこう》を默計《もくけい》すれば、威望隱然《ゐばういんぜん》、忠義明白、誰《たれ》か吾《わ》が定叟《ていそう》に如《し》く者《もの》ぞ。異時《いじ》、傾くを扶《たす》け敗《やぶ》れたるを補《おぎな》ひ、艱難を洪《ひろ》く濟《すく》ふ。熹《き》瞑目すと雖も、實《じつ》に此《これ》を以《もつ》て門下に望まざる能《あた》はざるなり。

と述べている。この文の意は次のようである。

〃いまの世の中はこういう状況だから、有識者がみな失望している。私は心の中で朝廷の官吏を一人一人思案してみると、威信が高く、忠義一筋で、物事の道理をよくわきまえる面において、定叟に及ぶ人は一人もいない。將來、國を危険な情勢から救い、敗勢を挽回して、苦しい人々を大いに助けることについては、たとい私が死んだとしても、すべて閣下に託すしかない〃。

これによって、朱子は張杓に大きな期待を託していることが分かる。そして、「答詹元善書」三（『朱文公文集』巻四十六）では、

元善篤於友誼、固自不薄、而張帥（杓）之傾蓋勝流、今之君子亦鮮能及也。

元善友誼《いうぎ》に篤《あつ》きこと、固《もと》より自《おのづか》ら薄からず。而《しか》して張帥《ちやうすゐ》（杓《しやく》）の傾蓋勝流《けいがいしようりう》、今の君子も亦た能く及ぶもの鮮《すくな》きなり。

〃元善は友情を重んずることは勿論、張帥のような偉い人は僕と舊知のように親しくなれるのは今の人には珍しい存在である〃と述べている。

これによって朱子は張杓をかなり高く評價していたことが分かる。そして、張杓が亡くなった際に

は「定叟終於落星（定叟《ていそう》 終《つひ》に落星《らくせい》す）」（『朱熹別集』巻六〈書〉・黄商伯）と表現して張杓への敬服の心情を表した。

（曹　元春）

189 方廣聖燈次敬夫韻

方廣《はうくわう》の聖燈《しやうとう》 敬夫《けいふ》の韻《ゐん》に次《じ》す

神燈照夜惟聞説　神燈《しんとう》 夜《よる》を照《て》らす 惟《た》だ説《と》くを聞《き》く
皓月當空不用尋　皓月《かうげつ》 空《くう》に當《あた》りて尋《たづ》ぬるを用《もち》ひず
箇裏忘言眞所得　箇《こ》の裏《うち》 言《げん》を忘《わす》る 眞《しん》に得《え》たる所《ところ》
便應從此正人心　便《すなは》ち應《まさ》に此《これ》從《よ》り人心《じんしん》を正《ただ》すべし

（七言絶句　下平聲・侵韻）

〔テキスト〕

『文集』巻五／明刻本『南嶽唱酬集』／清抄本『南嶽倡酬集』／文淵閣四庫全書本『南嶽倡酬集』／『朱子文集大全類編』巻四

〔校異〕

○惟　文淵閣四庫全書本『南嶽倡酬集』では「唯」に作る。

〔通釋〕

方廣寺の聖燈を目の前にして　敬夫の韻に合わせる
闇夜《やみよ》を照らす神燈のことを　噂にのみ聞いていたが　それをこの目で確かめようとして尋ねて來た
それはあたかも明月が中空にかかっているように　探すまでもないほど皓皓と輝いている
ここで眞に得たものがあったのだが、それを言い表せる言葉を見つけられない
これからその得たものによって　わが心を正してゆくことにしよう

〔解題〕

本詩は188に引き續いて、方廣寺にて作られたものである。「聖燈」については、南宋・陳田夫撰『南嶽總勝集』巻上、〈五峯靈跡〉―〈祝融峯〉の條に記載がある。

按圖經云、靑玉壇上有仙人行道處。……又嶽圖經云、下有火山芝。神農本草云、赤芝生衡山（赤芝即火山芝也）。夜有靈光如飛燭。俗呼爲聖燈。草芝圖云、衡山有九芝。三本生滿谷、在蓮花峯東。三本生此壇下、三本生金簡峯東。

按ずるに『圖經』に云ふ「靑玉壇上に仙人　道を行ふの處有り」と。……又た『嶽圖經』に云ふ「下に火山芝有り」と。『神農本草』に云ふ「赤芝　衡山に生ず（「赤芝」は即ち「火山芝」なり）。夜　靈光の飛燭の如き有り。俗に呼びて「聖燈」と爲す」と。『草芝圖』に云ふ、衡山に九芝有り。三本　滿谷に生ず。蓮花峯の東に在り。三本　此の壇の下に生じ、三本　金簡峯の東に生ず」と。

これに據れば、衡山には「赤芝」（一名「火山芝」）なる植物が自生しており、夜になると宙に浮かぶ燈火のような不思議な光を發し、その光は俗に「聖燈」と呼ばれる。この植物が自生する場所は衡山山中に三箇所あり、その中の一つが蓮花峯の東の谷間、即ち方廣寺の近くということが判明する。同じく『南嶽總勝集』巻中の〈敍觀寺〉―〈方廣崇壽禪寺〉の條には、「中夜嘗《つね》に鐘磬の聲を聞く。山谷に出づれば聖燈を見る（中夜嘗聞鐘磬聲。出山谷見聖燈）」とあり、先の記述を裏付けるものとなっている。本詩と同じく『文集』巻五に收められる朱子の五言律詩「自方廣過高臺次敬夫韻」の頷聯にも「我は來《きた》る 陰壑《いんがく》の晩／人は說く 夜燈の明」とあり、この「夜燈」も「聖燈」を指していると考えられる。

衡山で「聖燈」と呼ばれていた「赤芝」なる植物は、『本草綱目彩色圖譜』（華夏出版社、一九九八）に據れば、學名 Ganoderma lucidum（Leyss.ex Fr）*Karst*。この學名を『牧野新日本植物圖鑑』（北隆館、一九六一）に徵してみれば、和名を「マンネンタケ」という茸の一種がこれに該當する。該書では、この植物は、傘は腎臓形をして黑褐色、赤褐色、赤紫色または暗紫色を示し、漆のような光澤があり、我が國では古くから「靈芝」と呼んで珍重して來たと記す。但し、該書にはこの植物が夜になると發光するという記述は無い。夜間に發光する茸としては、日本固有種のツキヨタケの他に、ヤコウタケ（Mycena lux-coeli）・ベニヒカリダケ（Mycena noctileucens sp.nov.）・アミヒカリダケ（Mycena manipularis metrod Syn）等があり、恐らく「聖燈」と呼ばれていた「赤芝」なる植物はそれらに類する植物であったと想像される。

本詩は詩題から分かるように張栻〈敬夫〉の詩の韻に合わせて詠まれたものである。張栻の「方廣聖燈」という題目の詩は次の通り。

陰壑傳聞炯夜燈　　陰壑《いんがく》 傳聞《でんぶん》す 炯夜燈《けいやとう》
幾人高閣費追尋◎　　幾人《いくにん》か 高閣《かうかく》に追尋《つゐじん》を費《つひや》す
山間光景祇常事　　山間《さんかん》の光景《くわうけい》 祇《た》だ常事《じやうじ》
堪笑塵寰萬種心◎　　笑《わら》ふに堪《た》へたり 塵寰《ぢんくわん》萬種《ばんしゅ》の心《こころ》

その大意は〞暗い谷あいには　夜でも明るい神燈があると聞き、これまでどれだけの人が　高殿の上に置かれた神燈をわざわざ探しに來たことであろう。山間の光景としては　この明るい神燈も當たり前のものであるが、この神燈の前に身を置けば　俗世の雑念も笑うべきもののように思われて來る〟ということである。

〔語釋〕

○神燈　靈妙なる燈火。〔解題〕でも述べた如く、實際には、方廣寺の近くの谷間に自生する茸の一種が夜間に發する光を指す。尚、『大漢和辭典』第八巻の「神燈」の條、及び「聖燈」の條に本詩第一・二句を引く。異同無し。

○聞說　人づてに聞くこと。

○皓月當空　明るい月が空中にかかる。この詩の場合は「神燈」が實景ではなく、心象風景として詠じられていよう。

盛唐・杜甫「謁文公上方」：大珠脫玷翳　白月當空虚

○箇裏　この中。

○忘言　言葉を忘れる。表現すべき適當な言葉を發見できない意。

『莊子』外物篇に「言者所以在意、得意而忘言。」〔言《げん》は意《い》を在《とら》ふる所以《ゆゑん》、意を得《え》て言を忘《わす》る〕がある。

この文について、福永光司氏は『莊子』（朝日新聞社、昭和四一年四月一日）では「言葉や文字というものは、生きた意味內容――人生の體驗的な眞實を把握するための手段道具であり、それさえものにしてしまえば打ち捨てられていいのである」と解釋している。

東晉・陶淵明「飲酒二十首」其五：此中有眞意　欲辯已忘言

○正人心　人の心を正しくする。ここでは我が心を正す意。まず「正心」では、

『大學』：欲修其身者、先正其心、欲正其心者、先誠其意。

朱熹注：心者、身之所主也。誠、實也。

という用例が見える。また「正人心」では、『朱子語類』巻二十三〈論語五〉・〈詩三百章〉の項に次のように使われている。

徐問「思無邪」。曰：「非言作詩之人『思無邪』也。蓋謂三百篇之詩、所美者皆可以爲法、而所

刺者皆可以爲戒。讀之者『思無邪』耳。作之者非一人、安能『思無邪』乎?只是要正人心。統而言之、三百篇只是一箇『思無邪』;析而言之、則一篇之中自有一箇『思無邪』。

徐「思《おも》ひ邪《よこしま》無し」を問ふ。曰く「詩を作るの人の〝思ひ邪無〟きを言ふに非ざるなり。蓋し謂《おも》へらく、三百篇の詩、美《よみ》する所の者は皆 以て法と爲し、而して刺《そし》る所の者は皆 以て戒と爲す。之を讀む者の〝思ひ邪無〟きのみ。之を作る者の一人に非ざれば、安《いづく》んぞ能く〝思ひ邪無〟からんや。只だ是れ人心を正さんことを要す。統《す》べて之を言へば、三百篇は只だ是れ一箇の〝思ひ邪無し〟にして、析《さ》きて之を言へば則ち一篇の中《うち》、自《おのづか》ら一箇の〝思ひ邪無し〟有り」と。

右の一段によれば、人は『詩經』を讀むことで邪心を捨て去り、おのが心を誠實なものたらしめることができる、と朱子は說いているように思われる。本詩の場合は、方廣寺の聖燈を拜したことを契機に、自分の心を淸淨なものにしたい、というのであろう。

〔補說〕

本詩に對する林用中の唱和の作を以下に紹介しておく。

燈長三世火長明　燈《ともしび》 長《とこし》へに 三世《さんぜ》 火《ひ》 長《とこし》へに明《あき》らかなり
千里遺蹤子細尋◎　千里《せんり》 遺蹤《ゐしよう》 子細《しさい》に尋《たづ》ぬ
自是神光能永夜　自《おのづか》ら是《こ》れ神光《しんくわう》 能《よ》く永夜《えいや》

不妨金偈更降心◎　妨《さまた》げず　金偈《きんげ》の　更《さら》に心《こころ》を降《くだ》すを

その大意は、〝神燈は過去、現在、未來へと何時《いつ》までも輝くと言う。その遺跡を詳しく知ろうとしてはるばるやって來た。靈妙な燈だからこそ、夜を徹して輝き續けることができるのだ。素晴らしい偈《げ》を讀んで　更に邪念を拂おうか〃ということである。

以上の張栻・朱子及び林用中の三人の唱和詩の異なるところは、聖燈の前に身を置きながら、三人の感じたことがそれぞれ違うことである。張栻の言う「聖燈」は目の前の實像そのものであるが、それに對して、朱子のほうは轉じて「聖燈」を自分が求めてきたもののように譬《たと》えて、林用中は「聖燈」を佛法と結びつけているのである。

（曹　元春）

190羅漢果次敬夫韻　羅漢果《らかんくわ》　敬夫《けいふ》の韻《ゐん》に次《じ》す

目●勞○足●倦●登○喬○嶽●　目勞《めつか》れ　足倦《あしう》み　喬嶽《けうがく》に登《のぼ》る
吻●燥●腸○枯○到●上●方◎　吻《くちびる》燥《かわ》き　腸《ちやう》枯《か》れ　上方《じやうはう》に到《いた》る
從○遣●山○僧○煮●羅○漢●　從遣《さもあらば》あれ　山僧《さんそう》　羅漢《らかん》を煮《に》
未●妨○分○我●一●杯○湯◎　未《いま》だ妨《さまた》げず　我《われ》に一杯《いっぱい》の湯《ゆ》を分《わ》かつを

（七言絶句　下平聲・陽韻）

＊　第三句の「羅」は平聲であり、二六對の原則から外れているが、ここの下三字は、〈仄平仄〉

の「はさみ平」であり、〈平仄仄〉と同じである。

〔テキスト〕

『文集』巻五／明刻本『南嶽唱酬集』／清抄本『南嶽倡酬集』／文淵閣四庫全書本『南嶽倡酬集』／『朱子文集大全類編』巻四／『宋詩鈔』文公集鈔／『南嶽志』巻二十二

〔校異〕異同なし。

〔通釋〕

羅漢の果實　敬夫どのの詩の韻に合せる

目は虚《うつ》ろ　足取り重く　高く聳《そび》える山を登り

唇は乾き　空腹を覺えながら　ようやく佛寺に到着した

すべてお任せしよう　僧侶が羅漢の果實を煮出してくれることに

私にその飲み物を一杯　分け與えてくださっても構わないのだから

〔解題〕

南嶽衡山の遊において、佛寺にて羅漢果の飲み物をふるまってもらったことを張栻が賦し、朱子がそれに次韻した詩。「羅漢果」とは、「羅漢」と名づけられた果實のこと。佛教の聖者である羅漢の姿に似ていることから、その名が與えられたと言われる。朱子一行が方廣寺に到着した際に、佛僧達が羅漢果を煮出した飲みものを振る舞ってくれたことを詠じたものと推測される。そのため本詩は、方廣寺に到着した乾道三年（一一六七）十一月十三日に作られたものとなろう。

張栻の原詩（『南軒集』に據る）は、以下の通りである。

賦羅漢果

黃實纍纍本自芳◎
西湖名字著諸方◎
里稱勝母吾常避
珍重山僧自煮湯◎

羅漢果《らかんくわ》を賦《ふ》す

黃實《くわうじつ》 纍纍《るゐるゐ》 本《もと》と自《おのづか》ら芳《かんば》し
西湖《せいこ》 名字《めいじ》 諸方《しよはう》に著《あらは》る
里《り》に勝母《しようぼ》と稱《しよう》すれば 吾《わ》れ常《つね》に避《さ》く
珍重《ちんちよう》す 山僧《さんそう》の自《みづか》ら湯《ゆ》を煮《に》るを

（七言絶句 下平聲・陽韻）

＊ 四庫全書本『南嶽倡酬集』では、第三句の「常」を「嘗」に、第四句の「自」を「日」に作る。

〝たわわに實《みの》った黃色い羅漢の果實は、おのずと芳しい香りを發しており、とりわけ西湖に産するものは、その評判を各地にとどろかせている。しかし、かの曾子が「勝母」という名の村里を避けたように、私も常にこの「羅漢」と名付けられた果實を避け續けて來たが、今は山僧が煮出してくれた飲み物を珍重したい〟と詠じている。

一・二句は羅漢果がたわわに實ったさまと西湖産のものが特に評判の良いことを詠《うた》う。第三句は難解であるが、おそらく曾子の故事に基づいて、張栻が「羅漢」という名を持つ果實を口にすることを避けて來たことを述べたものと解釋される。曾子の故事とは、曾子が「勝母」〔母に勝つ〕という名の村里を避けたことである。前漢・鄒陽「獄中上書自明」〔獄中に上書し 自ら明らかにす〕（『文選』所收）に、「里名勝母、曾子不入」〔里に勝母と名《な》づくれば、曾子 入らず〕とあり、唐・顔師古は「曾子至孝、以勝母之名不順、故不入也」〔曾子は至孝、勝母の名の不順なるを以ての故に入らざるなり〕と注を附している。つまり、孝の心に篤《あつ》い曾子は、「母に勝つ」などという不遜な名前の村には近寄らなかったということである。この曾子の故事に基づき、張栻もまた儒者として、佛教の聖者を意味する「羅漢」という名の果實を口にしないようにして來た、ということと解釋される。しかし、今この南嶽衡山の遊においては、その「羅漢」を煮出した飲み物を珍重したいと、第四句で結ぶのである。

　これを受けた朱子は、一・二句でまず山登りに疲勞し、ようやく佛寺にたどり着いたことを詠う。そして三・四句では、そのような疲勞の極みにあっては、本來なら口にしない羅漢果の飲み物であってもありがたいものである、ということを「從遣」「未妨」などの表現によって詼諧を交えて詠じている。

〔語釋〕

○目勞足倦　目が虚《うつ》ろになり足取りが重くなること。この句の用例は少ないが、『剳疑輯補』の〈剳疑〉では以下の一詩を擧げている。

　北宋・程顥「游重雲」：目勞足倦深山裏　猶勝低眉對俗人

　なお『韻府』巻十九〈下平聲―四豪―勞〉の「目勞」に本詩の前半二句を引く〔異同なし〕。

○喬嶽　高く聳える山。ここでは南嶽衡山をいう。

○吻燥膓枯　唇は乾燥し、空腹を感じること。『韻府』巻四十九〈上聲―十九皓―燥〉の「吻燥」に本詩の前半二句を引く（異同なし）。

○上方　佛寺のこと。ここでは「方廣寺」を指す。

○従遣　「さもあらばあれ」と訓じる。任せる。自分以外のものに任せることをいう。『文語解』は「従教」「任他」「任従」「従令」などと共にこの語を擧げ、「此皆俗語、詩語に用ゆ。その義みな同じ。俚語（俗言）のかまはぬなり」と記す。次の詩は、『文語解』が載せる「従遣」の用例である。

中唐・李益「送客還幽州」：秋來莫射南飛雁　従遣乘春更北飛

本詩では平仄との關係から、「従教」ではなく「従遣」を用いたものと推測される。

○羅漢　ここでは、羅漢の果實を指す。『韻府』巻七十四〈去聲―十五翰―漢〉の「羅漢」に、本詩の後半二句を引く（異同なし）。

○未妨　妨げることはない。轉じて、そのようにしてもよい、ということを表す。

○一杯湯　溫かい一杯の飲み物。ここでは、羅漢の果實を煮出した飲み物をいう。『韻府』巻二十二〈下平聲―七陽―湯〉の「一杯湯」に、本詩の後半二句を引く（異同なし）。

〔補説〕

㈠　林用中倡和詩について

林用中が詠じた七絶は以下の通りである。

團團碩果自流黄◎　團團《だんだん》の碩果《せきくわ》 自《おのづか》ら流黄《りうくわう》
羅漢芳名托上方◎　羅漢《らかん》の芳名《はうめい》 上方《じやうはう》に托《たく》す
寄語山僧留待客　語《ご》を寄《よ》す 山僧《さんそう》 客《かく》を留待《りうたい》し
多些滋味煮成湯◎　多些《たさ》の滋味《じみ》 煮《に》て湯《ゆ》と成《な》せ
（七言絶句　下平聲・陽韻）

第一・二句では、丸々と實った羅漢の果實がもえぎ色となり、この羅漢果の評判は佛寺に託されたものであることを述べる。第三・四句では、彼ら一行を迎えてくれた方廣寺の僧侶が、羅漢の果實を煮出し、その滋味溢れる飲み物を振る舞ってくれるようお願いする語となっている。「寄語」は、言傳《ことづて》をすること。方廣寺の山僧に羅漢果を煮出すようにお願いしたことであろう。

㈡　羅漢果について

本詩において朱子等三人が詠じた「羅漢果」を、清・李元度『南嶽志』では「羅漢芋」であると明記する。『南嶽志』巻二十二〈物産〉は、『蓮峯志』を引用して〝蓮花峯では「羅漢芋」の根を煮込んで食用としている〟ことを記した後、「宋張栻羅漢芋詩」「朱子次韻」と題された張栻と朱子の七絶を引用する。つまり、李元度『南嶽志』は、朱子達一行が方廣寺にて食した飲み物は、羅漢と名づけられた芋の根を煮だしたものであると解釈しているのである。

しかし、朱子一行が詠ずる詩からは『南嶽志』で説くような芋の根を煮出した飲み物は連想されない。朱子は「山僧 羅漢を煮」ると言うだけであるが、張栻は羅漢のことを「黃實」（黃色い實《み》）と表現し、林用中は「團團たる碩果 自ら流黃」（丸々としたもえぎ色の實）と表現している。張栻・林用中の詠じた表現からすれば、やはりこの南嶽衡山の遊において三人が食したものは果實を煮出した飲み物であって、芋の根ではないであろう。

そもそも南宋・陳田夫『南嶽總勝集』は、巻中〈嶽產雜藥 山果附〉に「羅漢果」の名を載せ、羅漢果を山で採れる果實とみなしている。また『南嶽志』が引用する『蓮峯志』は、明末清初の人である王夫之（一六一九〜一六九二）が著したものであり、朱子達が南嶽衡山に遊んだ時から約五〇〇年を經た後に著されたものである。その『蓮峯志』（『船山全書』第十一册所收）は、巻三〈物產〉に「羅漢芋」を記述し、巻五〈詩〉に朱熹「羅漢果次敬夫韻」・張栻「賦羅漢果」を収めているが、王夫之自身は蓮花峯で採れる「羅漢芋」と朱子達が詠じた「羅漢果」を關連づけてはない。張栻の七絶を「羅漢芋」と題するのも李元度『南嶽志』だけであり、他に例を見ない。おそらくは、羅漢芋を朱子達三人の詩と結びつけたのは、李元度『南嶽志』の獨創であろう。

以上のことより、本詩に於いて朱子達一行が詠じたのは、『南嶽志』で明示されている芋ではなく、羅漢と名づけられた果實として解釋したのである。

（松野 敏之）

191 壁間古畫精絶未聞有賞音者

老●木●樛○枝○入●太●陰◎
蒼○崖○寒○水●斷●追○尋◎
千○年○粉●壁●塵○埃○底●
誰○識●良○工○獨●苦●心◎

壁間《へきかん》の古畫《こぐわ》　精絶《せいぜつ》なるも　未《いま》だ賞音《しやういん》の者《もの》有《あ》るを聞《き》かず
老木《らうぼく》　樛枝《きうし》　太陰《たいいん》に入《い》る
蒼崖《さうがい》　寒水《かんすゐ》　追尋《つゐじん》を斷《た》つ
千年《せんねん》　粉壁《ふんぺき》　塵埃《じんあい》の底《そこ》
誰《たれ》か識《し》らん　良工《りやうこう》　獨《ひと》り心《こころ》を苦《くる》しましむるを

（七言絶句　下平聲・侵韻）

〔テキスト〕
『文集』巻五／明刻本『南嶽唱酬集』／清抄本『南嶽倡酬集』／文淵閣四庫全書本『南嶽倡酬集』／『朱子文集大全類編』巻四／『南嶽志』巻十九

〔校異〕
○文淵閣四庫全書本『南嶽倡酬集』では詩題を「壁間古畫精絶未聞有賞音者賦此」に作る。

〔通釋〕
古い壁畫は精巧で優れているが　この良さを理解する者をいまだ聞かない
老《お》い木《ぎ》の曲がりくねった枝は　月影を背にして伸びている
薄暗い崖《がけ》と　寒々とした川に阻まれて　そのさきの様子がよくわからない――

千年前に白壁に描かれたこの繪は　人知れず　塵や埃を被《かぶ》って來た
これを描いた腕のよい畫工の　ひたむきな苦心のさまを　一體誰が知り得よう

〔解題〕

寺院の古い壁畫の素晴らしさに感嘆しつつも、これを共に賞玩し得る者がいないことを惜しんで詠んだ詩。本詩および〔補說〕で後述する和詩二首の內容から推して、壁畫はおそらく老松を描いたものであったのだろう。張栻撰「南嶽倡酬序」はこの壁畫の所在に觸れていないが、おそらく方廣寺の中にあったものと想像される。「壁間」は壁面と同義。「精絕」は芸術作品のできばえが精巧かつ絶妙であること。中唐・劉禹錫の「樂天寄洛下新詩兼喜微之欲到因以抒懷也」詩に「吟君洛中作　精絕百鍊金」〔君が洛中の作を吟ず／精絕 百《もも》たび金を鍊《ね》る〕とある。「賞音」は「知音《ちいん》」ないしは「知己《ちき》」という意に等しい。本詩では壁畫の素晴らしさを理解できる同好の士を「賞音」の語で表している。南宋・陸游の「歲晚六首」詩の其六に「鹿門采藥悠然去　千載龐公是賞音」〔鹿門 藥を采りて 悠然として去る／千《せん》載《ざい》 龐公《ほうこう》 是れ賞音〕とあるのが參考になるだろう。

〔語釋〕

○樛枝　曲がりくねった枝。
初唐・張九齡「登臨沮樓」：雜樹緣青壁　樛枝掛綠蘿
朱熹「伏讀秀野劉丈閒居十五詠謹次高韻率易拜呈伏乞痛加繩削是所願望」〈秋香徑〉：門外黃塵

沒九逵　坊中叢桂長樛枝

○入太陰　「太陰」は陰氣のもっとも盛んな時期や場所。冬、北、水、月などを指すことが多い。『朱熹詩詞編年箋注』は「太陰」を月の意とする。それならば「太陰に入る」とは、老松《おいまつ》の枝が月にかかっているさまをいうのであろう。〔補説〕で後述する林用中の和詩にも「淡月」とある。

杜甫「戲爲雙松圖歌」：白摧朽骨龍虎死　黑入太陰雷雨垂

右の一聯は畫中の二本松を描寫したものであり、うち二句めは、黑々と交錯した松の枝が、さながら雷雨の暗く降りしきるようである、と形容したものであり、「太陰」は月の意ではない。しかし朱子はこの用例を意識していたものと思われ、『箚疑輯補』の〔箚補〕もこの聯を引く。

○蒼崖　薄暗い崖。「蒼」は邦語で「暮色蒼然」、「古色蒼然」などというときの「蒼然」の義に近い。

中唐・張祜「題李瀆山居玉潭」：古樹千年色　蒼崖百尺陰

北宋・歐陽修「冬後三日陪丁元珍遊東山寺」：翠蘚蒼崖森古木　綠蘿盤石暗深溪

○斷追尋　求めるものが視界に入らないこと、また、求めるものにたどり着けないこと。「追尋」は一般に、昔を思い尋ねること、また景物を尋ね歩くことを指すが、ここは後者の意に近いであろう。

南宋・戴表元「保福寺」：漫天蘿蔓斷追尋　猶有人嫌未苦深

○粉壁　胡粉で塗った壁、しらかべ。

李白「觀博平王志安少府山水粉圖（一作壁）」：粉壁爲空天　丹青狀江海

○塵埃底　塵の積もった底。ここは塵が壁畫を覆っていて、人々の顧みぬ狀態にあるさまをいう。
南宋・韓元吉「秋懷十首」其三：誰憐客舍塵埃底　猶得西湖一兩山
○良工獨苦心　腕の優れた畫工が、ひとり苦心慘憺して繪を描くこと。この語句が次の杜甫の用例を踏まえていることはあきらかであろう。
杜甫「題李尊師松樹障子歌」：已知仙客意相親　更覺良工心獨苦

〔補說〕
張栻の和詩は次のとおりである。

和元晦詠畫壁　　元晦《げんくわい》の畫壁《ぐわへき》を詠《えい》ずるに和《わ》す
山松夾路自淸陰◎　　山松《さんしよう》 路《みち》を夾《はさ》みて自《おのづ》から淸陰《せいいん》
溪水有源誰復尋◎　　溪水《けいすい》 源《みなもと》 有《あ》りて 誰《たれ》か復《ま》た尋《たづ》ねん
忽見畫圖開四壁　　忽《たちま》ち見《み》る 畫圖《ぐわづ》の四壁《しへき》に開《ひら》くを
悠然端坐慰予心◎　　悠然《いうぜん》 端坐《たんざ》して予《よ》が心《こころ》を慰《なぐさ》めん

〝山に生えた松は道をはさみこみ、淸らかな陰を落としている。谷川の水にはその源があるであろうが、それを尋ねる者はいるだろうか――四面に展開する壁畫をふいに見たことで、わたしもここにゆったりと腰を据え、これらの繪を心ゆくまで鑑賞することにした〟という意。「淸陰」はもと涼しげな木陰のこと。朱子「夏日二首」詩の其一に「窗風遠飆至　竹樹淸陰繁」〔窗風　遠飆《ゑんぺう》至り／竹樹　淸陰　繁《しげ》し」とある。右の詩では、月光を受けて老松が落とす陰をいう。

林用中の和詩は次のとおり。

老樹參横傍古陰◎　老樹《らうじゆ》 參横《しんわう》 古陰《こいん》に傍《よ》る
濃煙淡月試追尋◎　濃煙《のうえん》 淡月《たんげつ》 試《こころ》みに追尋《つゐじん》す
自來無會丹青意　自來《じらい》 丹青《たんせい》の意《い》を會《くわい》する無《な》し
可惜良工苦片心◎　惜《をし》む可《べ》し 良工《りやうこう》 片心《へんしん》を苦《くる》しますを

〝老樹は夜分の古びた陰に寄り添うている。あたりには濃いもやが立ちこめ、淡い月がかかっているが、そのさきに分け入ってみたくなる――繪ごころのある者がこれまであまりこの壁畫を見なかったので、畫工の苦心（が理解されて來なかったこと）を殘念に思うのである〟というほどの意。「參横」とは參《しん》という名の星（邦名：からすき。オリオン座の一部）が傾く時分のことで、夜間を指す。北宋・蘇軾の「六月二十日夜渡海」詩に「參横斗轉欲三更　苦雨終風也解晴」（參横たはり 斗轉じて 三更ならんと欲す／苦雨終風も也《ま》た解《よ》く晴れん」とあり、句中にある「三更」は午後十一時から午前一時の間を指す。「會意」はもと、我が意にかなう義であるが、ここでは「無會丹青意」とあり、「丹青」とは繪畫のことであるから、畫工の描いた壁畫を賞玩する繪ごころを持ち合わせないことをいう。「片心」はまた「一片心」とも書き、心を具象化したいい方。似た用例では、盛唐・王昌齡「芙蓉樓送辛漸二首」詩の其一に「洛陽親友如相問　一片冰心在玉壺」（洛陽の親友　如《も》し相ひ問はば／一片の冰心　玉壺に在り」とあるのが名高い。

（丸井　憲）

192 方廣版屋　　方廣《はうくわう》の版屋《はんをく》

秀木千章倒　　秀木《しうぼく》 千章《せんしやう》倒《たふ》れ
層甍萬瓦差　　層甍《そうばう》 萬瓦《ばんぐわ》差《し》す
悄無人似玉　　悄《せう》として 人《ひと》の玉《ぎよく》に似《に》たるもの無《な》し
空詠小戎詩　　空《むな》しく小戎《せうじゆう》の詩《し》を詠《えい》ず　　（五言絶句　上平聲・支韻）

〔テキスト〕
『文集』巻五／明刻本『南嶽唱酬集』／清抄本『南嶽倡酬集』／文淵閣四庫全書本『南嶽倡酬集』／『朱子文集大全類編』巻四／『南嶽志』巻十九

〔校異〕
○空詠　文淵閣四庫全書本『南嶽倡酬集』、および『南嶽志』巻十九では「空咏」に作る。

〔通釋〕
方廣寺の木造の建物
この寺の結構は　多くの喬木を切り倒して出來上がったもの

高い屋根の棟木《むなぎ》と多くの瓦《かわら》が　たがいちがいに並んでいる
しかしこの建物のなかには　玉のように溫雅な人物は見當たらない
『詩經』「小戎」の詩を口ずさむのも　詮《せん》ないことである

〔解題〕

朱子が方廣寺の版屋、つまり木製の板で作ったその建物を見て詠んだ詩。「版」はここでは「板」に通ずる。張栻撰「南嶽倡酬序」に「寺皆版屋。問老宿、云用瓦輒爲氷雪凍裂」〔寺（＝方廣寺）は皆版屋なり。老宿に問ふに、「瓦を用ふれば輒《すなは》ち氷雪に凍裂せ爲《ら》る」と云ふ〕とあり、瓦や煉瓦《れんが》では氷や雪によって凍結し龜裂を生じてしまうため、もっぱら木の板を使うのだ、という古參の寺僧の説明を載せる。

「版屋」の語には典據がある。『詩經』秦風に「小戎」と題する三章からなる詩があり、春秋秦の襄《じょう》公《こう》が西戎《せいじゅう》（中原の西方にいた遊牧民族）を討伐したことを讃えたものとされるが、詩の實際の體裁は、出征先の夫の身を案ずる婦人の獨白體となっている。その第一章の後半に、

言念君子　溫其如玉　言《ここ》に君子を念《おも》ふ　溫として其れ玉《ぎょく》の如し
在其板屋　亂我心曲　其の板屋に在りて　我が心曲を亂《みだ》る

とあり、大意は〝わたしはあなたを戀しく想う。玉のように穩やかなあなたを。あなたはいま、かの地の木の建物のなかにおり、わたしの心はかき亂される〟というもの。朱子『詩集傳』の注に、

君子、婦人目其夫也。溫其如玉、美之詞也。板屋者、西戎之俗以板爲屋。心曲、心中委曲之處

也。

「君子」は、婦人其の夫《をつと》を目《もく》するなり。「溫として其れ玉の如し」とは、之を美《よみ》するの詞なり。「板屋」とは、西戎の俗、板を以て屋と爲す。「心曲」は、心中委曲の處《ところ》なり。

とあるとおり、木の板で建物を作るのは古代の西戎の習俗であった。朱子は方廣寺の木造建築を見て右に擧げた詩を連想し、そこから本詩の着想を得たのであった。

〔語釋〕

○秀木　秀でた樹木、背の高い木。

○千章　千本の材木、多くの樹木。「章」はここでは樹木を數える單位である。

北宋・蘇軾「廣州蒲澗寺」：千章古木臨無地　百尺飛濤瀉漏天

○層甍　瓦葺《かわらぶ》きの高い屋根、または高い屋根の棟木《むなぎ》をいう。ここでは後者の意。

南朝宋・江淹「雜詩體三十首」〈張黃門苦雨協〉：水鸛巢層甍　山雲潤柱礎（『六臣注文選』卷三十一）

張銑注：層、高也。甍、屋棟木也〈層は高なり。甍は屋の棟木なり〉。

朱熹「觀黃德美延平春望兩圖爲賦二首」其一：層甍麗西崖　朝日群峯碧

○萬瓦　多くのかわら、いらかの波。

北宋・周紫芝「周朝議宣新第致語口號」：連甍萬瓦琉璃碧　照坐千鍾琥珀紅

○差　「シ」と音讀し、竝びかたが不揃いなこと、たがいちがいの狀態をいう。「參差《しんし》」、「差池《しち》」などと熟して不揃いなさまを形容するが、「差」ひと文字での用例は乏しい。なお、「差肩」と書けば肩を竝べる意となる。

杜甫「過南鄰朱山人水亭」：相近竹參差　相過人不知

同「九日楊奉先會白水崔明府」：晚酣留客舞　鳧舄共差池

同「贈李八祕書別三十韻」：通籍蟠螭印　差肩列鳳輿

○悄　ひっそりとしていること。「悄無」で、全く無いことをいう。

中唐・白居易「琵琶引」：東舟西舫悄無言　唯見江心秋月白

中唐・劉言史「北原情三首」其一：米雪晚霏微　墓成悄無人

○小戎　小型の戰車のこと。『詩經』秦風の篇名であることは、〔解題〕に述べたとおり。

〔補說〕

張栻の和詩は次のとおりである。

和元晦方廣版屋　元晦《げんくわい》が方廣《はうくわう》の版屋《はんをく》に和《わ》す

葺蓋非陶埴　葺蓋《しふがい》　陶埴《たうしよく》に非《あら》ず

年深自碧差◎　年深《としふか》くして　自《おのづか》ら碧《へき》　差《し》す

如何亂心曲　如何《いかん》ぞ　心曲《しんきよく》を亂《みだ》る

不忍誦秦詩◎　秦詩《しんし》を誦《しよう》するに忍《しの》びず　（五言絶句　上平聲・支韻）

〝この建物の屋根を葺いているのは陶製や埴《はに》（＝ねば土）製の瓦ではなく（木の板なので）、年を經るにつれ、おのずと綠色のまだら模樣になっている。なぜ心がこれほどに亂れるのだろう。『詩經』秦風のあの「小戎」の詩を口ずさむ氣分にはなれない〟と詠ずる。「陶埴」は陶製や埴製の物品で、ここは屋根瓦や煉瓦を指す。中唐・柳宗元の「登蒲州石磯望橫江口潭島深迴斜對香零山」詩に「陶埴茲擇土蒲魚相與鄰」〔陶埴　茲《ここ》に土を擇び／蒲魚　相ひ與《とも》に鄰《となり》す〕という用例が見える。「心曲」は右の〔解題〕で引いた朱子の注にもあるとおり、こころのくま、心底、心中の意。初唐・沈佺期の「臨高臺」詩に「回首思舊鄉　雲山亂心曲」〔首《かうべ》を回《めぐ》らして舊鄉を思ふ／雲山　心曲を亂る〕とある。

林用中の和詩は次のとおり。

上方古棟宇　上方《じやうはう》　棟宇《とうう》古り
年久自參差◎　年久《としひさ》しくして　自《おのづか》ら參差《しんし》たり
動我行人想　我《わ》が行人《かうじん》の想《おも》ひを動《うご》かし
相看各賦詩◎　相《あ》ひ看《み》て　各《おのおの》　詩《し》を賦《ふ》す　（五言絶句　上平聲・支韻）

〝この山寺の造りは古びており、長い年月が經っているので、あちこちが不揃いである。（木でできた）この建物のありさまを見て、我ら三人はあの「小戎」の詩にある出征兵士のことに思い及び、顔を見合わせながら、おのおの詩を詠むのである〟とうたう。「上方」はここでは山寺の意。「棟宇」は家屋の總稱。「棟」はむなぎ、「宇」はのきのこと。杜甫の「兜率寺に上《のぼ》る」詩に「江山有巴蜀　棟宇自齊梁」〔江山 巴蜀有り／棟宇 齊梁自《よ》りす〕と見える。「行人」はここでは出征する人を指す。同じく杜甫の「兵車行」に「車轔轔　馬蕭蕭　行人弓箭各在腰」〔車《くるま》轔轔《りんりん》 馬《うま》蕭《しょう》蕭《しょう》／行人の弓箭《きゅうせん》 各《おのおの》 腰に在り〕とあるとおりである。

（丸井　憲）

193 泉聲次林擇之韻

空巖寒水自悲吟
遙夜何人爲賞音
此日團欒都聽得
他時離索試追尋

泉聲《せんせい》 林擇之《りんたくし》の韻《ゐん》に次《じ》す

空巖《くうがん》 寒水《かんすゐ》 自《おのづか》ら悲吟《ひぎん》
遙夜《えうや》 何人《なんぴと》か 爲《ため》に音《おん》を賞《しやう》せん
此《こ》の日《ひ》 團欒《だんらん》 都《すべ》て聽《き》き得《え》て
他時《たじ》 離索《りさく》 試《こころ》みに追《お》ひ尋《たづ》ねよ

（七言絶句　下平聲・侵韻）

＊第三・四句は對句に仕立てられている。

〔テキスト〕

『文集』卷五／明刻本『南嶽唱酬集』／清抄本『南嶽倡酬集』／文淵閣四庫全書本『南嶽倡酬集』／『朱子文集大全類編』卷四／『宋詩鈔』文公集鈔／『南嶽志』卷十九

〔校異〕

○林擇之　清抄本『南嶽倡酬集』では「擇之」に作る。
○他時　清抄本『南嶽倡酬集』・『南嶽志』では「他年」に作る。

〔通釋〕

　溪流のせせらぎ　林擇之どのの詩の韻に合せる
ひっそりとして寂しい巖穴《いはあな》　冷たく清らかな流れは　悲しい響きを奏《かな》でている
長く寂しいこんな夜に　誰がその音色に耳を傾けるだろうか
この日の團欒を彩《いろど》ったこの音色を　すべて聽き憶え
後日　離ればなれになった時には　思い返しましょう

〔解題〕

南嶽衡山の遊において、林用中が「泉聲」を賦し、朱子がそれに次韻した詩。「泉聲」とは、泉の流れる音のこと。本詩は、張栻「南嶽唱酬序」より、十一月十三日方廣寺到着後の夜に詠まれたものと推測される。おそらく方廣寺附近に流れていた溪流のせせらぎを聞いて賦したものであろう。

　林用中の原詩は以下の通りである。

穿雲絡日苦悲吟◎　雲《くも》を穿《うが》ち　日《ひ》を絡《らく》して　苦《はなは》だ悲吟《ひぎん》
澗底潺潺覓好音◎　澗底《かんてい》　潺潺《せんせん》として　好音《かういん》を覓《もと》む
絃管笙簧寒碎玉　絃管《げんくわん》　笙簧《しやうくわう》　碎玉《さいぎよく》寒《さむ》くして

源頭深處細追尋◎　源頭《げんとう》 深《ふか》き處《ところ》 細《こま》かに追尋《ついじん》せん　（七言絶句　下平聲・侵韻）

〝雲を穿《うが》ち太陽にまとわりつくように、谷川の流れは悲しく響き、さらさらと流れるせせらぎに耳を傾ける。紘管・笙簧のように、寒風が玉片を鳴り響かせている。この谷川の水源を仔細に追求してみよう〟と詠じている。

第一句の「穿雲絡日《せんうんらくじつ》」は難解であるが、おそらく谷川を流れる音が雲や太陽に届くほど鳴り響いているさまを表現したものであろう。第三句の「碎玉」は、唐の岐王が宮中の竹林に碎玉（細かく砕けた玉片）を懸け、それが風に觸れて鳴るのを聞いたという故事（五代・王仁裕『開元天寶遺事』）に基づく措辭である。典故は風の音が鳴るさまの形容であるが、ここでは泉聲の比喩として用いている。

林用中と〔補説〕に紹介する張栻は、谷川のせせらぎの音色そのものを詠じたのに対し、朱子の詩はやや趣を異にする。この夜、耳にした美しい谷川のせせらぎ。悲しげに聞こえたせせらぎの音《ね》が、いずれ訪れる別離の時を思い起こさせたのであろうか。三人が離ればなれになった時には、このせせらぎの音色を思い出すことによって、樂しく過ごしたこの夜のことをも思い出そう、と朱子は詠ずるのである。

〔語釋〕

○空巖　「空」はひっそりとして寂しいさま。「巖」は洞穴、巖穴。
　北宋・黄庭堅「萬州下巖」：空巖靜發鐘聲響　古木倒掛藤蘿昏

〇寒水　冷たい水。溪流の清冽さをいう。
〇悲吟　悲しげに詠う。ここでは溪流の音に喩える。このような擬人化の用例は少ないが、以下はその例である。
西晉・左思「招隱詩二首」其一：非必絲與竹　山水有清音　何事待嘯歌　灌木自悲吟
朱子「朝夕二首」其二：凉葉何蕭蕭　悲吟庭樹間
〇遙夜　長く寂しい夜。157「天湖四乙丈坐間賞梅作送劉充甫如豫章」の〔語釋〕「遙夜」の項（→本書一〇三ページ）を參照。
〇團欒　まるいさま。轉じて、親しい人々が輪になって語り合うこと。集って樂しむこと。疊韻語。
〇他時　この時以外の時間。ここでは未來の或る時間を指す。
〇離索　離群索居《りぐんさくきょ》の略。朋友の群を離れて獨居すること。「索」は、散の意。『禮記《らいき》』檀弓《だんぐう》・上に「子夏曰、吾離群而索居、亦已久矣」〔子夏曰く、吾 群を離れて索居す、亦た已《すで》に久しいかな〕とある。
〇追尋　追い尋ねること。ここでは〝昔を想い尋ねる〟の意。他の用例としては、050「困學二首」其一の「追尋」の項（→單行本第二册一一九ページ）および191「壁間古畫精絕未聞有賞音者」の「斷追尋」の項（→本書三〇五ページ）を參照されたい。

〔補說〕

張栻が詠じた七絶（『南軒集』に據る）は以下の通りである。

和擇之賦泉聲　　擇之《たくし》の泉聲《せんせい》を賦《ふ》するに和《わ》す
試問今宵澗底聲◎　　試《こころ》みに問《と》ふ　今宵《こんせう》　澗底《かんてい》の聲《こゑ》
何如三歎有餘音◎　　何如《いかん》ぞ　三歎《さんたん》　餘音《よいん》有《あ》る
堂中衲子還知否　　堂中《だうちゆう》の衲子《なふす》　還《ま》た知《し》るや否《いな》や
月白風清底處尋◎　　月白《つきしろ》く　風清《かぜきよ》し　底《いづ》れの處《ところ》にか尋《たづ》ねん　（七言絶句　下平聲・侵韻）

＊　四庫全書本『南嶽倡酬集』では、第一句の「宵」を「朝」に、第二句の「何如」を「如何」に、「歎」を「嘆」に作る。

〝今宵《こよい》の谷川のせせらぎに尋ねてみよう、どうしてそのように深く嘆き續けているのであろうか。堂中にいる禪僧達は知っているのであろうか。月輝き、清風吹くこの靜寂なる晩に、せせらぎの音をどこに尋ねたら良いものか〟と詠じている。

（松野　敏之）

194　霜月次擇之韻　　霜月《さうげつ》　擇之《たくし》の韻《ゐん》に次《じ》す

蓮○花○峯○頂●雪●晴○天◎　　蓮花峯《れんかほう》　頂《ちやう》　雪《ゆき》　晴《は》るるの天《てん》
虛○閣●霜○清○絶●縷●烟◎　　虛閣《きよかく》　霜清《しもきよ》くして　縷烟《るえん》を絶《た》つ

明發定知花簌簌　明發《めいはつ》 定《さだ》めて知《し》らん 花《はな》 簌簌《そくそく》
如今且看竹娟娟　如今《じょこん》 且《しばら》く看《み》る 竹《たけ》 娟娟《けんけん》　（七言絶句　下平聲・先韻）

※ 第三・四句は對句に仕立てられている。

〔テキスト〕

『文集』巻五／明刻本『南嶽唱酬集』／清抄本『南嶽倡酬集』／文淵閣四庫全書本『南嶽倡酬集』／『朱子可聞詩』巻五／『朱子文集大全類編』巻四／『南嶽志』巻十九

〔校異〕

○烟　四庫全書本『南嶽倡酬集』・『朱子可聞詩』では「煙」に作る。「煙」は「烟」の異體字。
○簌簌　蓬左文庫本・眞軒文庫本・四庫全書本『南嶽倡酬集』では「蔌蔌」に作る。

〔通釋〕

冬の月　林用中どのの詩の韻に合せる

蓮花峯の頂き　雪は晴れ上がり　月が皎々《こうこう》と輝いている
がらんとした高閣　雪だけが明るく照らされ　一筋の煙も途絶えて人氣《ひとけ》はない
朝が來れば見ることができよう　降り積もった雪が落ちてゆくさまを
しかし今はしばらく見ていよう　月夜に竹が美しくしなるさまを

〔解題〕

南嶽衡山の遊において、林用中が「霜月」を詠じ、朱子がそれに次韻した詩。詩題の「霜月」は、霜夜の月のこと。本詩では、雪あがりの夜空に、冴えわたる月を詠じている。

張栻「南嶽倡酬序」には、「日暮、抵方廣。氣象深窈、八峯環立、所謂蓮花峯也。登閣四望、霜月皎皎」（日暮、方廣に抵《いた》る。氣象深窈《しんえう》（景色は、幽遠で靜寂）、八峯環立《くわんりつ》す、所謂《いはゆる》蓮花峯なり。閣に登りて四望すれば、霜月皎皎《かうかう》たり」とある。この張栻の序文より、方廣寺に到着した晩、即ち十一月十三日の夜に、三人が方廣寺の高閣に登り皎々と輝く月を眺めて本詩を賦したことがうかがえる。

林用中の原詩は以下の通りである。

雪霽雲收月滿天◎　雪霽《ゆきは》れ　雲收《くもをさ》まり　月《つき》　天《てん》に滿《み》つ
氷輪碾轉淨無煙◎　氷輪《ひようりん》　碾轉《てんてん》　淨《きよ》くして煙《えん》無《な》し
幾廻寒色侵人冷　幾廻《いくくわい》の寒色《かんしよく》　人《ひと》を侵《をか》して冷《ひや》やかなる
底信清光永夜娟◎　底《なん》ぞ信《しん》ぜん　清光《せいくわう》　永夜《えいや》の娟《けん》

（七言絶句　下平聲・先韻）

〝雪があがり雲が晴れ、夜空に月が輝く。その丸い月は、輾轉《てんてん》として明るく冴えわたっている。寒々とした景色に取り圍まれ、寒さを痛感させられる。なんと信じがたいことか、このような長夜に美しく輝く月があることは〟と詠じている。第二句の「碾轉」は「輾轉」に同じ。車輪が循環してやまないこと。ここでは月の輝くさまを形容している。第三句は難解であるが、周圍を取り圍む寒々とした雪景色が、ますます人に寒さを感じさせる、ということを詠じたものと解釋した。

朱子はこの林用中の七絶を受け、雪上がりの夜空に輝く月を詠じた。第一・二句では雪の晴れ上がった夜空に月が輝き、朱子達以外に人氣《ひとけ》のなくなった高閣では、その暗さ故に月に照らされた雪が明るく見えることを詠う。第三・四句では、朝が來て陽《ひ》がのぼれば、樹々に降り積もった雪も音を立てて落ちていくことであろうが、しかし今は月光のもとで竹の美しいさまを眺めていたいと結ぶのである。

『朱子可聞詩』は、本詩について以下のように記す。

一破月、二破霜、而字法有明有暗。三說霜、四說月、而筆勢一往一還。

一は月を破し、二は霜を破す、而して字法に明有り 暗有り。三は霜を說き、四は月を說く、而して筆勢は一往一還なり。

月と霜（雪夜）とを交互に詠じながら、讀む者に明暗を感じさせることに着目した評であろう。

また、朱子達一行は方廣寺に到着してから何首もの詩を詠んでいるが、本詩は前詩193「泉聲次林擇之韻」と共に、夜半に方廣寺の高閣にのぼって詠じたものと推測される。前詩193「泉聲次林擇之韻」が溪流のせせらぎに耳を傾け、聽覺から感じられる世界を詠じたものであるならば、本詩は高閣から眺める月夜の美しさに視線を注ぎ、視覺から感じられる世界を詠じたものとなっている。

〔語釋〕

○蓮花峯　南嶽衡山の一峯。峯の形が蓮に似ていることからその名を得たと言われる。詳しくは、197

「蓮花峯次敬夫韻」の〔解題〕（↓本書三三七ページ）を參照されたい。
○虛閣　「虛」は、人氣《ひとけ》のないこと。「虛閣」で、がらんとした樓閣のことをいう。ここでは方廣寺にあった高閣を指す。
晩唐・溫庭筠「月中宿雲居寺上方」：虛閣披衣坐　寒階踏葉行
○絶縷烟　「縷烟」は、絲のように細長い煙、一筋の煙のこと。ここでは人氣のないさまをいう。
○明發　明け方、夜明け。「明發」には〝早朝に出發する〟の意もあり、朱子達一行は實際に翌朝早くに方廣寺を發っている。しかし、本詩三・四句が對句に仕立てられていることから、「如今」の對として〝明け方〟の意で解釋した。
○簌簌　物のはらはらと落ちるさま。ここでは樹木に降り積もった雪を花に見立て、その雪が落ちるさまを形容する語となっている。
中唐・元稹「連昌宮詞」：又有墻頭千葉桃　風動落花紅簌簌
北宋・程顥「早寒」：敗葉巻風輕蔌蔌　遠峯經燒靜尖尖　（『二程子抄釋』巻八）
○娟娟　物の明媚なさま。ここでは竹の美しさを形容する。
北宋・王安石「自喩」：岸涼竹娟娟　水淨菱帖帖
〔補説〕
張栻が詠じた七絶（『南軒集』に據る）を以下に紹介する。

和擇之賦霜月

月華明潔好霜天◎
遙指層城幾暮烟◎
妙意此時誰與寄
美人湘水隔娟娟◎

擇之《たくし》の霜月《さうげつ》を賦《ふ》するに和《わ》す

月華《げつくわ》 明潔《めいけつ》 霜天《さうてん》好《よ》し
遙《はる》かに指《さ》す 層城《そうじやう》 幾暮烟《いくぼえん》
妙意《めうい》 此《こ》の時《とき》 誰《た》が與《ため》に寄《よ》せん
美人《びじん》 湘水《しやうすい》 娟娟《けんけん》を隔《へだ》つ

（七言絶句　下平聲・先韻）

〝月の光は明るく輝き、寒空によく映え、もやにある山の頂を我々は何度指を指して眺めたことか。今この時のこの妙意を、誰に向けて思いを寄せようか。美しき人が湘水の向こう岸でそのあでやかな姿を隔てているようなこの月夜の景を〟と詠じている。

第二句の「層城」は、高山の嶺のこと。ここでは張栻達が方廣寺の高閣から眺めていたであろう蓮花峯の頂を指すのであろうか。第四句は、杜甫「寄韓諫議注」に「美人娟娟隔秋水　濯足洞庭望八荒」〔美人　娟娟として秋水を隔て／足を洞庭に濯《あら》ひ八荒を望む〕とあるのをふまえる。「娟娟」はここでは月の美しさの形容。鮑照「翫月城西門廨中」詩に、「娟娟似蛾眉」とある。張栻は杜甫の句をふまえながら、この時の月夜の美しさを詠じている。

なお、張栻が後日詠じた「和元晦雪壓竹韻」に、この夜の情景に触れている句が見える。その第四句に「月明霜淨倚欄時」〔月明らかにして　霜淨《きよ》し　欄に倚《よ》るの時〕とあり、高閣の欄干《らんかん》によりかかりながら、霜夜の月を眺めたことを回想している。詳しくは、187「後洞雪壓竹枝横道」の補説㈢張栻と林用中の唱和詩（↓本書二八一ページ）を参照されたい。

（松野　敏之）

195 枯木次擇之韻　　枯木《こぼく》　擇之《たくし》の韻《ゐん》に次《じ》す

●○○●●○◎
百年蟠木老聱牙　　百年《ひやくねん》の蟠木《はんぼく》　老聱牙《らうがうが》
●●○○●●◎
偃蹇春風不肯花　　偃蹇《えんけん》として　春風《しゆんぷう》にも花《はなさ》くを肯《がへん》ぜず
○●○○○●●
人道心情頑似汝　　人《ひと》は道《い》ふ　心情《しんじやう》　頑《がん》なること汝《なんぢ》に似《に》たりと
●○○●●○◎
不須持向我儂誇　　持《じ》して我儂《がのう》に向《むか》ひて誇《ほこ》るを須《もち》ひず　　（七言絶句　下平聲・麻韻）

〔テキスト〕
『文集』巻五／明刻本『南嶽唱酬集』／清抄本『南嶽唱酬集』／文淵閣四庫全書本『南嶽倡酬集』／『朱子文集大全類編』巻四／『朱子可聞詩』巻五

〔校異〕
○聱牙　清抄本『南嶽唱酬集』では「聲牙」に作る。

〔通釈〕
　枯木　林擇之どのに次韻する
樹齢百年の曲がりくねった大木は　年老いた頑固者

春風の吹く季節になっても驕り高ぶって　花をつけようとしない
人は私の心持ちを　汝（枯木）のように頑固だという
そんな（同類の）私に對して威張ることなどないのだよ

〔解題〕

本詩は、林用中が詠じた七絶「枯木」に次韻した詩である。林用中の「枯木」の詩は『南嶽唱酬集』に據れば以下の通り。

林用中

數年抱葉不萌牙◎　　數年《すうねん》 葉《は》を抱《いだ》いて萌牙《ぼうが》せず
終歳淹淹絶蘚花◎　　終歳《しゅうさい》 淹淹《えんえん》として蘚花《せんくわ》絶《た》ゆ
廊廟大材工舍用　　廊廟《らうべう》の大材《たいざい》 工舍用《こうしやもち》ひん
何須把節向人誇◎　　何《なん》ぞ節《せつ》を把《と》りて 人《ひと》に向《むか》ひて誇《ほこ》るを須《もち》ひん

第一句、二句は、葉も芽吹かず蘚花（苔の花）さえも付かない枯木の様子を述べる。第三句は難解であるが、「廊廟（政治を執り行う建物）」に建築材として使用できるほどの良質の大木ならば、大工たちは切り倒して材木としたであろうという意味に取り、切り倒されずに殘っているこの枯木は、建築材としては用に耐えないものであることを述べた句と考える。この第三句は、『莊子』山木第二十にある「莊子曰く、此の木は不材を以て其の天年を終ふるを得（材木としては不良であるが故に、切り倒されることなく天壽を全《まつと》うすることができる)」という句が連想されるであろう。また「枯木」という詩題も、孔子が老子を評した「槁木(枯れた木)のごとし」(『莊子』田子方第二十一)、「槁木死灰《かうぼくしくわい》」(『莊子』齊物論第二)の語句を踏まえたものである。第四句は「己《おのれ》の不材を威張るな」と枯木に呼びかけて本詩を締め括り、詩は全體として老莊的な雰圍氣を感じさせる。

〔語釋〕

○蟠木　枝が曲がったり、とぐろを巻いたりしている大木のこと。

○謷牙　ここでは、他人の言葉に耳を貸さない者、世の風潮と合わない者など、偏屈者、頑冥なる者のことを指すと思われる。〔補說〕二を参照されたい。また『韻府』巻二十一〈下平聲―六麻―牙〉の「謷牙」の項に、本詩の第一句を引く。『韻府』では「蟠」を「盤」に作る。「蟠」と「盤」は音通で、意味は同じ。

○偃蹇　「偃蹇」には高く聳《そび》えるさま、舞うさま、飛び上がるさまなど様々な意味があるが、『箚疑』「驕傲なり」とあるのに従い、「驕り高ぶるさま」の意味に取る。

『左傳』哀公六年：彼皆偃蹇　將棄子之命

西晉・杜預の註に「偃蹇は、驕傲《けうがう》なり」とある。

盛唐・李白「留別王司馬嵩」：蒼山容偃蹇　白日惜頽侵

「詠山樽二首」其二：擁腫寒山木　嵌空成酒樽　愧無江海量　偃蹇在君門

○不肯花　「不肯」は承知しない。納得できずに拒否する意味。ここでの「花」は動詞で、「咲く」という意味である。『韻府』巻二十一〈下平聲―六麻―花〉の「不肯花」の項に本詩第一・二句を引く。この項の例文は本詩のみ。

○我儂　自己のことを言う。「儂」には「我」・「彼」の意味があり、他人のことは「渠儂」と言う。呉地方の方言に由來する表現。

〔補說〕

㈠張栻の唱和詩

陰崖虎豹露鬚牙◎　陰崖《いんがい》の虎豹《こへう》　鬚牙《しゆが》を露《あら》す
元是枯槎著蘚花◎　元《もと》より是《こ》れ枯槎《こさ》　蘚花《せんくわ》を著《あら》はす
不向明堂支萬紀　明堂《めいだう》に向《むか》ひて萬紀《ばんき》を支《ささ》へずんば
玄冬苦節未須誇◎　玄冬《げんとう》の苦節《くせつ》　未《いま》だ誇《ほこ》るを須《もち》ひず

この詩は『南軒集』巻七に「和擇之賦枯木」（擇之の枯木を賦するに和す）という題で収められている。文字に多少の異同があり、「著」を「着」に、「萬紀」を「萬祀」に作る。

第一句は「枯木」の在る山には虎や豹が生息していることを、第二句は林用中の「蘚花」を受けて、枯槎（切り株）に苔の花が咲いていることを述べる。本詩の第三句も難解であるが、これは林用中の詩句と同じようにこの枯木は、「明堂（政治を執り行う建物）」の建築材となり、萬紀（長い年月）に渡って建物を支えることがないという意味に取り、第四句の「不材を威張るな」という結句に繋がると考える。

㈡聱牙について

「聱牙」は韓愈の「進學解」に「周誥・殷盤（『書經』の周王朝や殷王朝の文章）は佶屈《きつくつ》にして聱牙なり」とあるのが初出である。意味は『五百家注昌黎《しょうれい》文集』に「佶屈・聱牙は皆な艱澁《かんじふ》の貌《さま》」とあるのに従えば「文章の字句が難しくて理解しづらい」ことを指す言葉である。だが、右の意味を本詩に當てはめると意を爲さない。

そこで更に調べを進めてみると、朱子の『楚辭集注後語《そじしっちゅうこうご》』巻四に、唐・元結の「引極」を説明して、

或は仕へ　或は隱れ、自《みづか》ら世と聱牙すと謂《い》ふ。

と述べている文がある。この一文は元結に對する北宋・晁補之《ちょうほし》の評價を、朱子がそのまま引用したものだが、この文では「世（世間、世の中の風潮）と對峙する・乖離《かいり》するもの」として「聱牙」という言葉が使われている。

「聱」には〝言葉が聞こえない〟、「牙」には〝齒並びが惡くて上下の齒がうまく嚙み合わない〟という意味がある。これらを考え合わせると「聱牙」とは「他人の言葉に耳を貸さない者、世の風潮と合わない者」を指す言葉と言える。

蘇軾の上奏文「上神宗論新法」（『宋名臣奏議』巻一百十）に、

其の閒《かん》一事の聱牙は、常に身を終ふるまで淪棄《りんき》（沈み隠れて世に知られない）に至る。

とあり、この文も他人の言葉に耳を貸さない、世の風潮と合わない意味で「聱牙」が使われた。

㈢『朱子可聞詩』の評

清・洪力行撰『朱子可聞詩』ではこの詩を次のように評している。

人道我心情頑似汝、落一我字、下文補出。第二句、爲枯樹占身分。乃先生自家占身分。〇南軒詩、陰崖虎豹露鬚牙、元是枯槎著蘚花、賦枯木極工。但較此少比興。

「人は道《い》ふ　我が心情の頑なること汝に似たり」とは、「我」の一字を落《おと》し、下文にて補出す。第二句は、枯樹《こじゅ》に身分《しんぶん》を占《し》め爲《ら》る。乃《すなは》ち先生（朱子）自家《じか》身分を占む。〇南軒詩の「陰崖の虎豹　鬚牙を露《あらは》し／元より是れ枯槎　蘚花を著く」は枯木を賦して極めて工《こう》なり。但し此れと較《くら》ぶれば比興《ひきょう》少なし。

〝第一句は「みなが言うが、私の性格はあなたに似ており、頑固である」と詠じて、この詩句において「我」の一文字を落として、第四句で補った。第二句は枯れ木によって偃蹇なる立場をとられているが、實は朱子先生は自ら自分の姿勢を表したものである。南軒の「陰崖虎豹露鬚牙　元是枯槎著蘚花」の詩句は、枯木を賦して極めて巧みであるが、ただし朱子のこの詩と比較してみると、餘情が足りない〟と評している。

（土屋　裕史）

196 夜宿方廣聞長老守樂化去敬夫感而賦詩因次其韻

夜《よる》 方廣《はうくわう》に宿《しゆく》し 長老守樂《ちやうらうしゆらく》 化去《けきよ》せるを聞《き》く 敬夫《けいふ》 感《かん》じて詩《し》を賦《ふ》す 因《よ》りて其《そ》の韻《ゐん》に次《じ》す

拈椎豎拂事非眞　○○●●●○◎　椎《つち》を拈《ひね》り拂《ほつ》を豎《た》つるも 事《こと》 眞《しん》に非《そむ》く
用力端須日日新　●●○○●●◎　用力《ようりき》 端《まさ》に須《すべか》らく日日《ひび》に新《あら》たなるべし
只麼虛空打筋斗　●●○○●○●　只麼《しも》 虛空《こくう》に筋斗《きんと》を打《う》つ
思君辜負百年身　○○○●●○◎　思《おも》ふ 君《きみ》 百年《ひやくねん》の身《み》に辜負《こふ》するを

（七言絶句　上平聲・眞韻）

＊　第三句は二六對、四六不同が守られていないが、下三字は〈仄平仄〉の「はさみ平」であり、〈平仄仄〉と同じである。

〔テキスト〕

『文集』巻五／明刻本『南嶽唱酬集』／淸抄本『南嶽倡酬集』／文淵閣四庫全書本『南嶽倡酬集』／『朱子文集大全類編』巻四／『南嶽志』巻十九

〔校異〕

○守樂　眞軒文庫本では「守榮」に作る。
○因次其韻　淸抄本『南嶽倡酬集』では「次韻」に作る。文淵閣四庫全書本も同じ。
○豎拂　明刻本『南嶽唱酬集』では「麈拂」に作る。また眞軒文庫本および『南嶽志』巻十九では「豎拂」に作る。

○『韻府』巻五十五―二十五有〈筋斗〉には本詩の轉句と結句を引く。異同なし。

〔通釋〕

夜　方廣寺にやどり　守樂長老どのが示寂されたと聞いて　張栻どのがこれに感じて詩を詠んだ　その韻に合わせる

長老は禪者として　お弟子の指導に當たられてきたが　その教えは眞理からはずれていた
修行に勤《いそ》しむならば　もっぱら日々新たな自分となるべく　精進されるべきであった
しかるに長老はただいたずらに　宙返りをして（急逝して）しまわれた
ゆくりなくその生涯を終えられたあなたを思う（とある種の感慨なきを得ないのである）

〔解題〕

張栻が方廣寺の守樂長老の逝去を知って、感ずるところあり、その死を悼んで詠んだ作（『南軒集』巻七では詩題を「聞方廣長老化去有作」に作る）に、朱子が次韻した詩。方廣寺は蓮花峯の麓《ふもと》にある寺院。詳しくは188詩の〔解題〕（→本書二八三ページ）を参照されたい。「長老」とは、禪宗界で徳の高い年長者を指し、また住持を指すこともある。「守樂」という僧侶については未詳。「化去《けきょ》」とは佛教語で、僧侶が死去する意に用いられ、なお示寂、圓寂というがごとくである。なお、張栻撰「南嶽倡酬序」は守樂の示寂には觸れていない。張栻の原詩は次のとおりである。

聞方廣長老化去有作　方廣《はうくわう》の長老《ちやうらう》化去《けきよ》せるを聞《き》きて作《さく》有《あ》り

夜入精藍意自眞◎
上方一笑政清新◎
山僧忽復隨流水
可惜平生未了身◎

夜《よる》精藍《しやうらん》に入《い》れば 意《い》自《おのづか》ら眞《しん》なり
上方《じやうはう》一笑《いつせう》すれば 政《まさ》に清新《せいしん》
山僧《さんそう》忽《たちま》ち復《ま》た流水《りうすゐ》に隨《したが》ふ
惜《をし》む可《べ》し 平生《へいぜい》未了《みれう》の身《み》

〝夜、方廣寺に入れば、心はおのずと肅然とした。在りし日の長老どのの笑われるお姿は實に清々しいものであった。その長老どのが急に示寂されたと聞いて、平素の修行を果たされぬまま逝かれたことを惜しむのである〟という意であろう。「精藍」は「精舎《しようじや》伽藍《がらん》」の略で、佛教寺院を指す。『景徳傳燈録』巻九〈平田普岸章〉に「創建精藍、號平田禪院焉」〔精藍を創建し、平田禪院と號す〕とあるのが參考になろう。「上方」はもと山寺をいうが、ここは寺の住持の意で、守樂長老を指す。「清新」は清々しく新鮮なこと。張栻はこの語をしばしば用い、「和朱元晦韻」詩にも「如今誰是王摩詰　爲寫清新入畫屛」〔如今《じよこん》 誰《たれ》か是れ王摩詰《わうまきつ》／爲《ため》に清新を寫して畫屛《ぐわへい》に入らしむ〕（『南軒集』巻七所收）とある。「山僧」は山寺の僧をいい、また僧侶の自稱にも使われるが、ここでは守樂長老を指す。「隨流水」は川の流れに臨むこと、または川の流れに任せることで、ここでは守樂の逝去をいう。杜甫「哭嚴僕射歸櫬」詩に「素幔隨流水　歸舟返舊京」〔素幔 流水に隨ひ／歸舟 舊京に返る〕とある。「未了」はまだ終わらないこと。ちなみに「未了公案」と言えば未解決の公案の意。ここでは禪道を修め果たしていない謂《いい》であろうか。いましばらく右の大意のように解しておく。

林用中の和詩は次のとおり。

上方長老已尋眞◎　上方《じやうはう》の長老《ちやうらう》已《すで》に眞《しん》を尋《たづ》ね
禪室空存錫杖新◎　禪室《ぜんしつ》空《むな》しく存《そん》す錫杖《しやくぢやう》の新《あら》たなるを
自是屋梁留夜月　自《おのづか》ら是《こ》れ屋梁《をくりやう》夜月《やげつ》を留《とど》む
可憐飄泊係留身◎　憐《あはれ》む可《べ》し飄泊《へうはく》係留《けいりう》の身《み》
（七言絶句　上平聲・眞韻）

〝山寺の長老どのは、すでに眞理を尋ねる旅に出てしまわれた。長老が居られた禪室には、まだ新しい錫杖が置かれてある。見上げれば屋根のあたりに夜月が掛かっているが、それがあたかも長老の御靈《みたま》が、さまよいつつ、たちもとおるようにも見え、憐れみを誘うのである〟というほどの意。「尋眞」は眞理を尋ねることであるが、ここは守欒の化去をいう。「飄泊」は他所にさまよう意。「係留身」の三字、よくわからぬが、いましばらく「係留」を邦語でいう「つなぎとめる」の意から類推し、右の如く解釋しておく。

〔語釋〕

○拈椎竪拂　椎《つち》を取り上げたり拂子《ほつす》を立てたりすること。「拈」は指でつまむこと、手に取ること。「椎」は「槌」または「鎚」とも書く。「竪」は立てる意で、「豎」の俗字。「拂」は拂子《ほつす》のことで、禪堂での修行中に蠅や蟲を拂う道具。つちを取り上げ、ほっすを立てるのは、禪師が雲水を指導するときの最もありふれた動作である。『剳疑輯補』の〔剳疑〕にも「拈椎竪拂、禪家入室法也」

〔椎を拈《と》り拂を堅《た》つるは、禪家が入室《にっしつ》の法なり〕とある。この語、禪籍の中では、『景德傳燈錄』巻十八〈玄沙師備章〉：問、古人拈槌堅拂、還當宗乘中事也無〔問ふ、古人槌を拈り拂を堅つ、還《ま》た宗乘《しゅうじょう》（＝自宗の教義）中の事に當《あた》るや無きやと〕。などと使われ、特に拂子を立てる動作の描寫は禪の語錄によく現れる。詩の用例では、北宋・晁補之「贈常州感慈邦長老」：君不見大通方丈空無物　亦不拈椎并豎拂
が擧げられよう。

○事非眞　事實が眞理に背くこと。ここでは守樂長老の禪の教えが、儒學の説く眞理から外れていることをいう。

中唐・張籍「隱者」：問年長不定　傳法又非眞

○用力　力を用いること、努力すること。ここでは特に儒學の修養に努めることを指す。

南宋・魏了翁「再次韻」其二：我嘗妄意於古人　子今用力苦先我

○端　ここでは「まさに」と訓ずる。「正」に同じ。

○日日新　日々に新たにする、日を逐《お》って絶えず進歩、進捗、進展すること。

『大學』：湯之盤銘曰、苟日新、日日新、又日新〔湯《たう》（＝殷の湯王）の盤の銘に曰く、苟《まこと》に日に新たに、日日に新たに、又、日に新たなりと〕。

朱熹注：言誠能一日、有以滌其舊染之汚而自新、則當因其已新者、而日日新之、又日新之、

不可略有閒斷也〔言ふこころは、誠に能く一日、其の舊染の汚（＝すでに染み付いている汚れ、因習）を滌《すす》ぐを以て自《みづか》ら新たにするあらば、則ち當《まさ》に其の已《すで》に新たなる者に因り、而《しか》して日日に之を新たにし、又、日に之を新たにすべく、略《ほぼ》閒斷有る可からず〕。

なお、詩における用例では、學問の進捗を指すに止まらず、季節や世事などの移ろいをいう場合も多い。

張栻「和擇之韻」：山中好景年年在　人事多端日日新（『南軒集』巻七所收）

○只麼　「しも」と訓じ、「只沒」「只物」「只摩」ともつづる。「ただ……だけ」の意で、「只」に同じ。當時の俗語であり、禪の語録や偈頌《げじゅ》、禪詩の中にしばしば現れる。

『證道歌』：取不得、捨不得。不可得中只麼得〔取ることを得ず、捨つることを得ず。不可得《ふかとく》の中《うち》、只麼に得たり〕。

○虚空　一般には天空をいう言葉であるが、ここは禪宗特有の使い方。もと大乘般若學が説く「空《くう》」の教義に通じるが、本詩では何もない空間を指す。邦語の「宙に浮く」などというときの「宙」の意に近い。

『臨濟録』上堂一：不可向虚空裏釘橛去也〔虚空裏に向って釘橛《ていけつ》し去る（＝楔《くさび》を打ち込む）可からず〕。

詩の用例では次のようなものがある。

杜甫「宿贊公房」：放逐寧違性　虚空不離禪

○打筋斗　とんぼ返りをする、もんどりを打つ。ここも禪宗特有の用法で、『景德傳燈錄』卷十四〈吉州性空章〉：其僧打筋斗而出〔其の僧、筋斗を打ちて出づ〕。などと使われる。『翰疑輯補』の〔翰疑〕は「此詩大意蓋謂、僧向虚空打筋斗而去謂化去也」〔此の詩の大意は蓋《けだ》し謂《い》へらく、僧 虚空に向ひ 筋斗を打ちて去るを化去と謂《い》ふと〕と述べ、守欒の化去をいうとしており、いまこの說に從う。なお、詩や偈頌《げじゅ》では「打」の代わりに「翻」が使われることが多いようである。

北宋・張商英「答平禪師」：盤山會裏翻筋斗　到此方知普化顚

南宋・釋智愚「偈頌二十四首」其三：野犴鳴　獅子吼　虚空昨夜翻筋斗

右の釋智愚の用例の原注に「徑山石溪遺書至」〔徑山《きんざん》石溪の遺書至る〕とあるので、これも禪僧の示寂を詠んだもののようである。

○辜負　そむく、裏切る。ここでは志に違《たが》い、年月を無駄に過ごす意。

晩唐・劉得仁「省試日上崔侍郎四首」其四：自嗟辜負平生眼　不識春光二十年

○百年身　生涯というほどの意。「百年」は「百歲」と同義で、人の一生の時間をいう。

杜甫「中夜」：長爲萬里客　有愧百年身

朱熹「雲谷次吳公濟韻」：昔營此幽棲　邈與世相絕　誓將百年身　來守固窮節

（丸井　憲）

197 蓮花峯次敬夫韻　　蓮花峯《れんくわほう》　敬夫《けいふ》の韻《ゐん》に次《じ》す

●●○○●●◎
月暁風清墮白蓮　　月《つき》 暁《あきら》かに 風《かぜ》 清《きよ》くして白《びやく》 蓮《れん》墮《お》つ
●○○●●○◎
世間無物敢爭妍　　世間《せけん》 物《もの》として敢《あへ》て妍《けん》を爭《あらそ》ふ無《な》し
○○○●○○●
如何今夜峯頭雪　　如何《いかん》ぞ今夜《こんや》 峯頭《ほうとう》の雪《ゆき》
○●○○●●◎
撩得新詩續舊篇　　新詩《しんし》を撩《れう》し得《え》て舊篇《きうへん》に續《つ》がしむる　　（七言絶句　下平聲・先韻）

〔テキスト〕
『文集』巻五／明刻本『南嶽唱酬集』／清抄本『南嶽倡酬集』／文淵閣四庫全書本『南嶽倡酬集』／『朱子文集大全類編』巻四

〔校異〕
○月暁　清抄本『南嶽倡酬集』・文淵閣四庫全書本『南嶽倡酬集』では「月皎」に作る。
○撩　清抄本『南嶽倡酬集』では「橑」に作る。

〔通釋〕
蓮花峯　張敬夫どのの詩の韻に合わせる
明るい月明かりの中　清々《すがすが》しい風に吹かれて散り落ちんとする　儚《はかな》くも氣高い白蓮の花

世の中で　この蓮花峯と美しさを競うという大それたことをする物など有りはしない
それにしても　今夜の峯の頂に積もる雪の白さよ
お前は何故に斯《か》くも　舊作に續いてまたも新たな詩を作らせて了《しま》うほど私の心をそそるのか

〔解題〕

本作は、南嶽七十二峯の一つ「蓮花峯」を張栻が先ず最初に詠じたのを承けて、その韻を用いて朱子が唱和する形で同じく蓮花峯を詠じたものである。この蓮花峯に關しては、清・李元度『南嶽志』巻五〈形勝—蓮花峯〉の條に、

在嶽廟西。峯狀如蓮花、其下卽方廣寺。寺如在蓮花心。

嶽廟の西に在り。峯狀　蓮花の如く、其の下《しも》は卽ち方廣寺なり。寺　蓮花の心《しん》に在るが如し。

という記述がある。湖南省地方志編纂委員會編『南嶽志』（湖南出版社、一九九六）に據れば、この峯は標高一〇四八メートル。南嶽廟のある南嶽鎭の西二〇キロメートル程の所に聳《そび》え、その峯自身が蓮の花のような形狀をしていることに加えて、その周圍を觀音峯・天堂峯・潛聖峯・天台峯・獅子峯・妙高峯・石廩《りん》峯が圍むように竝び聳え、蓮の花瓣《かべん》を思わせる景觀を形成する點も、その名の由來に含まれるという。

『南嶽志』に云う如く、この蓮花峯の西麓に朱子一行が宿を取った方廣寺がある。張栻「南嶽唱酬の序」には、

……乙亥［十一月十一日］嶽に抵《いた》るの後、丙子《へいし》［十一月十二日］小憩《せうけい》するに、……明當《みやうたう》［翌十一月十三日］風雪を冒《をか》して亟《すみや》かに登る。……日暮《にちぼ》方廣《はうくわう》［方廣寺］に抵《いた》る。氣象深窈《しんえう》、八峯環立す。所謂《いはゆ》る蓮花峯なり。閣に登りて四望すれば、霜月［冬の月明かり］皎皎《かうかう》たり。……

とあり、十一月十三日の夕刻、朱子一行は方廣寺に至り、そこで初めて周圍の山々を見渡して、（蓮花峯を含む）八つの峯が蓮の花瓣を思わせる状況であることを改めて確認しているのである。そしてその蓮花峯をまず張栻が詠じた。

賦蓮花峯
玉井峯頭十丈蓮◎
天寒日暮更清妍◎
不須重詠洛神賦
便可同賡雲錦篇◎

蓮花峯を賦す
玉井峯頭　十丈の蓮
天　寒くして　日暮　更に清妍たり
須《もち》ひず　重ねて洛神の賦を詠ずるを
便《すなは》ち同《とも》に雲錦の篇に賡《つ》ぐべし

蓮花峯は恰《あたか》も、華山山頂の玉井に產するという傳說上の巨大な蓮の花のよう。寒氣が空に漲る夕暮れ、清らかな美しさは更に增し、神々しい神女の姿を彷彿とさせるが、かと言って改めて魏の曹植の「洛神の賦」を詠うまでもない。我らの中で各自の素晴らしい作品（「雲錦の篇」）に唱和し合って行こうではないか、と詠い、他の二人に和詩を求めるのである。そして、その呼び掛けに應える形で本詩及び林用中の和詩が作られたのであった。

〔語釋〕

○月曉　ここでは「月の殘る曉《あかつき》」の意ではなく、月が明るいことを言う。本詩の起句は、次の詩を踏まえる。

晩唐・陸龜蒙「和襲美木蘭後池三詠」其三「白蓮」：素蘤多蒙別豔欺　此花眞合在瑤池　還應有恨無人覺　月曉風清欲墮時

また、「月曉《あきら》か」の用例としては以下のものがある。

中唐・盧綸「夜投豐德寺謁海上人」（一作李端詩）：半夜中峯有磬聲　偶逢樵者問山名　上方月曉聞僧語　下路林疏見客行

「林疏《そ》にして」と對になっているからには、「月曉《あきら》かにして」の意であることは明白であろう。

○墮白蓮　白蓮の花が落ちる。前條で指摘した如く、本詩起句は陸龜蒙の「白蓮」詩を踏まえる。その詩は、人知れず恨みを含んで月夜に散り落ちようとする白蓮の花を耽美的に詠じたものであり、本詩に於ても、白い雪に覆われた蓮花峯を、今にも散り落ちんとして凄絶なる趣を釀し出す白蓮の花に見立てたものと言えよう。或いは件《くだん》の陸龜蒙では、白蓮の花を「瑤池」、卽ち西王母が住まうという崑崙山頂の池に在るべき仙界の花と詠じていることから、「この美しい蓮花峯は、仙界から巨大な白蓮が地上に落ちて來たことによって形作られたものだ」と解釋することもできようか。

○撩　心を搔き立てる。氣持ちをそそる。

晩唐・韋莊「齊安郡」：黍離緣底事　撩我起長歎

北宋・王安石「半山卽事」：南浦東岡二月時　物華撩我有新詩

○舊篇　舊作。194「霜月次擇之韻」に「蓮花峯頂 雪 晴るるの天／虛閣 霜 淸くして 縷烟を絕つ」と詠ぜられており、ここに云う「舊篇」とはその詩を指していると思われる。

〔補說〕

林用中の和詩

林用中の唱和の作を以下に紹介する。

十丈花開自白蓮　　十丈の花 開くは自《おのづか》ら白蓮
峯頭花色更鮮妍　　峯頭の花色 更に鮮妍たり
分明會得濂溪趣　　分明に會し得たり 濂溪《れんけい》の趣《おもむき》
強作新詩續古篇　　強《し》ひて新詩を作りて古篇に續《つ》がん

張栻詩と同じく、起句は雪を戴く蓮花峯を、華山山頂の玉井に產するという傳說上の巨大な蓮の花に擬《なぞら》え、承句ではその美しさを詠ずる。轉句では、「蓮」から着想を得て、蓮をこよなく愛した北宋の周敦頤《しゅうとんい》（「濂溪先生」と稱される）に思いを馳せ、結句は朱子の本作を踏襲して、舊作に續いてまたも新たな詩を作ることを詠うという構成となっている。

（後藤　淳一）

198 方廣睡覺次敬夫韻　方廣《はうくわう》に睡覺《ねむりさ》む　敬夫《けいふ》の韻《ゐん》に次《じ》す

風簷雪屋澹無情　風簷《ふうえん》 雪屋《せつをく》 澹《たん》として情《じやう》無《な》し
巧作寒窗靜夜聲　巧《たく》みに作《な》す 寒窗《かんさう》 靜夜《せいや》の聲《こゑ》
倦枕覺來聽不斷　倦枕《けんちん》 覺《さ》め來《きた》れば 聽《き》けども斷《た》えず
相看渾欲不勝清　相《あ》ひ看《み》て渾《すべ》て清《きよ》らかなるに勝《た》へざらんと欲《ほつ》す

（七言絶句　下平聲・庚韻）

〔テキスト〕

『文集』巻五／明刻本『南嶽唱酬集』／清抄本『南嶽倡酬集』／文淵閣四庫全書本『南嶽倡酬集』／『朱子文集大全類編』巻四／清・李元度『南嶽志』巻十九〈寺觀—方廣寺〉

〔校異〕

○方廣　清抄本『南嶽倡酬集』・文淵閣四庫全書本『南嶽倡酬集』では「方廣寺」に作る。
○睡覺　『南嶽志』巻十九〈寺觀—方廣寺〉では「睡着」に作る。

〔通釋〕

方廣寺での夜半《よわ》の寝覺め　張敬夫どのの詩の韻に合わせる

風吹く軒端《のきば》　雪降る屋根は冷淡で思い遣《や》りが無いなあ
寒々しい窗の外　靜かな夜に　我々の眠りを覺ます音を巧みに織り成している
寢着けない枕邊《まくらべ》　目が覺めて耳を傾ければ　風雪の音は一向に絕えやしない
窗の外の景色を眺めてみたら　冴え渡る雪の白さに全くぞっとしてしまいそうだった

〔解題〕

本詩も前掲188・189・192等と同じく、十一月十三日に蓮花峯の麓にある方廣寺に宿泊した際の作であり、夜半に目が覺めてしまったことを詠じたもの。張栻が先ずそれを詩に詠じ、それを承けて、同じ韻字をそのまま用いて朱子・林用中が唱和した形となった。先驅けとなった張栻の作は次のもの。

僧舍孤衾寄此情◎　僧舍の孤衾《こきん》　此の情を寄す
莊生夢破晚鐘聲◎　莊生の夢は破らる　晚鐘の聲に
浮漚蹤跡原無定　浮漚《ふおう》の蹤跡《しようせき》　原《もと》より定《さだめ》無し
惆悵西風一夜淸◎　惆悵《ちうちやう》たり　西風　一夜淸し

旅愁を紛らそうと布團にくるまって眠りに就き、その昔夢で蝶になった莊子のように、張栻もぐっすり夢の中であったが、夜半の鐘の音に目を覺まされてしまう。考えてみれば人生は流れに浮かぶ泡《うた》沫《かた》のようなもの。束の閒の夢にも世の無常を改めて思い知らされ、そんな時に吹き込む隙閒風が一層身にしみて感じられる張栻であった。

張栻は夜半に目が覺めてしまった原因を寺の鐘の音に求めたが、對して朱子は、軒端に鳴る風の音や屋根を打つ雪の音が氣になってなかなか寝着けず、その風や雪に對して不平を託つという形に詩の前半を仕立て、結句では、窗外の雪景の清冽さにまで說き及び、自然の過酷さと衡山の峻嚴さ、及びそれらに對する畏怖の念を強調した構成となっていると言えよう。

尙、192「方廣版屋」詩で詠ぜられていたが如く、方廣寺の屋根は瓦《かわら》葺《ぶ》きではなく板葺きであり、屋根を打つ雪の音は一層はっきり聞こえたと想像される。

〔語釋〕

○風簷　風に吹かれて寂しげな音を立てる軒端。次の二例のように、雨を伴って寺院の軒を吹く風という狀況が多く、本詩は雨を雪に換えた構成となっている。

中唐・張祜「揚州法雲寺雙檜」：高臨月殿秋雲影　靜入風簷夜雨聲

北宋・張耒「宿泗州戒壇院」：樓上鳴鐘門夜扃　風簷送雨入疏欞

○雪屋　ここでは「風簷」と對を爲し、雪が降り積もる方廣寺の屋根を指す。尙、翌十四日方廣寺を發ち、祝融峯下の上封寺に至って作られた次の五言古詩にも、この「雪屋」の語が用いられている。

朱子「穹林閣讀張湖南七月十五夜詩詠歎久之因次其韻」：白日照雪屋　淸宵響霜鏞

○澹無情　冷淡で人間の如き思いやりの情を持ち合わせていない。「澹」は「淡」に通じ、ここでは冷淡であることを言う。
中唐・韋應物「答崔主簿倬」：故驢良已阻　空宇澹無情
晩唐・鄭谷「漂泊」：槿墜蓬疏池館清　日光風緒澹無情
○倦枕　なかなか寝着けず、枕に頭を載せていることに嫌氣がさす。また、左掲の陸游詩の如く、「長い間頭を枕に載せている状態」という名詞としても使われる。
中唐・司空曙「病中寄鄭十六兄」：倦枕欲徐行　開簾秋月明
陸游「野興」：倦枕忽聞中夜雨　疏砧又報一年寒
○覺來　眠りから覺めてみると。この「來」字は、夢から現實の世界に意識が歸って來るという方向性を表す外に、「夜來」「爾來」のように「或る時點以降」、また動詞の後ろに着いて「或る動作をしてみた所……」という状況などを表す。
○聽不斷　聲や音に耳を傾けてみた所、その聲や音は一向に止まない。「聽不斷」という措辭自體は他の唐宋詩に用例を見出し得ず、類似の措辭として次の二例を擧げておく。
韋應物「聽鶯曲」：有時斷續聽不了　飛去花枝猶裊裊
北宋・梅堯臣「吳季野話撫州潛心閣」　庋邐看無厭　潺湲聽不休
○相看　多くは、或る人に出逢うことやお互いに見つめ合うことを言うが、ここでは人ではなく、或る對象（本詩では窗外の雪景）をじっくり眺めることを言う。

晩唐・裴說「中秋月」：相看吟未足　皎皎下疏籬

北宋・陳師道「萱草」：喚作忘憂草　相看萬事休

右の二例に於て見詰める對象は、裴說《はいえつ》詩では中秋の明月、陳師道詩では憂いを忘れさせるという萱草《けんそう》（忘れ草）であり、これらの「相」字は本詩を含めて「お互いに」の意ではなく、「或る對象を」の意である。

○不勝清　余りの清洌さに思わずぞっとしてしまってとても堪えられない。ここの「清」は澄み切って冷ややかさを醸し出すような状態を言う。尚、この「不勝清」という措辭は唐代までの詩には見出せず、宋代以降に散見するようになる。以下に、本詩と同様、雪や秋冬の寒さに對して「不勝清」を用いた例を掲げる。

南宋・邵雍「奉和十月二十四日初見雪呈相國元老」：人間都變白　林下不勝清

南宋・陸游「霜天晩興」：薄霜門巷不勝清　小立湖邊夕照明

また、朱子には次のような作例もある。

朱子「游密菴分韻賦詩得清字」：暖翠乍看渾欲滴　寒流重聽不勝清

これは七言律詩の頸聯であるが、本詩結句の「渾欲」と「不勝清」を振り分けて對句仕立てに用いており、これらが朱子の好みの措辭であった可能性もある。

尚、「渾欲不勝……」という言い回しは、言うまでもなく、有名な杜甫「春望」詩の結句「渾て簪《しん》に勝へざらんと欲す」を踏まえたものであろう。

〔補說〕

林用中の和詩

張栻・朱子の作に續ける形で作られた林用中の唱和の作を以下に紹介する。

寒溜山房太慘情◎　寒《かん》　山房に溜《したた》りて太《はなは》だ情《じやう》を慘《いた》ましむ

夜長枕畔聽泉聲◎　夜《よる》長くして枕畔《ちんぱん》　泉聲を聽《き》く

起來獨自渾無語　起き來《きた》れば　獨り自《みづか》ら渾《すべ》て語《ご》無く

牢落淒涼澹泊淸◎　牢落《らうらく》　淒涼　澹泊《たんぱく》にして淸《きよ》し

「身震いするほど寒氣は僧坊に滿ち、夜中じゅう溪流の音が枕邊に響く。寢床から起きてみれば全く言葉も出ない。窗外には靜まりかえった、淸冽なる銀世界が廣がっていた」ほどの意であろう。朱子の本作と同じく林用中は、夜半に目が覺めて後に眼にした窗外の銀世界の淸冽さに言葉を失うことを詠じているが、目が覺めてしまった原因を絕えるのことのない溪流の音に求めており、三者三樣の讀みぶりとなっていると言えよう。

（後藤　淳一）

199感尙子平事　尙子平《しやうしへい》が事《こと》に感《かん》ず

翩○然○遠●嶽●恣●遊○行◎
慨●想●當○年○尙●子●平◎
我●亦●近●來○知○損●益●
只●將○懲○窒●度●餘○生◎

翩然《へんぜん》として遠嶽《ゑんがく》　恣《ほしいまま》に遊行《いうかう》す
慨想《がいさう》す　當年《たうねん》の尙子平《しやうしへい》
我《われ》も亦《ま》た近來《きんらい》　損益《そんえき》を知《し》る
只《た》だ懲窒《ちようちつ》を將《もつ》て餘生《よせい》を度《わた》らん　（七言絶句　下平聲・庚韻）

〔テキスト〕

『文集』巻五／明刻本『南嶽唱酬集』／『朱子文集大全類編』巻四

〔校異〕

○感尙子平事　明刻本『南嶽唱酬集』は「感尙子評事」に作る。

〔通釋〕

尙子平の事蹟に心動かされて
その方《かた》はひらりと身輕に　遠くの山々を思う存分歩き回ったという
その昔の尙子平どのの事蹟に　こうしてしみじみと想いを馳せるのだ
私もまた近頃　『易《えき》』の〈墳〉〈益〉の卦に記される眞意を知り得た
ただ恬澹《てんたん》無慾《むよく》ということを信條として　殘りの人生を生きて行こう

〔解題〕

本詩は、前漢末から後漢初頭にかけて生きた向長《しやうちやう》（字は「子平」）に對する追慕の念を詠じた作である。

向長に關しては『後漢書』巻八十三〈逸民傳〉に傳がある。

向長字子平、河内朝歌人也。隱居不仕、性尚中和、好通老易。貧無資食、好事者更饋焉、受之取足而反其餘。王莽大司空王邑辟之、連年乃至、欲薦之於莽、固辭乃止。潛隱於家。讀易至損益卦、喟然歎曰、「吾已知富不如貧、貴不如賤、但未知死何如生耳」。建武中、男女娶嫁既畢、勑斷「家事勿相關、當如我死也」。於是遂肆意、與同好北海禽慶遊五嶽名山、竟不知所終。

向長《しやうちやう》字《あざな》は子平、河内《かだい》朝歌の人なり。隱居して仕へず、性 中和を尙《たふと》び、好んで『老』『易』に通ず。貧にして資食《しし》無く、好事者 更に焉《これ》に饋《おく》る（食糧を援助する）も、之を受けて 足るを取りて其の餘を反《かへ》す。王莽《わうまう》の大司空 王邑《わういふ》 之を辟《まね》くに、年を連ねて乃ち至る（何年も經ってようやくやって來た）。之を莽（王莽）に薦《すす》めんと欲すれば、固辭して乃ち止む。潛《ひそ》かに家に隱《かく》る。『易』を讀みて「損」・「益」の卦に至り、喟然《きぜん》として歎じて（はあと溜息をついて）曰く、「吾已《すで》に富は貧に如《し》かず、貴は賤に如かざるを知る。但だ未だ死は生に何如《いかん》（死は生よりも上であるか否か）を知らざるのみ」と。建武（後漢の光武帝の年號。AD二五―五六）中、男女の娶嫁《しゆか》（息子達の嫁取りと娘達の輿入れと）既に畢《をは》り、「家事 相ひ關《かかは》らしむる勿《な》かれ、當《まさ》に我の死せるが如くすべし（家の事は私の手を煩わせるな。私は已に死んだものと思え）」と勑斷《ちよくだん》す（嚴命した）。是《ここ》に於て遂に意を 肆《ほしいまま》にし、同好の北海禽慶と五嶽・名山に遊び、竟《つひ》に終る所を知らず（何處で亡くなったのか判らない)。

この他に西晉、皇甫謐《くわうほひつ》撰『高士傳』巻中にも同様の記述があるが、『文選』巻二十六所收の謝靈運「初去郡」詩の李善注に引く嵆康《けいかう》撰『高士傳』では、「向長」を「尙長」と記していることから、この人物は「尙長」「尙子平」としても認知されるようになり、朱子の本詩に於いても「尙子平」と記されているのである。

名利に囚われず萬事足るを知るという生き方に徹し、子供達が全て獨り立ちした後は家を出て、氣ままに五嶽（泰山・華山・嵩《すう》山・衡山・恆山の五大靈峯）に遊んだと傳えられた向長は、後世、隱者の典型として廣く人々に慕われた。魏の嵆康は「山巨源に與へて交《まじはり》を絕つの書」（『文選』巻四十三）に於いて「吾 尙子平・臺孝威《だいかうゐ》の傳を讀む每《ごと》に、慨然として之を慕ひ、其の人と爲《な》りを想ふ」と記し、東晉の王《わう》羲之《ぎし》は、護軍將軍就任を要請されたことに答える手紙の中で、「兒《じ》 娶《めと》り 女《むすめ》 嫁せし自《よ》り、便《すなは》ち尙子平の志を懷《おも》ひ、數《しば》しば親知と之を言ふこと、一日に非ざるなり」と述べ、南齊の孔稚珪《こうちけい》は「北山移文」（『文選』巻四十三）に於いて「嗚呼、尙生存せず、仲氏 既に往き、山阿寂寥、千載（千年）誰か賞せん」と慨歎している。

また、向長は「向子」「尙子」「尙平」「子平」等の名稱で屢〻詩詞にも詠み込まれている。

孟浩然「經七里灘」：五嶽追向子　三湘弔屈平

杜甫「雨」：龐公竟獨往　尙子終罕遇

岑參「緱山西峯草堂作」：尙平今何在　此意誰與論
白居易「將歸渭村先寄舍弟」：子平嫁娶貧中畢　元亮田園醉裏歸

特に次の作は向長自身に焦點を絞って詠じており、本詩を鑑賞する一助となろう。

向子平　　晩唐・吳筠《ごゐん》

子平好眞隱　　子平《しへい》は好眞隱《かうしんいん》（素晴らしい眞の隱者）
淸淨玩老易◎　淸淨《せいじやう》にして老易《らうえき》を玩《ぐわん》す（『老子』と『易』とを玩味した）
探玄樂無爲　　玄《げん》を探《さぐ》りて無爲《むゐ》を樂《たの》しみ
觀象驗損益◎　象《しやう》（『易』の卦爻《かかう》に對する解說）を觀《み》て損益《そんえき》を驗《けん》す
常抱方外心　　常《つね》に抱《いだ》く方外《はうぐわい》の心《こころ》（隱遁生活に憬れる心情）
且紆人閒跡◎　且《しばら》く紆《ま》ぐ人閒《じんかん》の跡《あと》（しばらく俗世間から外れた）
一朝畢婚娶　　一朝《いつてう》婚娶《こんしゆ》を畢《を》へ
五嶽遂長適◎　五嶽《ごがく》遂《つひ》に長《とこしへ》に適《ゆ》く

尙、本詩は現行の『南嶽倡酬集』には收載されていない。この點に關しては、本詩の制作時期に關する考證と併せて〔補說〕を參照されたい。

〔語釋〕

○翩然　多くは蝶々や鳥などがひらひら舞い飛ぶさまを言うが、ここでは身輕に颯爽と行動するさまを表す。

韓愈「雜詩」：翩然下大荒　被髮騎騏驎

北宋・蘇轍「次韻子瞻遊孤山訪惠勤惠思」：翩然獨往不攜拏　兼擅魚鳥兩所娛

南宋・陸游「散策至湖上民家」：曳杖翩然入莽蒼　人閒有此白雲鄉

○遠嶽　遠くに聳える山。本詩では、往時の向長が晩年に遊んだ五嶽を指すと見て良い。尙、この語は唐宋詩中には用例が少ないが、朱子には他の詩にも使用例がある。

中唐・賈島「二月晦日留別鄠中友人」：鞭羸去暮色　遠嶽起煙嵐

朱子「寄雲谷瑞泉菴主」：少待清秋日　閒尋遠嶽盟

○遊行　戸外に出歩く。多くは山野を周遊することを言う。

○慨想　感慨深く往時を追想する。上掲、魏の嵇康の「山巨源と交を絶つの書」に、「吾每讀尙子平・臺孝威傳、慨然慕之、想其爲人」とあり、ここではその記述を踏まえた措辭と見做《みな》して良い。

○近來　最近。近頃。

○知損益　『易』の〈損〉〈益〉卦に記される眞意を知る。『易』の六十四卦の一つ〈損〉卦は䷨の形で表され、下の☱（兌《だ》。澤、即ち濕地を表す）に上の☶（艮《ごん》。山を表す）が重なった形。卦の全體の説明に當たる大象《たいしょう》では、「山下に澤有るは損なり。君子以て忿《いかり》を懲らし欲を窒《ふさ》ぐ」と解説する。つまり、山の下に濕地が有るのは、地面から土を掘って（損《へら》して）それを上に積み上げ、窪みには水が溜まったからであり、それに法って君子は、己《おのれ》の中の損すべきもの、即ち「忿《いかり》」と「欲」とを抑えるべきであると説くのである。

また、同じく六十四卦の一つ〈益〉卦は䷩の形で表され、下の☳（震。雷を表す）に上の☴（巽《そん》。風を表す）が重なった形。大象では、「風雷あるは益なり。君子 以て善を見れば則ち遷《うつ》り、過《あやまち》有れば則ち改む」と解説する。つまり、雷とともに風が吹けば、それぞれ刺戟し合って勢いを益すものであり、それに法《のっと》って君子は、他人の己に勝る善さを目にしたならば直ちにそれに倣い、己に過ちが有れば直ちに改めるべきであり、それが己を益する道であると同時に他人をも益することになると説くのである。

〔解題〕でも紹介したように、漢の向長は『易』のこの二卦の箇所に讀み至って溜息をつき、大いに啓發されたという。君子は常に心の平靜を保ち、欲望を抑えて誠實に生きて行くべきだというその教えが、名利に囚われず萬事足るを知るという生き方に徹した向長の共感を呼んだものと推察されるのである。尙、次の二例はこの向長の故事を詩中に詠み込んだものである。

杜甫「兩當縣吳十侍御江上宅」：仲尼甘旅人　向子識損益

盛唐・岑參「西蜀旅舍春歎寄朝中故人呈狄評事」：時危任舒卷　身退知損益

○懲窒　上述の如く『易』の〈損〉卦に「君子以懲忿窒欲」とあり、ここではそれを約めた措辭で、怒ろうとする己の心を懲らしめてそれを禁じ、心に萌《きざ》す欲望を塞ぎ止めること。唐の孔穎達《くようだつ》は

『周易正義』の該條（巻四）で、「『懲』なる者は其の既に往くを息《や》む。『窒』なる者は其の將《まさ》に來らんとするを閉ざす」と云い、過去の怒りや欲望を反省し、これから熾《さか》ろうとするそれらを抑えることだと解釋しているが、この點に關して朱子は、

懲也不專是戒於後、若是怒時、也須去懲治他始得。所謂懲者、懲於今而戒於後耳。窒亦非是眞有箇孔穴去塞了。但遏絕之使不行耳。（『朱子語類』巻七十二―易八―損）

「懲」も也《ま》た專らには是れ後《のち》に戒《いまし》めず、若《も》し是れ怒《いか》れる時は、也《ま》た須らく去《ゆ》きて他を懲治《ちょうち》して始めて得たるべし。所謂《いはゆ》る「懲」なる者は、今に懲りて後に戒むるのみ。「窒」も亦た是れ眞に箇《ひとつ》の孔穴有りて去きて塞ぎ了《をは》るに非ず。但だ之を遏絕《あつぜつ》して行はざら使《し》むるのみ。

という見解を示している。つまり朱子は、「懲」というのは、何も怒ってしまった後にそれを反省するというのではなく、怒りを發するその都度、それを抑え込めば良い。「窒」というのも、何か欲望が萌す穴というものがあってそれを塞ぐというのではなく、單に欲望を抑え付けて表に出ないようにすれば良いだけである、と解釋するのである。

○度餘生　餘生を送る。次に引く陸游の七律の用例は本詩の結句と似通った仕立て方をしており、何らかの影響關係を臭わせるものである。

陸游「村居」：老病愈知難報國　只將高枕送餘生

〔補説〕

本詩の制作年代について

〔解題〕でも觸れた如く、本詩は『文集』巻五の一連の南嶽倡酬の作品群中に置かれているが、現行の文淵閣四庫全書本『南嶽倡酬集』及びその基となった清抄本『南嶽倡酬集』には収められていない。一方、それらより更に古い明刻本『南嶽唱酬集』には本詩が収められている。これは、前二者が倶に、明の天順年間に、林用中の十一代子孫、林果が、家に傳わる林用中の遺稿を基にして再編を試みた稿本『南嶽倡酬集』を祖本（林果本と稱することが可能）としているのに對して、後者は明の弘治年間に鄧淮《とうわい》なる者が、朱子・張栻の別集の中から南嶽周遊の時の作と思《おぼ》しき作品を摘錄し、想像を逞《たくま》しくして『南嶽倡酬集』を再構築した、全く別種の版本（鄧淮本と稱することが可能）であることに因る（詳しくは拙稿「『南嶽倡酬集』成書攷」を參照されたい）。

つまり、明刻本に本詩が収められたのは、鄧淮が當時繙《ひもと》いた『朱文公文集』の巻五に、已《すで》に本詩が誤って南嶽倡酬の作品の一つと見做されて、その作品群中に置かれてしまっていたことに因るのである。逆に、朱子・張栻・林用中の三人で南嶽を周遊し、詩の應酬を繰り廣げた往時の姿をほぼ忠實に保存している林果本に本詩が収められず、また、張栻の別集『南軒集』にも本詩に對する唱和詩と認められる作品が収められていないからには、本詩が南嶽衡山に三人で遊んだ時の作ではないことは、ほぼ間違いない。

この譯注作業で底本としている四部叢刊本『晦庵先生朱文公文集』の內、巻一から巻十までに収められる朱子の詩は概ね制作年代順に編次されているが、中には制作年代を誤って置かれている作品も間々ある。本詩もその例に含まれると見て良いだろう。

そもそも『文集』に於て本詩が南嶽周遊中の作品と誤解されたのは、本詩の起句「翩然遠嶽恣遊行」を朱子自身の行爲、即ち「私は今、遠く南嶽衡山までやって來て思う存分身輕に歩き回っている」と『文集』の編纂者が解釋してしまったことに因ると推察される。しかし、これは上掲、『後漢書』向長傳の「是《ここ》に於て遂に意を肆にし、……五嶽・名山に遊び」の記述に基づく、向長自身の行爲と解釋するのが妥當であろう。乾道三年の南嶽周遊の體驗が、朱子をして往時の向長のことに思いを馳せしめる切っ掛けとなった可能性は有るかも知れないが、同行者の張栻・林用中に本詩に對する唱和詩の影を見出せない以上、やはり本詩を一連の南嶽倡酬の作品群の内に入れることは出來ない。

ならば、本詩はいつ頃作られたのであろうか。乏しい手掛かりの中、『文集』巻四に載せる五律の連作「哭羅宗約二首」の其二が注目できよう。當該詩の頷聯に、「子平　婚嫁了《をは》り／元亮　去留輕《かろ》し」とあり、本詩と同じく向長を詩に詠じているのである。この連作は羅宗約の死を悼むものであり、『朱熹新考』に據れば、『文集』巻九十七に收める「承議郎主管台州崇道觀賜緋魚袋羅公行狀」の記述から、羅宗約が乾道四年四月十三日に世を去り、十一月に埋葬されたことが判明するとのこと。それ故、右の連作は乾道四年に作られたものと『朱熹新考』は擬定する。ただ、右の詩に於いては、名利に囚われず宮仕えにも執着しなかったと推察される羅宗約の生前の姿を、漢の向長や東晉の陶淵明に擬《なぞら》えているだけであり、本詩に見られるような、向長に對する積極的な憧憬の念は感じられない。ならば、その念が強まるのは右の詩よりも後のこと、即ち乾道五年以降と大雜把に見ることも可能ではなかろうか。

一方、本詩の後半の、「私もまた近頃『易』の〈墳〉〈益〉の卦に記される眞意を知り得た／ただ恬《てん》澹《たん》無慾《むよく》ということを信條として殘りの人生を生きて行こう」という詠いぶりに着目すれば、やはりこれは、朱子の晩年になってからの口吻《こうふん》という感を強くする。朱子は淳熙九年（一一八二）五十三歳の時に、浙東提擧の職を辭して故郷に戻って以降、紹熙元年（一一九〇）六十一歳で漳州知事を拜命するまで、暫く家居の時期を過ごす。三浦國雄『朱子』（人類の知的遺産19、講談社、一九七九）に據れば、この間、五十代後半の朱子の學問は、次第に四書から五經へと研究對象が移行しており、五十七歳の時に『易學啓蒙』を完成させ、六十一歳頃までには『周易本義』を完成させるなど、『易』に眞正面から向き合う時間が多くなっていたようである。本詩轉句で表出する、『易』の〈墳〉〈益〉の卦に對する開眼もやはりその間の出來事なのではなかろうかと推察され、己《おのれ》に殘された僅かな日々を愼ましやかに、穩やかに過ごして行こうと心に決める朱子の姿が本詩から見て取れるのである。

（後藤　淳一）

200 殘雪未消次擇之韻

殘雪《ざんせつ》　未《いま》だ消《き》えず　擇之《たくし》が韻《ゐん》に次《じ》す

脚底悲風舞凍鴉　●●○○●●◎
此行眞是躡蒼霞　●○○●●○◎
仰頭若木敷瓊蘂　●○●●○○●
不是人閒玉樹花　●●○○●●◎

脚底《きやくてい》の悲風《ひふう》　凍鴉《とうあ》を舞《ま》はす
此《こ》の行《かう》　眞《まこと》に是《こ》れ蒼霞《さうか》を躡《ふ》む
頭《かうべ》を仰《あふ》げば　若木《じやくぼく》　瓊蘂《けいずゐ》を敷《し》く
是《こ》れ人閒《じんかん》の玉樹花《ぎよくじゆくわ》ならず

（七言絶句　下平聲・麻韻）

〔テキスト〕

『文集』巻五／明刻本『南嶽唱酬集』／清抄本『南嶽倡酬集』／文淵閣四庫全書本『南嶽倡酬集』／『朱子文集大全類編』巻四／『南嶽志』巻十九〈寺觀─方廣寺〉

〔校異〕

○瓊蘂　『南嶽志』巻十九〈寺觀─方廣寺〉では「瓊葉」に作る。

○不是　清抄本『南嶽倡酬集』・文淵閣四庫全書本『南嶽倡酬集』では「恍是」に作る。

〔通釋〕

なごり雪未だ消えず　林擇之どのの韻に合わせる

足の遙か下　悲しげに吹く寒風の中　凍える鴉《からす》が舞っている
今回の旅は　まさしく雲を踏みながら空を歩んでいるようなものだ
見上げれば　聳える木々は雪を纏《まと》い　太陽が宿るという若木《じやくぼく》の樹に玉の花を鏤《ちりば》めたかのよう
人間世界にある作り物の寶玉《ほうぎよく》の樹にあしらわれるような花々とは　比べ物にならないなあ

〔解題〕

本詩は、衡山周遊中、山中に雪が消えずに積もっている景觀を林用中が先ず最初に詠じ、それを承けて、その韻を用いて朱子が唱和する形で同じく詠じたものである。唱和の切っ掛けとなった林用中の作品は次のもの。

凍壓林巢欲墮鴉◎　凍《とう》は林巢《りんさう》を壓《あつ》して鴉《からす》を墮《おと》さんと欲《ほっ》し
素花飄落結煙霞◎　素花　飄落《へうらく》して煙霞を結ぶ
陰風慘淡青山老　陰風　慘淡《さんたん》　青山《せいざん》老《お》い
不辨梅花與雪花◎　辨《べん》ぜず　梅花と雪花とを

雪は樹上の鴉《からす》の巢を押し潰《つぶ》すように積もり、時折ど、さ、っと地に落ちて雪煙を揚げる。以前は綠に蔽われていた衡山も冷たい北風によってすっかり樣變わりし、木々はどれも雪化粧して、白梅なのか雪の花なのか見分けが付かない、と林用中は詠ずるのである。

林用中は雪化粧した木々を白梅に喩えたが、それに對して朱子は、詩の前半で、地上から隔絶した衡山を周遊するのは恰《あたか》も天上世界、即ち仙境を巡るようなものであると詠じ、その設定を活かして詩の後半では、雪化粧した木々を、仙界にあるという若木の樹に玉の花を鏤《ちりば》めたものと見立てるのである。

尙、本詩が衡山周遊のどの時點で作られたのかという點に關しては、〔補說〕の㈡を參照されたい。

〔語釋〕

○悲風　悲しげに吹く冷たい風。秋から冬にかけて吹き、悲しげな音を立てて人の物悲しさを催す風を指す。

○舞凍鴉　寒さに凍える鴉が宙を舞う。「凍鴉」という措辭は先秦から唐にかけての詩には見られない。寒い時期に飛んだり鳴いたりする鴉は一般に「寒鴉」と表現されるが、本詩に於いては平仄の關係から「凍鴉」としたと見て良い。

尙、原詩の訓讀では和刻本の讀みに從ってこの三字を「凍鶴を舞はす」と讀んだが、この部分は押韻の關係から主語と動詞が顚倒したものと考えられ、〔通釋〕ではそのように譯した。

○躡蒼霞　青い雲を踏む。「霞」は空中の水蒸氣が凝固した霧狀のもの。漢語に於いては一般に朝焼けや夕焼け、或いはその赤い色を指すが、ここでは「蒼」という語が冠せられていることから、「青雲」とほぼ同義と見て良い（和語の「かすみ」に近い）。空の青さが透けて見える高所の雲のことであり、それを「躡《ふ》」むとは、空中を歩むことである。尙、「蒼霞」なる語は唐詩に一例（左の韓愈詩）見えるだけであるが、宋代になると使用例が多くなり、『文集』巻五の本詩の次に置かれた五言律詩にも「蒼霞」という語を用いて山中の景を詠じている。

中唐・韓愈「讀東方朔雜事」：一旦不辭訣　攝身凌蒼霞

朱子「自方廣過高臺次敬夫韻」：素雪留清壁　蒼霞對赤城

また、「霞」を「躡」むという措辭の用例には以下のものがある。

中唐・孟郊「送超上人歸天台」：天台山最高　動躡赤城霞

○仰頭　顔を上げて上方を見る。

○若木　古來、太陽の沒する所にあったと傳えられる傳説上の樹。太陽が昇る際にはまず東海中にある「扶桑」の樹に登ると傳えられ、それと對を成してこの「若木」は、天空を進んだ太陽が西方に沒した後に宿る樹と考えられていた。但し「若」の異體字に「叒」字があり、『説文解字』六篇下ではその「叒」字を、「日《ひ》初めて東方の湯谷に出《い》づるに登る所の榑桑《ふさう》にして、叒木なり」と解説し、清・段玉裁の注では、「蓋《けだ》し『若木』は卽ち『扶桑』を謂《い》ふならん」と言っており、「若木」と「扶桑」とを同一視する説もある。

『山海經』第十七〈大荒北經〉：大荒之中、有衡石山、九陰山、洞野之山、上有赤樹、青葉、赤華、名曰若木。〔西晉・郭璞注〕：生昆侖西附西極、其華光赤下照地。

戰國楚・屈原「離騷」：飲余馬於咸池兮　絶余轡乎扶桑　折若木以拂日兮　聊逍遙以相羊

〔朱子注〕若木、亦木名、在崐崘西極、其華光照下地。

○瓊蘂　玉の花。「瓊蕊」とも書き、多くは美しい白い花の形容として用いられるが、本詩に於ては、木々の雪化粧の比喩として用いられている。尙、「蘂」は花の「しべ」ではなく、「はな」そのものを指す。ここでは平仄の關係から「花」字は使えない（「花」字は結句の押韻に用いている）。

○玉樹花　この措辭は、六朝、陳の滅亡を招いた陳の後主（陳叔寶）が創《つく》ったという亡國の歌「玉樹後庭花」が有名であるが、ここでは、上に「人閒」（人閒世界）という語が冠せられていることから、人が寶玉などを用いて造り上げた人工の樹にあしらわれた飾りの花を言う。それは、玉で出來ていたと傳えられる傳說上の仙界の樹に咲く花と對照を成すものであり、その仙界の樹という比喩こそが、雪化粧した木々に對する朱子の見立てなのである。

〔補說〕

㈠　張栻の和詩

林用中・朱子の詩を承けて作られた張栻の唱和の作を以下に紹介する。尙、張栻の別集『南軒集』ではこの作は「和元晦詠雪」（元晦の雪を詠ずるに和す）と題せられている。

兀坐竹輿穿澗壑　竹輿《ちくよ》に兀坐《ごつざ》して澗壑《かんがく》を穿《うが》ち
仰看石徑接煙霞◎　仰《あふ》ぎ看《み》る　石徑《せきけい》の煙霞に接するを
是閒故有春消息　是《こ》の閒《かん》　故《もと》より春の消息有り
散作千林瓊玉花◎　散じて作《な》る　千林　瓊玉《けいぎょく》の花

竹の輿《かご》に搖られて谷間を行けば、路は遙か天に接する頂上まで續いている。今は冬であるがこの衡山には已に春の氣配が訪れ、それは玉のような白い花に姿を變えて數多《あまた》の木々にあしらわれている、と張栻は詠ずる。

林用中の原詩及び朱子の本詩は起句にも押韻しているが、張栻は起句を踏み落としにしている。木々の雪化粧を林用中は初春に咲く白梅に喩え、朱子は仙界の樹に咲く玉の花に見立てたが、對して張栻はその兩者を折衷するような形で詠じていると言えよう。因みに、『南嶽倡酬集』（清抄本・文淵閣四庫全書本）では、轉句の「故」を「更」に作っている。

(二)　本詩の制作日時について

本詩は、『文集』巻五に於いては、衡山周遊の作ではない199「感尙子平事」詩を挾んで、198「方廣睡覺次敬夫韻」詩と五律「自方廣過高臺次敬夫韻」詩の間に置かれ、また、四庫全書本『南嶽倡酬集』では、197「蓮花峯次敬夫韻」詩と202「行林間幾三十里寒甚道傍有殘火溫酒擧白方覺有暖意次敬夫韻」詩との間に置かれている。

詩の編次は兩書で異なるが、大まかに言えば、兩書ともにその編者は本詩を、朱子一行が蓮花峯下の方廣寺に一泊した翌日（十一月十四日）、高臺寺に赴く途中の山道に於いて作られたと見做したのだろう。確かに張栻の「南嶽唱酬の序」には、

戊寅［十一月十四日］明發し［夜明けに出發し］、小徑を穿《うが》ちて高臺寺に入る。門外 萬竹森然として、間《ま》ま風雪の折る所と爲るも、特に清爽にして愛す可《べ》し。……寺を出《い》でて、卽ち古木寒藤の中《うち》に行くに、陰崖の積雪、厚さ幾《ほと》んど數尺、石廩を望めば素錦屏《そきんぺい》［純白の屛風］の如く、日影 下《くだ》りて林間を照せば、冰《こほり》 墮《お》ちて鏘然《しやうぜん》として［カランカランと］聲有り。

とあり、十一月十四日の朝に高臺寺に赴いた際、及び高臺寺を後にして更に歩を進める道中、厚く積もった雪を目にしたことを述べており、本詩の詩題「殘雪未消」に合致すると見ることも出來よう。

しかし、〔補説〕の㈠で紹介した張栻の和詩を見ると、そのような見方には疑問を抱かざるを得ない。張栻詩の前半では、竹の輿に揺られて谷間から山項に通ずる山道を行く情景が詠われており、これは上掲「南嶽唱酬の序」の、

〔十一月十三日〕予が三人 騎を聯《つら》ねて興樂江《こうらくかう》を渡るに、宿霧 盡《ことごと》く卷き〔霧がすっかり霽れ〕、諸峯玉立し、心目 頓《とみ》に快《こころよ》し。遂に黃心に飯し、竹輿に易へ、馬跡橋由《よ》り山に登る。始め皆な荒嶺望に彌《み》つる〔視界に廣がる〕も、已に乃ち大林壑に入れば、崖邊 時に積雪有り、甚だ快し。

という記述に合致するものである。つまり本詩は、十三日に馬跡橋から輿に乗って山道を登る道中で作られたものであり、本詩起句の「脚底の悲風 凍鴉を舞はす」という詠いぶりから、それも可成り高い所まで登って來た時點での作と見るべきであろう。

（後藤　淳一）

201 石廩峯次敬夫韻

七十二峯都插天　●●●○○●◎
一峯石廩舊名傳　●○●●●○◎

石廩峯《せきりんぽう》 敬夫《けいふ》の韻《ゐん》に次《じ》す

七十二峯《しちじふにほう》 都《すべ》て天《てん》を插《さ》し
一峯《いっぽう》の石廩《せきりん》 舊名《きうめい》傳《つた》ふ

家○家○有●廩●高○如○許●　家家《かか》　廩《りん》有《あ》りて　高《たか》きこと許《かく》の如《ごと》くんば
大●好●人○間○快●活●年◎　大《おほ》いに好《よ》し　人間《じんかん》　快活《くわいくわつ》の年《とし》

（七言絶句　下平聲・先韻）

〔テキスト〕

『文集』巻五／明刻本『南嶽唱酬集』／清抄本『南嶽倡酬集』／文淵閣四庫全書本『南嶽倡酬集』／『朱子文集大全類編』巻四／『宋詩抄』「文公集抄」／『南嶽志』巻七

〔校異〕

○『文集』巻五に附載する校勘記に引く本詩の「考異」によれば、一本では轉句・結句を「敎人鎮作豐年願　樂聖何妨萬億年」に作る。

○快活　清抄本『南嶽倡酬集』では「快樂」に作る。文淵閣四庫全書本も同じ。

〔通釋〕

石廩峯　敬夫どのの韻に合わせる

南嶽七十二峯はみな　天を插さんばかりにそびえ
そのうちの一峯である石廩峯は　昔からその名を傳えている
家家《いえいえ》にもし　これほど高い米ぐらがあるとしたなら
大變結構なことだ　この世はまさに大豐作　ということだから

〔解題〕

南嶽衡山の一峯である石廩峯を詠んだ張栻の作に、朱子が次韻した詩。「廩」は米ぐらの意。『大明一統志』巻六十四―〈石廩峯〉に「在衡山、形如倉廩。有二戸、一開一闔」〔衡山に在り、形 倉廩の如し。二戸有りて、一は開きて一は闔《と》づ〕とあるとおり、この峯の形が米ぐらに似ていることから石廩峯と名づけられた。また『箚疑輯補』の〔翼增〕も「峯形如倉廩、有二戸、開則歳儉、閉則歳豐」〔峯形 倉廩の如く、二戸有りて、開けば則ち歳 儉《けん》にして、閉づれば則ち歳 豐なり〕と記す。

　中唐・韓愈「謁衡嶽廟遂宿嶽寺題門樓」：紫蓋連延接天柱　石廩騰擲堆祝融

右に擧げた韓愈の詩句にも見られるとおり、多々ある衡山の諸峯のなかで、紫蓋、天柱、石廩、祝融に芙蓉を加えた五つの峯はとりわけ名高い。ちなみに張栻の師で、多年にわたり衡山に起居して學を講じた胡宏（一一〇六～一一六一）は、張栻ら弟子たちから五峯先生と親しみをこめて呼ばれていた。

さて、張栻の原詩は次のとおりであるが、その別集『南軒集』巻七では詩題を「賦石廩峯」に作る。

巋然高廩倚晴天◎　巋《き》然《ぜん》たる高廩《かうりん》　晴天《せいてん》に倚《よ》り
獨得佳名自古傳◎　獨《ひと》り佳名《かめい》を得《え》て　古《いにし》へ自《よ》り傳《つた》はる
多謝山中出雲氣　多謝《たしや》す　山中《さんちゆう》　雲氣《うんき》を出《いだ》し
人間長與作豐年◎　人間《じんかん》　長《とこし》へに與《ため》に豐年《ほうねん》を作《な》すを

〝高々とそびえる米ぐらは晴天にその身をゆだね、昔から美名をひとり擅《ほしいまま》にしてきた。山中から雲氣が湧き出るおかげで、この世はいつまでも豐作に惠まれることだろう〟と詠う。張栻撰「南嶽倡酬序」に「出寺、即行古木寒藤中、陰崖積雪、厚幾數尺、望石廩如素錦屏」（寺（＝高臺寺）を出で《い》、即《すなは》ち古木寒藤の中《うち》を行けば、陰崖の積雪、厚きこと幾《ほとん》ど數尺、石廩を望めば素錦の屏（＝白い絹織りの屏風）の如し」（『南軒集』巻十五の同序では「石廩」を「石凜」に作るが、いま文淵閣四庫全書本『南嶽倡酬集』に従って改める）とあるとおり、雪化粧を施した石廩峯の姿は、冬の晴天を背景に、とりわけ鮮やかに映えていたことだろう。

また、林用中の和詩は次のとおり。

石廩峯高直插天◎　石廩《せきりん》 峯高《みねたか》くして 直《ただち》に天《てん》を插《さ》す
芳名耿耿舊流傳◎　芳名《はうめい》 耿耿《かうかう》として 舊《ふる》くより流傳《りうでん》す
好推佳惠敷寰宇　好《よ》く佳惠《かけい》を推《を》して 寰宇《くわんう》に敷《し》かば
始信人間大有年◎　始《はじ》めて信《しん》ぜん 人間《じんかん》 大《おほ》いに年有《としあ》るを

大意は〝石廩峯の高い峯はまっすぐに天を衝《つ》かんばかり。その輝かしい名は古くから連綿と傳えられてきた。素晴らしい贈り物を世界にあまねく施してくれるならば、人の世に大豊作が訪れるのを信じる氣持ちになるだろう〟というもの。ちなみに結句の「大有年」は、穀物の收穫が非常に多いことをいう。

〔語釋〕

○七十二峯　衡山の峯の多さを形容した語。七十二は多數の意を表わす概數。古來、衡山には實際に七十二峯あるとされてきた。
中唐・盧載「祝融峯」〈斷句〉：五千里地望皆見　七十二峯中最高
○都　すべて。文言であれば「皆」もしくは「均」の字を用いるのがふつう。當時の俗語的表現である。
○插天　天を插す。ここでは峯が天空に楔《くさび》のように食い込むイメージである。
中唐・戴叔倫「巫山高」：巫山峨峨高插天　危峯十二凌紫煙
南宋・楊萬里「雪中登姑蘇臺」：插天四塔雲中出　隔水諸峯雪後新
○一峯　ひとつの峯。また、ある峯が他の峯に比してひときわ抜きん出るさまをいう。
孟浩然「題大禹寺義公禪房」：戸外一峯秀　階前群壑深
中唐・于鵠「過淩霄洞天謁張先生祠」：戢戢亂峯裏　一峯獨淩天
晩唐・薛能「雨後早發永寧」：獨愛千峯最高處　一峯初日白雲中
朱熹「自上封登祝融峯絶頂次敬夫韻」：衡嶽千仞起　祝融一峯高
などの用例が見え、いずれも「一」の字が峯のすっくと抜きん出たさまを詠い得て妙である。
○舊名　もとの名、古い名。ここでは古くから聞こえた評判や名聲をいう。
李白「過四皓墓」：紫芝高詠罷　青史舊名傳
○如許　かくの如しの意。「如此」または「如是」に同じ。宋人の詩に多く現れ、これも當時の俗語的表現であろう。

盛唐・張繼「明德宮」：摩雲觀閣高如許　長對河流出斷山

南宋・蒲壽宬「題武夷」：堂堂標致高如許　靈迹何須問有無

朱熹「觀書有感二首」其一：問渠那得清如許　爲有源頭活水來

○人間「じんかん」と讀んで、人の世、世間、俗界をいう。しばしば天界との對比で用いられ、ここではこの語によって、祝融神《しゅくゆうしん》の恵みが石廩峯を通じ、天界から人間界に及ぶことを言祝《ことほ》ぐのである。

○快活年『韻府』卷十六―一先〈快活年〉および『大漢和辭典』第四卷には本詩の轉句と結句を引く。なお、「快活」はたのしい、愉快である意。「快活年」の他の用例としては、

清・汪琬「稻熟」：長官又罷銷圩冊　最好吳人快活年

を見出し得たのみである。「快活」の二字は、左に擧げる唐詩の用例に見られるとおり、隱逸の愉しみや、農事に活き活きと勤しむさまを表わすことが多い。特に白居易の詩中に多く見られるほか、晩唐の杜荀鶴の詩中にも現れる頻度が高い。

白居易「想歸田園」：快活不知如我者　人間能有幾多人

晩唐・杜荀鶴「和吳太守罷郡山村偶題二首」其二：快活田翁輩　常言化育時

なお、この「快活」の語、『朱子語類』中における用例甚だ多く、主として痛快の義に使われて

いることを付記しておく。

（丸井　憲）

202 行林間幾三十里寒甚道傍有殘火溫酒擧白方覺有暖意次敬夫韻

林間《りんかん》に行《ゆ》くこと幾《ほとん》ど三十里《さんじふり》　寒《かん》甚《はなはだ》し　道傍《だうばう》に殘火《ざんくわ》有《あ》りて
酒《さけ》を溫《あたた》め白《さかづき》を擧《あ》ぐれば　方《まさ》に暖意《だんい》有《あ》るを覺《おぼ》ゆ　敬夫《けいふ》の韻《ゐん》に次《じ》す

千○林○一●路●雪●磑○堆◎
吟○斷●飢○腸○第●幾●回◎
溫○酒●正●思○敲○石●火●
偶●逢○寒○燼●得●傾○杯◎

千林《せんりん》の一路《いちろ》　雪《ゆき》磑堆《はいたい》
飢腸《きちやう》を吟《ぎん》じ斷《た》つこと　第幾回《だいいくくわい》
酒《さけ》を溫《あたた》むるに　正《まさ》に思《おも》ふ　石火《せきくわ》を敲《う》たんと
偶《たま》ま寒燼《かんじん》に逢《あ》ひて　杯《さかづき》を傾《かたむ》くるを得《え》たり　（七言絶句　上平聲・灰韻）

〔テキスト〕
『文集』巻五／明刻本『南嶽唱酬集』／清抄本『南嶽倡酬集』／文淵閣四庫全書本『南嶽倡酬集』／『朱子文集大全類編』巻四

〔校異〕
○『韻府』巻五十一―二十哿〈石火〉、また同書巻七十一―十二震〈寒燼〉には本詩の轉句と結句を引く。ともに異同なし。

○傾杯　文淵閣四庫全書本『南嶽倡酬集』では「傾盃」に作る。

〔通釋〕

林のあいだを行くことほぼ三十里にして　寒さが身にしみたころ　道端に薪の燃え残りがあったので　酒を溫め　皆で杯を交わし　ようやく暖かさを覺えた　張栻どのの韻に合わせる

奥深い林の中の一本道に　雪が舞い積もり

道中　空腹に呻吟すること　さてこれで何度めであろうか

酒を溫めて暖を取るのに　石を打って火をおこそうとまで考えたところ

たまたま燃えさしの薪《たきぎ》があるのに出くわして　それで酒杯を傾けることができた

〔解題〕

張栻の作（『南軒集』卷七では詩題を「道傍殘火溫酒有作」〔道傍の殘火にて酒を溫め作有り〕に作る）に朱子が次韻した詩。本詩の詩題中、「林間」は林の中の意で、中唐の司空曙「下第日書情寄上叔父」詩に「雪裏題詩偏見賞　林間飲酒獨令隨」〔雪裏に詩を題して偏《ひと》へに賞せ見《ら》れ／林間に酒を飲んで　獨り隨《したが》は令《し》む〕という一聯があり、本詩の境遇に通ずるものが感じられる。「殘火」は消えかかった火の意で、ここでは燃えさしの薪をいい、〔語釋〕で後述する「寒燼」にほぼ同じ。「擧白」はさかづきをあげて酒を飲むことで、なお「擧杯」というに等しい。さて、本詩が詠まれたのは、さきに178「七日發嶽麓道中尋梅不獲至十日遇雪作此」詩の〔解題〕で引いた張栻撰「南嶽倡酬序」の、「甲戌」〔十一月十日〕以下が記す道中（↓二一七頁参照）においてであろうが、そのくだりでは、三人が道旁の草舍で酒杯を擧げたのちに三十里の距離を移動したことになっており、本詩の詩題の記述とは行程の順序がやや異なるようだ。

張栻の原詩は次のとおり。

道傍殘火溫酒有作　道傍《だうばう》の殘火《ざんくわ》にて酒《さけ》を溫《あたた》め　作《さく》有《あ》り

陰崖衝雪寒膚裂　陰崖《いんがい》　雪《ゆき》を衝《つ》きて　寒膚《かんぷ》裂《さ》け
野路燃薪春意回◎　野路《やろ》　薪《たきぎ》を燃《も》やして　春意《しゆんい》回《かへ》る
旋煖提壺傾濁酒　旋《やうや》く煖《あたた》まれば　壺《こ》を提《ひつさ》げて濁酒《だくしゆ》を傾《かたむ》く
陶然絕勝夜堂杯◎　陶然《たうぜん》　絕《はなは》だ勝《まさ》る　夜堂《やだう》の杯《さかづき》に

〝北側の崖ぎわを、雪が吹きつけるなかを進めば、いまにも凍傷にかかりそうだ。野中の道で薪を燃やしてようやくのどかな心地になった。溫まってきたので、濁り酒の壺を傾けると、その氣持ちよさは、夜の屋敷で交わす酒杯にはなはだまさるというものだ〟と詠い、雪中飲酒の野趣が、屋敷内での夜宴の雅趣に優ることを愉しむさまがうかがわれる。なお、この原詩は起句の韻を踏み落としにしている。

林用中の和詩は次のとおり。

高山絕頂雪千堆◎　高山《かうざん》の絕頂《ぜつちやう》　雪《ゆき》　千堆《せんたい》

凜裂氷膚這幾回◎　凜《りん》として氷膚《ひょうふ》を裂《さ》くこと　這《こ》れ幾回《いくくわい》
行到林間得殘火　行《ゆ》きて林間《りんかん》に到《いた》れば　殘火《ざんくわ》を得《う》
借他燃燼煖寒杯◎　他《か》の燃燼《ねんじん》を借《か》りて　寒杯《かんぱい》を煖《あたた》む

〝高山の頂《いただき》には雪が厚く積もっていて、凜冽《りんれつ》の氣が、かじかんだ肌を切り付けること、これで何度めであろう。林の中に入って行くと燃えさしの薪にありついたので、その燃えかすを拝借して酒を溫め、冷え切った身を暖めた〟と詠う。張、林二詩の前半ではともに野外の降雪の激しさが強調されており、本詩の詩題にある「寒甚し」の語を裏付けている。

〔語釋〕

○千林　森林というに等しい。「千」は多い、あまたの意。朱子はこの語をしばしば詩中に用いる。雪との關連で用いたものでは、

朱熹「唐石雪中」：行到溪山愁絶處　千林一夜玉成花

同「昨夕不知有雪而晨起四望遠峯皆已變色再用元韻作兩絶句」其二：千林無葉一川平　萬壑瓊瑤照夜明

といった例がある。ちなみに後者二句めの「瓊瑤」の語は雪の形容。詳しくは203「林間殘雪時落鏘然有聲」詩の〔語釋〕（→三七六頁）を參照されたい。

○一路　一筋のみち。また、旅のみち、道中。ここでは林間を穿《うが》って續く一筋の道の意と、旅道中《たびどうちゅう》の

意をともにかけた使い方であろう。

○毰堆　「はいたい」と音讀し、韻を同じくする字を重ねた、いわゆる疊韻の語。『箚疑輯補』の〔箚疑〕は「鳳舞也」〔鳳《おほとり》の舞ふなり〕という。「毰毸」（はいさい）と同義で、鳥類が羽を張るさま、鳳の舞うさまをいい、轉じて、雪などの亂れ舞うさまにたとえる。『朱熹詩詞編年箋注』には「披拂貌」とあり、それならば雪が降り積もる意となる。『箚疑輯補』の〔箚疑〕は「毰堆」について、

北宋・王安石「與薛肇明奕棋賭梅花詩輪一首」：華髮尋春喜見梅　一株臨路雪毰堆

の下の句を引き、「言梅也」〔梅を言ふなり〕と記す。また「毰毸」の用例では、

北宋・王安石「集禧觀池上咏野鵝」：池上野鵝無數好　晴天鏡裏雪毰毸

南宋・汪炎昶「滄洲白鷺圖」其二：雲影天光匝釣磯　毰毸微展雪毛衣

などがあり、ともに鳥類の白い羽毛を雪に喩えたもの。

○吟斷飢腸　この語、他の用例を見出し得ない。呻吟しつつ、あるいは詩歌を吟じつつ空腹をこらえる意か。「斷腸」は本來、はらわたのちぎれるほどの悲しみをいう常套語であるが、ここではむしろ諧謔的な使い方になっている。「吟斷」と「飢腸」の二つに分けて、それぞれの用例を擧げれば、

中唐・竇庠「冬夜寓懷寄王翰林」：滿地霜蕪葉下枝　幾回吟斷四愁詩

白居易「觀刈麥」：家田輸稅盡　拾此充飢腸

など。「吟斷」の語にはなお詩的情趣が感じられるものの、「飢腸」の語に至っては生活の困苦、

人民のひもじさを歌う言葉として用いられるのが普通のようであり、本詩における諧謔味を帯びた先例が管見には入らなかった。

○敲石火　石を撃って火を發すること。「敲石」は燧石《ひうちいし》をうつこと、また燧石《ひうちいし》の意。石火は石を撃って發する火。ここでは道中暖を取るために火を起こす意。

中唐・李賀「南園十三首」其十三：沙頭敲石火　燒竹照漁船

○寒燼　ひえ切った燃えがら。「燼」はもえさし。冷灰。

中唐・韋應物「對殘燈」：獨照碧窗久　欲隨寒燼滅

○傾杯　杯をかたむける。酒を飲む。

（丸井　憲）

203 林間殘雪時落鏘然有聲

林間《りんかん》の殘雪《ざんせつ》 時《とき》に落《お》ち 鏘然《さうぜん》として聲《こゑ》有《あ》り

○○●●●○◎
青鞋布襪踏瓊瑤
●●○○●●◎
十里晴林未覺遙
●●○○●○●
忽復空枝墮殘雪
●○○●●○◎
恍疑鳴璬落叢霄

青鞋布襪《せいあいふべつ》 瓊瑤《けいえう》を踏《ふ》み
十里《じふり》の晴林《せいりん》 未《いま》だ遙《はる》かなるを覺《おぼ》えず
忽《たちま》ち復《ま》た 空枝《くうし》 殘雪《ざんせつ》を墮《お》とす
恍《ほの》かに疑《うたが》ふ 鳴璬《めいけう》の叢霄《そうせう》より落《お》ちしかと

（七言絶句　下平聲・蕭韻）

〔テキスト〕

『文集』巻五／明刻本『南嶽唱酬集』／清抄本『南嶽倡酬集』／文淵閣四庫全書本『南嶽倡酬集』／『朱子文集大全類編』巻四／『朱子可聞詩』第五巻

〔校異〕

○墮殘雪　蓬左文庫本、眞軒文庫本、および明刻本『南嶽唱酬集』ではともに「墮殘白」に作る。

○『文集』巻五に附載する校勘記に引く本詩の「考異」によれば、一本では轉句を「忽聽冰條墮淸響」に作る。『朱子可聞詩』第五巻も同じ。

〔通釋〕

林の中で　殘雪がたまたま枝から落ちて　かちんと音をたてた
旅の粗末な裝いで　美しい雪路を踏み進んでいくと
十里もあろうかという林道も　晴天のもと　さほど遠いとは感じられない
ふと　枯れ枝からまた　のこんの雪が落ちてきたが
それを一瞬　天から降ってきた美しい佩《お》び玉《だま》の鳴る音と　聞きまごうた次第

〔解題〕

明刻本『南嶽唱酬集』、清抄本『南嶽倡酬集』、文淵閣四庫全書本『南嶽倡酬集』ではすべて詩題を「林間殘雪時落鏘然有聲賦此」に作る。202「行林間幾三十里寒甚道傍有殘火溫酒擧白方覺有暖意次韻敬夫韻」詩と同様、林間を行く道中で詠まれたものだが、この日は晴天に恵まれた。「殘雪」は文字どおり消え殘った雪をいう言葉であるが、張栻撰「南嶽倡酬序」に「日影下照林間、氷墮鏘然有聲」〔日影下《しも》林間を照《てら》せば、氷墮ち　鏘然として聲有り〕とあり、また〔補説〕でも後述するとおり、ここは樹氷もしくは氷柱《つらら》の意に解すべきかもしれない。右の〔通釋〕では「殘雪」の原義に従って譯しておいた。「鏘然」は金石や玉の鳴る音の形容。中唐の權德輿の「和王侍郎病中領度支煩迫之餘過西園書堂閒望」詩に「鏘然玉音發　餘興在斯文」〔鏘然　玉音發し／餘興　斯文《しぶん》に在り〕という用例が見える。枝から落ちる殘雪の思いもよらぬ硬質な響きに、朱子は小さな驚きを感じ、その感興を詩にしたためたのである。

〔語釋〕

○青鞋布襪　野人の服裝。「青鞋」はわらじ、「布襪」は布製のくつしたのたぐい。ここでは粗末な旅裝の意。また、衣冠を捨てて歸隱する意をこめることもある。唐人の用例は少ないが、宋人の用例は比較的多いようである。

杜甫「奉先劉少府新畫山水障歌」：吾獨胡爲在泥滓　青鞋布襪從此始

南宋・楊萬里「題王季安主簿佚老堂二首」其二：布襪青鞋已嬾行　不如宴坐聽啼鶯

なお、『箚疑輯補』の〔箚疑〕は右の杜詩の下句を引く。

○踏瓊瑤　「踏」はあるく、ふみすすむ。「踏青」ならば春日郊外に遊ぶこと、「踏雪」ならば雪路をふんで進むこと。「瓊瑤」は美しい佩び玉。轉じて、よい贈り物。また、投贈の詩文・書信などを指すことも多い。ここでは、林間に降り積もった雪を玉《ぎょく》に見立てていうのであろう。『說文解字注』一篇上―玉部では「瓊」を「亦玉也」、「瑤」を「石之美者」としている。

中唐・韓愈「酬王二十舍人（涯）雪中見寄」：三日柴門擁不開　階平庭滿白皚皚　今朝蹋作瓊瑤
　跡　爲有詩從鳳沼來

北宋・曾幾「雪晴」：未快溪橋踏雪心　朝陽已復上遙岑　可憐昨夜瓊瑤跡　化作春泥尺許深

朱熹「昨夕不知有雪而晨起四望遠峯皆已變色再用元韻作兩絕句」其二：千林無葉一川平　萬壑
　瓊瑤照夜明

なお、『箚疑輯補』の〔翼增〕は右の韓愈の三句めを引く。

○空枝　花や葉の無い枝。ここでは冬枯れの樹木の枝をいう。

○殘雪　消えかけた雪。「殘」は、そこなわれる意。邦語にあてはめれば、のこんの雪。また、冬の雪の、春になって消えずにあるもの。186「崖邊積雪取食甚淸次敬夫韻」詩の承句も參照されたい。なお、〔校異〕でもあげたとおり、蓬左文庫本、眞軒文庫本および明刻本『南嶽唱酬集』では「殘雪」をともに「殘白」に作る。その用例では、

白居易「溪中早春」：南山雪未盡　陰嶺留殘白

北宋・蘇轍「次韵王適春雪二首」其二：春雪飄搖旋不成　依稀履迹散空庭　山藏複閣猶殘白
　日照南峯已半靑

などがあり、いずれも春になって消え残った雪、もしくは春に降り積もった雪をいう。

○恍疑　やや驚き疑うこと。「恍」は、ほのか、かすか、おぼろげな、の意。唐詩中にはほとんど現れないようだが、宋人の詩には散見される。

北宋・李之儀「謝慕容若禔恵橘皮湯用前韵」恍疑身在清涼國　無異金堂逢石乳

朱熹「伏讀雲臺壁間祕閣郎中盤谷傅丈題詩齒及賤名追懷曩昔不勝感涕輒次元韻呈諸同遊計亦同此歎也」：喜看玄雲生素壁　恍疑後學厠先賢

○鳴璬　鳴る佩び玉。ここでは、枝から落ちて音を立てた残雪（あるいは樹氷か氷柱）にたとえる。『説文解字注』一篇上—玉部は「璬、玉佩」とし、『箚疑輯補』の〔箚疑〕も「璬、吉了切、玉珮也」とする。

○叢霄　「叢雲」に同じで、むらくも、群がり集まる雲をいう。なお、「霄」の字には天、そらの意味もあり、ここでは「九霄」、つまりおおぞらの意に近かろう。

晩唐・顧況「曲龍山歌」：遙指叢霄杳靈島　島中曄曄無凡草

南宋・史浩「諸親慶壽致語口號」：鬱葱佳氣擁叢霄　又見端門遣使軺

朱熹「大雪馬上次敬夫韻」：衆眞亦來翔　恍覺叢霄低

〔補説〕

張栻が朱子の本詩に和した作品（『南軒集』巻七による）は次のとおりである。

和元晦林間殘雪之韻
眼中光潔盡瓊瑤◎
未覺鬱藍宮殿遙◎
石壁長林氷筋落
鏘然玉佩響層霄◎

元晦《げんくわい》の林間殘雪《りんかんざんせつ》の韻《ゐん》に和《わ》す
眼中《がんちゆう》 光潔《ひかりきよ》くして　瓊瑤《けいえう》を盡《つく》し
未《いま》だ覺《おぼ》えず　鬱藍《うつらん》たる宮殿《きゆうでん》の遙《はる》かなるを
石壁《せきへき》 長林《ちやうりん》 氷筋《ひようちよ》落《お》ち
鏘然《さうぜん》として　玉佩《ぎよくはい》 層霄《そうせう》に響《ひび》く

＊ 文淵閣四庫全書本『南嶽倡酬集』では起句の「眼中」を「林中」に作る。

〝眼前の光景はまるで、美しい佩び玉を敷きつめたように、純白に輝いているので、この鬱蒼《うつそう》とした森林の奥深さをあまり感じない。山の岩肌や森林ではしばしばつららが落ちるのだが、そのかちんという音はまるで佩び玉のように、天空に鳴り響いて聞こえるのだ〟と詠う。

詩中、「光潔」の「潔」は白色の意。「鬱藍宮殿」というのは他の用例をしらないが、おそらく鬱蒼とした森林をそう形容していうのであろう。「長林」は茂った林の意。さて「氷筋」であるが、これは「氷柱」と同義でつららのこと。さきの〔解題〕において、朱子の本詩にいう「鏘然」と音を立てる「殘雪」が、あるいは氷柱か樹氷かもしれないとした根據が實はここにある。「層霄」は天空をいい、意は「九霄」に同じく、高いそらのこと。

林用中の和詩は次のとおり。

天花亂落類瓊瑤◎　天花《てんくわ》 亂《みだ》れ落《お》ちて 瓊瑤《けいえう》に類《るゐ》す
遊賞行人覺路遙◎　遊賞《いうしやう》せる行人《かうじん》 路《みち》の遙《はる》かなるを覺《おぼ》ゆ
林畔殘枝猶被壓　林畔《りんぱん》の殘枝《ざんし》 猶《な》ほ壓《あつ》せ被《ら》れ
數聲珮玉徧青霄◎　數聲《すうせい》の珮玉《はいぎよく》 青霄《せいせう》に徧《あまね》し

大意は〝雪が亂れ降ったあとは、まるで美玉の佩び物を敷き詰めたよう。この景色を愛《め》でつつある我々も、さすがに道の遠きを覚えるに至った。林のはずれにはみ出た枝が、雪の重みでしなっており、そのたびたび落ちてくる音が、佩び玉の青空にあまねく響きわたるかのように聞こえるのだ〟というもの。「天花」（あるいは「天華」）は雪の異名。南宋の陸游の「雪歌」詩に「初聞萬竅號地籟　已見六出飛天花」（初めて聞く 萬竅《ばんけう》 地籟號《さけ》ぶを／已《すで》に見る 六出 天花飛ぶを）といった用例が見える。「青霄」はあおぞらの意。

（丸井　憲）

204 福嚴寺回望嶽市　福嚴寺《ふくげんじ》 嶽市《がくし》を回望《くわいばう》す

昨夜相攜看霜月　●●○○●○●　昨夜《さくや》 相攜《あひたづさ》へて霜月《さうげつ》を看《み》る
今朝誰料起寒煙　○○○●●○◎　今朝《こんてう》 誰《たれ》か料《はか》らん 寒煙起《かんえんおこ》るを
安知明日千峯頂　○○○●○○●　安《いづ》んぞ知《し》らん 明日《みやうじつ》 千峯《せんぽう》の頂《いただき》

不見人間萬里天　●●○○●●◎

人間《じんかん》 萬里《ばんり》の天《てん》を見《み》ざるを　（七言絶句　下平聲・先韻）

〔テキスト〕

『文集』巻五／明刻本『南嶽唱酬集』／清抄本『南嶽倡酬集』／文淵閣四庫全書本『南嶽倡酬集』／『朱子文集大全類集』巻四

〔校異〕

○福嚴寺　明刻本『南嶽唱酬集』、清抄本『南嶽倡酬集』、文淵閣四庫全書本『南嶽倡酬集』ともに「福巖寺」に作る。

○回望　明刻本『南嶽唱酬集』は「望」に作る。

〔通釋〕

福嚴寺にて嶽市を振り返って眺める

昨夜は　皆で一緒に冬の月を眺めたのに

今朝　こんなに靄《もや》がかかるとは　いったい誰が予測できたでしょう

明日　千峯の頂（祝融峯）に登ったら

萬里の彼方《かなた》まで廣がる下界が見えるかどうか　知るよしもありません

〔解題〕

本詩の作詩時期は、乾道三年（一一六七）の十一月十四日、福嚴寺に立ち寄った時と考える。張栻は

「南嶽倡酬序」で、祝融峯を目指す一行は十四日の早朝、宿泊していた方廣寺を出發し、高臺寺・福嚴寺・馬祖庵・大明寺を經て祝融峯近くの上封寺に到着したと記している。

「福嚴寺」について、清・李元度『南嶽志』巻十九〈寺觀―福嚴寺〉の條では次のように記載している。

福嚴寺在擲鉢峯下、舊名般若寺、亦名般若臺。陳光大元年慧思禪師建、唐僧審承、良雅皆居此。有唐太宗御書梵經五十卷、今無存。

福嚴寺は擲鉢峯《てきはつほう》の下に在り。舊名は般若寺《はんにやじ》、亦た般若臺《はんにやだい》と名づく。陳《ちん》の光大元年（五六七）、慧思《ゑし》禪師建つ。唐僧の審承《しんしよう》、良雅《りやうが》皆《み》な此《ここ》に居《を》る。唐《たう》の太宗《たいそう》の御書梵經《ぎよしよぼんきやう》五十巻有り、今存すること無し。

「嶽市」については、『南嶽志』巻四〈形勝〉には、

嶽市在嶽廟前、人煙繁盛、壽潤絡絲潭西嶺諸水環匯之。

嶽市《がくし》は嶽廟《がくべう》の前に在り。人煙繁盛《じんえんはんじやう》し、壽潤、絡絲潭、西嶺の諸水《しよすい》之《これ》に環匯《くわんくわい》す。

とある。また、『南嶽志』巻四〈形勝〉に引く清・儲大文《ちよたいぶん》「嶽市游記」では、

嶽市者南嶽廟市、四山環合西少夷而東南特敞朗、可容十萬人。

嶽市は南嶽の廟市《べうし》なり。四山環合《くわんがふ》し、西は少しく夷《たひらか》なり。而して東南は特に敞朗《しやうらう》にして、十萬人を容《い》る可《べ》し。

と記している。そして、張栻は「南嶽唱酬序」で「行《ゆ》くこと三十里許《ばかり》、嶽市に抵《いた》りて、勝業寺の頸節堂に宿す」と記している。即ち、「嶽市」は南嶽衡山の麓にある町であって、山に圍まれて、水も豊富で、住みやすい所のようである。

第一句の「月」は仄聲であり、韻を踏み落としている。

〔語釋〕

○霜月　寒い冬の夜の月。前に194「霜月」の七絶（→本書三一七ページ）がある。

○寒煙　秋から冬にかけて出る靄《もや》。

初唐・駱賓王「丹陽刺史挽詩三首」其二：惟餘松栢樹　朝夕起寒烟

北宋・林逋「孤山寺端上人房寫望」：秋景有時飛獨鳥　夕陽無事起寒煙

○人間　人の世。世間。俗界。次の詩句と構成が似通う。

南宋・釋契嵩「還南屛山卽事」：但知林下一年過　不見人間萬事難

○萬里天　萬里の彼方まで廣がる大空。

北宋・王安石「同長安華鍾山望」：解裝相値得留連　一望江南萬里天

なお『韻府』巻十六の「萬里天」の項に本詩の第三、四句を引く（異同なし）。

〔補說〕

林用中と張栻の唱和詩を以下に紹介する。

林用中

福嚴寶地幾千年◎　福嚴《ふくげん》の寶地　幾千年《いくせんねん》
宮殿朦朧鎖暮煙◎　宮殿　朦朧《もうろう》として暮煙に鎖《とざ》さる
遊客回眸懷想望　遊客《いうかく》　眸を回《めぐ》らし　懷想《くわいさう》して望《のぞ》めば
自知身在寂寥天◎　自《おのづか》ら知る　身《み》は寂寥《せきれう》の天《てん》に在《あ》るを

初句及び第二句は福嚴寺が建つ場所を褒め稱えて、第二句の「鎖暮煙」とは、彼ら一行が福嚴寺を訪れた時刻を考慮すると、實際の情景を述べたものではなく、夕暮れになると靄のかかるような幽邃《ゆうすい》の地というイメージを述べたものであろう。

第三句は、視點を福嚴寺から外へと移し、眼下に廣がる世界を眺め、第四句で、靈山に居る自分たちは、まるで廣大な空の上に居るようだと結んでいる。

初句の「福嚴寺」は、『南嶽倡酬集』では「福巖寺」に作るが、ここでは朱子や張栻の詩に合わせて、「福嚴寺」とした。

張栻

回首塵寰去渺然◎　首《かうべ》を塵寰《ぢんくわん》に回《めぐ》らせば　去《さ》つて渺然《べうぜん》
山中別是一峯煙◎　山中《さんちゆう》　別《べつ》に是《こ》れ一峯《いちほう》の煙《えん》
好乘晴色上高頂　好《よ》し　晴色《せいしよく》に乘《じよう》じて高頂《かうちやう》に上《のぼ》り

要看清霜明月天◎　要《かなら》ず看《み》ん　清霜《せいさう》　明月《めいげつ》の天《てん》

この詩は『南軒集』巻七では「和擇之福嚴寺回望嶽市（擇之の福嚴寺　嶽市を回望するに和す）」という詩題が付せられている。また第二句の「峯」の字は「風」に作る。

初句は、山麓にある街（塵寰）へと目を向け、そこから遠く離れた（渺然）ことを想い、第二句は、視點を近景に移して、靄に覆われた山を見る。

第三句、四句は、朦朧たる山を目の前にして、天候がよくなったら必ずや頂上に登り、冬の月が輝いている大空を見てやるぞ、と強い願望を言い表した。

（土屋　裕史）

205 福嚴讀張湖南舊詩　福嚴《ふくげん》にて　張《ちやう》湖《こ》南《なん》の舊詩《きうし》を讀《よ》む

樓○上●低○回○摻○別●袖●　樓上《ろうじやう》　低回《ていくわい》して　別袖《べつしう》を摻《と》り
山○中○磊●落●見●英○姿◎　山中《さんちゆう》　磊落《らいらく》　英姿《えいし》を見《み》る
白●雲○未●屬●分○符●客●　白雲《はくうん》　未《いま》だ符《ふ》を分《わか》つの客《かく》に屬《ぞく》せず
已●有●經○行○到●處●詩◎　已《すで》に經行《けいかう》　到《いた》る處《ところ》の詩《し》有《あ》り

（七言絶句　上平聲・支韻）

〔テキスト〕

『文集』巻五／明刻本『南嶽唱酬集』／清抄本『南嶽倡酬集』／文淵閣四庫全書本『南嶽倡酬集』／

『朱子文集大全類編』巻四

〔校異〕

○福嚴　明刻本『南嶽唱酬集』は「福巖」に作り、清抄本『南嶽倡酬集』は「福岩寺」に作り、文淵閣四庫全書本『南嶽倡酬集』は「福巖寺」に作る。

○張湖南　清抄本『南嶽倡酬集』・文淵閣四庫全書本『南嶽倡酬集』は倶に「張南湖」に作る。

○低回　文淵閣四庫全書本『南嶽倡酬集』は「低徊」に作る。

○別袖　清抄本『南嶽倡酬集』は「別神」に作る。

○白雲未屬分符客　巻五の巻末に付せられた〈校異〉は、一本では「今朝暫豁平生意」に作るという。

〔通釈〕

福嚴寺にて　權荊《けんけい》湖《こ》南《なん》路《ろ》提刑《ていけい》　張孝祥《ちょうこうしょう》どのが嘗《かつ》て作られた詩を讀む

嘗て長沙で御一緒した時は　樓閣にて名殘惜しくも別れの杯を酌み交わしたものだが
圖らずも衡山山中にてその豪放な作品を目にして　改めてその凛々しいお姿が偲《しの》ばれる
白雲の湧く深山《みやま》の邊《あた》りは　符節を奉じて地方を治めに來られる知事樣の管轄外の筈なのだが
已《すで》に衡山を周遊してあちこちで詩を作られていたとは　思いも寄らなんだ

〔解題〕

本詩も204と同様、衡山の擲鉢峯下にある福嚴寺にて作られたものであり、その福嚴寺にて「張湖南」

の古い詩を讀んだことが作詩の契機となった。詩題中の「張湖南」とは、本詩が作られた年、卽ち乾道三年の六月に、知潭州・權荆湖南路提刑となって長沙に赴任した張孝祥《ちょうこうしょう》（一一三二―一一六九）を指す。

張孝祥、字は安國、于湖《うこ》と號す。朱子よりも二歳年少。二十三歳にして第一位で進士に及第。同年の及第者には、詩人として有名な范成大や楊萬里がいる。中央政界に在った際には秦檜《しんかい》の意に忤《さか》って一時下獄したり、張栻の父、張浚《ちょうしゅん》の北伐を支持するなどしており、朱子や張栻にとってかなり身近に感じられる存在であったと見て良い。二年後の乾道五年、三十八歳の若さで病沒する。その文集として『于湖集』四十卷が世に傳わるが、後世に於ては詩人としてよりも詞人としての名聲の方が高い。

張孝祥が長沙へ赴任してから三ヶ月後の九月、朱子が長沙を訪れ、茲に兩人は初めて邂逅する。これに先立ち、張孝祥は朱子に書簡を送っていた。

某 名義を敬服し、面を識るを願ふの日 甚だ久し。敢《あへ》て世俗不情の語を爲すに非ざるなり。劉丈（劉珙）の書を得て、又た欽夫（張栻）に與ふるの書を見て、且《まさ》に衡嶽の遊を爲さんとするを知る。儻《も》し遂に從容《しょうよう》を奉ずるを獲《う》れば、何の喜びか之《これ》に如《し》かんや。朝夕の望に勝《た》へず。

某敬服名義、願識面之日甚久。非敢爲世俗不情語也。得劉丈書、又見與欽夫書、知且爲衡嶽之遊。儻遂獲奉從容、何喜如之。不勝朝夕之望。（『于湖集』卷四十）

張孝祥は以前から朱子の名望を慕い、是非とも會ってみたいと思っていた。長沙に赴任後、知潭州の前任者、劉珙《りゅうきょう》の書簡を得て、更に朱子が張栻に與えた書簡を張栻より見せられ、その二つの書簡から、朱子が長沙を訪れようとしていることを知り、張孝祥は朱子の來訪を一日千秋の思いで待ち望むようになる。

朱子が長沙に着く直前にも張孝祥は書簡を送っている。

某 昨日 方《まさ》に欽夫の約に從ひ、人を遣《つか》はして行李を迓《むか》へしむ。告ぐるを奉ずれば乃ち已に近境に至るを承け、欣慰《きんゐ》量《はか》る可《べ》し。欽夫 必ず館を授けん。然らずんば當《まさ》に我に於《おい》てか館すべきなり。

某昨日方從欽夫約、遣人迓行李、奉告乃承已至近境、欣慰可量。欽夫必授館、不然當於我乎館也。……（『于湖集』巻四十）

張孝祥は朱子の長旅の疲れを慮《おもんぱか》って、豫め人を遣《や》って迎えに行かせたのだが、朱子が已に長沙近邊まで來ているという報告を受け、安堵する。そして、もし張栻が朱子に長沙滯在時の館を提供しないのであれば、自分の館に泊まってくれと申し出るほどであった。

九月に朱子が長沙に到着し、遂に兩人は對面を果たした。「與曹晉叔書」（『文集』巻二十四）の中で朱子は張孝祥の印象を次のように記している。

熹 此の月（九月）八日 長沙に抵《いた》り、今 半月なり。……長沙使君（張孝祥）豪爽俊邁なり。今の奇士、但だ異を立つるを喜ぶのみにして、道德に入るを肯《がへ》んぜず、惜しむ可し。

熹此月八日抵長沙、今半月矣。……長沙使君豪爽俊邁。今之奇士、但喜於立異、不肯入於道德、可惜。

昨今の逸材と目される者は、なにかと異見を立てることばかりを好んで、道徳的見地に立とうとしないものだが、張孝祥にはそのような點が無く、道徳を辨《わきま》えた上に且つ「豪爽俊邁」だと評したのである。

長沙に於て二ヶ月間、朱子は嶽麓書院にての講學に勤《いそ》しむが、その間、張孝祥の招きに應じて屢しば行動を共にしていたようである。張孝祥がこの年の十月、當地に「敬簡堂」という書堂を建てた際には、その落成を祝って張栻が「敬簡堂記」(『南軒集』卷四)という文を記し、朱子は「敬簡堂分韻得月字」(『文集』卷五)という詩を作っている。「分韻」と言うからには、張孝祥等との雅會を持ったことは明らかであろう。

また、長沙東郊の定王臺という高臺に登った際に朱子は「登定王臺」詩(『文集』卷五)をものしているが、對して張孝祥は「酬朱元晦登定王臺」詩(『于湖集』卷九)を作っており、この時張孝祥が朱子一行に同行していたことも明らかである。

その後、朱子は長沙を後にして南嶽周遊の行に赴くのであるが、旅立ちに際して、張孝祥が餞《はなむけ》の宴《うたげ》を催してくれたらしい。それは張孝祥に「南鄉子送朱元晦行、張欽夫・邢少連同集」という詞(『于湖集』卷三十二)があり、朱子に「南歌子次張安國韻」詞(『文集』卷十)があることから想見される。本詩の起句は正《まさ》しくその時のことを詠じているのである。

また、張孝祥は朱子一行が衡山を訪れる前年の七月に南嶽衡山に遊び、その時に「丙戌七月望日自南臺游福嚴書留山中」詩や「福嚴」・「南臺」・「上封寺」等の詩を作っており、豫《あらかじ》め張孝祥からそのような經緯を聞いていた朱子一行が、實際に衡山山中の各寺に殘されていた張孝祥の詩作を讀み、感ずる所があって本詩をものしたものと推察される。或いは張孝祥が前年に衡山に遊んだことを知らされないまま朱子一行が衡山に赴き、福嚴寺にて思い掛けず張孝祥の舊作を目にして、その奇遇に驚かされたことが本詩制作の契機になったのかも知れない。

ともあれ、そのような經緯を踏まえて作られた本詩は、起句・承句を對句に仕立て〔起句は踏み落とし〕、起句は長沙に於ける送別の宴を、承句は衡山山中の福嚴寺にて張孝祥の舊作を目にしたことを、それぞれ詠じ、詩の後半では、張孝祥のことを政務のみに沒頭する堅物《かたぶつ》の役人と見立てていた朱子の先入觀が、鮮やかなまでに覆された驚きを表出するという構成となっているのである。

尙、上記の張孝祥の送別の詞、及び張孝祥が福嚴寺等に於て殘した詩作に關しては〔補說〕の㈠・㈡を參照されたい。

〔語釋〕

○樓上　樓閣の上。〔解題〕でも述べた如く、朱子の旅立ちに際して張孝祥が餞の宴を開いた場所であり、恐らくは長沙城內の酒樓、或いは長沙府の廳舍であろうと思われる。

○低回　立ちもとおるさま。「低佪」「低徊」とも書く。同じ韻母を竝べた疊韻語で、元來は形容語であり、「低回たり」或いは「低回として」と讀むのが筋ではあるが、詩の訓讀では和刻本の點に從って「低回して」と讀んだ。ここでは別れに際して去り難く、後ろ髪を引かれること。

○摻別袖　別れる人の袖を摑んで離さない。「摻」は「執る」の意。この措辭は、『詩經』鄭風《ていふう》—遵大《じゅんたい》路《ろ》の一節、「大路に遵《したが》ひ／子《し》の袪《そで》を摻執《さんしつ》す／我を惡《にく》む無かれ／故《こ》を寁《さん》せざれ」を踏まえる。この歌に對して朱子は次のような見解を示している。

賦なり。「遵」は、循《したが》ふ。「摻」は、摯《と》る。「袪」は、袂《たもと》なり。……淫婦 人の棄《す》つる所と爲る。故に其の去るや、其の袪を摯りて之《これ》を留《とど》めて曰く、「子 我を惡みて留まらざる無かれ。故舊以て遽《には》かに絕つ可からざるなり」と。宋玉の賦に「大路に遵ひ、子の袪を攬《と》る」の句有り。亦た男女 相ひ說《よろこ》ぶの詞なり。

賦也。遵、循。摻、摯。袪、袂。……淫婦爲人所棄、故其去也、摯其袪而留之曰、子無惡我而不留、故舊不可以遽絕也。宋玉賦有遵大路兮攬子袪句。亦男女相說之詞也。

即ち、『詩經』に收められるこの歌は、夫に捨てられそうになった不貞の妻が、夫が出て行こうとする際に夫の袖を摑んで、「あなた、あたしを嫌って出て行かないで。長く連れ添って來た好《よしみ》をおいそれと絕ってしまうべきではないわ」と縋る歌であり、元來、男女の戀愛に關わるものである。ただ、唐代以降は次の諸例の如く、男女の戀愛に限定されず、廣く旅立つ者との別れを惜しむ措辭として使われるようにもなる。本詩に於てもまた然りである。

盛唐・李白「感時留別従兄徐王延年従弟延陵」：摻袂何所道　援毫投此辭
中唐・錢起「送李四擢第歸覲省」：離筵不盡醉　摻袂一何早
北宋・王安石「送呉叔開南征」：摻袂不勝情　犀舟擊汰行

○磊落　雄壯で凛々《りり》しいさま。また、大らかで小さいことに拘《こだわ》らないさま。同じ聲母を竝べた雙聲語。ここでは、張孝祥の詩の雄勁《ゆうけい》さ、或いはその詩から想見される張孝祥の胸臆の豪放ぶりを言う。〈解題〉でも述べた如く、朱子は已に張孝祥の人と爲《な》りを「豪爽俊邁」と稱しており、それと軌を一にする措辭であろう。

○英姿　凛々しい姿。これも同様に張孝祥詩の雄勁さ、及びその詩から想見される張孝祥自身の凛々しさを言うのであろう。

張孝祥の詩を「英姿」と評した他の例は今の所見出せないが、張孝祥の詞を「英姿」と評した例としては、清・査禮『銅鼓書堂詞話』に引く次のものがある。

張安國孝祥　于湖と號す。烏江の人。……著に『于湖詞』一卷有り。聲律　宏邁、音節　振拔、氣　雄にして調《てう》　雅《が》に、意　緩《ゆる》うして語　峭《せう》なり。集內の「念奴嬌　洞庭に過《よ》ぎる」の一解、最も世の稱頌《しようしよう》する所と爲る。……鶴山魏了翁　于湖　此の詞を手書《しゆしよ》せる眞蹟に跋《ばつ》して云ふ、「張于湖に英姿奇氣有り。之を湖湘の閒に著くれば、未だ不遇と爲さず。洞庭　賦する所は、集中に在りて最も傑特と爲す。……」

張安國孝祥號于湖、烏江人。……著有『于湖詞』一卷。聲律宏邁、音節振拔、氣雄而調雅、意緩而語峭。集內「念奴嬌過洞庭」一解、最爲世所稱頌。……鶴山魏了翁跋于湖手書此詞眞蹟云、「張于湖有英姿奇氣、著之湖湘間、未爲不遇。洞庭所賦、在集中最爲傑特。……」

張孝祥の詞は概して、雄々しさに溢れながらもその調べは雅《みやび》やか、大らかではあるが言葉遣いは奇抜で鋭い。中でも洞庭湖を船で通過した際に作った「念奴嬌」詞はとりわけ評判が高い。張孝祥が長沙を去ってから約半世紀後の端平元年（一二三四）、同じく知潭州となって長沙に赴任した魏了翁（一一七八―一二三七、鶴山先生と稱せらる）は、張孝祥自らが揮毫《きごう》したその「念奴嬌」詞の眞跡を目にして、「張于湖どののには英姿と奇氣がある。洞庭湖にて詠じたこの作品は彼の集中では最高傑作と言える」と評したのである。

○分符客　皇帝の符節を奉じて、中央の朝廷から地方を治めに派遣される役人。「分符」は、割《わ》り符《ふ》の半分を臣下に與えて任命のしるしとすること。本詩の轉句は次の柳宗元詩を踏まえる。

中唐・柳宗元「浩初上人見貽絕句欲登仙人山因以酬之」：珠樹玲瓏隔翠微　病來方外事多違
仙山不屬分符客　一任淩空錫杖飛

この詩は、柳宗元が柳州（今の廣西壯族自治區柳州市）の刺史に遷謫《せんたく》せられていた時期、友人の浩初上人なる僧から〝共に仙人山に登らないか〞と誘われた際に作られたものである。今は病中の身である上に、仙人山はその名の如く仙人の住む仙界であり、刺史という私の職掌の管轄外である故《ゆえ》、貴方《あなた》一人で錫杖《しゃくじょう》に跨って飛んで行って下さいなと、誘いを斷るのである。本詩に於ては、この「分符客」とは勿論、本年の六月に「知潭州」（「知」は知事。ほぼ唐代の刺史に相當）となった上述の張孝祥を指すのであり、「衡山の奥深い所は知事様の管轄外である筈なのに何故に」と、一種のユーモアをまじえて、結句への下地を形作っていると評せるのである。

○經行　あちこちを經て行く。次から次へと歩いて行くこと。〔解題〕でも述べた如く、張孝祥は前年の衡山周遊時に、福嚴寺の他に南臺寺・上封寺等を訪れていた。更に五律「丙戌七月望日自南臺游福嚴書留山中」詩の首聯では「乞ふ　我が一枝《いっし》の筇《きょう》／經行して又た別峯」と詠じている。詳しくは〔補說〕の㈡を參照されたい。

〔補說〕

㈠　張孝祥の朱子を送る詞及び朱子の和詞

〔解題〕でも述べた如く、乾道三年十一月に朱子一行が長沙を發《た》つに際して、知事の張孝祥は餞の宴を催し、その席上、詩もさることながらとりわけ「詞」の名手であった彼は、朱子を送る詞を作った。

南鄉子　送朱元晦行、張欽夫・邢少連同集

南鄉子　朱元晦の行くを送る。張欽夫・邢少連《けいせうれん》同集す

江上送歸船◎
風雨排空浪拍天◎
賴有清尊澆別恨、淒然◎
寶蠟燒花看吸川◎

楚舞對湘絃◎
暖響圍春錦帳氈◎
坐上定知無俗客、俱賢◎
便是朱張與少連◎

江上　歸船を送る
風雨　空《くう》を排して　浪《なみ》　天を拍《う》つ
賴《さいはひ》に清尊の別恨を澆《そそ》ぐ有り、淒然《せいぜん》たり
寶蠟《はうらふ》　燒花《せうくわ》　川を吸ふを看る

楚舞　湘絃に對す
暖響　春を圍《かこ》む　錦帳の氈《せん》
坐上　定めて知らん　俗客無く、俱《とも》に賢なるを
便《すなは》ち是れ朱・張と少連と

湘江の畔《ほとり》で君の乗る船を送る今宵《こよい》、あいにく風雨が空を劈《つんざ》き、逆巻く波は天を撃つ。幸いに別れの悲しみを晴らす酒があるが、それでも別れはやはり辛い。蠟燭や燈火の燈《とも》る中、川をも飲み干すかと疑うほど酒がぐいぐい進んでしまう。

湘江の女神《めがみ》が奏でる瑟《しつ》の音に合わせて、楚の舞姫《まいひめ》達は輕やかに舞う。その暖かな響きは、毛氈《もうせん》の帳《とばり》を巡らしたこの春の如き宴席を覆い包む。この席に俗人はいない。いずれも賢才ばかり。それこそ朱君と張君と少連どのだ。

名殘惜しげに、そして主賓である朱子等《ら》を持ち上げるように、張孝祥は別れの歌を歌ったのである。

この宴席での即興詞に觸發されたのであろうか、普段は殆ど詞を作らなかったと見える朱子が、それに對する唱和の詞を歌う。

　南歌子　次張安國韻
落日照樓船◎
穩過澄江一片天◎
珍重使君留客意、依然◎
風月從今別一川◎

離緒悄危絃◎
永夜清霜透幕氈◎
明日回頭江樹遠、懷賢◎
目斷晴空雁字連◎

　南歌子　張安國の韻に次す
落日　樓船を照す
穩かに過《よ》ぎる　澄江一片の天
珍重す　使君　客を留《とど》むるの意、依然たり
風月　今從《よ》り一川《いっせん》に別る

離緒　危絃に悄《せう》たり
永夜　清霜　幕氈《ばくせん》を透《とほ》る
明日　頭《かうべ》を回《めぐ》らせば江樹　遠く、賢を懷《おも》はん
目斷《もくだん》す　晴空に雁字の連なるに

夕日が照る中、豪華な船が、空一面を映す澄んだ川面《かわも》の上を、緩やかに過ぎて行く。知事殿の引き留めんとするお氣持ちは有り難い。後ろ髪を引かれるばかり。この一面の美しい景色とこれから別れて行こうとする我々ではあるが。

別れの悲しみは、甲高い絃の音が響くたびに、さめざめと湧いて來る。ひんやりとした氣配が毛氈

の帳の内に夜通し染み渡るだろう。明朝船に乗って振り返ったならば、川邊の木々が次第に遠ざかる中、賢知事殿のことを想うだろう。晴れ渡った空を飛ぶ雁の隊列が見えなくなるまで。

張孝祥の手厚い心配りに感謝しつつ、旅立った後の船内でのことを想像して、余韻豊かに歌を締め括る朱子であった。即席の唱和詞とはいえ、なかなかの水準に仕上がっており、普段は見せない朱子の一側面を垣間見た感じがする。朱子の遺した「詞」の數は「詩」に比べて微々たるものであるが、より掘り下げた形での今後の研究・考察が俟たれる方面と言えよう。

㈡　張孝祥の衡山周遊詩

同じく〔解題〕で言及した如く、張孝祥は朱子一行が衡山を訪れる前年の七月に南嶽衡山に遊び、山中の幾つかの寺院を訪れ、その都度《つど》詩を殘していた。朱子一行が福嚴寺で實際に眼にしたと思われる作品を次に紹介しよう。

丙戌七月望日自南臺游福嚴書留山中　　丙戌七月望日　南臺自《よ》り福嚴に游び　書して山中に留《とど》む

乞我一枝笻◎　　乞《こ》ふ　我が一枝の笻《きよう》

經行又別峯◎　　經行して　又た別峯

水流仙界葉　　水は流す　仙界の葉

風落化城鍾◎　　風は落《おと》す　化城の鍾《かね》

錫去泉無恙　　錫《しやく》去りて　泉　恙《つつが》無く

車行石有蹤◎　車 行きて 石に蹤《しよう》有り
却憐磨衲老　却《かへ》つて憐む 磨衲《まだふ》の老
曾見兩儒宗◎　曾《かつ》て兩儒宗を見るを

［自注］自方廣・南臺。主僧萬致一能詩、呂紫微・汪内相昔嘗指授。
方廣・南臺自《よ》りす。主僧の萬致一《ばんちいつ》 詩を能くし、呂紫微《りよしび》・汪《わう》内相 昔嘗《むかしかつ》て指授す。

我が杖《つえ》よ、また次の峯へと私を誘《いざな》ってくれ。溪流には仙界の葉が浮かび、風は寺の鐘の音を運ぶ。嘗て住した高僧が去っても卓錫泉は昔のまま。その昔、羅漢が引っ越した際の車の轍《わだち》と傳えられるものも殘っている。摺《す》り切れた袈裟《けさ》を纏《まと》うこの福嚴寺の住職は、何と嘗て呂本中《りよほんちゆう》（一〇八四—一一四五）と汪藻《おうそう》（一〇七九—一一五四）から作詩の技を傳授されたというではないか。

福嚴寺を訪れた張孝祥は、このような山奥に住まう老住職が頗《すこぶ》る詩を能くすることに感服する。これは朱子一行が高臺寺にて、詩人としての名聲が高い詩僧了信に邂逅《かいこう》したことと酷似する。また想像を逞《たくま》しくすれば、右の詩中の「仙界」及び「錫去」という措辭が、〔語釋〕「分符客」の條で紹介した柳宗元詩の「仙山 屬せず分符の客／一《ひとへ》に任《まか》す 空を凌いで錫杖 飛ぶに」を連想させる切っ掛けになった可能性が高いのではないか。いずれにせよ、衡山のあちこちに詩を殘して行った張孝祥の足跡は、詩の唱酬を行いつつ衡山を周遊した朱子一行の水先案内の役目を果たしたとも言えよう。

尙、張孝祥はこの福嚴寺にて、他に五言古詩「福嚴丙戌七月」・五言絶句「題福嚴寺行者堂」を殘し、また、南臺寺では五言律詩「南臺」、上封寺では五言古詩「上封寺」をそれぞれ作っている。福嚴寺を後にした朱子一行は、祝融峯登頂の後、上封寺に宿ることになるが、そこに於ても張孝祥の「上封寺」詩を讀み、痛く感銘を受け、「穹林閣《きゅうりんかく》にて張湖南の『七月十五夜』詩を讀み詠歎すること久《ひさ》之し　因りて其の韻に次す」と題する五言古詩（『文集』巻五）を作ることになるのである。

㈢　張栻・林用中の和詩

朱子の作を承けて張栻・林用中が詠じた唱和の作を以下に紹介する。

張栻（『南軒集』巻七では詩題を「福嚴讀張湖南舊詩」に作る）

茲遊奇絕平生事　　茲《こ》の遊　平生《へいぜい》の事を奇絶す
只欠《ママ》瀛仙冰雪姿◎　　只だ欠《か》く　瀛仙《えいせん》　冰雪の姿
元是經行題品地　　元《もと》より是《こ》れ經行　題品の地
却從山際誦新詩◎　　却《かへつ》て山際從《よ》り新詩を誦《しょう》せん

林用中

名公有意著新書　　名公　新書を著《あらは》すに意有り
翰墨精神碧玉姿◎　　翰墨《かんぼく》の精神　碧玉の姿
今日山中纔讀罷　　今日　山中　纔《わづ》かに讀むこと罷《や》む
經行已續少陵詩◎　　經行して已《すで》に續《つ》ぐ　少陵の詩

張栻は、「これまでの日常を遙かに絶する素晴らしい今回の旅であるのに、張孝祥どのの凛々しいお姿が我々一行の中に見られないのが惜しまれる。ここは元來、張孝祥どのが周遊して随所に詩を遺《のこ》された地であった。ならば我らも山中で新たに詩を吟じよう」と詠じ、長沙で別れた張孝祥を懐かしむ。對して林用中は、「張孝祥どのは著述に意を用いられ、その筆に込められた氣高い精神は碧玉にも比するほど。今し方この山中でその詩作を拜見したが、かの杜甫が衡山を詠じた『望嶽』詩を繼ぐべき素晴らしい作を已《すで》に遺されていたのだ」と、手放しにその作を賞贊する。

尙、起句の末字に上平聲魚韻の「書」字を用いるのは不適切。もとより押韻しないのならば、朱子・張栻の作のように仄字を用いて踏み落としとするべきである。やはりこれも『南嶽倡酬集』自體に多々含まれる字の誤刻の可能性が高い。

（後藤　淳一）

206 晚霞

日落西南第幾峯　●●○○●●◎
斷霞千里抹殘紅　●○○●●○◎
上方傑閣凭欄處　●○●●○○●
欲盡餘暉怯晚風　●●○○●●◎

晚霞《ばんか》

日《ひ》は落《お》つ　西南《せいなん》の第幾峯《だいいくほう》
斷霞《だんか》　千里《せんり》　殘紅《ざんこう》を抹《まつ》す
上方《じやうはう》の傑閣《けつかく》　欄《らん》に凭《よ》るの處《ところ》
盡《つ》きんと欲《ほっ》するの餘暉《よき》　晚風《ばんぷう》に怯《おび》ゆ

（七言絶句　峯＝上平聲・冬韻／紅・風＝上平聲・東韻）

〔テキスト〕

『文集』巻五／明刻本『南嶽唱酬集』／清抄本『南嶽倡酬集』／文淵閣四庫全書本『南嶽倡酬集』／『朱子文集大全類編』巻四

〔校異〕異同無し。

〔通釈〕

　夕映えの中に

太陽は　西南のどの峯の向こうへ沈んでゆくのだろう

空に廣がる途切れ途切れの夕焼けは　うすれかけた紅《くれなゐ》色をさっと塗ったよう

ここ上封寺の穹林閣の欄干に寄りかかり　見つめていると

今にも掻き消えてしまいそうな夕日の光は　夕暮れの風に怯《おび》えているようだ

〔解題〕

乾道三年（朱子三十八歳）十一月冬に、朱子が長沙岳麓山中にいる張南軒を訪問した折、ともに南岳衡山に登った際に作られた詩である。

　本詩の作成時は十一月である。手法上、「斷霞」「殘紅」「餘暉」「晩風」といった名詞（情景描寫）や、「落」「抹」「凭」「怯」という動詞を多用する筆致が、夕暮れ時の情景の衰滅の美を強調する効果をあげているように思われる。

〔語釋〕

○抹　輕く塗る。

○晩霞　夕ばえ。夕やけ。

○殘紅　本來は落花の意味だが（『漢語大詞典』五巻一七〇頁に據る）、本詩では、うすれかけた夕焼けの光の意味。夕方の物寂しいような雰圍氣を殘紅で表現したか。

○上方　山寺。ここでは上封寺のこと。祝融峯の頂上にある（『方輿《ほうよ》勝覽《しようらん》』巻二十三に據る）。

○傑閣　大きな高殿。ここでは上封寺の穹林閣を指す。上封寺の情景としては、「早秋已冰、夏又夾衣。木之高大者不過七八尺、謂之矯松」（早秋《さうしう》 已《すで》に冰《こほ》り、夏《なつ》 又《また》 衣《ころも》を夾《かさ》ぬ。木《き》の高《たか》さ大《だい》なるは七八尺《しちはつしやく》に過《す》ぎず、之《これ》を矯松《けうしよう》と謂《い》ふ」とされ、秋早くに氷が張り、夏でもあわせ着が必要なくらい涼しく、また、風と寒氣のために松が成長しないようすが述べられている（『方輿勝覽』巻二十三に據る）。

○餘暉　夕日の殘光。

〔補説〕

本詩に對する張栻・林用中の唱和の作を以下に引用する。

張栻

早來雪意遮空碧　早《つと》に來《きた》る雪意《せつい》 空碧《くうへき》を遮《さへぎ》る
晩喜晴霞散綺紅◎　晩《ばん》に 晴霞《せいか》の綺紅《きこう》を散《さん》ずるを喜《よろこ》ぶ
便可懸知明旦事　便《すなは》ち懸知《けんち》す可《べ》し 明旦《めいたん》の事《こと》
一輪明月快哉風◎　一輪《いちりん》の明月《めいげつ》 快哉《かいさい》の風《かぜ》

「例年より早い雪模様が青空を覆っていたが、この夕べ、晴れ渡った空に美しい夕焼けが廣がっているのを喜ばしく思う。それ故、明朝のことを前もって知ることが出來る。西の空に沈みかけた明るい月が、心地よい風の中に見られることだろう」と詠じている。

日本において、〝夕焼けが出ると翌日は晴れである〟ということがよく言われているが、中國においても「晩霞焼過天　明日起青煙」（温端政著、高橋均・高橋由利子編譯『諺語のはなし―中國のことわざ―』光生館、一九九一、七八頁）、「早霧不出門　晩霞晴千里」（大東文化大學中國語大辭典編纂室編著『中國語大辭典』角川書店、一九九四）という諺があるように、〝夕焼けの翌日は晴れ〟という格言がある。

林用中

晩霞掩映祝融峯◎　晩霞《ばんか》 掩映《えんえい》す 祝融峯《しゆくゆうほう》
衡嶽高低爛熳紅◎　衡嶽《こうがく》の高低《かうてい》 爛熳《らんまん》の 紅《くれなゐ》
願學陵陽修煉術　願《ねが》はくは陵陽《りようやう》の修煉《しうれん》の術《じゆつ》を學《まな》び

朝餐一片趁天風◎　朝《あした》に一片《いつぺん》を餐《くら》うて天風《てんぷう》を趁《お》はん

「夕映えが祝融峯を覆い隠している。衡山の峯々の高いところも低いところもすべて紅《くれなゐ》色だ。どうか陵陽（仙人）の修煉の術を修得し、ひとひらのもやを食して、風に乗って天空を馳《は》せめぐりたいものだ」と詠じている。

［朱子作との相違點］

祝融峯の夕暮れ時の情景に、衰滅の美を見出し賞贊する朱子（〔解題〕を參照）に對し、張栻は、「明旦」「明月」などの語から、今見える美しい夕映えの情景に加えて、そこから更に、翌朝や夜の澄み渡った情景をも推察・贊美していることが伺える。つまり、現在の情景に着眼點を置く朱子に對し、張栻は、移りゆく情景（翌朝や夜）に着眼點を置き詩に現わそうとしている。林用中は、祝融峯の峯々の情景に着目し、そこに神仙の世界（「陽修煉術」）を想起して詩に組み込むことにより、浮世離れした情景であるさまを強調しているように思われる。

（笹生　美貴子）

207過高臺攜信老詩集夜讀上封方丈次敬夫韻

高臺《かうだい》に過《よぎ》りて信老《しんらう》の詩集《ししふ》を攜《たづさ》へ　夜《よる》上封《じやうほう》の方丈《はうぢやう》に讀《よ》む　敬夫《けいふ》の韻《ゐん》に次《じ》す

十●年○聞○說●信●無○言◎
草●草●相○逢○又●黯●然◎
借●得●新○詩○連○夜●讀●
要●從○苦●淡●識●清○妍◎

十年《じふねん》　聞說《きくなら》く　信《まこと》に言無《げんな》しと
草草《さうさう》　相《あ》ひ逢《あ》うて又《ま》た黯然《あんぜん》
新詩《しんし》を借《か》り得《え》て　連夜《れんや》　讀《よ》む
苦淡《くたん》從《よ》り清妍《せいけん》を識《し》るを要《えう》す

（七言絶句　言＝上平聲・元韻／然・妍＝下平聲・先韻）

〔テキスト〕
『文集』巻五／明刻本『南嶽唱酬集』／『朱子文集大全類編』巻四／『朱子可聞詩』巻五

〔校異〕異同なし。

〔通釋〕
　高臺寺に立ち寄り　その寺の住職　了信和尚の詩集を擕えて寺を後《あと》にし　その夜　上封寺の方丈にて讀んだ　張敬夫どのの韻に合わせる

十年來　了信和尚は全く寡默な方だと伺っていた
この度　高臺寺に立ち寄り慌ただしくお目に掛かったが　それも束の閒　悲しい別れとなった
その代わり　和尚の新しい詩集を借り受けて　夜にかけて讀んでみた
その詩の枯淡の味わいから　淸らかで麗しい境地を體得されたそのお人柄を見出すべきなのだ

〔解題〕

本詩は、朱子一行が衡山周遊のさなか、高臺寺に立ち寄った際に「信老」なる者の詩集を手に入れ、それを攜えて更に周遊を續け、その夜に宿泊した上封寺の方丈にて詩集を讀んでみた所、痛く感銘を受け、まず張栻が一首詠んだのを承けて、朱子がそれに唱和する形で作った作品である。

これを裏付ける記述が張栻の「南嶽唱酬の序」にある。

……戊寅《ぼいん》［十一月十四日］明發し［夜明けに出發し］、小徑《せうけい》を穿《うが》ちて高臺寺に入る。……住山［住職］の了信 詩聲有り［詩で評判が高く］、「良夜月明、窗牖《さういう》 閒ま猿嘯《ゑんせう》有り［窗邊《まどべ》に屢《しば》しば猿の遠吠えが聞こえ］清きこと甚だし」と云ふ。寺を出でて、卽ち古木寒藤の中《うち》に行くに、……雲陰 驟《には》かに起《た》ちて、飛霰 交《こも》ごも集り、頃之《しばらく》して乃ち止む。西嶺に出で、天柱を過《よぎ》り、福巖に下る。南臺を望み、馬祖庵を歷《へ》て、寺背由《よ》り以て登る。……踰《こ》ゆること二十餘里にして、大明寺を過《よぎ》り、飛雪 數點 東嶺自《よ》り來《きた》る有り。上封寺を望見するに、猶ほ縈迂《えいう》する［道が曲がりくねる］こと數里許《ばかり》にして乃ち至る。……穹林閣《きゆうりんかく》有り、侍郎胡公の題榜《だいばう》なり。……予と二友と姑《しばら》く肩を息《やす》め、祝融の絶頂を望みて、裳《しやう》を褰《かか》げて［裾を絡《から》げて］徑《ただ》ちに往《ゆ》く。頂上に石有り、數十人を坐せしむ可し。……晩に閣上に歸り、晴霞の千里に横帶する［たなびく］を觀《み》る。夜 方丈に宿るに、月 雪屋を照らし、寒光 人を射《い》る。泉聲 窗《まど》を隔《へだ》て、冷然たること通夕《つうせき》。怳《くわう》として此の身の千峯の上に踞《よ》るを知らざるなり。……

十一月十三日、馬跡橋から登山を始めた朱子一行は、その日の夜に方廣寺に宿った後、翌十四日の早朝、方廣寺を發ち、衡山の最高峯である祝融峯を目指した。その道すがらまず辿り着いたのが高臺寺である。この高臺寺について清・李元度撰『南嶽志』では、「祝融峯の下《もと》に在り。即ち觀音巖《かんのんがん》なり」と記述するが、これは明代以降に移築された場所であり、朱子一行のこの日の行程とは合わない。當時の高臺寺の所在については、南宋・陳田夫撰『南嶽總勝集』の〈高臺惠安禪院〉の條に記述がある。

　後洞妙高峯の下《しも》に在り。方廣と比鄰す。山勢 幽邃《いうすゐ》、景物 山前と侔《ひと》しからず。本朝 今の額を賜《たま》ふ。寺前 五十歩 正に險絕の處《ところ》、石上に迹《あと》有り、車轍《しやてつ》の狀の如し。……（卷中）

當時の高臺寺は蓮花峯の西にある妙高峯の下に在り、蓮花峯の下に在る方廣寺と隣り合うような位置に在ったことが判る。

そしてこの高臺寺にて朱子一行を出迎えたのが住職の了信なる僧であった。『中國佛學人名辭典』（中華書局、一九八八）に據れば、この了信は、「南嶽高臺寺の丈席なり。博學善解、詩に工《たくみ》にして、時に聞こゆ」とのことである。また、張栻の『南軒集』巻四に収める五律「過高臺寺」詩の末尾に附せられた張栻の自注にも「長老の了信 詩名有り」と云い、これを裏付けるものとなっている。本詩の詩題ではこの住職を敬って「信老」と稱したのであろう。この住職は詩人としての名聲が高い詩僧であるとのことで、恐らくその點に興味を引かれた朱子一行がその詩集を借り受け、攜行《けいこう》して行くことになったのであろう。

朱子一行はその後、西嶺に出て天柱峯をよぎり、一旦下って福嚴寺を訪れた後、福嚴寺の裏手から、祝融峯の下に在る上封寺を目指して再び登り始め、上封寺に辿り着いた所でひとまず休憩し、そしてこの日、念願の祝融峯登頂となったのである。祝融峯に登った後は晩に上封寺に戻り、その方丈にて一泊することとなった。ここに至ってようやく、高臺寺の住職了信から借り受けた詩集を、三人して語り合いながらじっくり讀んでみたのである。時に雪に覆われた僧坊を月が明るく照らし出し、窗外には溪流の冷ややかな音が響き渡る。恐らく一行はその作品群に痛く感銘を受けたのであろう。まず張栻がその感動を詩に詠じた（張栻の別集『南軒集』では詩題を「過高臺攜信老詩集」に作る）。

蕭然僧榻碧雲端◎　蕭然《せうぜん》たる僧榻《そうたふ》　碧雲《へきうん》の端《たん》
細讀君詩夜未闌◎　細《こま》かに君《きみ》が詩《し》を讀《よ》みて　夜《よる》未《いま》だ闌《ふ》けず
門外蒼松霜雪裏　門外《もんぐわい》の蒼松《さうしよう》　霜雪《さうせつ》の裏《うち》
比君佳處讓高寒◎　君《きみ》が佳處《かしよ》に比《ひ》して　高寒《かうかん》を讓《ゆづ》る

雲間にあるがらんとした上封寺の僧坊にて、了信の詩集を夜の更《ふ》けるまでじっくり讀む。その詩の隨所に見られる身の引き締まるほどの氣高さは、月明かりに冴え冴えと映し出される、雪を被《こうむ》った戸外の松をも淩《しの》いでいる。祝融峯の頂まであと僅かという高みに在る上封寺。張栻は了信詩の素晴らしさを眼前の景と見比べて高く評價するのである。

これに對して朱子は、詩僧として名高い了信和尙との束の間の邂逅を惜しみつつ、了信詩の隨所に見られる枯淡の趣から、了信和尙の胸臆の淸らかさ・麗しさを見て取ろうとするのである。

尙、右に揭げた張栻詩の韻は上平聲寒韻であり、本詩詩題に言う「次敬夫韻」とは合致しない。何よりも現行の『南嶽倡酬集』（文淵閣四庫全書本）を繙くに、「過高臺獲信老詩集」という本詩とほぼ同じ詩題の作があるのだが、そこに朱子の作として載せられているものは、何と右に揭げた「蕭然僧榻碧雲端……」詩なのである（末句の「讓」字は「尙」字に作る）。この問題に關しては〔補說〕の㈠を參照されたい。

〔語釋〕

○信無言　誠に寡默で言葉を發しない。了信和尙の寡默ぶりを言うのであろう。ただ、この三字は可成り難解であり、佛教には、行者が沈默の行《ぎよう》を行なう「無言戒」なる行がある故、或いは了信和尙が十年來その「無言戒」を行なって來たことを指すのかも知れない。ならば「信」は「まことに」の意ではなく、「了信」及び「信老」の「信」、卽ち了信和尙自信を指すのかも知れない。因みに『朱熹新考』では、この「信無言」は人名、卽ち詩題中の「信老」その人を指すとする。その信無言なる僧は大慧宗杲《だいえそうこう》の弟子であり、紹興十年（一一四〇）に大慧宗杲の言葉を集めた『大慧禪師宗門武庫』を編纂したことが『大慧禪師年譜』に見えると云う。しかし、〔解題〕でも述べた如く、張栻の「南嶽唱酬の序」の記述等からすれば、高臺寺の「信老」が了信という僧侶であることは動かせない事實である。或いは「了信」の別稱として他の者から「信無言」と呼ばれていたのかも知れない。尙、『剳疑輯補』では〔翼增〕に、「『無言』は是れ『信老』の字《あざな》の似《ごと》し」という説を提出している。

○草草　慌ただしいさま。朱子一行が高臺寺で了信に面晤《めんご》した時間の短さを物語る措辭であろう。

○黯然　心が結ぼれて、暗く塞《ふさ》ぎ込むさま。梁の江淹の「別《わかれ》の賦」に「黯然として銷魂《せうこん》する者は唯《た》だ別《わかれ》のみ」と詠われて以來、人との離別を悲しむ際の常套語となっている。

○連夜　夜にかけて。詩の訓讀では和刻本に從ってそのまま「連夜《れんや》」と讀んだが、現代日本語の「連夜」ではなく、「夜に連なる」の意。

劉禹錫「百花行」：春風連夜動　微雨凌曉濯

白居易「水堂醉臥問杜三十一」那似此堂簾幕底　連明連夜碧潺湲

○苦淡　枯れて淡い。澹くあっさりとしている。唐詩にはこの語の使用例を檢索し得ず、宋詩の用例を次に掲げる。

北宋・晁説之「鄜掾知言再和暮春詩見視過形推奬有意論詩報作三首」其二：君侯哦苦淡　雅不愛深紅　冷眼看春盡　愁腸欲海空　近尋山谷體　遠到建安風　只恐妨高步　令君似我窮

右の五律は他人の詩風を「苦淡」なる語で評した點が本詩と共通する。また、その詩風が黄庭堅（「山谷」）や曹操父子を中心とした「建安の風」に近いと詠じている點も興味深い。本詩に於てもこの措辭から、了信詩が修辭主義・耽美主義等とは無緣の、質朴にして雄勁なる風を旨《むね》としていたことが想像されよう。

○清妍　清く麗しい。多くは明月や雪景色を形容するのに用いられるが、ここでは了信詩の清々しいまでの麗しさ、ひいてはその詩から看取し得る、了信が體得した清らかで麗しい境地をも指していると思われる。次に詩風を「清妍」なる語で評した例を掲げる。

北宋・釋道潛「次韻陳敏善秀才見過」：愛君年少擅才華　詩律清妍無可醜

南宋・白玉蟾「栩菴力高士與同散歩二首」其二：詩句清妍仍淨遠　游絲飛絮聽繽紛

〔補説〕

㈠　現行『南嶽倡酬集』に収載される擬似詩

〔解題〕でも述べた如く、本詩は文淵閣四庫全書本『南嶽倡酬集』及び清抄本『南嶽倡酬集』には収載されておらず、代わりにそこには、『南軒集』巻七に収められる張栻の作品が朱子の作品として載せられている。そもそも、現行の『南嶽倡酬集』は、林用中の家に傳えられた遺稿を基にしているものの、刊刻を企てた清代には已に蟲喰いの殘本となってしまっていたなど、その成書過程で様々な曲折が加わったため、所收の作品や文字に余り信を置けないのである。それ故、このような錯亂が生じてしまうのも無理からぬことと見るほか無い。

朱子の詩として載せられている張栻の作は已に〔解題〕の項で紹介したので、ここでは參考までに、文淵閣四庫全書本『南嶽倡酬集』及び清抄本『南嶽倡酬集』の當該箇所に載せられる張栻詩、及び林用中詩を次に紹介する。

張栻

巍巍僧舍隱雲端◎
坐看君詩興不闌◎
讀罷朗然開口笑
舊房松樹耐霜寒◎

巍巍《ぎぎ》たる僧舍　雲端に隱《かく》る
坐して君が詩を看《み》れば　興《きょう》闌《つ》きず
讀み罷《をは》りて　朗然　口を開いて笑ふ
舊房の松樹　霜寒に耐《た》ふ

林用中

今朝移歩野雲端◎
幸得新詩讀夜闌◎
識破中閒眞隱訣
月明風雪道休寒◎

今朝　歩《ほ》を移《うつ》す　野雲の端
幸《さいはひ》に新詩を得て　讀みて夜　闌《ふ》く
識破す　中閒の眞隱訣
月明　風雪　道　寒きを休《や》む

張栻詩とされる方の大意は、「高く聳える僧坊は雲閒に隱れ、その中であなたの詩を讀んでいると興は盡きない。讀み終われば思わず我が意を得たりと、大らかに笑い出してしまう。恰《あたか》もあなたの詩の如く、僧坊の外には寒氣に耐えて青い松が立っている」という邊りであろう。

對して林用中詩とされる方は結句の「道休寒」が難解である。「今朝方《けさがた》、雲に覆われた山道を行き、幸いに和尚の新しい詩集を借り受けて、夜更けまで讀んでみたところ、その詩から眞の奥義を看破した。月明かりの中、風が雪を舞い上げようとも『道』というものは決して凍りついたりはしないのだ」

という意か。これまでの譯注で紹介されて來た林用中詩は、どれも余りレヴェルの高いものとは言い難かったが、この結句の三字はそれを通り越して殆ど解讀不能である。これもやはり、現行『南嶽倡酬集』の不完全性に起因すると見るべきかも知れない。

但し、朱子自身の編定作業を經た張栻の『南軒集』に現に上掲の詩が收載されているからには、「蕭然僧榻碧雲端……」詩は確かに張栻自身の作だと信じるほか無く、それとは別の右の二詩の來歴が怪しいだけとも言える。

因みに、朱子の本詩は明刻本『南嶽唱酬集』には文字の異同も無くそのままの形で收められている。それは明刻本『南嶽唱酬集』が、明の弘治年間に鄧淮《とうわい》なる者が、朱子・張栻の別集の中から南嶽周遊の時の作と思しき作品を摘録し、想像を逞しくして『南嶽倡酬集』を再構築したものであって、前二者とは全く異なる別種の版本だからである（この點に關しては『中國詩文論叢』第24集〔二〇〇五〕所收「『南嶽倡酬集』成書攷」を參照されたい）。

㈡『朱子可聞詩』の評

清・洪力行撰『朱子可聞詩』では本詩を次のように評している。

先生論詩以淡爲本。而此更加一苦字。苦者、刻意之謂也。淡者、自然之謂也。看似尋常最奇崛、成如容易却艱難、由苦得淡、詩之能事畢矣。

先生 詩を論ずるに淡を以て本《もと》と爲す。而《しか》うして此《ここ》 更に一《いつ》の「苦」の字を加《くは》ふ。「苦」なる者は、刻意の謂《いひ》なり。「淡」なる者は、自然の謂《いひ》なり。看《み》て尋常に似たるも最も奇崛《きくつ》、成ること容易の如くなるも却《かへつ》て艱難《かんなん》。「苦」に由り「淡」を得《う》れば、詩の能事畢《をは》れり。

朱子は詩を論じる際には「淡」（平淡）ということを根本理念としていたが、ここでは更に「苦」の一字を加えた。「苦」というのは詩を作る際に心をあれこれ砕くことであり、「淡」というのは彫琢には目もくれず自然を旨《むね》として詠ずることである。一見ありふれたもののように見えるのが實は最も厄介であり、完成させ易そうに見えるものが却って難儀をするものなのである。詩を作る際に「苦」を經由して「淡」という境地に至ったならば、作詩はそれで終わり、他にすることは無い。

『絶句譯注』第一册の解說〈㈣　朱子の詩論〉（一〇～一六頁）にも言及されているが、朱子にとって、詩は基本的に、自己の情性の自然な發露でなくてはならなかった。それ故、平淡な中にも氣槪の滿ちた、志の高い詩、氣骨溢れる詩を理想とし、自らの作詩態度も、自然・自在を尊んで彫琢を事とせず、平實渾成を旨としていたのである。してみれば、そのような朱子のメガネに叶った了信の詩は、正しく本詩に詠う如く「苦」であり「淡」であり、尙且つ「淸」であり「姸」であったと評するほか無かったのであろう。

（後藤　淳一）

208 醉下祝融峯作　醉《ゑ》うて祝《しゆく》融《ゆう》峯《ほう》を下《くだ》るの作《さく》

我來萬里駕長風
絕壑層雲許盪胷
濁酒三杯豪氣發
朗吟飛下祝融峯

我來《われきた》つて萬里《ばんり》　長風《ちやうふう》に駕《が》す
絕壑《ぜつがく》の層雲《そううん》　許《か》く胷《むね》を盪《うご》かす
濁酒三杯《だくしゆさんばい》　豪氣發《がうきはつ》し
朗吟《らうぎん》　飛《と》び下《くだ》る　祝融峯《しゆくゆうほう》

（七言絕句　風＝上平聲・東韻／胷・峯＝上平聲・冬韻）

〔テキスト〕

『文集』巻五／明刻本『南嶽唱酬集』／清抄本『南嶽倡酬集』／文淵閣四庫全書本『南嶽倡酬集』／『朱子文集大全類編』巻四／『朱子可聞詩』巻五／『南嶽志』巻五

〔校異〕

○祝融峯作　清抄本『南嶽倡酬集』、文淵閣四庫全書本『南嶽倡酬集』には「作」の字無し。
○胷　文淵閣四庫全書本『南嶽倡酬集』、『朱子文集大全類編』、『南嶽志』では「胸」に作る。

〔通釋〕

醉いに任せ　祝融峯《しゆくゆうほう》を驅け降りて作る
私は萬里の彼方《かなた》から吹き寄せる風に乘って　祝融峯《しゆくゆうほう》の頂にたどり着いた
見下ろせば　底知れぬ深い谷から幾重にも重なった雲がわき起こり　このように私の胸を搖さぶり動かす

濁酒を三杯飲むと　とたんに勇ましい氣魂が湧き起こり
私は朗々と詩を吟じつつ　飛ぶように祝融峯《しゆくゆうほう》をかけ下りて行った

〔解題〕

乾道三年（朱子三十八歳）十一月冬に、朱子が長沙岳麓《がくろく》山中にいる張南軒を訪問した折、ともに南岳衡山に登った際に作られた詩である。舊暦十一月と言えばすでに嚴冬である。祝融峯《しゆくゆうほう》は衡山七十二峯の最高峯として知られる。

また、「南岳唱酬集序」（張栻）に、

望祝融絶頂、褰裳徑往。頂上有石、可坐數十人。時煙霞未澄徹。羣峯峭立、遠近異態、其外四望渺然、不知所極。如大瀛海環之、眞奇觀也。

祝融《しゆくゆう》の絶頂《ぜつちよう》を望《のぞ》み、裳《すそ》を褰《から》げて徑《ただ》ちに往《ゆ》く。頂上《ちようじやう》に石有《いしあ》りて、數十人《すうじふにん》を坐《ざ》せしむ可《べ》し。時《とき》に煙霞《えんか》未《いま》だ澄徹《ちようてつ》せず。羣峯峭立《ぐんぽうせうりつ》し、遠近《ゑんきん》異態《いたい》あり、其《そ》の外《ほか》の四望《しばう》渺然《べうぜん》として、極《きは》むる所《ところ》を知《し》らず。大瀛海《たいえいかい》の之《これ》を環《めぐ》るが如《ごと》く、眞《まこと》に奇觀《きくわん》なり。

と、祝融峯《しゆくゆうほう》の壯大な様が述べられている。これをあわせて見ると、祝融峯《しゆくゆうほう》を目《ま》の當たりにした際、「絶壑層雲」の情景に「許盪胷」（許《か》く胷《むね》を盪《うご》かす）思いを抱くに至った朱子の心の開放感がいっそうよく傳わって來るようだ。

なお、この詩は、吉川幸次郎『宋詩概説』（岩波書店、一九六二）に「宋の哲學者朱熹も、前章でふれた詩人朱松の子であり、詩をよくした。たとえば湖南の衡山に遊んでの作「醉うて祝融峯を下る」は、甚だ豪快である」（二一九頁）、また、三浦國雄『朱子』（『人類の知的遺産』一九、講談社、一九七九）では、本詩を取り上げた上で「朱子のそれは、彼が生涯に書いたおびただしい詩のなかでも、その豪放さによってとりわけ人口に膾炙する」（二三四頁）と評せられるように、朱子の詩の中で最も廣く愛誦されているものである。

〔語釋〕

○祝融峯　衡山にある峯で、海抜一二九〇㍍、衡山七十二峯の最高峯とされる。
　唐・盧載〈斷句〉：五千里地望皆見　七十二峯中最高　祝融峯（『全唐詩』巻七九五）

○長風　遠くから吹いて來る、或いは遠くまで吹いてゆく雄大な風。
　杜甫「龍門閣」：長風駕高浪　浩浩自太古
　これは風が波に乗る意で、風と物の關係が本詩とは逆である。

○絶壑　深く險しい谷。

○層雲　幾重にも重なった雲。朱子のこの句は、次の杜甫の詩句を踏まえている。
　杜甫「望嶽詩」：盪胸生層雲　決眥入歸鳥

○許　このように。

○盪胷　胸を搖さぶり動かす。感動させる。

前の「層雲」の項に引いた杜甫の詩句を踏まえている。

○豪氣　盛んな意氣。

中唐・韓愈「贈崔立之評事」：才豪氣猛易語言　往往蛟螭雜螻蚓

南宋・劉子翬「途中」：薄宦低豪氣　浮生惜壯齡

○朗吟　聲高らかに歌う。

唐・劉得仁「中秋詩」：朗吟看正好　惆悵又西傾

晩唐・鄭谷：「聊以寄懷」：唯有朗吟償晩景　且無濃醉厭春寒

〔補說〕

本詩に對する張栻・林用中の唱和の作を以下に引用する。

張栻

雲氣飄飄御晩風◎　雲氣《うんき》 飄飄《へうへう》として晩風《ばんぷう》を御《ぎよ》す

笑談噓吸滿心胷◎　笑談《せうだん》 噓吸《きよきふ》して心胷《しんきよう》に滿《み》つ

須臾斂盡雲空碧　須臾《しゆゆ》にして 斂《をさ》め盡《つく》して雲空《うんくう》碧《みどり》なり

露出天邊無數峯◎　露出《ろしゆつ》す 天邊《てんぺん》の無數《むすう》の峯《みね》

「雲の氣がふわふわと、夕暮れの風に乘って流れている。談笑しながら雲の氣を吸ったり吐いたりしているうち、胸の中が雲の氣でいっぱいになる。まもなく雲が晴れて、拔けるような青空が廣がり、天空のかなたに数限りない衡山の峯々が現れ出る」と詠じている。

林用中

祝融高處怯寒風◎
浩蕩飄淩震我胸◎
今日與君同飲罷
願狂酩酊下遙峯◎

祝融《しゆくゆう》の高處《かうしよ》 寒風《かんぷう》に怯《おび》ゆ
浩蕩《かうたう》 飄淩《へうりよう》 我《わ》が胸《むね》を震《ふる》はす
今日《こんにち》 君《きみ》と同《とも》に飲《の》むこと罷《をは》らば
願《ねが》はくは狂《きやう》して酩酊《めいてい》して 遙峯《えうほう》を下《くだ》らん

「祝融峯の頂《いただき》近くで、私たちはつめたい風に身震いしている。見下ろす光景は限りなく廣大で、私の心をふるわせる。今日、君と一緒に酒を飲み盡くしたならば、ぜひはめをはずして大いに酔い、そのまま遙かな峯を驅け降りたいものだ」と詠じている。

[朱子作との相違點]

朱子と林用中は、「許盪胷」「濁酒」「朗吟飛下祝融峯」・「震我胸」「飲」「願狂酩酊下遙峯」との似通った詩句から、祝融峯の絶景に酔い痴《し》れた〈自己〉を積極的に詩中に取り入れ、表現していることが伺える。だが一方で、雄大な風景を前にして〈自己〉の氣力を奮い起こす朱子と、風景に溶け込んで陶酔したいという林用中とでは、精神の志向に差異が見られもする。とりわけ、朱子の詩には、精神の張《みなぎ》りを感じるところである。このような、〈自己〉の心の開放感に眼目を置く朱子と林用中に對し、張栻は、祝融峯の情景變化に着眼點を置いている。とりわけ第三句目の「須臾」の語からは、夕暮れの風に乗って流れるように移動している雲間《くもま》から突如として廣がる光景—碧空と共に無數の祝融峯の峯々が現れ出たという、變わりゆく光景の印象深さを強調しているように思われる。

（笹生　美貴子）

209 和敬夫韻

蠟屐風煙隨處別　●●○○○●●
下山人事一番新　●○○●●○◎
世間不但山中好　●○●●○○●
今日方知此意眞　○●○○●●◎

敬夫《けいふ》の韻《ゐん》に和《わ》す

蠟屐《らふげき》 風煙《ふうえん》 隨處《ずゐしよ》に別《わか》れ
山《やま》を下《くだ》りて 人事《じんじ》 一番《いちばん》新《あら》たなり
世間《せけん》 但《た》だに山中《さんちゆう》のみ好《よ》からず
今日《こんにち》 方《まさ》に知《し》る 此《こ》の意《い》の眞《しん》なるを

（七言絶句　上平聲・眞韻）

〔テキスト〕

『文集』巻五／明刻本『南嶽唱酬集』／清抄本『南嶽倡酬集』／文淵閣四庫全書本『南嶽倡酬集』／『朱子文集大全類編』巻四

〔校異〕

○和敬夫韻　文淵閣四庫全書本『南嶽倡酬集』・清抄本『南嶽倡酬集』では「又和敬夫韻」に作る。

○山中好　明刻本『南嶽唱酬集』では「山中有」に作る。

〔通釋〕

張敬夫どのの韻に合わせる

他の登山者や各景勝にあちこちで別れを告げつつ
衡山を下りてみると　下界にはまた一段と目新しい變化が起こっていた
この世の中　何も山の中の生活だけが良いとは限らないとよく言うが
今日　その言葉の意が眞であることを初めて實感した所である

〔解題〕

本詩は、南嶽衡山の周遊を終えて十一月十六日に下山した後、張栻が作った七絶に次韻・唱和した作であり、一連の唱酬の作中に於て、絶句では最後の作品となる。張栻の「南嶽唱酬の序」には、

庚辰［十一月十六日］未だ晩《く》れざるに、雪　窗《まど》を撃ちて聲有り、驚覺す。將《まさ》に山を下らんとす。……行くこと三十里許《ばかり》にして、嶽市［衡山の麓にある市街地］に抵《いた》り、勝業寺の勁節堂に宿る。

とあり、また、朱子の「南嶽遊山後記」には、

南嶽唱酬　庚辰《かうしん》［十一月十六日］に訖《をは》り、敬夫［張栻］既《すで》に其の然る所以《ゆゑん》の者を序して之を藏せり。癸未《きび》［十一月十九日］勝業［勝業寺］を發《た》ち、伯崇《はくすう》［范念德《はんねんとく》］も亦た其の羣從昆弟に別れて來《きた》る。始めて水簾［水簾洞］の勝を聞き、將に往《ゆ》きて一たび觀《み》んとするも、雨を以て果《はた》さず。而《しか》うして趙醇叟《てうじゅんそう》［趙師孟］、胡廣仲［胡寔《こしょく》］、伯逢《はくほう》［胡大原］、季立［胡大本］、甘可大［不詳］來りて雲峯

寺に餞《はなむけ》し、酒 五《いっ》たび行きて、疑ふ所を劇論して別《わか》る。

とあり、本詩は衡山の麓にある勝業寺の勁節堂にて、或いはその後の、趙師孟・胡寔・胡大原・胡大本等が合流して送別の宴を開いてくれた雲峯寺にて作られたと思われる。承句の「山《やま》を下《くだ》りて 人事《じんじ》一番新《いちばんあら》たなり」は、南嶽周遊中には知り得なかった下界の新たな消息に接したことを言っており、これには複數の情報源が必要と思われる故、後者の雲峯寺にて作られた可能性の方が高いであろう。

唱和の契機となった張栻の作は次のもの。

和擇之韻　　　　　　擇之の韻に和す
山中好景年年在　　　山中の好景 年年在り
人事多端日日新◎　　人事 多端 日日《ひび》新たなり
不向青山生戀着　　　青山に向って戀《れん》着《ちゃく》を生ぜざるは
秪緣身世總非眞◎　　秪《た》だ身世の總《す》べて眞《しん》に非ざるに緣《よ》るのみ

衡山山中の素晴らしい景は毎年變わらずに存在するが、人の住む下界では様々な出來事が次々と起こって日々に一新されて行く。私が衡山に後ろ髪を引かれないのは、ひとえに我が生きようが全てに渡って純粋さを失っていることに因るのだなあ、と張栻は自嘲氣味に詠ずるのである。

對して朱子は、何も山の中だけが良いとは限らず、住めば都、下界は下界でそれなりの良さがあるさ、と答えるのである。

句、右に掲げた張栻の作は、その別集『南軒集』巻七に収められるものであり、その詩題から林用中の作品に次韻したものであることが判るが、ではその林用中の作はどのようなものかと『南嶽倡酬集』を繙《ひもと》くに、文淵閣四庫全書本『南嶽倡酬集』・清抄本『南嶽倡酬集』では倶《とも》に右の張栻の作を林用中の作として掲《かか》げ、張栻の作にはまた別の七絶を掲げている。この問題に關しては〔補說〕を参照されたい。

〔語釋〕

○蠟屐　水が染み込まないようにするために、表面に蠟を塗った木靴《きぐつ》。登山や雨天の外出時に用いられた。

中唐・劉禹錫「送裴處士應制擧詩」：登山雨中試蠟屐　入洞夏裏披貂裘

中唐・皮日休「屧歩訪魯望不遇」：雪晴墟里竹欹斜　蠟屐徐吟到陸家

北宋・晁補之「望香罏峯」：危樓曲徑群巖遍　蠟屐青鞋到處逢

右の中、晁補之《ちょうほし》の作例は本詩起句に酷似し、本詩の解釋の上で大いに參考になると思われる。この晁補之詩は廬山の秀峯、香爐峯（「香罏峯」とも書く）を望み見ることを詠じた七絶であり、右に引いた二句はその起・承句。高樓の立つ麓より香爐峯を目指して、巖が立ち竝ぶ曲がりくねった小徑を登って行くと、「蠟屐」と「青鞋《せいあい》」とに到る處で出逢ったと詠ずる。「青鞋」は草鞋《わらじ》の意であり、それを「蠟屐」と對《つい》で用いているからには、晁補之自身が履《は》いていた履き物ではない（途中で履き替えるとは想像し難い）。それ故、この句は「蠟屐」や「青鞋」を履いた他の登山者と見るべきであり、それらの人々に山のあちこちで出逢ったということであろう。

これを踏まえれば、本詩の起句も「蠟屐」を履いた他の登山者や「風煙」に到る處で別れたということであり、必ずしも朱子自身が「蠟屐」を履いていた譯《わけ》ではないと考えるのが妥當であろう。

○風煙　風と靄。前掲180にも使われていた語であるが、ここでは風がそよ吹き靄《もや》が棚引く美しい風景を言うと思われる。或いは、『文集』巻五の本詩の前に置かれた五言律詩「十六日下山各賦一篇仍迭和韻」の頸聯に、「雲合山無路／風回雪有聲」とあることから、山中の隨所に滿ちていた雲（濃い霧）や風を指すとも考えられる。

○人事　人閒社會の事柄。〔解題〕でも述べた如く、これは朱子一行が南嶽を周遊していたさなかに起こった、下界での新たな變化の情報を指すと思われ、恐らくそれらは、朱子一行が下山した後に合流した、趙師孟・胡寔・胡大原・胡大本等《ら》によってもたらされたものと思われる。

○一番新　一段と目新しく變わる。「番」は、次々と變わり行く一連の事柄のそれぞれの回を言う言葉。例えば二十四節氣の中、小寒から穀雨までの八節氣をそれぞれ三候に分かち、各候に咲き始める花の便りを總稱して「二十四番花信風」と呼ぶ類である。

晩唐・朱慶餘「和劉補闕秋園寓興之什十首」其七：殘蔬得晴後　又見一番新

北宋・蘇軾「次韻劉貢父李公擇見寄二首」其一：白髮相望兩故人　眼看時事幾番新
南宋・楊萬里「送王無咎善邵康節皇極數二首」其二：識盡江淮諸貴人　歸來盧水一番新

○方　ようやく。やっと。そこで初めて。

〔補説〕

〔解題〕でも述べた如く、『南嶽倡酬集』（文淵閣四庫全書本・清抄本）には、本詩とともに作られた張栻・林用中の作品を掲げるが、そこでは上掲張栻の作を林用中の作として掲げ、張栻の作としては次の七絶を掲げている。

青山不老千年在　　青山《せいざん》　老いず　千年在り
白髮如絲兩鬢新◎　白髮　絲《いと》の如く　兩鬢《りやうびん》新たなり
歷盡高山數萬里　　歷盡す　高山　數萬里
未知何路是爲眞◎　未だ知らず　何《いづ》れの路《みち》か是《こ》れ眞爲《しんた》る

「綠に覆われた衡山は千年もの間《あいだ》老いずに變わらぬ姿を保って來たのであろうが、それに比して私はこの數日間ですっかり白髮が增えてしまった。高く聳える衡山山中をあちこち止めども無く歩んで來たが、さて、その中のどの道が眞のものであったのであろう」というのが大意である。

張栻の別集『南軒集』は、淳熙七年（一一八〇）に張栻が歿した後、弟の張杓が遺稿を整理した上で、朱子に編定を依頼して刊刻されたものであり、その際には朱子自身が保管していた張栻の著作や書簡を参照しており、その信頼性は高いと考えられる。それに比して、現行の『南嶽倡酬集』は、林用中の家に傳えられた遺稿を基にしているものの、刊刻を企てた清代には已《すで》に蟲喰いの殘本となってしまっていたなど、その成書過程で様々な曲折が加わったため、所收の作品や文字に余り信を置けない。

それ故、この二詩の作者の出入に關しては、やはり『南軒集』の方を信用して、現行『南嶽倡酬集』の方に誤りがあると見做《みな》し、上掲の「山中好景年年在……」詩は張栻の作、「青山不老千年在……」詩は林用中の作とするのが妥當と思われる。『南軒集』では詩題を「和擇之韻」としているが、右の詩と竝べてみると、押韻箇所の「新」「眞」以外に、起句の末字「在」までが共通しており、これは張栻が林用中の作を承《う》けて件《くだん》の詩を詠じたことの裏付けと見ることもできるのである。

（後藤　淳一）

〔語釋〕所掲語彙索引　数字は本書のページ数を示す。

（松野 敏之編）

執筆者紹介（五十音順）

岩山《いわやま》　泰三《たいぞう》　山東大學講師

宇野《うの》　直人《なおと》　共立女子大學國際學部教授

川上《かわかみ》　哲正《のりまさ》　東京女學館中學高等學校敎諭・共立女子大學國際學部講師（非常勤）

兒島《こじま》　弘一郎《こういちろう》　駒澤大學總合敎育研究部專任講師

後藤《ごとう》　淳一《じゅんいち》　專修大學講師（非常勤）

佐佐木《ささき》　朋子《ともこ》　五山文學研究

笹生《さそう》　美貴子《みきこ》　日本大學大學院文學研究科博士後期課程（國文學專攻）

曹《そう》　元春《げんしゅん》　共立女子大學總合文化研究所教授

土屋《つちや》　裕史《ひろし》　東京學藝大學大學院修士課程

松野《まつの》　敏之《としゆき》　早稻田大學大學院文學研究科博士後期課程（東洋哲學專攻）

丸井《まるい》　憲《けん》　早稻田大學文學學術院講師（非常勤）

朱子絶句全譯注　第四册

平成二十年七月十五日　發行

編集　宋元文學研究會

發行

整版　中臺整版

製作
發賣　汲古書院

〒102-0072　東京都千代田區飯田橋二―五―四

電話〇三（三二六五）九七六四

FAX〇三（三二二二）一八四五

ISBN978-4-7629-9701-3　C3398